수호지

2

수호지

2

이문열 편역 ― 시내암 지음

사해(四海)는 모두 형제

水滸誌

RHK
알에이치코리아

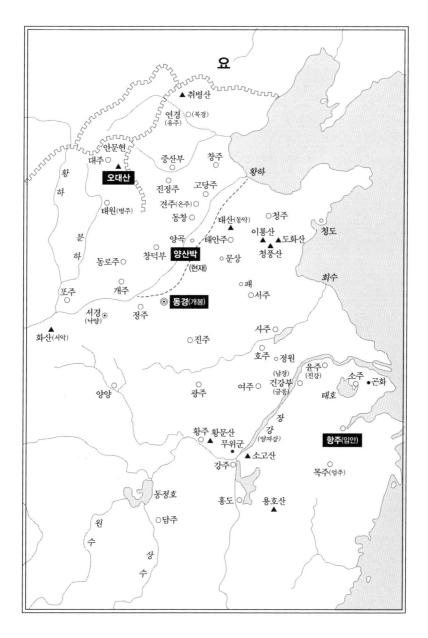

『수호지』의 배경이 된 송나라 지도

水滸誌

양산박

시진과 헤어진 임충은 산동으로 길을 잡고 여남은 날을 걸었다. 때는 한겨울이라 날은 찬데 하늘에는 구름이 검은 장막을 드리운 듯하고 매서운 바람은 끊임없이 일었다. 그러다가 드디어 하늘에서 한 송이 두 송이 눈꽃이 휘날리더니 드디어 천지는 눈에 뒤덮이기 시작했다.

임충은 눈 속에서도 발길을 멈추지 않고 부지런히 나아갔다. 하지만 하늘을 보니 차게 얼어붙은 대로 날이 저물어 오는 것 같아 하룻밤 묵을 곳을 찾지 않을 수 없었다. 그런 임충의 눈에 멀리 주막 한 채가 들어왔다. 호숫가에 눈을 뒤집어쓰고 내려앉을 듯 서 있는 작은 주막이었다.

임충은 뛰듯이 그 주막으로 가서 발을 걷어붙이고 들어섰다.

몸에 묻은 눈을 털며 술청 안을 살피니 자리가 모두 비어 있었다. 그중에 하나를 골라 앉은 임충은 짚고 있던 칼을 탁자에 기대 세우고 등에 맨 보따리를 풀어 내렸다. 전립을 벗고 허리에 찬 칼까지 풀고 나니 한결 몸이 가벼웠다.

"손님, 술을 드시렵니까?"

임충이 이것저것 벗고 풀기를 마쳤을 무렵 주막 주인이 나타나 물었다. 임충이 얼른 청했다.

"우선 술 두 각만 갖다 주시오."

그러자 주인은 말없이 들어가 술 두 각을 내왔다. 술을 본 임충이 잊고 있었던 걸 물었다.

"참, 술안주로는 무엇이 있소?"

"쇠고기 날것과 삶은 게 있고 오리고기, 닭고기도 있습니다."

"그럼 우선 삶은 쇠고기 두 근만 내오시오."

임충의 그 같은 주문에 주인은 역시 말없이 안으로 들어갔다.

오래잖아 주인은 큰 쟁반 가득 삶은 쇠고기를 썰어 내오고 곁들여 몇 가지 채소도 술상에 가져다 놓았다. 그리고 큰 술잔 하나를 가져다 한 잔을 치며 마시기를 권했다.

술 생각이 간절하던 임충은 누구 눈치 볼 것도 없이 큰 잔으로 서너 잔을 단숨에 비웠다. 언 몸이 좀 풀리는 듯했다. 그때서야 안주로 내온 쇠고기를 집으며 임충은 비로소 술집 안을 둘러보았다.

그때 어떤 사내가 술집 안에서 뒷짐을 진 채 나오더니 문간에 서서 눈 내리는 걸 바라보다 불쑥 주인에게 물었다.

"술 마시는 사람이 누구요?"

임충이 그 사내를 보니 머리에는 귀밑까지 덮이는 털모자를 쓰고 몸에는 담비 갖옷에, 발에는 노루 가죽으로 만든 신을 꿰고 있었다. 귀가 크고 생김이 우락부락한 데다 광대뼈가 나오고 세 가닥 누런 수염을 드리운 게 까닭 모르게 사람의 눈길을 끌었다.

그 사내가 자신을 무시한 채 바깥만 내다보고 서 있자 은근히 아니꼬워진 임충이 그를 못 본 척 주인을 불렀다. 그리고 술 한 잔을 따르게 한 뒤 술집 주인에게도 한 잔을 권하고 물었다.

"주인장, 여기서 양산박까지 얼마나 되오?"

"여기서 양산박까지 몇 리 되지는 않지만 물길뿐이고 뭍길은 없습니다. 배를 타셔야만 거기까지 갈 수 있습죠."

주인이 그렇게 대답했다. 이왕 말을 낸 김이라 임충이 한층 거리낌 없이 주인에게 말했다.

"그럼 주인장께서 배 한 척 구해 주시오. 양산박엘 가 봐야 할 일이 있소."

주인이 펄쩍 뛰며 고개를 가로저었다.

"이렇게 눈이 심하고 또 날까지 저물었는데 어디 가서 배를 구한단 말입니까? 그건 안 됩니다."

"돈은 넉넉히 드리겠소. 어디 가서 배 한 척만 구해 와 나를 좀 건네주시오."

임충이 이번에는 돈으로 달래 보았으나 소용없었다.

"안 됩니다. 어디 가도 구할 데가 없어요."

주인은 그런 대답과 함께 슬금슬금 안으로 들어가 버렸다. 꼭 당장에 나설 생각은 아니었으나 그렇게 되자 임충은 갑자기 막막해졌다.

'이거 어떻게 해야 좋지……'

그런 기분으로 다시 술잔을 기울이기 시작했다.

이미 마신 술에 다시 몇 잔이 더해지자 갑자기 생각이 자신의 처지에 머물러 마음이 울적해지기 시작했다.

'전에 동경에서 교두 노릇을 할 때는 매일 온 장안을 휩쓸며 마셔 댔는데 빌어먹을, 하필이면 고 태위 같은 놈에게 걸릴 게 뭐람. 그 나쁜 놈에게 모함을 당해 얼굴에는 먹자가 새겨지고 여기까지 흘러올 줄 누가 알았겠는가 말이다. 집이 있어도 돌아갈 수가 없고, 나라가 있어도 의지할 수 없게 됐으니 이 답답하고 외로운 심경을 어디에 비한단 말이냐……'

감정이 거기까지 흐르자 임충은 더 배겨 낼 수가 없었다. 주인에게 벼루와 붓을 가져오게 해 주막의 흰 벽에다 휘갈겼다.

> 의로움을 짊고 사는 임충
> 사람됨은 순박하고 충실하였다
> 강호에 이름 드날리고
> 도성에선 영웅의 모습을 보여 주었다
> 그러하되 어찌하랴, 삶은 뒤틀려
> 옛 공명도 뒹구는 마른 쑥 같아졌다
> 바라건대 뒷날 뜻 이룰 수 있기를
> 위엄으로 태산 동쪽 뒤덮으리

본래 문장에 능숙한 임충은 아니었으나 마음속에 쌓인 정한이 크니 그 여덟 구가 쉽게 나왔다.

쓰기를 마친 임충은 그래도 다 풀리지 않은 가슴속의 응어리를 달래기 위해 다시 술을 청했다. 전보다 더욱 술맛이 나 거푸 잔을 비우고 있는데 잠깐 잊고 있었던 털가죽 옷의 사내가 임충 쪽으로 다가왔다.

"이놈, 정말로 간도 크구나. 네놈은 창주에서 천하에 몹쓸 죄를 짓고 이리로 도망 온 놈이 아니냐? 지금 관청에서는 네 목에 삼천 관의 상금을 걸고 너를 잡으려 야단인데, 어쩔 작정으로 이따위 수작이냐?"

사내는 다짜고짜로 임충의 허리춤을 움켜잡으며 그렇게 소리쳤다. 취한 중에도 임충은 번쩍 정신이 났다. 전에 늘 하던 대로 발뺌부터 했다.

"무슨 말씀이오? 당신은 내가 누군지나 알고 하는 소리요?"

"그야 표범 대가리[豹子頭] 임충이지."

"틀렸소. 나는 성이 장(張)가요."

임충은 거짓 성을 대며 그렇게 버텨 보았다. 사내가 껄껄 웃으며 임충을 몰아댔다.

"헛소리 마라. 방금 벽에다 네 이름을 써 놓고도 딴소리냐? 그리고 네 뺨에 새겨진 그 먹자는 또 뭐냐? 그래도 사람을 속이려느냐?"

그 말에 임충도 더는 속일 수 없음을 깨달았다. 때에 따라서는 한바탕 힘든 싸움을 치러야 할지도 모른다는 생각으로 가만히 몸의 힘을 끌어모으며 차갑게 물었다.

"그럼 나를 잡아다 관청에 바칠 생각이오?"

그러자 빙긋 웃으며 부드럽게 말했다.

"말이 그렇다 그거지, 내가 당신을 붙잡아 무엇하겠소?"

목소리뿐만 아니라 말투도 부드럽기 그지없었다. 허리춤을 잡은 손을 놓아주는 것도 딴 뜻이 없음을 넌지시 밝히고 있었다.

"우리 여기서 이러지 말고 안으로 들어가 이야기합시다."

허리춤을 놓은 사내가 임충의 옷깃을 끌며 한층 은근해져 말했다. 임충도 왠지 그가 싫지 않아 따라 들어갔다.

임충과 함께 집 뒤 작은 정자로 오른 사내는 술집 주인을 불러 등불을 밝히게 했다. 그리고 새삼 처음 만나는 예를 나눈 뒤에 임충과 마주 앉았다.

"내가 보니 형은 양산박이 어디 있는가를 묻고 또 그리로 가는 배를 구해 달라고 했소. 하지만 그곳은 흉악한 도둑 떼가 자리 잡고 있는 곳이오. 도대체 거길 가서 무얼 하려 하시오?"

그 사내가 정색을 하고 물었다. 임충이 숨기지 않고 털어놓았다.

"있는 대로 속임 없이 말씀드리지요. 아시는 바와 같이 지금 관가에서는 급하게 나를 뒤쫓고 있으나 나는 숨을 만한 곳이 없습니다. 그런데 그 산채에는 호걸들이 무리 지어 있다기에 그곳을 찾아가 보려는 것이지요."

"그렇다면 반드시 누군가가 형을 이리로 가라고 권한 사람이 있겠구려. 그게 누구요?"

"창주 횡해군(橫海郡)에 있는 옛 친구올시다. 그가 이곳을 권했

14

지요."

그러자 사내는 대뜸 임충을 보낸 사람이 누군지를 알아차렸다.

"혹시 그분은 소선풍 시진이란 분이 아닌가요?"

"당신도 아시는 모양이구려."

임충이 반가워 그렇게 받자 사내가 한층 공손한 말투가 되어 말했다.

"시 대관인과 산채의 큰 두령님은 교분이 두텁지요. 늘상 편지를 주고받는 사이입니다."

원래 산채의 큰 두령 왕륜은 옛날 과거를 치르기 전 둘째 두령 두천과 함께 시진을 찾아가 여러 날 신세를 진 적이 있었다. 그리고 떠날 때는 적잖은 은자까지 받아 쓴 터라 둘 다 시진에게 마음 빚을 지고 있었다.

거기까지의 이야기로 사내가 양산박에서 온 사람임을 알아차린 임충은 그냥 있을 수가 없었다. 벌떡 일어나 절을 하며 몰라본 죄를 빌었다.

"눈이 있으면서도 태산 같은 분을 알아 뵙지 못했습니다. 크신 이름은 무엇인지요."

임충이 원래 비루한 위인은 아니었지만 이제 양산박이 아니면 갈 곳이 없는 만큼 그렇게 비루해 보일 만큼 겸손하지 않을 수가 없었다.

사내가 놀라 맞절을 하며 자신을 밝혔다.

"저는 왕 두령의 눈과 귀 노릇을 하는 주귀(朱貴)란 자올시다. 고향이 기주(沂州) 기수현으로 세상 사람들은 저를 한지홀률(旱

地忽律)이라 부르지요. 산채에서는 저를 이곳으로 내려보내 주막을 하는 체하며 지나가는 장사치를 살펴보게 하고 있습니다. 재물을 많이 가진 패거리가 지나가면 산채에 알려 뺏도록 하고, 홀몸으로 다니는 것들은 제가 바로 처리하는 식입니다. 홀몸이라도 가진 게 없으면 그냥 보내지만 재물이 많은 자는 다르지요. 몸무게가 적게 나가면 몽한약(夢汗藥)을 써서 재물만 뺏고 죽이지만 몸무게가 많이 나가면 그 고기까지도 씁니다. 살코기는 소금에 절이고, 기름기는 끓여 등불을 밝히지요. 형에게도 당장 몽한약을 먹이려 했으나 양산박을 물으시기에 함부로 손을 쓰지 못한 것입니다. 거기다가 형께서 벽에 쓰신 이름을 보고 비로소 누군지 알았습니다. 일찍이 동경에서 온 사람들로부터 형이 대단한 호걸이란 말을 들었으되 뵈올 기회가 없더니 이제 이렇게 뜻밖에 뵙게 되었군요. 더구나 시 대관인 서찰까지 받아 오셨다니 역시 형의 이름이 온 세상을 떨쳐 울리고 있음을 알겠습니다. 왕두령께서도 반드시 형을 무겁게 쓸 것입니다."

그리고 다시 살코기와 생선에 갖가지 안주를 갖춰 임충을 대접했다. '마른 땅을 기는 악어[旱地忽律]'라는 섬뜩한 별명이나 나그네를 상대로 벌이는 끔찍한 강도질과는 어울리지 않는 융숭함이었다.

그런 주귀와 더불어 밤늦도록 술을 마시던 임충이 아무래도 마음이 안 놓인다는 듯 물었다.

"그런데 배는 어떻게 구해 그리로 건너갈 수 있소?"

주귀가 태평스럽게 대답했다.

"배는 이미 여기에 있으니 형은 너무 걱정하지 마시오. 오늘 밤은 여기서 자고 오경 무렵 일어나 함께 가시면 됩니다."

그 말에 임충도 마음을 놓고 몇 잔 더 마시다가 각기 방을 정해 쉬었다.

다음 날 새벽이었다. 오경 무렵하여 먼저 일어난 주귀가 임충을 소리쳐 깨웠다. 임충이 얼굴을 씻고 들어오자 주귀는 다시 술과 고기를 내어 임충에게 권했다. 서너 잔을 받아 마셨으나 날은 아직 밝지 않았다.

주귀가 갑자기 정자 창문을 열더니 가지고 있던 활에다 살 한 대를 먹여 쏘았다. 물 건너편 기슭 우거진 갈대숲 쪽으로 향해서였다. 보고 있던 임충이 어리둥절해 물었다.

"무얼 하시는 거요?"

"산채에 신호를 보내는 것입니다. 조금 있으면 배가 올 것입니다."

주귀가 그렇게 일러 주었다. 과연 오래잖아 맞은편 갈대숲 근처가 술렁거리더니 졸개 서넛이 배 한 척을 저어 주막 쪽으로 다가왔다.

잠깐 사이에 배가 정자 앞에 이르자 주귀는 임충을 배에 타게 하고, 그의 보따리와 칼도 함께 실었다.

졸개들이 부지런히 노를 저어 배는 금세 금사탄(金沙灘)을 건넜다. 배가 언덕에 닿자 주귀와 임충이 먼저 내리고 그 뒤를 졸개들이 임충의 칼이며 보따리를 안고 따랐다. 나머지 졸개들은 어딘가 후미진 포구에 배를 감추러 갔다.

임충이 언덕을 오르며 보니 양쪽에는 아름드리 나무들이 서 있고 그 한쪽 트인 곳에 정자 한 채가 눈에 들어왔다. 편액을 살피니 '단금정(斷金亭)'이라 쓰여 있었다. 단금정을 돌아 얼마쯤 가자 이번에는 관문 하나가 보였다. 창칼과 활, 쇠뇌, 도끼 따위가 빽빽이 늘어섰고, 굴릴 통나무와 바윗덩이가 쌓여 있는 게 그 어떤 관문에 뒤지지 않았다.

졸개들이 먼저 달려가 알려 두 사람은 아무런 막힘없이 관문을 지났다. 양편 좁은 길로 깃발이 줄지어 서 있는데 다시 관문 못지않은 험한 길목 둘을 도니 저만치 산채 어귀가 보였다.

임충은 거기서 잠시 걸음을 멈추고 사방을 둘러보았다. 사방이 트인 높은 산 위에 자리 잡은 산채를 세 관문이 단단히 두르고 있고, 가운데에는 가로세로 사오백 장은 될 듯한 편편한 들판이 펼쳐 있었다. 자기들이 들어온 쪽이 바로 산채의 정문이요, 나머지 둘은 곁문인 듯싶었다. 거기다가 산발치를 두른 물을 더하면 그야말로 하늘이 만들어 준 성채 같은 곳이었다.

주귀는 임충을 데리고 취의청(聚義廳) 위로 올라갔다. 취의청 마루 한가운데 높다란 교의(交椅)에 한 호걸이 앉아 있는데 그가 바로 백의수사 왕륜이었다. 그 왼편 교의에는 모착천 두천이 앉았고, 오른편 교의에는 운리금강 송만이 또한 위엄을 뽐내며 앉아 있었다.

주귀와 임충은 적잖이 주눅이 들어 조심조심 그들 앞으로 나갔다. 주귀가 곁에 선 임충을 가리키며 그들에게 말했다.

"이분은 동경 팔십만 금군의 교두로 계시던 임충이란 분입니다. 별명은 표자두라 불리는데, 고 태위의 모함을 당해 창주로 귀양 오게 되셨지요. 그러다가 이번에는 또 지키던 대군초료장을 불태우고, 사람을 셋씩이나 죽이게 되어 시 대관인의 장원으로 달아나게 되었습니다. 전부터 임 교두를 높이 보던 시 대관인은 관가의 추적이 심해 집 안에 두기 어려워졌습니다. 이에 특히 편지를 세 분 두령께 올리며 임 교두를 받아 주기를 청하기에 제가 이렇게 데려왔습니다."

주귀에 이어 임충도 품 안에 감추고 있던 시진의 편지를 꺼내 바치며 공손히 말했다.

"보잘것없는 임충도 세 분 두령께 감히 거두어 주시기를 청합니다."

시진의 편지를 뜯어본 왕륜은 곧 교의 둘을 더 내오게 해 임충을 네 번째 자리에 앉히고 주귀를 다섯 번째 자리에 앉혔다. 그리고 졸개들을 시켜 술을 내오게 한 뒤 임충에게 권했다. 임충이 서너 잔을 비웠을 무렵 왕륜이 은근하게 물었다.

"그래 시 대관인께서는 요즈음 별일 없소?"

"매일 성 밖을 나가 사냥을 즐기며 지내십니다. 이 임충의 일 말고는 별일 없지요."

임충이 본 대로 대답했다. 세 두령의 깍듯한 대우에 적잖이 감격한 터라 목소리가 절로 떨렸다.

하지만 임충이 감격하기에는 아직 일렀다. 왕륜은 겉으로는 임충을 반갑게 맞는 척하고 있어도 속으로는 제 나름의 셈을 하느라 한창이었다.

'나는 본시 과거에 낙방한 수재로 두천과 뜻이 맞아 이렇게 도둑 떼의 우두머리가 되고 말았다. 나중에 송만이 찾아들고 졸개들도 많이 모여들어 이만큼 되었지만, 실은 내가 잘하는 일은 별로 없다. 저 두천과 송만의 무예도 대단한 건 못 되고……. 그런데 이제 저 사람을 받아들이는 것은 아무래도 좀 생각해 봐야 될 일이 아닐까? 저 사람은 동경에서 금군교두를 지냈다니 틀림없이 무예가 뛰어날 것이다. 만약 저 사람이 우리 셋의 솜씨가 보잘것없음을 알고 우리 자리를 힘으로 빼앗으려 든다면 무슨 수로 맞서겠는가. 좀 억지스럽더라도 적당한 핑계를 대어 저 사람을 이 산에서 빨리 내쫓는 게 뒷날의 걱정거리를 없애는 셈이 될 것이다. 시진을 볼 낯이 없고, 지난날의 은혜를 잊었다는 소리를 듣는 한이 있더라도 저 사람은 받아들일 수가 없다!'

그렇게 마음을 정한 왕륜은 다시 졸개들을 불러 따로 큰 술자리를 마련하게 했다.

졸개들이 술을 거른다, 안주를 장만한다, 법석을 떨어 잔치 같은 술자리를 마련하자 왕륜은 임충을 불러들였다. 송만, 두천, 주귀도 함께해 처음에는 임충을 맞이하는 두령들의 술자리 같았다. 그러나 실은 그게 아니었다. 술자리가 끝날 무렵 해 왕륜이 갑자기 졸개들을 부르더니 오십 냥의 은자가 담긴 쟁반 하나와 비단 두 필을 내오게 했다. 졸개들이 시킨 대로 하자 왕륜이 몸을 일으켜 임충에게 말했다.

"대관인께서 추천해 임 교두가 우리 산채를 찾아오신 것은 반가운 일이나 받아들일 수 없음이 안타깝소이다. 우리 산채는 작고 식량이 모자랄 뿐만 아니라 거처할 곳도 마땅치 않고 세력도 보잘것없어 오히려 임 교두의 앞날을 그르칠까 두렵소. 내드리는 돈과 피륙이 비록 적으나 비웃지 말고 거두시고 달리 큰 산채를 찾아보시는 게 좋겠소. 교두 같은 호걸이 몸담을 만한 곳은 얼마든지 있을 터인즉, 내 말을 너무 괴이쩍게 듣지 마시오.”

그 뜻밖의 말에 술기운이 싸악 걷힌 임충이 간곡히 사정했다.

“세 분 두령께서는 다시 한번 헤아려 주시오. 저는 의로운 이름을 우러러 천 리를 닫고, 참다운 주인을 찾아 만 리를 헤매다가 시 대관인의 체면을 빌려 이곳으로 오게 되었습니다. 이 임충이 비록 재주 없으나 무리에 끼워 주시기만 한다면 모든 일에 죽음을 마다 않고 앞장설 각오였습니다. 돈냥이나 베필을 얻자고 이렇게 달려온 것은 아니니 부디 이 고단하고 외로운 처지를 밝게 헤아려 주십시오.”

왕륜이 그런 임충의 말을 차게 잘랐다.

“이곳이 좁아서 당신을 받아들이지 못하는 것이오. 조금도 이상하게는 생각하지 마시오.”

그때 보고 있던 주귀가 딱했던지 임충을 편들어 한마디 했다.

“형님께서는 아우의 말 많음을 너무 나무라지 마시고 한번 귀기울여 주십시오. 우리 산채에 식량이 모자란다고 하지만 가깝고 먼 마을에서 빌려다 쓸 수도 있는 일이고, 거처가 마땅치 않다 해도 이곳에는 재목으로 쓸 나무가 널렸으니 천 칸의 집을 지어도 어려움이 없습니다. 더구나 저분은 시 대관인께서 천거해 보내신 분인데 어찌 다른 곳으로 보낼 수 있겠습니까? 나중에라도 우리가 받은 은혜를 저버리고 저 사람을 받아들이지 않은 걸 시 대관인이 아신다면 반드시 좋지 않은 일이 생길 것입니다. 또 저 분은 여러 가지 재주를 지녔으니 우리가 받아들여 주기만 하면 반드시 지닌 힘을 다 쏟아 일할 것입니다."

두천도 보기가 딱했던지 임충을 편들었다.

"우리 산채에 저 사람 하나 더 있다고 무슨 일이 있겠습니까? 만약 받아들이지 않는다면 시 대관인이 섭섭히 여기실뿐더러, 우리도 받은 은덕과 의리를 저버린 인간들이 되고 맙니다. 전날 그토록 큰 도움을 받았는데 이제 사람 하나 보낸 걸 어찌 받지 않고 내쫓는단 말입니까?"

"시 대관인의 낯을 보아서라도 저 사람을 두령의 하나로 받아들이는 게 좋겠습니다. 그러지 않으면 강호의 모든 호걸들이 우리의 의리 없음을 비웃을 것입니다."

송만까지도 그렇게 임충을 돕고 나섰으나 왕륜은 좁은 속셈을 버릴 줄 몰랐다. 이번에는 엉뚱한 의심을 내세워 셋의 입을 막으려 들었다.

"아우들이 모르고 하는 소리요. 저 사람은 창주에서 끔찍한 죄를 짓고 쫓기는 사람인데 어떻게 믿을 수 있겠소. 오늘 이 산에 오른 것이 만약 우리의 허실을 엿보기 위함이라면 그때는 어찌하겠소?"

그 기막히는 소리를 듣다 못한 임충이 버럭 소리 질러 말했다.

"제가 죽을죄를 짓고 쫓기다가 한 무리가 되자고 이곳에 왔는데 어찌 그런 의심을 하십니까?"

그러자 왕륜도 스스로 너무했다 싶었던지 기세가 좀 수그러들었다. 하지만 그대로는 안 된다는 듯 조건을 달았다.

"당신이 진심으로 우리의 한 무리가 되려고 왔다면 먼저 투명장(投名狀)을 쓰시오."

임충이 얼른 대답했다.

"글자라면 약간 쓸 줄 아니 그리하겠습니다."

그리고 종이와 붓을 청했다. 투명장을 말 그대로 어떤 무리에 처음 낄 때 쓰는 서약문쯤으로 안 까닭이었다.

주귀가 빙긋 웃으며 임충을 깨우쳐 주었다.

"교두님, 무얼 잘못 알고 계시오. 두령께서 말씀하시는 투명장은 그런 게 아니외다. 이곳 호걸들 사이에 끼어들 때 필요한 투명장은 산 아래로 내려가 한 사람을 죽이고 그 목을 바치는 것이오. 그래야만 더 의심하지 않고 무리에 받아들이기에 그 목을 투명장이라 한다오."

"그거야 어려울 것 없습니다. 얼른 산 아래 내려가 기다리지요. 다만 지나가는 사람이 없을까 걱정입니다."

어떻게든 그곳에 남고 싶은 임충이 그렇게 선뜻 대답했다. 왕륜이 그런 임충에게 다짐 받듯 말했다.

"그럼 당신에게 사흘 말미를 주겠소. 만약 사흘 안으로 투명장을 바친다면 그 즉시로 받아들여 주겠지만, 사흘을 넘기면 당신을 내보내더라도 서운하게 생각하지 마시오."

"그리하겠습니다."

그렇게라도 남을 수 있게 된 걸 다행으로 여기며 임충이 선선히 응했다.

그날 밤 술자리가 끝나자 주귀는 임충과 이별하고 밤길로 산을 내려갔다. 산채의 눈과 귀가 되는 주막을 하룻밤이라도 비워 둘 수 없어서였다. 임충은 자신의 보따리와 함께 산채의 객방(客房)으로 안내되어 거기서 하룻밤을 쉬었다.

다음 날 일찌감치 눈을 뜬 임충은 졸개 하나를 데리고 산을 내려갔다. 왕륜에게 약속한 투명장을 얻기 위함이었다. 허리칼은 차고 큰 칼은 손에 거머쥔 채 배를 타고 물을 건넌 임충은 한 군데 으슥한 길목에 자리를 잡고 재수 없는 나그네가 걸리기를 기다렸다.

아침부터 저녁까지 하루 꼬박 길목을 지켰으나 첫날은 헛일이었다. 홀로 지나가는 장사치는커녕 어린친 개 새끼 한 마리 얼씬거리지 않았다. 임충은 걱정스럽기 그지없었으나 날이 저물자 하는 수 없이 물을 건너 산채로 돌아갔다.

왕륜이 그런 임충을 기다렸다는 듯 심술궂게 물었다.

"그래, 투명장은 어디에 있소?"

"오늘은 길을 지나는 놈이 하나도 없어 얻지 못했습니다."

임충이 저도 몰래 움츠러든 목소리로 그렇게 대답했다. 왕륜이 다시 한번 다짐을 받았다.

"내일까지요. 만약 내일까지도 투명장을 가져오지 못하면 이곳에는 더 남아 있을 생각을 마시오."

술 마시고 지낸 첫날 밤을 하루로 쳐서 제하고, 다음 날로 기한을 앞당겨 버린 것이었다. 임충은 속에서 울컥 치미는 게 있었으나 그걸 따지지는 못했다. 저 마음속으로만 이를 갈며 거처로 돌아가 저녁 술도 드는 둥 마는 둥 하고 잠자리에 들었다.

다음 날이 되었다. 전날보다 훨씬 일찍 일어난 임충은 자기에게 딸린 졸개를 두들겨 깨워 새벽밥을 먹었다. 조금이라도 일찍 나가 사람의 목을 얻을 기회를 늘려 볼 생각에서였다.

"오늘은 남쪽 산길에 가서 기다려 보시지요."

배에 오르면서 따르던 졸개가 그렇게 권했다. 아무래도 오래 그곳에 머문 사람이 그쪽 사정에 밝지 싶어 임충은 그대로 따랐다. 배를 남쪽으로 몰아 물을 건넌 뒤 길가에 있는 숲에 숨어 다시 재수 없는 행인이 걸려들기를 기다렸다.

정오쯤 엎드려 기다리다 보니 한 떼의 행인들이 나타났다. 합쳐 삼백 명에 가까운 머릿수라 아무리 임충이라도 손을 쓸 엄두가 나지 않았다. 마음만 급해 노려보고 있는 사이에 어느덧 그들은 눈앞에서 사라져 버렸다.

임충은 다시 참을성 있게 기다렸다. 그러나 날이 슬슬 저물어오는데도 홀로 지나가는 행인은 영 보이지 않았다. 막막해진 임충이 졸개를 잡고 하소연하듯 물었다.

"정말 너무하는구나. 이틀을 기다려도 혼자 다니는 놈은 하나도 없으니 이 일을 어찌하면 좋으냐?"

"형님, 너무 걱정하지 마십쇼. 내일 하루가 더 남았지 않습니까? 내일은 저와 함께 동쪽 산길로 나가 기다려 보시지요."

한 이틀 따라다닌 정에서일까, 졸개가 그렇게 임충을 위로했다. 임충은 왕륜이 전날 한 말을 떠올리고 아득해졌으나, 원래 사흘이라 했으니 하루를 더 뻗대 볼 셈 잡고 산채로 돌아갔다.

임충이 물을 건너 산 위로 돌아갔을 때는 날이 이미 어둑했다. 기다린 듯 왕륜이 임충의 빈손을 뻔히 보면서 흉물스레 물었다.

"오늘은 투명장이 어찌 됐소?"

그러나 임충은 대답 대신 한숨만 길게 내쉬었다. 왕륜이 비웃음 섞어 몰아댔다.

"벌써 오늘도 다 가지 않았소? 내가 말미를 준 게 사흘이었는데 이제 이틀이 지났소. 내일도 투명장을 못 얻으면 다시 와 나를 볼 것도 없소. 바로 산을 내려가 다른 곳을 찾아보시오."

그래도 임충이 조르기 전에 하루를 되돌려 준 것은 고맙기 짝이 없었다. 임충이 이틀이나 허탕을 치는 걸 보자 마음에 여유가 생겨 나중에라도 야박했다는 소리나 면하려고 인심을 쓴 듯했다.

시늉뿐인 저녁 끼니를 때우고 제 방으로 돌아온 임충은 걱정이 되어 견딜 수가 없었다. 하늘을 안고 누워 길게 탄식했다.

"뜻밖에도 고구 그 몹쓸 놈의 모함에 걸려 오늘 이 지경으로 굴러떨어졌구나. 내 잘못이 아닌데도 아무도 받아 주지 않으니 세상에 이같이 기구한 명운도 있을까!"

하지만 그런 중에도 밤은 어김없이 지나가고 다시 날이 밝았다. 날이 밝기 무섭게 일어난 임충은 먼저 보따리부터 꾸려 방구석에 챙겨 두었다. 왕륜의 말대로 그날도 머리를 얻지 못하면 그대로 떠날 참이었다.

그런 다음 넘어가지도 않는 아침밥을 몇 술 뜬 임충은 다시 전날 데리고 갔던 졸개와 함께 산을 내려갔다. 이번에는 양산박 동쪽으로 난 산길 쪽이었다.

"오늘 또 투명장을 얻지 못하면 별수 없지. 딴 곳을 찾아가 보는 수밖에."

임충은 그렇게 중얼거리며 길가 숲속에 몸을 숨겼다.

기다리는 중에도 해는 속절없이 솟아 어느덧 하늘 가운데에 이르렀다. 그러나 그날도 혼자 길을 지나가는 나그네는 눈에 띄지 않았다. 눈 온 뒤에 갠 하늘이라 날은 눈부시게 맑았지만 임충의 가슴속은 어둡기만 했다.

"보아하니 일은 모조리 글러 버린 것 같구나. 차라리 날이라도 저물기 전에 보따리를 꾸려 딴 곳을 찾아가 보는 게 낫겠다."

이윽고 기다리기에 지친 임충이 곁에 있는 졸개에게 한숨 섞어 그렇게 말했다. 그때 졸개가 한곳을 손가락질하며 소리쳤다.

"마침 잘됐습니다. 저길 보십시오. 저기 한 놈이 오고 있지 않습니까?"

임충이 그쪽을 보니 정말로 사람 그림자 하나가 멀리 산그늘에서 걸어오고 있었다.

"부끄러운 일이지만 어쩔 수 없구나!"

임충은 죄 없는 사람을 죽여야 하는 게 새삼 마음에 걸렸으나 하는 수가 없었다. 자신을 달래듯 그렇게 중얼거리며 그 그림자가 다가오기만을 기다렸다.

임충이 숨어 기다리는 걸 알 리 없는 그 행인은 차츰 가까이 다가왔다. 임충은 그만하면 놓치지 않겠다 싶을 때까지 엎드려 기다리다가 칼을 꼬나 쥐고 달려 나갔다.

갑자기 달려 나온 임충을 본 그 행인은 외마디 비명과 함께 지고 있던 짐을 벗어 던지고 몸을 돌려 달아났다. 임충은 얼른 그를 뒤쫓았으나 죽을힘을 다해 달아나는 사람을 잡을 수는 없었다. 행인의 뒷모습이 차츰차츰 멀어지더니 어느새 산그늘로 자취를 감춰 버렸다.

"세상에 나같이 재수 없는 놈을 본 적이 있나? 사흘을 기다려 겨우 한 놈이 나타났는데 그마저 놓쳐 버리다니."

맥이 빠진 임충이 뒤따라온 졸개를 보며 탄식처럼 말했다. 졸개가 다시 임충을 위로했다.

"비록 그 머리를 얻지는 못했지만 남기고 간 짐으로 어찌해 볼 수도 있을 것입니다. 재물과 피륙이 제법 많아 보이는데요."

그 말을 들은 임충은 다시 한 가닥 희망이 되살아나는 듯했다. 낙담으로 풀어지는 마음을 다잡으며 졸개에게 일렀다.

"그럼 네가 먼저 이 짐을 지고 산으로 돌아가거라. 나는 여기서 한 번 더 기다려 보겠다."

졸개도 임충의 말을 옳게 여겼는지 군소리 않고 따랐다.

얼굴 푸른 짐승[靑面獸] 양지

빼앗은 짐을 진 졸개가 막 숲을 벗어나려 할 때였다. 조금 전 행인이 달아난 산언덕 쪽에서 한 몸집 큰 사내가 달려 나왔다. 그를 본 임충은 속으로 중얼거렸다.

'하늘이 나를 돕는구나. 잘됐다……'

임충은 그 사내의 머리를 얻어 왕륜에게 바칠 투명장으로 삼을 작정이었으나 그만의 꿈이었다. 그사이 달려온 사내가 오히려 칼을 꼬나들고 벼락같은 소리로 외쳤다.

"이 나쁜 놈, 죽여도 죄는 남을 도둑놈아. 네놈이 감히 내 보따리를 뺏어 가? 그러잖아도 너 같은 놈들을 싹 쓸어 잡으려는 판인데, 도리어 네놈이 범의 수염을 뽑아?"

그러고는 몸을 날려 임충을 덮쳐 왔다. 임충은 그 기세가 사나운 걸 보고 슬쩍 걸음을 옮겨 피하면서 그 사내를 살펴보았다.

붉은 끈 달린 범양(范陽) 전립부터가 여느 나그네 같지 않았다. 거기다가 흰 비단 내리닫이에 회색 행전이며 노루 가죽과 털 붙은 쇠가죽신 같은 것도 날렵한 싸움 차림임을 드러내고 있었다. 허리에 찬 짧은 칼이나 손에 든 큰 칼이 아니라도 솜씨깨나 있는 무부(武夫)임이 분명해 보였다. 키는 한 일곱 자 반쯤이나 될까, 얼굴 한쪽에 있는 시퍼런 반점과 뺨에 난 붉은 수염이 그런 사내를 한층 사납게 보이게 했다.

"이놈아, 내 보따리는 어따 두었느냐?"

사내가 전립을 등 뒤로 젖혀 머릿수건으로 묶은 머리를 내보이며 소리쳤다. 손에 든 칼은 금세라도 임충을 쪼개 놓을 듯 치킨 채였다.

하지만 임충이 또 어떤 사람인가. 그런 상대의 기세에 눌리기는커녕 오히려 더욱 뜨거운 전의에 휘말렸다. 둥근 눈을 부릅뜨고 호랑이 수염을 빳빳이 세운 채 칼을 들어 상대와 맞붙었다.

그사이 눈은 그치고 하늘이 개기 시작했다. 둘은 흩어지는 구름 아래서 가진 힘과 재주를 다해 겨루었다. 얼어붙은 개울가의 길바닥이며 언덕 어름에 두 줄기 살기가 엉기었다.

치고받고 찌르고 베고 하는 사이에 어느덧 서른 합이 지났으나 승패는 잘 분간이 되지 않았다. 잠깐 떨어져 숨결을 가다듬은 그들은 다시 수십 합을 더 겨루었다. 그래도 여전히 승패는 가려지지 않았다.

"두 분 호걸은 이만 싸움을 멈추시오."

한차례 맞붙었던 둘이 다시 숨결을 가다듬으려고 잠깐 떨어져 있는데 누군가 산등성이 쪽에서 큰 소리로 외쳤다. 훌쩍 몸을 뺀 임충이 돌아보니 백의수사 왕륜과 두천, 송만이 수많은 졸개들과 함께 산 위에서 구경을 하다가 달려 내려오고 있었다.

오래잖아 산을 내려온 왕륜이 개울을 건너며 소리쳤다.

"두 분 호걸, 정말로 칼을 잘 쓰시는구려. 그야말로 신출귀몰이오! 그런데 하나 물읍시다. 이쪽은 우리 형제인 표자두 임충이지만, 그쪽 얼굴 푸른 친구는 누구요? 바라건대 이름이라도 들려주시오."

그러자 몸집 큰 사내가 거침없이 말했다.

"나는 삼대에 걸쳐 장수가 난 집안의 자손으로, 오후(五侯) 양영공(楊令公)의 손자가 되는 양지(楊志)다. 지금은 이 모양 이 꼴로 관서를 떠돌고 있지만 한때는 좋은 시절도 있었지. 일찍이 무과에 급제해 전사(殿司)의 제사관(制使官)으로 계시던 어른이시란 말이다. 그런데 도군(道君) 황제께서 만세산(萬歲山, 송 휘종 황제 때 동경에 인공으로 만들었던 큰 산)에 쓰실 화석강(花石綱, 송대에 공물을 운하로 나르던 제도로, 주로 남방에서 좋은 돌[花石]을 많이 날라 왔기 때문에 화석강이란 이름이 붙음)을 맡을 제사(制使) 열 명을 뽑을 때 내가 걸려 신세를 망쳤지. 화석강을 나르다가 황하에서 풍랑에 배가 뒤집혀 화석강을 몽땅 잃어버렸으니 무슨 낯으로 돌아가겠는가. 그 바람에 딴 곳으로 달아나 여기저기 떠돌다가 이번에 우리의 죄를 용서해 준단 말을 듣고 돌아가는 길이다. 돈을 한 보따리 싸 들고 동경으로 가서 추밀원(樞密院)에 뿌리면 옛날 벼슬까지 되찾게 되었단 말이다. 그래서 일꾼 놈에게 그 돈을 지워 가는데 여기서 뜻밖에도 네놈들에게 털리고 말았다. 네놈들도 귀가 있다면 이제 내 돈 보따리를 되돌려 주는 게 어떠냐?"

사내의 말투가 거만스럽기 짝이 없었으나 왕륜은 어찌 된 셈인지 더욱 공손해져 물었다.

"혹시 당신의 별호가 청면수(青面獸) 아니오?"

그러자 양지란 사내도 조금 풀린 목소리로 대꾸했다.

"바로 그렇다."

"짐작대로 양 제사(制使)셨군. 그렇다면 함께 우리 산채로 올라가시지 않겠소? 술 몇 잔 대접해 올린 뒤에 보따리를 내드리지. 어떻소?"

왕륜이 조금 전과 다름없는 공손함으로 그런 제의를 했다. 양지도 그제야 상대방에게 별로 악의가 없음을 느꼈는지 말투가 완연히 바뀌었다.

"호걸께서 이미 나를 알아보셨다면 보따리나 얼른 돌려주시오. 구태여 술까지 먹이려 할 거야 없지 않소?"

"양 제사, 괴이쩍게 생각할 건 없소. 몇 년 전 과거를 보러 동경에 갔을 때 제사의 큰 이름을 들은 뒤로 나는 늘 한번 뵙게 되기를 바랐소이다. 뜻밖에도 오늘 이렇게 만났는데 어찌 그냥 가시게 할 수 있겠소이까? 그러지 말고 잠시 산채로 가서 좋은 말씀이나 들려주고 떠나시오. 결코 딴 뜻은 없소."

그러는 왕륜의 말투에는 진정이 배어 있었다. 양지도 왕륜이 그렇게 나오는 데는 더 박정하게 마다할 수 없었다. 몇 번 더 사양하다가 마지못한 척 따라나섰다.

양지와 함께 물을 건너 산채로 돌아간 왕륜의 패거리는 주막에 나가 있는 주귀까지 불러들였다. 모두 취의청에 둘러앉는데, 왼편으로는 왕륜, 두천, 송만, 주귀 네 사람이 교의에 앉고 오른편으로는 양지와 임충 두 사람이 역시 그들이 내놓은 교의에 앉았다. 양지가 임충보다 윗자리에 앉게 된 것은 그가 산채의 가장 새로운 손님인 까닭이었다.

왕륜은 무슨 인심이 뻗쳤는지 양을 잡고 술을 퍼 오게 해 한껏 후하게 양지를 대접했다. 하지만 술을 마시면서도 왕륜의 머릿속은 나름의 속셈으로 바빴다.

'만약 임충이 이곳에 머물게 된다면 우리는 임충의 상대가 안 된다. 인심을 써서 이 사람 양지를 붙들어 두는 게 낫겠다. 그래서 일이 벌어질 땐 양지로 하여금 임충에게 맞서게 하면 되지 않겠는가…….'

그렇게 마음을 정한 왕륜은 술이 몇 순배 돌기를 기다려 속셈을 털어놓았다.

먼저 손을 들어 임충을 가리키며 양지에게 은근하게 말했다.

"저 형제는 동경에서 팔십만 금군교두로 있었던 표자두 임충이외다. 고 태위의 미움을 받아 모함을 쓰고 창주로 귀양을 가게 되었는데, 이번에 다시 죄를 더하게 되어 이곳으로 오게 되었지요. 또 이 왕륜은 일찍이 글을 익혔으나 마침내는 뜻을 이루지 못해 칼을 잡고 도둑의 무리에 끼게 된 사람이올시다. 동경으로 가시려는 분께 이런 소리를 하기는 외람되지만 저희와 함께 이곳에 머무실 뜻은 없는지요? 양 제사 또한 죄를 지은 분이라 설령 이번에 용서를 받는다 해도 그전 벼슬을 되찾기는 어려울 것이오. 고구 같은 돼먹잖은 것이 군권을 쥐고 있는데 어떻게 제사 같은 분을 써 주겠소이까? 차라리 이곳에 머무시어 큰 저울로 금은을 나누고 큰 잔으로 술이나 마시며 호걸들과 함께 지내심만 못할 것 같소이다만 제사의 뜻은 어떠하오?"

하지만 양지의 생각은 달랐다.

"여러 두령께서 이처럼 대해 주시는 것은 고맙기 그지없으나 저는 가족이 동경에 살고 있습니다. 전에 저지른 일만으로도 누를 끼쳤는데 다시 이곳에 머물러 어찌하겠습니까. 오늘은 오직 동경으로 돌아가고 싶은 마음뿐이니, 바라건대 여러 두령께서는 내 보따리나 돌려주십시오. 정히 돌려주지 않으시겠다면 이 양지는 빈손으로 돌아갈 뿐입니다."

양지가 그렇게 완강히 거절하자 왕륜도 더는 억지를 쓰지 못했다. 마음속의 아쉬움을 너털웃음으로 감추며 말했다.

"제사께서 이곳에 머무시기를 굳이 마다하시는데야 어떻게 저희 무리에 들기를 강요할 수 있겠소. 더는 잡지 않을 터이니 하룻밤 편히 쉬시다가 내일 아침 일찍 떠나도록 하시오."

이에 양지는 기쁜 마음으로 왕륜의 뜻을 따랐다. 밤이 이슥도록 그들과 더불어 마시고 즐기다가 그들이 마련한 자리에 들어 하룻밤을 편히 쉬었다.

이튿날이었다. 양지가 아침 일찍 일어나니 두령들이 다시 술상을 차려 헤어짐을 아쉬워했다. 해장술에 이어 아침 식사를 마치자 졸개 하나가 어제 빼앗은 양지의 보따리를 지고 나왔다. 두령들은 그 졸개를 앞세우고 양지와 함께 산을 내려가 작별했다.

양지가 배를 타고 떠난 뒤, 왕륜도 이제는 어쩔 수 없다는 듯 임충을 받아들였다. 주귀를 다섯 번째로 밀어내고 그를 네 번째 두령으로 세운 것이었다. 그로부터 양산박은 왕륜, 두천, 송만, 임충, 주귀의 다섯 두령 아래 새롭게 짜였다.

한편 큰길로 나간 양지는 거기까지 짐을 지고 따라온 졸개에게서 짐을 찾아 원래 데리고 있던 일꾼에게 지우고 동경으로 향했다. 멀지 않은 길이라 둘은 며칠 안 되어 동경성에 이르렀다. 양지는 한 군데 객점을 정해 짐을 부리게 하고, 거기까지 지고 온 일꾼에게 품삯을 넉넉히 주어 돌려보냈다. 그리고 오랜만에 몸에 찬 칼까지 끄른 뒤 술과 고기를 시켜 배불리 먹었다.

며칠 있으려니 추밀원에서 전에 벼슬살이하던 이들을 점고한다는 소문이 들렸다. 양지는 지워 온 보따리 속의 금은을 아낌없이 풀어 추밀원의 높고 낮은 벼슬아치들을 매수했다. 전에 있던 전사부의 제사 자리를 되찾기 위함이었다.

지니고 있던 재물을 몽땅 턴 뒤에야 양지는 가까스로 자신의 잘못을 변명해 주는 문서 한 장을 얻었다. 남은 일은 전수부(殿帥府)의 고 태위가 그런 양지를 다시 써 주는 것이었다.

고 태위 앞으로 나간 양지가 문서를 바치자 그걸 읽은 고 태위는 다짜고짜 성부터 냈다.

"그때 화석강을 가지러 간 제사 열 명 중에서 아홉은 벌써 오래전에 경사(京師)로 돌아와 화석강을 바쳤다. 그런데 오직 네놈

하나만이 화석강을 모두 잃어버렸다니! 더구나 일찍 와서 그걸 알리지도 않고 요리조리 도망만 다니다가 이제 와서 다시 옛날 벼슬자리를 되찾겠다고? 어림없는 소리 마라. 설령 지난 일을 용서한다 쳐도 그런 죄를 지은 놈을 다시 쓸 수는 없다."

그렇게 소리치며 문서를 내던지고 양지를 전수부 밖으로 내쫓아 버렸다. 무엇보다도 자신에게 뇌물 한 푼 안 바치고 옛날 자리를 되찾겠다고 나서는 데 심사가 틀어진 것이었다.

그만한 재물을 흘었으니 모든 게 잘되리라 믿었던 양지는 욕만 얻어먹고 쫓겨나자 기가 막혔다. 암담한 심경으로 객점에 돌아오니 탄식이 절로 나왔다.

'역시 왕륜이 내게 말한 대로구나. 하지만 나는 깨끗한 이름을 지닌 장부로서 그들과 한 패거리가 되어 부모에게서 받은 몸을 더럽힐 수는 없지 않은가. 차라리 변방에 가서 병졸 노릇을 하며 처자를 먹여 살리더라도 조상을 욕되게 하는 일은 하지 말자. 그러나 고 태위 이놈, 두고 보자. 네가 나를 모질게 대했으니 나도 반드시 앙갚음을 하겠다.'

양지는 마음을 그렇게 다잡아 먹었으나 몸에 지닌 게 없으니 당장이 낭패였다. 며칠 되지 않아 방값 밥값에 푼돈까지 씨가 마르자 고민 끝에 한 가지 궁리를 냈다.

'이거 정말 큰일이로구나. 하는 수 없지, 조상으로부터 물려받은 보도를 파는 수밖에. 지금까지는 한 번도 몸에서 떼어 놓지 않은 것이었지만 이걸로 몇천 관 돈을 만들어 살 만한 곳을 찾아보도록 하자.'

그리고 그날로 보도에 '팔 물건'이란 꼬리표를 써 붙인 뒤 거리로 들고 나갔다.

양지는 마행가(馬行街)란 거리에 이르러 반나절이나 칼을 안고 서 있었으나 누구 하나 물어보는 사람조차 없었다. 그래도 한낮이 되도록 거기 서 있던 양지는, 아무래도 안 되겠다 싶어 이번에는 천한주교(天漢州橋) 쪽으로 가 보았다. 그쪽이 오가는 사람들이 더 많은 듯해서였다.

양지가 천한주교 어귀에 한참을 우두커니 서 있었을 때였다. 갑자기 길 양쪽에서 사람들이 허둥지둥 달려와 개울 아래쪽으로 난 골목으로 숨어들었다. 양지가 무슨 일인가 싶어 그쪽을 보니 허둥대던 사람들 중 하나가 소리쳤다.

"빨리 도망쳐라! 호랑이가 온다."

그 말에 양지는 어리둥절했다.

'거참, 괴상한 일이로군. 이 든든한 성안에 어떻게 호랑이가 들어온단 말인가.'

그렇게 속으로 중얼거리며 사람들이 가리킨 쪽으로 눈길을 돌렸다. 그러자 양지의 눈에 들어온 것은 호랑이가 아니라 시커멓고 몸집이 큰 사내였다.

어디서 퍼마셨는지 사내는 술이 거나해 걸음걸이가 온전치 못했다. 이리 비틀 저리 비틀하며 다가오는 사내를 자세히 보니 양지도 알 만한 건달이었다. '털 없는 호랑이[沒毛大蟲]'란 별명이 있는 그 건달은 우이(牛二)란 자로 동경 사람들에게는 이름깨나 알려져 있었다. 거리에서 한다는 게 모조리 모질고 흉악한 짓이라 관가에도 여러 번 끌려갔지만 워낙 겁내는 것 없이 설쳐 대니 관가에서도 손을 들어 버린 악종에 개고기였다. 그 때문에 동경 사람들은 그를 보기만 하면 그저 멀리 달아나는 걸 상책으로 삼았다.

그 우이가 비틀거리며 다가오더니 대뜸 양지가 팔려고 들고 있던 보도를 움켜잡으며 물었다.

"어이, 이 칼 이거 얼마야?"

"조상이 물려주신 보도라 삼천 관은 받아야겠소."

양지는 우이가 그 보도를 살 만한 위인 같지는 않았지만 행여나 싶어 그렇게 대답했다. 우이가 한층 목소리를 높였다.

"이렇게 시원찮은 칼을 그토록 많이 받겠다고? 야, 나는 삼십 문(文) 주고 칼을 사도 고기, 두부 할 것 없이 잘만 썰어지더라. 그런데 네놈이 이 칼이 무슨 대단한 게 있다고 보도라는 거야?"

흥정을 한다기보다는 차라리 시비를 건다는 편이 옳았다. 그러나 양지는 속을 꾸욱 눌러 참으며 대꾸했다.

"내 칼은 보통 가게에서 파는 백철도(白鐵刀)와는 다르오. 보도 란 말이외다."

"보도란 소리는 벌써 들었다. 그래 어째서 보도라는 거냐?"

"첫째는 구리나 쇠를 베어도 칼날이 말리지 않고, 둘째는 칼날 에 터럭을 놓고 불면 잘라지며, 셋째는 사람을 죽여도 칼에 피가 묻지 않소."

양지가 다시 속 좋게 보도의 자랑을 일러 주자 우이가 거짓말 말라는 듯 물었다.

"그럼 동전을 잘라 보일 수 있느냐?"

"원하신다면 잘라 보여 드리지."

그 말을 들은 우이는 다리 아래 향 파는 가게로 가서 삼 전짜리 동전 스무 개를 뺏어 왔다.

"자아, 어디 이걸 한번 잘라 봐라. 네놈이 그렇게만 한다면 삼천 관을 내놓겠다."

우이는 가져온 동전 스무 개를 다리 난간에 재 놓고 양지에게 소리쳤다. 못 자르면 그 보도를 거저 뺏어 가겠다는 수작이었다. 양지와 우이의 그 같은 승강이에 그때는 구경꾼도 제법 모여 있었다. 그러나 우이가 겁나 감히 가까이 오지는 못하고 멀리서 일이 어떻게 되나를 바라보고 있을 뿐이었다.

양지는 우이의 말투며 하는 짓이 하나같이 거슬렸지만 이미 시작한 흥정이라 그가 바라는 대로 따랐다. 그 동전을 한칼에 잘라 우이의 기라도 죽여 쫓아 버릴 생각이 없는 것도 아니었다.

"얼마든지 할 수 있지."

양지는 그 말과 함께 소매를 걷어붙이고 보도를 빼 들었다. 가벼운 기합 소리와 함께 칼 빛이 번쩍하더니 다리 난간에 재어 있던 동전은 한칼에 모두 두 쪽으로 갈라졌다. 구경꾼들은 그 놀라운 솜씨에 떠들썩하게 손뼉을 쳤다.

어지간한 사람이면 양지의 그 같은 칼 솜씨를 본 것만으로도 기가 죽었을 것이나 우이는 달랐다.

"뭐가 대단하다고 떠들어 대는 거야?"

구경꾼들을 흘기며 그렇게 소리치고는 다시 양지에게 눌어붙었다.

"아까 두 번째는 뭐라고 했지?"

"터럭을 칼날에 놓고 불면 잘라진다 했소. 머리칼 몇 개를 놓고 위에서 한번 불어 보시오. 틀림없이 모두 잘려 나갈 거요."

"거 못 믿겠는걸."

우이가 그러면서 이번에는 제 머리에서 머리카락을 한 줌 뽑아 내밀었다.

"어디 한번 해 봐라."

양지는 또 참았다. 말없이 그 머리카락을 받아 보도의 날 위에 얹고 후욱 불었다. 정말로 양지가 말한 것처럼 머리카락이 두 토막으로 잘려 칼날 양편으로 흘러내렸다. 그걸 본 구경꾼들이 다시 손뼉을 치며 감탄의 소리를 냈다. 그 바람에 구경꾼들은 점점 늘었다.

그만하면 그만둘 법도 하건만 우이의 떼쓰기는 그칠 줄 몰랐다. 이번에도 전번처럼 구경꾼들을 성난 눈길로 흘긴 뒤에 다시 양지에게 물었다.

"세 번째는 뭐라고 했지?"

"사람을 죽여도 칼에 피가 묻지 않는다 했소."

양지가 그렇게 대답하자 우이는 이번에야말로 잘 걸려들었다는 듯 심술궂게 되물었다.

"정말로 사람을 죽여도 피가 묻지 않는단 말이냐?"

"그렇지, 사람을 한칼에 베면 피가 묻지 않아. 그만큼 이 칼은 잘 든다구."

어지간한 양지도 말이 거칠어지기 시작했다. 우이가 더 기막힌 어거지로 나왔다.

"나는 못 믿겠다. 어디 네가 한 사람을 베어 봐라. 그래도 칼에 피가 묻지 않은 걸 내 눈으로 볼 수 있게 해 달란 말이야."

"이 엄중한 성안에서 사람이야 어떻게 베어 보이겠나. 하지만 정히 믿지 못하겠다면 개나 한 마리 끌어와 베어 보이지."

양지가 그렇게 뒤로 빼자 우이는 더욱 기가 살아 양지를 몰아댔다.

"너는 사람을 죽인다 했지 개를 죽인단 소리는 안 했다. 이게 어따 대고 거짓말을 해."

드디어 참지 못한 양지가 그렇게 감겨드는 우이를 노려보며 크게 소리쳤다.

"이봐, 칼을 살 힘이 없으면 그냥 꺼져. 뭣 때문에 사람을 잡고 이렇게 어거지를 쓰지?"

그러면서 험상궂은 표정까지 지어 보였건만 우이란 놈은 뭣에 씌우기라도 했는지 눈도 깜짝 않았다. 오히려 주척주척 양지에게 다가들며 그러잖아도 부글거리는 속을 건드렸다.

"그럼 어디 그 칼이나 한번 보자."

"이거 통 경우를 모르는 놈이구나. 내가 네놈의 노리개나 되는 줄 아느냐?"

"어어, 이 자식 봐라? 네놈이 노려보면 어쩔 테냐? 나를 죽이기라도 할 작정이냐?"

이때 양지는 속 같아서는 벌써 한칼에 우이를 베어 버리고 싶었다. 하지만 홀로 한 다짐이 있어 화를 억누르고 차갑게 쏘았다.

"나는 네놈하고 전에 원수진 일도 없고 지금 보물을 다투고 있지도 않다. 그런데 뭣 때문에 네놈을 죽인단 말이냐?"

그쯤에서만 끝냈어도 우이는 더러운 한목숨을 건졌을 것이다. 그러나 사람이 죽을 때가 되면 머릿속이 뒤집히기라도 하는지 놈은 물러날 줄 몰랐다. 덥석 양지를 움켜잡으며 또 다른 떼를 썼다.

"좋아, 어쨌든 이 칼은 내가 사야겠어."

"칼을 사려거든 돈을 가져오너라."

"돈은 없다!"

"돈도 없으면서 사람은 왜 잡느냐."

"나는 네놈의 그 칼을 가지고 싶다."

"거저 줄 수는 없어!"

그렇게 옥신각신하던 끝이었다. 귀신이 재촉이라도 하는지 우이가 다시 어거지를 바꾸었다.

"그래? 좋다, 네놈이 호걸이거든 어디 한번 나를 죽여 봐라."

드디어 분통이 터진 양지가 그 말에 대꾸도 않고 우이를 세차게 밀쳐 버렸다. 벌렁 자빠졌던 놈이 기어 일어나더니 느닷없이 양지를 부둥켜 잡았다. 양지가 둘러선 구경꾼들을 향해 크게 소리쳤다.

"거기 계신 여러분이 잘 보셨을 것이오. 이 양지는 여비가 떨어져 칼을 팔러 나왔는데 저 나쁜 건달 놈이 내 칼을 뺏으려 들 뿐 아니라 나를 치려고 들기까지 했소!"

말하자면 사람을 죽이기 전에 미리 자신의 결백을 여럿에게 확인시켜 뒷날의 증거로 삼겠다는 뜻이었다. 사람들은 그런 양지의 태도가 심상찮게 느껴졌으나 우이란 놈이 겁이 나 말려 볼 엄두를 못 냈다. 아무리 개고기고 또 취했다 해도 그만하면 사태를 알아볼 만도 하건만 우이는 그렇지가 못했다. 한번 움찔하는 법도 없이 생애의 마지막이 될 떼를 썼다.

"내가 널 때렸다 했겠다. 그래 너 같은 놈을 때려죽인들 어떻단 말이냐."

그 말과 함께 오른 주먹을 들어 내질렀다. 양지는 재빨리 몸을 날려 피했으나 참는 것은 그게 마지막이었다. 누르고 눌렀던 불같은 성미가 일시에 터져 한칼로 우이의 목줄기를 베어 버렸다.

칼을 맞은 우이는 비명 한마디 제대로 못 지르고 땅바닥에 쓰러졌다. 그래도 분이 안 풀린 양지는 쓰러진 우이의 가슴에 두 번이나 칼질을 했다. 마침내 우이는 피를 줄줄이 쏟으며 숨을 거두었다.

"내가 이 못된 건달 놈을 죽여 버렸소! 여러분도 이 일에 연루되지 않으려거든 나와 함께 관가로 갑시다. 가서 보신 대로만 일러 주시오."

양지가 구경꾼들을 향해 소리쳤다. 구경꾼들은 함께 연루되는 게 걱정되어서라기보다는 양지를 변호해 주기 위해 기꺼이 따라나섰다.

그들과 함께 개봉부(開封府)로 간 양지는 곧 부윤 앞으로 나아갔다. 그리고 무릎을 꿇고 칼을 바치며 자신이 온 까닭을 밝혔다.

"저는 원래 전사의 제사였으나 화석강을 실으러 갔다가 도중에 잃어버리는 바람에 쫓겨난 놈이올시다. 이제 여비가 떨어져 칼이라도 팔아 쓸까 하고 거리에 나갔는데 뜻밖에도 못된 건달 놈에게 걸려들게 되었습니다. 그놈은 제 칼을 그저 뺏으려 들었을 뿐만 아니라 주먹으로 저를 치기까지 했습니다. 이에 저는 분함을 참지 못해 그만 그놈을 죽여 버렸습니다. 여기 있는 여러분이 모두 그걸 보았습니다."

따라온 구경꾼들도 양지를 편들어 자기들이 본 것을 그대로 고해 올렸다. 말을 다 듣고 난 부윤이 첫 결정을 내렸다.

"좋다, 너는 제 발로 찾아와 죄를 비니 감옥에 넣을 때 때리는 매는 면해 주겠다."

그리고 양지에게 큰칼을 씌우게 한 다음 시체를 검안하는 오작행인(송대의 검사관)을 시켜 양지와 그를 따라온 구경꾼들을 끌고 현장인 천한주교로 가 보게 했다. 죄명이 살인인 만큼 한쪽 말만 듣고 처리할 수 없어서였다.

오작행인은 죽은 우이의 시체를 살피고 당시의 정황을 헤아린 뒤 문서를 꾸몄다. 그때 그곳 사람들이 모두 나와 양지의 죄 없음을 밝히고 놓아주기를 빌었으나 그대로 받아들여지지는 않았다. 양지는 관청의 처결이 날 때까지 사형받을 죄인들이 갇혀 있는 감방에 갇히게 된 것이었다.

감옥의 압로(押牢), 금자(禁子), 절급(節級) 같은 하급 벼슬아치들은 양지가 그 골치 아픈 모대충(毛大蟲) 우이를 죽이고 잡혀 온 것을 한결같이 동정했다. 따라서 양지를 괴롭히거나 돈을 뺏기는

커녕 오히려 모두가 나서 잘 돌봐 주었다. 천한주교의 사람들도 양지가 못된 건달을 죽여 없애 준 일을 고맙게 여겼다. 돈을 거둬 음식을 넣어 준다, 옥리를 구워삶는다, 양지를 위해 애를 썼다.

관가에서도 양지를 잘 봐주었다. 양지가 원래 이름 있는 호걸인 데다 동경성의 골칫거리 중 하나인 우이를 죽여 준 걸 은근히 반가워하며 그의 죄를 줄여 주었다. 원래 살인범이 겪게 마련인 삼추육문(三推六問)을 면해 주고 우연한 싸움 중에 잘못하여 사람을 죽인 걸로 죄를 결정했다. 살인죄 중에서 가장 가벼운 형벌을 받게 되는 죄명이었다.

그런 죄인이 살게 된 육십 일이 차자 양지는 다시 부윤 앞으로 끌려 나갔다. 부윤은 양지가 쓴 큰칼을 벗기고, 등허리에 매 스무 대를 때렸다. 그런 다음 문묵장인(文墨匠人)을 불러 얼굴에 먹자를 새기게 하고 북경 대명부(北京大名府) 유수사(留守司)에 충군(充軍)으로 보냈다. 우이와의 시비에 발단이 된 양지의 보검은 당연히 관가에 압수되었다.

그 모든 판결이 끝나자 양지는 죄상을 적은 문서와 함께 장룡(張龍)과 조호(趙虎)라는 두 명의 공인에게 이끌려 북경으로 떠나게 되었다. 목에는 귀양 가는 죄인들이 쓰는 일곱 근 반짜리 쇠칼이 채워졌다.

천한주교 사람들은 집집마다 재물을 거두어 양지가 지나가기를 기다리다가 양지와 두 공인이 오자 술집으로 데려갔다. 그들은 거둔 재물로 세 사람 모두에게 술과 고기를 대접한 뒤 적잖은 은자를 두 공인에게 나눠 주며 당부했다.

"양지는 훌륭한 호걸로서 백성들을 위해 해로운 물건을 죽였다가 이번에 북경으로 귀양 가게 되었소이다. 두 분께서는 부디 그 점을 잊지 마시고 가는 도중 양지를 잘 돌보아 주시오."

그러잖아도 양지를 좋게 보고 있던 장룡과 조호는 생각지 않은 은자까지 생기자 입이 헤벌어졌다.

"우리 두 사람도 그가 호걸인 줄 이미 알고 있소. 여러분의 당부가 아니더라도 잘 모실 테니 마음 놓으시오."

그렇게 사람들을 안심시켰다.

천한주교 사람들의 인정은 거기서 그치지 않았다. 그들은 거둔 것의 나머지를 모두 양지에게 여비로 주고 거리 밖까지 따라 나와 배웅했다.

그들과 작별한 양지는 전에 묵던 객점으로 돌아갔다. 양지는 그동안 밀린 방값, 밥값을 치르고 보따리를 찾은 뒤 다시 두 공인에게 술과 밥을 대접했다. 그리고 매 맞은 자리에 바를 고약까지 사고서야 북경으로 길을 떠났다.

세 사람은 그로부터 오 리마다 쉬고 십 리마다 주막에 들며 마을을 지나고 고을을 거쳤다. 양지는 주막을 만날 때마다 술과 고기를 사 장룡과 조호를 대접하니 셋은 죄수와 죄수를 호송하는 공인이라기보다는 함께 유람하는 나그네들 같았다.

며칠 걷지 않아 양지와 두 공인은 북경에 이르렀다. 성안으로 들어간 셋은 한 군데 객점을 정하고 첫날을 편히 쉬었다.

원래 북경 대명부의 유수사는 말에 오르면 군사를 지휘하고 말에서 내리면 백성을 다스리는 곳으로 그 권세가 이만저만이 아니었다. 그 유수인 양 중서(梁中書)는 이름을 세걸(世傑)이라 하며, 당시 동경에서 태사(太師)로 있는 채경(蔡京)의 사위였다.

다음 날인 이월 열아흐렛날 두 공인은 양지를 그 양 중서에게로 끌고 갔다. 공인이 양지에 관한 문서를 바치자 양 중서는 그걸 받아 읽었다.

"너는 어찌하여 이리로 오게 됐는가?"

전에 동경에 있을 때부터 양지를 알고 있던 양 중서는 문서를 다 읽고 난 뒤 부드럽게 물었다. 양지는 고 태위를 찾아가 복직하려다 실패한 일부터 우이를 죽이게 된 경위까지 하나하나 고해 올렸다. 다 듣고 난 양 중서는 오히려 양지가 자기 밑으로 오게 된 걸 기뻐하며 목에서 칼을 벗기게 한 뒤 곁에 두고 부리기로 했다. 일이 끝난 두 공인은 양지와 아쉬운 듯 작별하고 동경으로 돌아갔다.

그로부터 양지는 양 중서의 부중에서 일하게 되었다. 낮이든 밤이든 찾기만 하면 달려 나가 궂은 일 좋은 일 가리지 않고 일하는데 그 정성이 또한 여간 아니었다.

양 중서는 양지의 사람됨이 신중하고 부지런함을 보고 그를 더 높이 쓰고 싶었다. 우선 양지를 군중의 부패(副牌) 자리에라도 앉혀 다달이 생기는 게 있도록 해 주고 싶었으나 다른 사람들이 따라 주지 않을 게 걱정되었다. 양지가 죄수로 귀양 온 사람인 까닭이었다.

그래서 양 중서가 짜낸 궁리가 무예 시합이었다. 무예가 뛰어난 양지에게 기회를 주어 다른 사람의 불평을 사지 않고 부패 자리에 오를 수 있도록 할 속셈이었다. 양 중서는 군정사(軍政司)에 일러 영내의 높고 낮은 모든 장수들은 다음 날 동곽문(東郭門)으로 나와 무예 시합에 참가하도록 했다.

하지만 한 번도 양지의 무예를 본 적이 없는 양 중서라 궁리는 그리 내어 놓아도 걱정이 안 될 수 없었다. 그날 밤 가만히 양지를 불러 물었다.

"나는 자네를 군중의 부패로 올려 얼마간이나마 생기는 게 있도록 해 주고 싶네. 그런데 자네 무예는 어떤가?"

양지가 그 뜻을 알고 겸손히 대답했다.

"저는 무과에 급제해 전사부의 제사로 일한 적이 있습니다. 그때 열여덟 가지 병기 쓰는 법을 약간은 익혔지요. 오늘 은상(恩相)께서 써 주시겠다니 자욱한 구름이 걷히고 해를 보게 됨이나 다름없습니다. 비록 배운 것은 보잘것없으나 있는 힘을 다해 저를 알아주신 은혜에 조금이라도 보답이 된다면 그보다 더 기쁜 일이 없겠습니다."

말은 겸손해도 믿음이 가는 대답이었다. 이에 양 중서는 몹시 기뻐하며 갑옷 한 벌을 양지에게 내렸다.

다음 날이 되었다. 때는 이월 하순이라 바람은 부드럽고 햇볕은 따뜻했다. 아침상을 물린 양 중서는 양지를 데리고 말에 올라 동곽문으로 나갔다. 무예 시합장으로 정한 훈련장에 이르니 벌써 높고 낮은 장수들이 모두 나와 기다리고 있었다.

양 중서는 말 위에서 그들의 접견을 받은 뒤 연무청(演武廳) 아래에 이르러 말에서 내렸다. 연무청 마루에는 은장식이 덮인 교

의가 마련되어 있었다. 양 중서는 그 교의에 앉아 아래를 굽어보
았다.

다시 밝은 삶으로

마당에는 좌우 양편으로 장수들이 씩씩하게 갈라서 있었다. 지휘사(指揮使), 단련사(團練使), 정제사(正制使), 통령사(統領使), 아장(牙將), 교위(校尉), 정패군(正牌軍), 부패군(副牌軍)에 앞뒤로는 백 명의 장교(將校)가 늘어섰고 장대(將臺) 위에도 두 명의 도감이 마주 서 있었다.

그 두 도감 중 하나는 이 천왕(天王)이라 불리는 이성(李成)이었고, 다른 하나는 문 대도(大刀)라 불리는 문달(聞達)이었다. 둘다 만 사람이 못 당하는 용맹을 지닌 장수로 대명부의 수많은 군마를 통솔하고 있었다.

양 중서가 대 위로 올라가자 교련장에 모여 있던 장졸들이 일제히 소리쳐 축원하며 맞았다. 곧 그를 따라 누런 깃발이 오르고 대 아래 두 줄로 늘어섰다. 고수와 징잡이들이 북과 징을 울렸다. 이어 세 번의 나팔 소리가 울리자 교련장은 엄숙하고 조용해졌다.

다시 대 위에 붉은 기가 올랐다. 그러자 한 곳에서 북소리가 높게 나며 오백의 군마가 진세를 펼치고 군사들이 각기 병장기를 잡은 채 위엄을 뽐냈다. 그에 맞서듯 대 위에 또 하나 백기가 오르고, 한 떼의 군마가 나와 맞은편에 자리 잡았다.

"부패(副牌) 주근(周謹)은 나와 내 명을 받으라."

모든 배치가 끝나기를 기다려 양 중서가 큰 소리로 주근을 찾았다. 오른편 진에 섞여 있던 주근이 말을 달려 나가더니 양 중서 앞에 이르러 말에서 내리고 창을 땅에 꽂으며 씩씩하게 대답했다.

"주근이 명을 기다립니다."

"부패의 지닌 바 무예를 보고 싶다."

양 중서가 속셈을 감춘 채 그렇게 말했다. 그 자리를 뺏어 양지에게 줄 생각이라 더욱 내색해서는 안 될 일이기도 했다. 아무것도 모르는 주근은 곧 그 명에 따랐다. 창을 들고 말에 올라 연무장(演武場) 가운데로 나아갔다.

주근은 먼저 창 쓰기부터 보였다. 창을 좌로 돌리고 우로 찌르며 솜씨를 보이는데 만만히 볼 무예가 아닌 듯했다. 구경하던 장졸들이 그런 주근에게 떠들썩한 갈채를 보냈다.

주근이 창 솜씨를 보이고 돌아가자 양 중서는 이번에는 양지를 불렀다.

"동경에서 온 양지를 나오게 하라."

그리고 양지가 달려 나와 장대 앞에 서자 큰 소리로 말했다.

"양지, 내가 듣기로 너는 동경 전사부의 제사로 있었다 한다. 비록 죄를 짓고 이곳으로 오기는 했지만, 지금은 도둑 떼가 사방에서 날뛰니 훌륭한 인재는 지난 일을 묻지 않고 써야 할 때라 본다. 어떠냐? 주근과 한번 무예를 겨뤄 보지 않겠느냐? 만약 네가 이기면 주근의 자리를 네게 주겠다."

주근에게는 야박하게 들릴지 모르나 양지에게 기회를 주기 위해서는 어쩔 수 없는 일이었다. 양지 또한 이미 들은 말이 있어 그의 말을 거역하지 못했다.

"대감께서 불러 주셨는데 어찌 크신 뜻을 거스르겠습니까? 오직 따를 뿐입니다."

그러자 양 중서는 좌우를 보고 명했다.

"가서 양지가 탈 말 한 필을 끌어내 오고, 그가 입을 갑옷과 쓸 병장기도 갖춰 주도록 하라."

사람들이 그 명에 따라 말과 갑옷과 병장기를 내오자 양지는 갑옷을 입고 말 위에 올랐다. 양지가 갑옷 끈을 여민 뒤 창을 들고 말을 달려 나오자 양 중서가 다시 명을 내렸다.

"주근과 양지는 먼저 창으로 겨뤄 보도록 하라."

이에 양지와 주근은 각기 창을 꼬나잡고 맞붙을 채비를 했다. 그때 문달이 갑자기 둘을 향해 소리쳤다.

"잠깐만, 잠깐만 기다리시오!"

그리고 양 중서 앞으로 나아가 조심스레 말했다.

"대감께서는 다시 한번 헤아려 주십시오. 두 사람의 무예는 어느 편이 나을지 모르나, 창과 칼이란 게 원래 눈이 없습니다. 역적을 죽이고 도둑 떼를 쓸어버리는 데 쓰는 것은 좋지만 그중에서 무예를 겨루는 데는 마땅한 물건이 못 됩니다. 한번 그걸로 부딪치게 되면 가벼워야 몸을 다치고 심하면 목숨까지 잃게 되니 그게 어느 쪽이든 쓸데없는 손실 아니겠습니까? 두 사람의 창끝에는 두터운 천을 감게 하고 마당에는 석회를 뿌린 뒤 시합에 들어가게 하십시오. 그 창끝에 석회를 묻힌 뒤 겨루게 하여 상대에게 흰 석회 자국을 많이 찍은 쪽이 이기는 걸로 하면 될 것입니다."

양 중서가 들어 보니 매우 옳은 말이라 그대로 따랐다.

"그럼, 그렇게 하라."

이에 두 사람은 창끝에 두터운 헝겊을 처매고 몸에는 검은 옷을 입었다. 그리고 헝겊 덮인 창끝에 횟가루를 묻힌 뒤 각기 말에 올랐다.

주근이 먼저 말 배를 차고 창을 휘두르며 양지를 덮쳐 갔다. 양지 또한 기죽지 않고 말을 박차 마주쳐 나왔다. 곧 엉긴 두 사람은 이리 닫고 저리 뛰며 창을 주고받았다. 위에서 눈부신 재주를 겨루는 두 사람 못지않게 말들도 서로 몸을 맞부딪쳐 가며 힘껏 싸웠다.

두 사람이 엉겨 싸우기를 사오십 합이나 했을까, 먼저 주근을 보니 주근은 두부를 뒤집어쓴 듯 횟가루 동그라미가 몸 곳곳 삼사십 군데나 찍혀 있었다. 그러나 양지는 한 군데 왼쪽 어깨에만 흰 점이 찍혀 있을 뿐이었다.

양지가 이긴 걸 본 양 중서는 몹시 기뻐했다. 곧 주근을 대 위로 오르게 한 뒤 차갑게 말했다.

"전임 유수사가 너를 군중의 부패로 삼은 모양이다만, 네 무예를 보니 그래 가지고서야 어떻게 사방을 평정할 수 있겠느냐? 도대체 그 솜씨로 부패 자리를 달랄 수 있느냐? 이제부터는 네 자리를 양지에게 넘겨줘야겠다."

그때 병마도감 이성이 다시 대 위로 올라와 양 중서에게 말했다.

"주근이 창 솜씨는 비록 뛰어나지 못하나 말 타고 쏘는 활은 매우 솜씨가 뛰어납니다. 그걸로 겨루게 해 보지도 않고 주근을 부패 자리에서 내쫓는다면 군심(軍心)이 흐트러질까 두려우니 양지와 주근을 활로 다시 한번 겨뤄 보게 하심이 어떻겠습니까?"

그 말을 듣자 양 중서도 주근에게 좀 심했다는 생각이 들었다. 거기다가 양지의 활 솜씨도 보고 싶어 이번에도 선선히 이성의 말을 따랐다.

"양지와 주근에게 이번에는 활로 한번 겨뤄 보라 이르라."

양 중서가 그렇게 명을 바꿔 내리자 두 사람은 곧 창을 꽂아 두고 활과 화살을 가지러 갔다. 양지는 여러 개의 활이 놓인 곳으로 가 장궁(張弓) 하나와 화살을 고른 뒤 다시 말에 올랐다. 그리고 옷매무새를 단정하게 한 뒤 양 중서가 높이 앉은 대 아래로 가 공손히 말했다.

"대감, 화살이란 한번 쏘아 보내지면 인정을 모르는 물건입니다. 자칫하면 사람이 다치게 될까 두려우니 깊이 헤아려 주십시오."

그러나 양 중서는 그 말을 들어주지 않았다.

"무슨 소린가? 무사가 시합을 하면서 어떻게 상처 입는 걸 걱정하는가? 그러다가 화살에 맞아 죽는대도 할 말이 없는 것이지."

그렇게 말하고 시합만 재촉했다. 양지는 하는 수 없이 제자리로 돌아가 주근을 기다렸다. 생각 깊은 이성이 방패 둘을 가져다가 양지와 주근에게 나눠 주었다.

방패를 받아 쥔 양지가 주근을 건너보며 말했다.

"당신이 먼저 화살 세 대를 쏘시오. 나는 그 뒤에 세 대를 쏘겠소."

이를테면 먼저 양보하는 여유를 보인 셈이었다. 주근은 그게 불쾌하기 짝이 없었다.

'어떻게 하면 저자를 화살 한 대로 꿰어 놓을 수 있을까? 저 양지란 자는 한낱 군관 노릇만 해 왔다니까 이것저것 잘한다 쳐도 모두 다 잘하는 건 아니겠지.'

그렇게 속으로 생각하며 마음을 다지고 있는데 장대 위의 푸른 기가 올라왔다. 시합을 시작하라는 신호였다.

그 깃발을 본 양지는 남쪽을 바라고 말을 달렸다. 주근이 그런 양지를 뒤따르며 안장에서 몸을 세워 활과 화살을 잡았다. 왼손으로 활을 잡고 오른손으로 화살을 시위에 잰 주근은 시위를 힘껏 당겨 양지의 등판을 겨냥하고 살을 날렸다.

양지는 등 뒤에서 시위 소리를 듣고 주근이 활을 쏜 걸 알았다. 안장에 찰싹 달라붙듯 몸을 숙이니 주근이 쏜 화살은 허공을 가르고 지나가 버렸다.

주근은 첫 화살이 빗나가는 걸 보고 적잖이 당황했다. 얼른 화살통에서 두 번째 화살을 꺼내 시위에 얹은 뒤 다시 양지의 등을 겨냥해 쏘았다.

양지는 등 뒤에서 두 번째로 화살이 날아오는 소리를 들었다. 그러나 이번에는 말 등에 붙어 화살을 피하는 대신 자신의 활을 들어 날아오는 주근의 화살을 쳐 냈다. 양지의 활대에 맞은 화살은 저만큼 퉁겨져 나가 풀밭에 떨어졌다.

주근은 두 번째 화살까지 양지가 피해 버리자 더욱 당황했다. 그때 이미 양지의 말은 교련장 가장자리에 이르러 양 중서가 있는 대 쪽으로 방향을 바꾸고 있었다. 주근은 자신의 말 배를 걸어차 그런 양지를 뒤쫓았다.

푸른 풀밭을 말 두 마리의 여덟 개 말발굽이 한동안 쫓고 쫓기며 내달았다.

어느 정도 알맞은 거리가 됐다 싶자 주근은 세 번째 화살을 꺼냈다. 그리고 양지의 등을 노려보며 평생의 기력을 다해 힘껏 시위를 당겼다 놓았다.

세 번째 시위 소리를 들은 양지는 더욱 대담한 솜씨를 보였다. 몸을 획 뒤틀어 돌아보더니 날아오는 화살을 널름 받아 쥐었다. 그리고 그대로 양 중서 앞으로 말을 달려 그 화살을 바쳤다.

양 중서는 그 화살을 받고 몹시 기뻐했다.

"이제 네 차례다. 너도 세 대를 쏘아라."

주근은 조금도 생각해 주지 않고 그렇게 재촉했다. 때마침 양지가 쏠 차례임을 알리는 푸른 깃발이 장대 위에 올랐다. 그걸 본 주근은 활과 화살을 던지고 방패를 고쳐 잡은 뒤 양지가 하던 것처럼 교련장 남쪽으로 말을 달렸다.

가만히 보고 있던 양지도 말을 박차 그 뒤를 따랐다. 그러나 양지가 활을 쏘는 방식은 주근과 달랐다. 양지는 먼저 활을 꺼내 화살도 없이 시위만 한번 힘껏 퉁겼다. 등 뒤에서 시위 소리가 나는 걸 들은 주근은 얼른 방패를 들어 막았으나 날아오는 화살이 없었다.

'쟤가 창은 잘 써도 활은 영 쏠 줄 모르는 것 같구나. 두 번째도 빈 활을 쏘면 크게 꾸짖어 창피를 줘야지……'

모든 걸 자신에게 유리하게만 해석한 주근은 속으로 그렇게 중얼거리며 말을 달렸다. 주근의 말은 이내 교련장 끝에 이르렀다. 이제는 양지처럼 말을 연무청 쪽으로 돌리는 수밖에 없었다.

양지는 주근이 말 머리를 돌리는 걸 보고 좋은 때라 여겨 화살 한 대를 화살통에서 뺐다.

'내가 등을 쏘게 되면 저 사람은 목숨을 잃게 될지도 모른다. 나와 저 사람이 원수진 일이 없으니 화살을 맞아도 목숨이 위태롭지 않은 곳을 쏘아야겠다.'

양지는 그렇게 생각을 정하고 활에 살을 먹였다. 왼손은 태산을 밀치는 듯하고, 오른손은 아기를 안듯 하며 한껏 시위를 당겼다 놓으니 화살은 유성처럼 주근의 왼쪽 어깨에 꽂혔다.

은근히 방심하고 있던 주근은 화살을 맞자 그대로 말 아래로 굴러떨어졌다. 임자 잃은 말이 놀라 달아나고, 구경하던 군사들이 우르르 달려가 주근을 부축했다.

일이 그렇게 끝나자 양 중서는 아무 거리낌 없이 양지를 주근의 자리에 채운다는 문서를 만들게 했다. 그러나 양지는 별로 즐거운 빛도 없이 말에서 내리더니 양 중서 앞으로 가 고마움의 뜻을 표했다.

양지가 예를 마치고 계단을 내려올 때였다. 갑자기 왼쪽 줄에서 한 사람이 나오며 소리쳤다.

"아직 그 자리 받았다고 고마워할 것 없다. 나와 겨뤄 본 뒤에 주근의 자리를 차지하거라."

양지가 그 사람을 보니 키는 일곱 자 남짓 둥근 얼굴이요, 귀가 크고 입술이 두꺼우며 입이 모난 사내였다. 뺨에 구레나룻은 없었으나 모습이 여간 위풍 있고 늠름해 보이지 않았다. 그가 양지를 제쳐 놓고 양 중서 앞으로 나가더니 불만 가득한 목소리로 말했다.

"주근은 병들었다 아직 다 낫지 않아 몸도 마음도 온전치 못한 까닭에 시합에서 졌습니다. 제가 비록 재주 없으나 양지와 한번 겨뤄 보고 싶습니다. 만약 제가 조금이라도 뒤진다면 주근을 내쫓지 말고 양지에게 제 자리를 내어 주도록 하십시오. 그렇게만 해 주신다면 설령 죽는 한이 있더라도 원망이 없을 것입니다."

그 소리에 양 중서가 보니 그는 다른 사람이 아니라 대명부 유수사의 정패(正牌) 삭초(索超)였다.

삭초는 성질이 급해 화가 나면 물불을 가리지 않았다. 나라에 일이 있으면 매양 앞장서 뛰쳐나가기 때문에 사람들은 그를 급선봉(急先鋒)이라 불렀다.

이성이 다시 삭초를 편들어 양 중서에게 권했다.

"상공, 양지는 전사부의 제사로 있었던 자라 무예가 뛰어납니다. 애초부터 주근은 적수가 못 된 듯하니 삭초와 다시 한번 겨뤄 보게 하시지요."

'내가 양지를 쓰고 싶어도 여러 장수들이 따라 주지 않는구나. 양지가 삭초까지 이겨야 일이 풀리겠다. 삭초는 죽어도 원망이 없다 했으니 이번에 또 양지가 이기면 다시는 딴소리를 않겠지.'

그리고 양지를 불러 물었다.

"어떠냐. 다시 한번 삭초와 무예를 겨뤄 보겠느냐?"

양지도 자신이 몸 둘 곳을 얻으려면 삭초와의 싸움을 피할 수 없다는 걸 알았다.

"은상께서 내리시는 영이라면 제가 어찌 마다할 수 있겠습니까."

그렇게 응낙의 뜻을 나타냈다. 양 중서가 반가운 얼굴로 그런 양지에게 일렀다.

"그렇다면 가서 옷을 바꿔 입고 오너라. 갑옷을 단단히 여며 입어야 한다."

그리고 창고를 지키는 관리를 불러 양지에게 갑옷과 병기를 갖춰 주라 명했다. 뿐만이 아니었다. 다시 곁엣사람들에게 큰 소리로 자신의 말을 끌어오게 한 뒤 양지에게 내어 주며 말했다.

"이 말을 타고 싸우도록 하라. 부디 조심하고 상대를 얕보지 말라."

양지는 그런 양 중서의 호의에 다시 한번 감사를 올린 뒤 연무청 뒤로 가 몸단속을 했다.

한편 이성은 이성대로 가만히 삭초를 불러 다짐을 주었다.

"이번 시합은 다른 데 비할 수 없을 만큼 중요한 것이 됐네. 주근이 이미 졌는데 또 자네가 실수라도 하게 되면 양지는 우리 대명부의 군관 모두를 우습게 보지 않겠나? 내게 아주 좋은 전마 한 필이 있고 또 훌륭한 갑옷 한 벌이 있는데 그걸 모두 자네에게 빌려주겠네. 부디 조심해서 우리 대명부 군관들의 날카로운 기세가 꺾이는 일이 없도록 해 주게."

이에 삭초 또한 이성에게 감사하고 몸단속을 하러 물러갔다.

두 사람 모두 말과 갑옷을 갖추러 간 뒤 양 중서는 몸을 일으켜 계단을 내려갔다. 대 위에서 멀찌감치 보기에는 너무 무거운 시합이라 월대에서 좀 더 가까이 보기 위함이었다. 시중드는 사람들이 그의 은장석(銀裝錫) 교의를 들어다가 월대 난간 곁에 놓았다.

양 중서가 그 교의에 앉자 그 머리 위를 가려 주는 일산(日傘)이며 찻상, 찻주전자가 함께 따라와 그 주위에 펼쳐졌다.

"시합을 시작하도록 하라."

양 중서가 그런 영을 내리자 장대 위에 붉은 기가 올랐다. 양편에서 북소리, 징 소리가 요란하게 울리더니 한 소리 포향(砲響)이 터지면서 먼저 삭초가 말을 타고 나왔다.

삭초가 문기 아래 나와 서자 양지가 말을 달려 나왔다. 양지가 문기 뒤에 이르렀을 무렵 이번에는 누런 깃발이 장대에 올랐다. 양편의 군사들이 일제히 함성을 올려 기세를 돋우었다.

이어 다시 징 소리가 한 번 크게 울리며 흰 깃발이 올랐다. 갑자기 함성이 뚝 그치며 교련장이 조용해졌다. 그 분위기가 얼마나 엄숙한지 누구 하나 입을 열기는커녕 몸 한번 까딱하지 않았다.

이윽고 장대 위에 푸른 기가 높이 올랐다. 시작하라는 신호였다. 그 깃발에 호응하듯 세 번의 북소리가 나자 왼편 진의 문기 아래서 정패군 삭초가 말방울 소리도 요란하게 말을 달려 나왔다. 진 앞에서 말을 멈춘 삭초의 모습은 과연 영웅다웠다.

머리에는 사자 모양으로 두들겨 뽑은 강철 투구에 붉은 수술을 드리웠으며 몸에는 또한 강철 비늘을 꿰어 만든 한 벌 갑옷을 걸치고 있었다. 허리에는 짐승의 얼굴을 새긴 금빛 띠를 둘렀고 가슴 앞뒤에는 청동으로 만든 호심경(護心鏡)을 달았다. 윗도리는 한 벌 붉은 전포요, 발에는 한 켤레 번쩍이는 가죽신을 꿰고 있었는데 오른쪽에는 장궁을 차고 왼편에는 화살통을 걸었으며 손에는 한 자루 금칠 입힌 도끼를 들었다.

그런 삭초가 이 도감이 빌려준 눈같이 흰 말을 타고 달려 나오자 맞은편에서도 문기가 열리며 양지가 달려 나왔다. 창 한 자루를 비껴들고 말 위에 높다랗게 앉은 그의 모습 또한 용맹스럽기 그지없어 보였다. 머리에는 빛나는 해 모양의 장식을 단 강철 투구에 푸른 수술을 드리웠으며 몸에는 버들잎 같은 쇠 비늘을 엮은 갑옷에 붉은 가죽띠였다. 가슴 앞뒤를 가린 엄심갑(掩心甲)이며 전포, 가죽신, 장궁, 화살통도 모두 그의 위엄을 더하는 것들이었다.

그런 양지가 양 중서에게서 빌린 불덩이같이 붉은 말을 타고 한 자루 점강창(點鋼鎗)을 휘두르며 나오자 양편 군사가 갈채를 아끼지 않았다.

남쪽에 앉았던 상기패관(上旗牌官)이 영자기(令字旗)를 날리며 말을 달려 와 큰 소리로 외쳤다.

"상공의 높으신 뜻을 받들어 하는 시합이니 두 사람 모두 힘을 다하라. 잘못이 있으면 책벌이 있을 것이요, 이기는 자에게는 무거운 상을 내릴 것이다."

양지와 삭초는 그 영을 받들고 교련장 가운데로 말을 몰아갔다. 두 말이 엇갈리자 제 김에 화가 난 삭초가 도끼를 수레바퀴처럼 휘두르며 양지를 덮쳐 갔다. 양지도 위엄을 뽐내며 손에 든 창으로 삭초의 도끼를 받았다.

두 사람이 맞붙은 곳은 교련장 한가운데였다. 두 사람이 평생의 재주를 다해 겨루니 둘의 네 팔뚝과 두 필 말의 여덟 개 말발굽이 어지러이 얽혔다. 그러나 싸움이 오십 합이 넘어도 승부가 가려지지 않았다. 월대 위에서 보고 있던 양 중서는 그 눈부신 광경에 넋을 잃었다. 양편의 군관들도 연방 탄성을 쏟아 냈다.

"우리가 여러 해 군중에 있으면서 싸움도 숱하게 겪었지만 이런 싸움은 처음 보네. 정말 대단한 호걸들이군!"

군사들은 그렇게 수군거렸고 이성과 문달도 장대 위에서 감탄을 그치지 못했다.

"좋구나, 정말로 멋진 한판 승부다."

그러나 이성과는 달리 문달은 양지가 은근히 마음에 들었다.

둘 중 하나가 다치는 게 아까워 갑자기 깃발 든 패관을 불렀다.

"영자기를 들고 가서 저 둘을 갈라놓아라. 어서 싸움을 말려야 한다!"

그러자 장대 위에서 한 소리 징 소리가 났다. 싸움을 그치라는 군호였다. 그 소리를 들은 양지와 삭초는 하는 수 없이 싸움을 그치고 각기 말 머리를 돌렸다. 그때 깃발 든 패관이 달려와 소리쳤다.

"두 호걸은 싸움을 그치시오. 상공의 분부시오!"

이에 양지와 삭초는 무기를 거두고 본진 쪽으로 돌아갔다. 두 사람이 양 중서 앞으로 가서 말을 멈추고서 영을 기다리는데 이성과 문달이 달려와 양 중서에게 간곡히 말했다.

"상공, 저 둘의 무예는 높고 낮음이 없습니다. 둘 다 무겁게 써도 좋을 만큼 뛰어나니 이만 시합을 그만두게 하십시오."

그 말에 양 중서도 기뻤다. 이제는 장수들도 불만 없이 양지를 받아들일 것이란 생각에서였다. 곧 영을 내려 양지와 삭초를 가까이 부르게 했다.

두 사람이 양 중서 앞으로 가 말에서 내리자 소교(小校) 하나가 두 사람의 무기를 거두었다. 두 사람은 계단을 올라가 양 중서 앞에 몸을 굽히고 영을 기다렸다.

양 중서는 둘에게 은덩이와 비단옷을 내려 상을 준 뒤 군정사(軍政司)에게 명을 내렸다.

"두 사람 모두 오늘부터 관군제할사(管軍提轄使)로 일하도록 문안을 만들라."

그러나 이번에는 아무도 양지를 쓰는 걸 반대하는 장수가 없었다.

양지와 삭초는 내려진 상과 벼슬에 감사를 올린 뒤 양 중서 앞을 물러났다. 두 사람이 갑옷을 벗고 활과 창칼을 끄른 뒤 다시 연무청으로 오르자 양 중서는 둘을 불러 새삼 인사를 시켰다. 그리고 크게 잔치를 열어 높고 낮은 군관들과 함께 그 하루를 즐겼다.

붉은 해가 서산으로 기울 무렵, 잔치가 끝나고 양 중서는 말에 올랐다. 관원들은 모두 부중으로 돌아가는 양 중서를 배웅했다.

양 중서는 새로이 제할사가 된 양지와 삭초를 데리고 부중으로 돌아갔다. 두 사람의 머리에는 붉은 꽃이 꽂혀 있었다.

일행이 동곽문(東郭門)으로 들어서는데 백성들이 길 양편으로 늘어서서 맞았다. 늙은이를 부축하고 어린애를 업은 채 그들을 맞는 백성들이 한결같이 기쁜 표정이라 양 중서가 말 위에서 물었다.

"그대들은 도대체 무엇이 그리 기쁜가?"

그러자 늙은이들이 입을 모아 대답했다.

"저희들은 북경에서 나 이곳 대명부에서 오래 살았으나 이 같은 무예 시합은 본 적이 없습니다. 오늘 교련장에서 두 분의 눈부신 무예를 보았고, 이제는 또 두 분 다 제할사로 모시게 되었으니 어찌 기쁘지 않겠습니까?"

양 중서가 듣기에도 결코 기분 나쁠 것 없는 소리였다.

부중으로 돌아가자 삭초는 함께 일해 온 군관들이 많아 축하

술을 마시자고 끌고 갔지만, 양지는 새로 온 터라 아는 사람이 없었다. 홀로 부중 자기 방으로 돌아가 조용히 쉬었다. 그러나 헝클어진 그의 삶은 그날로 다시 펴진 셈이었다.

그 뒤 양지는 성심으로 자신을 알아준 양 중서를 위해서 일했다. 양 중서도 동곽문의 무예 시합이 있고 난 뒤로 더욱 양지를 아껴 잠시라도 곁에서 떨어져 있지 못하게 했다. 양지는 다달이 받는 돈도 생겼고, 사귀기를 원하며 찾아오는 사람도 있었다. 특히 삭초는 양지의 솜씨가 빼어남을 누구보다 잘 알아 마음으로 그를 높이 보았다.

그사이도 세월은 쉼 없이 흘러 어느새 봄은 가고 여름이 다가왔다. 단오절이 되어 양 중서와 채 부인은 후당에서 작은 잔치를 벌였다. 술이 몇 순배 돌았을 때 채 부인이 양 중서에게 물었다.

"상공께서 벼슬길에 오르신 뒤로 이제는 국가의 무거운 직책을 맡게끔 되었습니다. 이 공명과 부귀가 모두 어디서 나온 것이라 믿으십니까?"

뭔가 딴 뜻이 있는 물음이었다. 양 중서가 그 뜻을 알고 얼른 대답했다.

"나는 어려서부터 책을 읽어 경사(經史)를 아오. 사람이 목석이 아닌 바에야 어찌 장인어른의 태산 같은 은혜를 잊었겠소? 이끌어 주신 은혜 생각만 해도 감격을 이기지 못하겠소."

그러자 채 부인이 살풋 웃으며 말했다.

"상공께서 저희 아버님의 은혜를 아신다면 어찌하여 그 생신 날을 잊고 계십니까?"

"내가 어찌 장인어른의 생신이 유월 보름이란 걸 잊을 리 있겠소. 이미 사람을 시켜 돈 십만 관으로 금은보석을 사들이게 하고 있소이다. 경사로 보내 장인어른의 생신을 축하드리려 함인데 이제 열에 아홉은 갖춰졌소. 며칠 안으로 챙겨 보고 사람을 시켜 보낼 작정이오. 그런데 한 가지 걱정은 어떻게 그곳까지 무사히 보내는가 하는 거요. 작년에도 수많은 값진 보물을 싸서 보냈으나 도중에 도적에게 몽땅 잃어버리지 않았소? 아직껏 그 도적을 못 잡고 있는 마당에 이제 다시 보내려 하니 걱정이 아니 될 수 없구려. 그래 이번에는 누구를 보냈으면 좋겠소?"

양 중서가 걱정 가득한 얼굴로 그렇게 받았다. 채 부인이 가볍게 받았다.

"부리시는 수많은 군교 중에 믿을 만한 이를 골라 보내시지요."

"하기야 아직 사오십 일 남았으니 먼저 예물을 갖춘 뒤 그때 가서 보낼 사람을 골라도 늦지 않을 것이오. 부인께서는 너무 마음 쓰지 마시오. 내가 다 알아서 처리하겠소."

양 중서는 그렇게 의논을 그치고 다시 술잔을 들었다. 그때 이미 마음속으로는 떠오르는 인물이 있었으나 아직은 밝히고 싶지 않아 그냥 미룬 것이었다.

한편 그 무렵 산동 제주 운성현이란 곳에 새로 지현(知縣) 한 사람이 부임했다. 성은 시(時)요 이름은 문빈(文彬)이라는 사람이었다.

그가 임지에 부임하자 현의 벼슬아치들이 두 줄로 늘어서 분부를 기다렸다. 지현은 먼저 위사(尉司)의 포도관원(捕盜官員)과

두 명의 순포도두(巡捕都頭)를 불렀다.

그 현의 위사 아래에는 두 명의 도두가 있었는데 하나는 보병도두(步兵都頭)요 하나는 마병도두(馬兵都頭)였다. 마병도두는 말 스물네 필과 스물네 명의 마궁수, 스무 명의 보졸을 거느렸고, 보병도두는 스물네 명의 창수와 그 아래 스무 명의 졸개를 거느리고 있었다.

일확천금을 꿈꾸는 사나이들

마병도두는 이름이 주동(朱仝)으로 키 여덟 자 네댓 치에 자 반이나 되는 호랑이 수염과 대추같이 붉은 얼굴에 관운장을 닮아 현의 사람들은 모두 그를 미염공(美髥公)이라 불렀다. 원래가 그곳 태생으로, 의로운 일이면 재물을 아끼지 않아 여러 곳의 호걸과 사귀고 있었으며, 어려서부터 무예를 익혀 솜씨가 이만저만이 아니었다.

또 보병도두는 뇌횡(雷橫)이란 사람인데, 키 일곱 자 반에 낯빛은 검푸르고 부챗살같이 퍼진 구레나룻이 있었다. 힘이 남다르고 몸이 날렵해 두어 길이 넘는 계곡을 뛰어 건너니 사람들은 삽시호(挿翅虎), 곧 날개 달린 호랑이라 불렀다. 원래는 그곳 대장장이였으나 나중에 점포를 늘려 소도 잡고 돼지도 쳤는데, 속이 좀

좁기는 해도 무예만은 볼만했다.

새로 온 지현이 부른다는 말을 들은 주동과 뇌횡은 한달음에 현청으로 달려갔다. 그들이 대령하자 지현이 말했다.

"내가 이곳으로 부임해 들으니 제주 물가 마을 양산박이란 곳에 큰 도둑 떼가 자리 잡고 있다고 한다. 무리를 모아 도둑질을 하며 관군에게 맞선다 하니, 다른 고을에도 도둑 떼가 일까 걱정스럽구나. 이제 그대들 두 사람을 부른 것은 바로 그 때문인즉, 그대들은 괴롭다 말고 내 뜻을 받들어 애써 주기 바란다. 현에 있는 군사들을 두 패로 나누어, 한 패는 서문으로 나가고 한 패는 동문으로 나가 각기 다른 길로 관내를 살펴보도록 하라. 만약 도둑을 만나면 붙들어 오되 백성들을 놀라게 해서는 아니 된다. 내가 알기로 동계산(東溪山) 위에는 한 그루 잎이 붉은 나무가 있다는데 별일이 없거든 그대들 모두 그 붉은 잎을 따다가 내게 바치도록 하라. 그러면 그대들이 그곳까지 돌아보고 왔음을 믿을 것이나, 만약 그 나뭇잎이 없으면 거짓말을 한 것으로 여겨 무거운 벌을 내릴 것이다."

방금 온 지현치고는 엄하기 그지없는 분부였다.

주동과 뇌횡은 곧 그 앞을 물러난 뒤 현청에 있는 군사들을 끌어모았다. 별로 크지 않은 현이라 급하게 모을 수 있는 군사는 사오십 명을 넘지 않았다. 둘은 지현이 시킨 대로 그 군사를 나누어 각기 한 갈래씩 이끌고 성문을 나갔다.

먼저 주동이 군사들과 함께 서문을 나갔다. 어디 있는지도 모를 도둑을 잡기 위함이었다. 늑장은 부려도 뇌횡 또한 군사 스무 명을 이끌고 동문을 나와 고을을 한 바퀴 돌았다. 그러나 도둑은 어디서도 눈에 띄지 않았다. 할 수 없이 동계산 꼭대기로 올라가 붉은 나뭇잎이나 하나씩 따 가지고 다시 마을로 내려갔다.

뇌횡의 패거리가 한 두어 마장 갔을 때였다. 길가에 영관묘(靈官廟, 법을 수호하고 제단을 관장하는 신을 모신 사당)가 하나 있는데 그 문이 닫혀 있지 않은 게 보였다.

"저 묘는 축원을 올리는 사람도 없는데 문이 열려 있으니 알 수 없구나. 수상한 놈이 들었을지도 모르니 한번 덮쳐 보자."

뇌횡이 그렇게 말하자 군사들은 횃불을 밝혀 들고 안으로 들어가 보았다. 정말로 묘당 안에는 한 몸집이 큰 사내가 더워서인지 옷을 벗어 뭉쳐 베개로 삼았는데 사람들이 몰려 들어가도 깨어날 줄 몰랐다. 영락없이 도둑놈이라 본 뇌횡이 감탄부터 냈다.

"신기하다, 신기해. 지현 나리는 귀신같은 분이시구나. 정말로 동계촌에 이 같은 도둑놈이 있었으니 말이다."

그러고는 군사들을 호령해 그 사내를 묶게 했다. 사람이 스무 명이나 덮치니 사내는 제대로 뻗대 보지도 못하고 멧돼지처럼 옮히고 말았다.

뇌횡은 그 사내를 앞세우고 영관묘를 떠나 마을로 내려갔다. 얼마 뒤 마을에 이른 뇌횡이 군사들을 돌아보며 말했다.

"어이, 우리 조(晁) 보정(保正)님 댁에 들러 요기나 하는 게 어때? 저놈은 그 뒤에 현으로 끌고 가 문초해도 늦지 않을 걸세."

하루 종일 이곳저곳을 돈 뒤에다 동계산까지 갔다 온 군사들이라 군소리가 있을 리 없었다. 기다렸다는 듯 보정 댁으로 몰려갔다.

동계촌의 보정은 성이 조(晁)요 이름은 개(蓋)라 했다. 조상 대대로 그곳에 눌러 산 부자로, 그 자신도 평생 의로운 일이면 재물을 아끼지 않았으며 특히 호걸들을 좋아하여 많은 호걸들과 사귀고 있었다. 자기를 찾아오는 사람이면 가리지 않고 자기 집에서 먹이고 재웠으며 떠날 때는 노자까지 내밀었다. 창 쓰기와 봉술을 몹시 좋아했고, 힘도 남달랐는데, 어찌 된 일인지 나이 서른이 넘도록 아내를 맞지 않고 홀몸으로 지냈다.

널리 알려진 조개의 이야기로는 이런 게 있다.

운성현 동문 밖에는 큰 개울을 가운데로 하고 두 마을이 마주 보고 있었다. 하나는 동계촌(東溪村)이라 불렸고 다른 하나는 서계촌(西溪村)이라 불렸다. 그런데 그 서계촌에는 귀신이 있어 벌건 대낮에도 사람을 홀려 물로 끌어들이는 따위의 행패를 부렸다. 어느 날 그곳을 지나가던 스님이 그 소문을 듣고 청석(青石)으로 탑을 세워 귀신을 쫓게 하였다. 그러자 귀신들은 이번에는 동계촌으로 몰려가 행패를 부리기 시작했다.

그 소리를 들은 동계촌의 조개는 몹시 성이 났다. 내를 건너 서계촌으로 달려가 혼자서 그 탑을 동쪽 물가로 옮겨 버렸다. 사람들은 그 무서운 힘에 놀라 그때부터 그를 탁탑천왕(托塔天王)이라 불렀다. 조개의 이름도 그때부터 그 부근 마을들뿐만 아니라 온 세상에 널리 퍼져 나갔다.

그날 아침 뇌횡과 그 졸개들이 수상한 사내를 묶어 끌고 문을 두드린 것은 바로 그 조개의 장원이었다. 아직 자리에 누워 있던 조개는 문지기가 달려와 뇌횡이 찾아왔음을 알리자 얼른 문을 열고 맞아들이게 했다.

뇌횡은 묶어 온 사내와 군졸들을 문간방에 머무르게 하고 우두머리 몇 명만 딸린 채 초당으로 올라갔다. 기다리던 조개가 반갑게 일어나 맞으며 물었다.

"도두께서 이렇게 일찍 웬일이시오?"

"지현 나리의 분부를 받고 주동과 군사를 나누어 고을을 돌며 도둑을 잡는 중이외다. 밤새 돌아다니느라 지쳐 보정 댁에 잠시 쉬어 가려 왔소이다만 혹 단잠을 깨우지나 않았는지 모르겠소."

뇌횡이 미안한 기색으로 그렇게 대답했다. 조개가 두 손을 내저어 가며 뇌횡을 안심시켰다.

"아니외다. 참 잘 오셨소."

그러면서 머슴들을 불러 술과 밥을 내오게 했다. 먼저 국물이 나오자 조개가 뇌횡에게 권하며 다시 물었다.

"그래, 어디 좀도둑이라도 한 놈 잡았소?"

"영관전(靈官殿) 안에서 어떤 덩치 큰 놈 하나가 술에 취해 자빠져 자고 있었소. 꽁꽁 묶어 지현께 끌고 가는 길이외다. 때도 그렇거니와 어떤 일이 있었나를 보정께도 알려 드리기 위해 이렇게 들렀으니 뒷날 지현께서 물으시면 잘 대답해 주시오. 그 수상쩍은 놈은 지금 문간방에 끌어다 놓았소."

뇌횡이 약간 거드름 섞인 말투로 그렇게 알려 주었다. 조개가 그런 뇌횡에게 공치사를 했다.

"알려 주시니 고맙소이다. 본 대로 말씀드려 주겠소."

그러고 있는데 머슴들이 술과 밥이 차려진 큰 상을 내왔다. 조개가 머슴들에게 일렀다.

"여기는 이야기를 나누기에 좋지 않구나. 뒤채 마루에다 상을 옮겨 차리도록 하라."

그리고 뇌횡도 그리로 옮겨 주기를 청했다.

뒤채 마루로 옮긴 뒤 조개는 주인 자리에 앉고 뇌횡은 손님 자리에 앉자 곧 과자와 채소에 술을 곁들인 소반이 나왔다. 머슴들이 술을 따르는 걸 보고 조개가 다시 일렀다.

"바깥에 있는 군졸들에게도 술과 고기를 내다 주어라."

그 말에 따라 머슴들은 문간방에서 쉬고 있던 사람들도 안마당으로 불러들여 술과 고기를 대접했다.

조개는 뇌횡을 대접하는 한편 속으로 가만히 생각해 보았다.

'이 마을에 좀도둑이 있어 잡아간다고? 도대체 그놈이 어떤 놈인지 가 봐야겠다.'

그리고 예닐곱 잔을 더 마신 뒤 우두머리 머슴을 불러 말했다.

"네가 도두님을 모시고 잠시 앉아 있거라. 세수간에 좀 다녀와야겠다."

잠시 몸을 빼기 위해 핑계를 낸 셈이었다. 뇌횡은 별 의심하는 눈치 없이 조개를 보내 주었다.

조개가 문간방 쪽으로 가 보니 군졸들은 모두 술을 마시느라 바깥에는 아무도 지키고 있지 않았다. 됐다 싶어진 조개가 때마침 그곳을 지나가는 머슴에게 물었다.

"도두께서 잡아 온 도둑놈은 어디 있느냐?"

"문간방에 가둬 두었습니다."

그 같은 머슴의 대답을 들은 조개는 곧 문간방으로 달려가 문을 열어젖히고 안을 들여다보았다. 어떤 사내가 벌거숭이로 매달려 있었는데 드러난 살갗은 거무튀튀하고 두 다리에는 검은 털이 덥수룩했다. 더욱 궁금해진 조개는 바짝 다가가 그의 얼굴을 살폈다. 검자줏빛 도는 넓은 뺨에는 한 개 붉은 점이 나 있고, 그 위에는 누런 털이 한 줌 나 있었다.

"이놈아, 너는 누구냐? 이 마을에서는 통 못 보던 놈이로구나."

그러자 사내가 사정하듯 대꾸했다.

"저는 멀리서 온 나그네입니다. 어떤 사람을 찾아 이리로 왔다가 도적으로 몰려 이 꼴이 됐습니다. 정말 억울합니다."

"사람을 찾아왔다니 이 마을 누구를 찾아왔단 말이냐?"

"이곳에 사신다는 어떤 호걸입니다."

"호걸이라니? 그의 이름이 뭐냐?"

"사람들은 그를 조 보정이라 부른다더군요."

그 말에 조개는 깜짝 놀랐다. 그러나 아무리 보아도 처음 보는 얼굴이라 시치미를 떼고 물어보았다.

"너는 전에 그를 만나 본 적이 있느냐?"

"그분은 온 세상이 다 이름을 알아주는 의사요, 호걸 아닙니까? 이번에 제가 한몫 단단히 잡을 길을 알아 그분께 일러 드리려고 온 것입니다."

그제야 조개는 비로소 자신을 밝혔다.

"그렇다면 조금만 기다리게. 실은 내가 바로 조 보정이네. 만약 놓여나고 싶다면 긴말 말고 내가 시키는 대로 하게. 이제부터 자네는 내 생질이 되는 걸세. 조금 있다가 내가 뇌횡을 바래다주러 따라 나오거든 그때 나를 보고 외삼촌이라 소리치란 말이야. 그러면 나는 자네를 생질로 알아보고 어릴 적에 이곳을 떠났다가 이제 외삼촌을 찾아온 거라고 하지. 너무 오래간만이라 얼른 알아보지 못했다면서 말이야."

"그렇게 해서 저를 구해 주신다면 그보다 더 고마울 데가 어디 있습니까? 그거야말로 바로 의사(義士)와 제가 손잡는 일이 되는 겁니다."

사내의 그 같은 대답을 뒤로하고 조개는 얼른 그 방을 나왔다. 그리고 뒤채로 돌아가 뇌횡에게 시치미를 떼며 말했다.

"이거, 손님을 기다리게 해서 정말로 죄송합니다."

"별말씀 다 하십니다. 오히려 폐를 끼치고 있는 건 나외다."

뇌횡이 그렇게 받아 두 사람은 다시 아무 일 없었던 것처럼 술을 마시기 시작했다. 이윽고 날이 훤히 밝자 뇌횡이 말했다.

"이제 날이 밝았으니 이만 가 봐야겠소이다. 시각에 맞춰 등청해야지요."

"관청에 매인 몸이시라 감히 더 붙들지 못하겠습니다. 다음에 또 이 마을에 들르시는 일이 있으면 그때는 버선발로 뛰어나가 맞겠습니다."

조개도 더 잡지 않고 뇌횡을 따라 일어났다. 두 사람이 마당으로 내려서자 술과 밥을 배불리 먹고 늘어져 있던 군사들이 분분히 일어섰다. 군사들은 곁에 뉘어 놨던 창이며 칼을 챙겨 들고 문간방으로 가 거기 묶어 두었던 사내를 끌어냈다. 끌려 나오는 사내를 본 조개가 전혀 낯선 사람 보듯 감탄 섞어 말했다.

"거참, 덩치 한번 큰 놈이로군."

"저놈이 바로 영관전에서 붙잡은 놈이오."

뇌횡도 무심코 그렇게 대꾸했다. 그때 그 사내가 조개를 보고 소리쳤다.

"외삼촌, 접니다. 절 좀 구해 주십시오!"

조개가 짐짓 그를 찬찬히 살펴보는 척하다가 놀라 물었다.

"이게 누구야? 너 왕소삼(王小三) 아니냐?"

"그렇습니다. 외삼촌 절 좀 구해 주십쇼."

사내는 그렇게 맞장구를 치고 나왔다. 그 소리에 모두 깜짝 놀라 그들을 바라보았다. 뇌횡이 황급히 조개에게 물었다.

"저 사람이 누구요? 어째서 보정을 알은척합니까?"

조개가 천연스레 대답했다.

"내 생질인 왕소삼이오. 헌데 저 아이가 왜 그 묘 안에서 자고 있었는지 모르겠구려. 저 아이는 내 누님의 아들로 원래 여기서 살다가 네댓 살 때 매형 내외를 따라 남경으로 갔는데 그게 벌써 십여 년이 되었소이다. 열네댓 살 땐가 서울 장사치들하고 이곳을 스쳐간 뒤로는 다시 만나 볼 길이 없었소. 들리는 소문으로는 사람 구실을 제대로 못한다는 것 같았지만 거기는 또 왜 갔다는 겐지. 자칫했으면 얼굴도 알아보지 못할 뻔했으나 볼에 있는 붉은 점을 보고 겨우 알아냈소이다."

그러고는 대뜸 그 사내를 쏘아보며 꾸짖었다.

"이놈 소삼아, 이곳엘 왔으면 나를 찾으러 올 것이지 마을을 어슬렁거리며 도둑질을 해?"

"아저씨, 저는 도둑질하지 않았어요."

소삼이라 불린 사내가 억울하다는 듯 소리쳤다. 조개가 짐짓 목소리를 높였다.

"네놈이 도둑질하지 않았다면 왜 그런 곳에서 붙들렸느냐?"

그러고는 곁에 있는 군졸에게서 몽둥이 하나를 뺏어 사내의 머리 얼굴 가릴 것 없이 후려 패기 시작했다. 보고 있던 군졸들과 뇌횡이 오히려 난감해서 조개를 말렸다.

"그렇게 때리실 것까지는 없습니다. 저 사람 말을 한번 들어 보지요."

적이 힘을 얻은 사내가 죽는시늉을 짓다 말고 늘어놓았다.

"외삼촌, 잠깐만 참으시고 제 말을 들어 보십쇼. 열네댓 살에 뵙고 십 년 만인데 너무하십니다. 엊저녁 오는 길에 술을 좀 과하게 마셔 바로 찾아뵙지 못하고 잠시 영관묘 안으로 들어갔던 것입니다. 거기서 자고 술이라도 깨면 외삼촌을 뵈오려구요. 그런데 저분들이 다짜고짜로 사람을 묶어 버리니 고스란히 도둑놈으로 몰리게 된 겁니다."

그래도 조개는 들은 척을 않고 몽둥이를 휘둘러 대며 꾸짖기를 마지않았다.

"이 짐승 같은 놈아, 나를 보러 왔다면서 길가에서 그런 걸 사 처먹는단 말이냐? 내 집에는 네놈이 처먹을 게 없다고 누가 그러더냐? 죽일 놈 같으니라구."

보다 못한 뇌횡이 그런 조개를 다시 말렸다.

"보정께서는 잠시 노기를 거두십시오. 저 생질이란 사람은 도둑질을 한 게 아니외다. 우리가 보니 힘깨나 써 보이는 사내가 벌거벗고 사당 안에 누워 있는 데다 처음 보는 얼굴이라 도둑으로 의심하고 이리로 끌고 온 것뿐이오. 만약 그때 보정의 생질인 줄 알았다면 붙들지도 않았을 거요."

그러고는 조개의 대답을 기다리지도 않고 군졸들에게 명했다.

"어서 저 사람을 풀어 주고 보정께로 돌려보내라."

군졸들이 시키는 대로 하자 뇌횡은 아직도 성이 안 풀린 얼굴인 조개에게 오히려 미안한 듯 말했다.

"보정, 너무 섭섭하게 생각하지 마시오. 진작에 보정의 생질 되는 사람인 줄 알았다면 이러지는 않았을 거외다. 미안하게 되었소. 우리는 이만 돌아가 봐야겠소."

그제야 조개의 낯빛도 풀렸다. 떠나려는 뇌횡을 붙들며 은근한 목소리로 말했다.

"도두께서는 잠시만 더 머물다 가십시오. 안으로 들어가셔서 다시 이야기나 나누도록 하십시다."

이에 뇌횡은 마지못해 다시 조개의 집 안으로 들어갔다. 조개는 몇 마디 긴하지 않은 이야기 끝에 열 냥짜리 은덩이 하나를 꺼내 뇌횡에게 주며 말했다.

"뇌 도두, 적다 여기지 마시고 웃으며 받아 주시오."

"이래서는 아니 되오."

뇌횡이 그러면서 받지 않으려 했지만 조개는 억지를 쓰다시피 은덩이를 내밀었다.

"도두께서 이걸 받지 않으신다면 내게 서운한 게 있어서라 여기겠습니다."

조개가 그렇게까지 나오자 뇌횡도 더는 마다할 수 없었다. 어색하게 그 은덩이를 거두어 넣으면서 조개에게 말했다.

"보정의 뜻이 그러하시다니 어쩔 수 없구려. 이 후의는 뒷날 보답하겠소."

그러자 조개는 좀 전의 그 사내를 불러 뇌횡에게 절을 올리게 하고 다시 은자 몇 냥을 더 내오게 해 뇌횡을 따라온 군졸들에게 나눠 주었다.

얼마 뒤 조개는 뇌횡 일행을 전송하기 바쁘게 그 사내를 뒤채로 불러 물었다.

"당신은 도대체 누구며 어디서 왔소?"

"저는 성이 유(劉)요, 이름은 당(唐)이라 하며 동로주(東潞州) 사람입니다. 수염 곁에 붉은 점이 있어 사람들은 저를 적발귀(赤髮鬼, 털 붉은 귀신)라 부릅니다. 이번에 한몫 잡을 만한 일이 있기로 특히 보정님께 의논드리러 왔다가 간밤 늦게 술이 취해 그만 사당 안에 곯아떨어지는 바람에 이런 꼴로 끌려오게 된 겁니다. 이제 이렇게 보정님과 마주 앉게 됐으니 얼마나 다행스러운지 모르겠습니다. 먼저 이 유당의 절부터 받으십시오."

사내가 그런 대답과 함께 일어나 네 번이나 절을 했다. 어리둥절한 채 절을 받은 조개가 다시 물었다.

"당신은 아까부터 한몫 잡을 일이 있다 하는데 그게 무슨 소리요?"

"저는 어려서부터 세상을 떠돌아다녀 여러 곳을 가 봤고 또 많은 호걸들과도 사귀어 보았습니다. 보정님의 크신 이름도 진작부터 들어 알고 있었습니다만 아직껏 뵈옵지를 못했습지요. 산동 하북의 장사꾼들 중에 보정님 댁 신세를 진 이들이 많아 그들에게서 듣게 된 것입니다."

유당이란 사내가 그렇게 묻지도 않은 말을 늘어놓다가 갑자기 목소리를 죽이며 말했다.

"방 안에 딴 사람이 없다면 나리와 흉금을 털어놓고 하고 싶은 말이 있습니다만."

"여기는 모두 믿어도 될 만한 사람들뿐이오. 거리낌없이 말해 보시오."

조개가 앞뒤 한번 돌아보는 법 없이 유당을 안심시켜 놓았다. 그러자 유당은 갑자기 전보다 몇 배나 가까워진 사람처럼 털어놓았다.

"아우는 북경 대명부의 양 중서가 돈 십만 관을 풀어 금은보화며 여러 가지 값진 물건들을 사들이고 있다는 소리를 들었습니다. 동경에 사는 장인 채 태사의 생일에 바쳐 올릴 것들이지요. 작년에도 양 중서는 그만한 돈을 들여 여러 가지 값지고 귀한 것들을 보냈지만 도중에 누구에겐가 도적질당한 뒤로 아직껏 그 단서조차 잡지 못했다고 합니다. 그런데도 올해 또 십만 관을 들여 유월 보름의 장인 생일날에 닿게 하려고 곧 물건들을 보내려 한다는 겁니다. 이 아우가 생각하기로 그것들은 의롭지 못한 재물로 사들인 것들이니 우리가 가로챈다 해서 안 될 게 무어 있겠습니까? 우리가 꾀를 짜내 도중에 훔친다 해도 하늘의 뜻에 비추어 죄 될 것이 없을 듯합니다. 제가 들어 알기로 형님께서는 참으로 사나이다울 뿐만 아니라 무예도 남다르신 분입니다. 이 아우 또한 약간의 무예를 익혀 창 한 자루만 쥐여 주면 일이천 군사는 겁나지 않을 만합니다. 형님께서 버리시지만 않는다면 저도 한 팔의 힘이 되어 일을 꾸며 보고 싶습니다만 형님의 뜻은 어떠하신지요."

하지만 조개에게는 그 같은 유당의 말이 너무 갑작스러웠다.

"대단하오. 나중에 한번 의논해 봅시다. 우선은 그동안 고생이 많았으니 가서 좀 쉬시오. 나도 좀 생각해 본 뒤에 내일 이야기합시다."

우선 그렇게 의논을 미루었다. 유당도 당장 무슨 결판을 내야 할 일은 아니란 걸 알아 조개가 말하는 대로 따랐다.

유당은 조개의 머슴들이 안내해 준 방으로 가 벌렁 누웠다. 아닌 게 아니라 몸도 어지간히 지쳐 있었다. 그러나 잠은 오지 않고 그때껏 잊고 있었던 분한 생각이 새삼 일었다.

'빌어먹을 이 무슨 억울한 고생이냐. 조개가 나타나 구해 줬기에 망정이지 자칫했으면 큰 욕을 볼 뻔했다. 그래, 죄 없는 나를 하룻밤이나 매달아 놓다니! 그놈들 아직 멀리는 못 갔겠지. 몽둥이를 들고 뒤쫓아가 그놈들을 모조리 때려야겠다. 은자도 되찾아 와야지. 그래 놓고 은자를 열 냥씩이나 얻어먹어?'

생각이 거기에 미치자 유당은 더 누워 있을 수가 없었다. 가만히 방을 나와 박도(朴刀) 한 자루를 찾아 들고 뇌횡 일행을 뒤쫓아갔다.

그때는 이미 환히 밝은 뒤라 유당은 곧 뇌횡을 따라잡을 수 있었다. 저만치 뇌횡이 군졸들을 데리고 느릿느릿 가고 있는 게 눈에 들어오자 고함부터 벽력같이 질러 댔다.

"이 못돼먹은 도둑놈아, 달아나지 마라."

그 소리에 놀란 뇌횡이 고개를 돌려 보니 유당이 칼을 들고 덤벼드는 게 보였다. 뇌횡은 얼른 곁에 있는 군졸에게서 칼 하나를 뺏어 들고 싸울 태세를 갖추며 맞받아 소리쳤다.

"네놈이 이렇게 뒤쫓아 와 어쩌겠단 말이냐?"

"네가 사리를 아는 놈이라면 그 은자 열 냥을 내놓아라. 그러면 너를 고이 보내 주마."

유당이 앞뒤 없이 그렇게 소리쳤다. 뇌횡이 벌컥 화를 내며 꾸짖었다.

"너희 아저씨가 보내서 왔느냐? 아니면 네놈이 천방지축으로 달려온 것이냐? 만약 조 보정의 낯을 봐주지 않아도 된다면 네놈의 목숨은 남아나지 않을 줄 알아라. 내가 누구라고 감히 은자를 내놓으라는 거냐?"

"네놈이 죄 없는 나를 도둑으로 몰아 하룻밤을 매달았겠다? 거기다가 우리 아저씨에게서 은자까지 빼앗아 가? 좋은 말 할 때 내놔. 그러잖으면 멱통을 끊어 놓겠다."

유당이 그렇게까지 나오자 뇌횡은 화가 머리끝까지 차올랐다. 들고 있던 칼로 유당을 겨누며 한껏 목청을 높였다.

"가문을 욕되게 하고 집안을 망칠 나쁜 놈아, 네 어찌 이리 무례하냐?"

"백성을 속이고 등쳐 먹는 이 나쁜 건달 놈이 어따 대고 함부로 욕질이냐?"

유당도 지지 않고 맞받았다. 뇌횡이 금세 터져 버릴 사람처럼 욕설을 쏟아 냈다.

"이 뼈다귀부터 낯가죽까지 몽땅 도둑놈의 것만 뒤집어쓴 놈아, 네놈 날뛰는 꼴을 보니 반드시 조개에게까지 욕이 돌아가게 하겠구나. 네놈이 정히 그렇게 시커먼 도둑놈 심보로 날뛰면 그냥 두지 않겠다."

"오냐, 덤벼라. 우리 둘 중에 누가 이기고 누가 지는지 한번 붙어 보자."

드디어 참지 못한 유당이 먼저 칼을 휘두르며 덮쳐 갔다. 뇌횡도 같잖다는 듯 껄껄 웃으며 칼을 들고 유당을 맞았다.

그렇게 맞붙은 유당과 뇌횡은 훤한 큰길가에서 오십 합이 넘도록 싸웠다. 솜씨가 엇비슷해선지 좀체 승부가 가려지지 않았다. 보고 있던 군졸들은 뇌횡이 유당을 당해 내지 못할까 걱정이 되었다. 모두 병장기를 꺼내 들고 뇌횡을 도우려 했다. 그때 가까운 사립문이 열리더니 어떤 사람이 두 줄의 구리 사슬을 끌고 나오며 소리쳤다.

"두 분 호걸은 싸우지 마시오. 내가 오래 보니 우선은 다들 쉬셔야겠소. 잠시 쉬면서 내 말을 좀 들어 보시오."

그리고 구리 사슬을 두 사람 가운데로 던져 넣으니 둘은 할 수 없이 칼을 거두었다.

뇌횡과 유당이 각기 한 발씩 몸을 뺀 뒤 싸움판에 뛰어든 사람을 살펴보았다. 뜻밖에도 그는 서생 중에도 수재의 옷차림을 하고 있었다. 머리에 쓴 통 모양의 베 두건이며 몸에 꿴 검은 두루마기에 갈색 허리띠, 실로 꿰맨 가죽신 따위가 모두 그랬다. 생김새도 이마가 깨끗하고 눈이 맑으며 얼굴이 희고 수염이 긴 게 남의 싸움판에나 끼어들 사람 같지는 않았다.

그는 지다성(智多星, 꾀 많은 별) 오용(吳用)이란 사람으로 자는 학구(學究)요 도호는 가량선생(加亮先生)이라 했다. 아주 윗대부터 그곳에 눌러 살아온 운성현 토박이였다.

두 사람의 싸움을 갈라놓은 오용은 먼저 유당을 가리키며 물었다.

"저분, 잠깐 손길을 멈추시오. 당신은 무슨 일로 도두님과 싸우는 거요?"

"당신 같은 수재가 끼어들 일은 아니오."

유당이 번쩍이는 눈길로 오용을 쏘아보며 그렇게 퉁을 놓았다. 오용을 본 적이 있는 뇌횡이 얼른 그런 유당을 대신해 입을 열었다.

"선생께서는 모르시겠지만 저놈은 어젯밤에 벌거벗고 영관전 안에서 자다가 우리에게 묶였던 놈이오. 그런데 놈을 끌고 조 보정 댁에 들렀더니 아, 글쎄 보정께서 저놈을 보고 자기 생질이라 하지 않겠소? 그 외삼촌의 얼굴을 보아서도 저놈을 놓아주지 않을 수가 없었소. 그랬더니 보정께서 술을 대접하고 또 돈 몇 푼을 내놓으시더구려. 뿌리칠 수 없어 넣고 나왔는데 저놈이 제 외삼촌을 속이고 뒤쫓아와 그 돈을 도로 내놓으라는 거요. 정말 간도 큰 놈이 아니오?"

그 말을 들은 오용은 속으로 가만히 생각해 보았다.

'조개와 나는 어렸을 적부터 친하게 지내 온 터라 그의 친척이라면 나도 다 안다. 그러나 저런 생질이 있단 소리는 못 들어 보았을 뿐만 아니라 작년에 큰일이 있을 때도 저 사람은 오지 않았다. 반드시 까닭이 있을 것이니 우선 싸움이나 말려 놓고 보자.'

그렇게 마음을 정하자 얼른 유당을 향해 말했다.

"보시오. 그쪽 몸집 큰 분, 함부로 나서지 않는 게 좋을 듯싶소. 나는 당신 외삼촌과도 매우 친하고 저분 도두와도 잘 아는 사이요. 보정께서 인정으로 저분에게 준 걸 당신이 내놓으라 하면 그건 바로 외삼촌의 체면을 깎는 일이 되오. 내가 당신 외삼촌에게 잘 말씀드려 주겠소."

하지만 유당은 그 말을 들으려 하지 않았다. 오히려 더욱 핏대를 세워 우겼다.

"이봐요, 수재님. 당신은 아무것도 모르면 가만히 있기나 하시오. 그 은자는 우리 외삼촌이 좋아서 준 게 아니란 말이오. 저놈이 속여 뺏은 거나 다름없으니 그걸 되찾지 못하면 결코 돌아가지 않겠소."

"보정께서 와서 되찾으려 드신다면 내놓겠지만 네놈에게는 절대 안 된다."

뇌횡이 곁에서 그렇게 이죽거리자 유당은 오용을 버려 두고 그를 향했다.

"저놈이 나를 도둑으로 몰고도 모자라 은자까지 후려가 놓고 무슨 수작이야? 어서 내놓지 못해?"

"원래 네놈 것이 아닌데 무엇 때문에 내놓는단 말이냐? 어림없다. 못 줘!"

"좋아, 네놈이 못 내놓겠다면 내 손에 든 박도가 내놓게 해 주지."

그렇게 주고받다 보니 금세 다시 맞붙기라도 할 듯한 기세들이 되었다. 오용이 그런 두 사람을 황급히 말리며 소리쳤다.

"두 분은 한나절이나 싸워 봤지만 승부가 안 나지 않았소? 도대체 언제까지 싸우시겠다는 거요?"

"저놈이 은자를 내놓지 않으면 죽을 때까지 싸우는 수밖에. 당신도 덤비려면 덤비시오."

유당이 다시 그렇게 받자 오용 때문에 참고 있던 뇌횡도 더는 참지 못했다.

"내가 만약 네놈이 두려워 딴 사람을 이 싸움에 끌어들인다면 나는 대장부가 아니다! 너 같은 건 나 혼자서도 넉넉해."

그 말과 함께 늘어뜨리고 있던 칼을 다시 꼬나들었다.

"그러면 내가 겁낼 줄 알고? 덤벼, 어서 덤비라구."

유당이 제 성을 못 이겨 가슴까지 두드려 가며 뇌횡에게로 다가갔다. 뇌횡이 그런 유당을 피하지 않으니 금세 다시 싸움이 어우러질 판이었다. 오용이 가운데서 둘을 뜯어말려 보려 했지만 될 일이 아니었다. 박도를 휘두르며 덤비는 유당을 뇌횡이 욕설로 맞아 다시 칼부림이 시작되었다.

"보정께서 오십니다."

구경하고 있던 군졸들이 갑자기 큰 소리로 알려 왔다. 유당이 돌아보니 조개가 옷깃도 제대로 여미지 못하고 헐떡이며 달려오고 있었다.

"이 짐승 같은 놈아, 무슨 무례한 짓이냐?"

다가온 조개가 큰 소리로 유당부터 꾸짖었다. 오용이 껄껄 웃으며 그런 조개를 맞았다.

"결국 보정이 몸소 나오셨구려. 한참 싸움을 말리는 중이었소."

오용의 말에는 대꾸도 없이 한동안 숨결을 고르던 조개가 누구에게랄 것도 없이 물었다.

"무슨 일로 칼까지 들고 싸우는가?"

"댁의 생질이 칼을 들고 뒤쫓아와 아까 받은 은자를 내놓으라는구려. 돌려줘도 보정께 돌려주겠다 했더니 막무가내로 덤벼 벌써 나와 쉰 합이나 싸웠소. 저분이 말려도 안 들으니 어쩌겠소."

뇌횡이 떨떠름한 표정으로 그렇게 대답했다. 그러자 조개가 다시 유당을 노려보며 한 번 더 꾸짖었다.

"이 짐승 같은 놈아, 좀스러운 놈이 도리조차 모르는구나."

그러고는 뇌횡을 보고 공손하게 빌었다.

"도두께서는 제 낯을 보아서라도 이만 돌아가십시오. 뒷날 찾아뵙고 사죄드리겠습니다."

조개가 그렇게 나오자 뇌횡의 표정이 적이 누그러졌다.

"나도 일이 대강 어떻게 된 건지는 짐작했더랬소. 아마도 보정께서 멀리 나오시는 수고만 끼쳐 드린 것 같소."

그러고는 졸개들을 수습해 떠나 버렸다.

뇌횡이 떠나고 난 뒤 오용이 조개에게 말했다.

"보정께서 나타나지 않으셨더라면 한바탕 큰일이 날 뻔했소. 생질 되는 이, 정말 대단하더군요. 무예가 굉장했소이다. 사립문 뒤에서 보니 칼 잘 쓰기로 이름난 뇌횡도 못 당하더란 말이오. 그대로 몇 합만 더 가면 뇌횡이 목숨을 잃을 것 같아 황급히 나가 말린 거외다. 생질 된다는 저 사람 어디서 왔소? 전에 댁에서는 본 적이 없는데."

"그러잖아도 선생에게 의논드릴 게 있어 내 집으로 청할 참이었소. 그런데 미처 선생을 부르러 사람을 보내기도 전에 저 사람이 안 보이고 또 창칼 걸어 두는 곳에서는 박도 한 자루가 안 보였소. 급히 집 밖으로 나와 보니 소 치는 아이놈이 말하기를, 어떤 몸집 큰 사내가 칼을 들고 남쪽으로 뛰어가더라고 하지 않겠소? 그래서 얼른 달려왔더니 바로 이 모양인데 선생이 싸움을 말리고 있었소. 그건 그렇고 마침 잘됐소. 이왕 만난 김에 함께 내 집으로 갑시다. 몇 가지 의논드릴 게 있소이다."

조개는 묻는 말에 대답 않고 갑작스레 오용의 옷깃을 끌었다. 그러나 조개가 원래 흰소리를 않는 사람이라 오용은 두말 않고 그를 따랐다.

오용은 자신의 글방으로 돌아가 구리 사슬을 넣어 두고 집주인을 불러 말했다.

"글 배우는 아이들이 오거든 오늘 내가 일이 있어 하루 쉰다고 일러 주시오."

그런 다음 글방 문을 닫아걸고 조개, 유당과 함께 조가장(晁家莊)으로 갔다.

집으로 돌아온 조개는 뒤채 으슥한 곳에 자리를 마련하고 오용과 유당을 그리로 청했다. 주인과 손님이 자리를 정해 앉기 바쁘게 오용이 조개에게 물었다.

"보정, 저 사람은 누구요?"

진작부터 유당이 조개의 생질이 아니란 걸 알아차리고 있는 오용에게는 그게 몹시도 궁금했던 모양이었다. 조개가 숨김없이 털어놓았다.

"저 사람은 강호의 호걸로, 이름은 유당이라 합니다. 동로주 사람이지요. 이번에 큰 재물이 생길 일이 있어 특히 내게 알려 주러 왔다는데, 오는 길에 술을 마시고 영관묘 안에 누워 자다가 뇌횡에게 붙들려 이리로 끌려왔더군요. 내가 그를 생질이라고 말해 주어 겨우 풀려날 수 있었습니다. 그의 말에 따르면 북경 대명부의 양 중서가 돈 십만 관으로 갖은 보물을 사들여 장인인 채 태사의 생일에 바칠 거라 합니다. 그 재물은 불의한 것이니 우리가 빼앗아 쓴들 안 될 게 무어냐는 거지요. 그가 온 것은 내 꿈과도 꼭 들어맞습니다. 간밤 꿈에 나는 북두칠성이 우리 집 대들보 위에 내려앉고 주위에 한 떼의 작은 별들이 모였다가 흰빛으로 변해 사라지는 걸 보았소. 별이 내 집으로 몰려든 게 나쁜 꿈일리 있겠소? 그래서 오늘 아침 일찍부터 선생을 청해 이 일을 의논해 보려던 참이었소."

오용이 빙긋이 웃으며 조개의 말을 받았다.

"내가 보기에 유 형이 이렇게 와 준 것만으로도 일은 거지반 된 것 같소. 그러나 이번 일은 사람이 너무 많아도 안 되고 너무 적어도 안 됩니다. 댁에는 머슴과 일꾼들이 많지만 쓸 만한 사람은 하나도 없는 듯싶소. 결국 지금으로서는 보정과 유 형, 그리고 나 뿐인 셈인데 우리 세 사람으로 무얼 하겠소. 아마도 일고여덟의 호걸은 있어야 될 것이오. 그보다 더는 필요하지 않겠지만……."

늘어나는 일탈의 군상

조개가 그 말을 듣고 신기한 듯 말했다.

"그렇다면 바로 간밤 내 꿈속의 별과 같은 수가 되겠구려."

"형의 꿈과 똑같지는 않습니다. 거기에 따르면 북쪽에서 다시 도울 사람들이 나타나야 하지 않습니까?"

오용이 그렇게 말해 놓고 한참을 생각하다 갑자기 무엇이 떠올랐는지 무릎을 치며 말했다.

"있다! 있어."

"선생에게 이미 믿을 만한 호걸이 있다면 어서 가서 부르시지요. 그들과 함께 이 일이 되도록 꾸며 봅시다."

조개가 오용의 말을 받아 그렇게 서둘렀다. 그러나 오용은 대꾸 없이 손가락을 폈다 구부렸다 하며 운수를 짚어 보았다. 그 일로 동계촌에 모인 의로운 사내들은 강도가 되고 석갈촌(石碣村)의 고기잡이배들은 싸움배로 바뀌게 되건만 오용이 얻은 점괘는 꼭 그렇게 어둡지만은 않았던 듯했다. 이윽고 오용이 조개에게 마음속의 호걸들을 알려 주었다.

"내가 떠올린 세 사람은 모두 의로움으로 뭉쳐 있을 뿐만 아니라, 무예가 빼어나고 끓는 물 타는 불을 가리지 않아 함께 죽고 함께 살기를 믿을 수가 있는 호걸들이오. 이 세 사람만 얻을 수가 있으면 이번 일은 다 된 거나 다름없소."

"그들이 누구요? 이름은 무엇이며, 어디 살고 있소?"

조개가 무릎걸음으로 다가들며 물었다. 오용이 그들을 하나하나 일러 주었다.

"그 세 사람은 형제간으로 제주의 석갈촌에 삽니다. 고기잡이도 하고 장사도 하는데 성은 완(阮)씨지요. 한 사람은 입지태세(立地太歲, 땅에 내려선 태세 신)란 별명이 있는 완소이(阮小二), 다른 하나는 단명이랑(短命二郎, 목숨 줄여 주는, 혹은 오래 살지 못할 둘째) 완소오(阮小五)이며, 나머지는 활염라(活閻羅, 살아 있는 염라대왕) 완소칠(阮小七)이외다. 셋 모두 피를 나눈 형제로, 지난날 내가 그곳에 몇 년 살 때 사귀었지요. 글은 읽지도 쓰지도 못하지만 다른 사람과 사귀는 것을 보면 참으로 의기 있는 쾌남아들이라 가깝게 지냈습니다. 근래 한 이 년은 보지 못했지만 만약 이들을 얻기만 한다면 반드시 큰일을 이룰 것입니다."

"나도 일찍이 그들 완씨 삼 형제의 이름을 들은 적은 있지만 아직 만나 보지는 못했소. 석갈촌은 여기서 백 리 남짓밖에 안 되는 곳이니 사람을 보내 그들을 불러 보는 게 어떻겠소?"

조개가 다시 그렇게 서두르고 나서자 오용이 무겁게 고개를 저었다.

"사람을 보내 부른다고 달려올 그들이 아닙니다. 내가 직접 가서 이 썩지 않은 혀로 그들을 달래야만 우리와 한 덩이가 되어 줄 겁니다."

"그렇다면 언제 가시겠소?"

"늑장 부릴 일이 아니니 오늘 밤으로 그들을 찾아보고 내일 정오까지는 돌아올까 합니다."

그런 오용의 대답에 조개는 흐뭇한 빛을 감추지 못했다.

"그게 가장 낫겠소."

그러고는 소리쳐 머슴을 부르더니 술상을 차려 내오게 했다. 몇 잔 술이 돈 뒤 오용이 이번에는 유당을 보고 말했다.

"북경에서 동경으로 보내는 거라지만 그 생신강(生辰綱, 생일 선물) 보따리가 어느 길로 갈지 알 수가 없소. 번거롭더라도 유 형께서 다시 한번 더 수고해 주셔야겠소. 오늘 밤으로 북경으로 돌아가시어 그 생신강이 언제 떠나며 어느 길을 잡을지를 탐지해 주시오."

"알겠습니다. 오늘 밤 당장 떠나지요."

유당이 시원스레 대답했다. 그러자 오용은 문득 무엇이 생각났는지 말을 바꾸었다.

"잠깐, 다시 생각해 보니 그렇게 서둘 필요는 없는 듯싶소. 채 태사의 생일이 유월 십오일이고 지금은 오월 초순이니 내가 먼저 완씨 삼 형제를 만나 본 뒤라도 늦지 않을 것 같소. 내가 갔다 오거든 유 형은 그 결과를 보고 떠나도록 하시오."

"옳소, 유 형제는 내 집에서 쉬면서 기다립시다."

조개도 오용과 생각이 같아 대강 그렇게 의논을 맞춘 세 사람은 다시 술을 마시기 시작했다.

먹고 마시는 사이에 날이 저물고 밤이 깊었다. 삼경 무렵이 되자 오용은 술자리를 털고 일어났다. 그리고 낯을 씻은 뒤 가볍게 식사를 하더니 은자 몇 냥을 챙기고 미투리를 꿰었다. 완씨 삼 형제를 만나러 떠나려는 것이었다. 조개와 유당은 그런 오용을 대문 밖까지 배웅했다.

오용은 밤새껏 걸어 다음 날 정오 무렵에는 석갈촌에 이를 수가 있었다. 전에 살아 본 곳이라 오용은 누구에게 물을 것도 없이 완소이의 집을 찾아갔다. 사립문 앞에 이르러 보니 집 앞 물가 말라죽은 나무에 작은 고기잡이배 몇 척이 매여 있고 울타리에는 찢어진 그물이 널려 있었다. 그 안쪽 산을 등지고 물을 낀 십여 칸쯤 되는 초가가 바로 완소이의 집이었다.

"소이 형, 집에 계시오?"

오용이 그렇게 소리치자 완소이가 안에서 달려 나왔다. 찢어진 두건을 머리에 쓰고 헌 옷을 몸에 걸쳤는데 다리는 벌겋게 드러나 있었다. 오용을 알아본 완소이가 반갑게 맞았다.

"아이구, 선생님이 웬일이십니까? 무슨 바람에 쏠려 예까지 오셨습니까?"

"작은 일이 하나 있어 특별히 소이 형을 찾아왔소."

오용이 우선 그렇게 둘러댔다. 완소이가 알 수 없다는 듯 물었다.

"일이라니, 저 같은 것한테 무슨 일이 있으십니까? 어서 말씀해 보십시오."

"내가 이곳을 떠난 지도 벌써 이 년이나 됐구려. 그동안 나는 어떤 부잣집에서 아이들이나 가르치고 지냈는데, 오늘 그 집에 잔치가 있어 잉어 여남은 마리가 필요하다면서 나더러 구해 달라고 하지 않겠소. 무게 열댓 근은 나가는 금빛 잉어로다가 말이오. 그래서 내 특히 이리로 온 것이오."

오용이 그렇게 능청을 떨었다. 완소이가 뭣 때문인지 한바탕 껄껄거리더니 오용의 옷깃을 끌듯 말했다.

"그런 일이라면 우선 저와 술부터 몇 잔 걸치고 이야기하시지요."

"그것 좋지. 내가 굳이 이곳으로 온 까닭 중에는 완씨 집 둘째와 한잔하고 싶다는 것도 있었소."

오용이 그렇게 받자 완소이가 더욱 신바람을 내며 말했다.

"호수 건너편에 술집이 몇 군데 있으니 그리로 가서 마십시다."

"좋고말고. 그런데 다섯째는 집에 있는지 모르겠소. 그 사람하고도 할 이야기가 좀 있는데……."

완소이를 따라나서면서 오용이 슬쩍 물어 보았다. 다섯째란 완소오를 가리키는 말이었다. 완소이가 어려울 것 없다는 듯 대답했다.

"그럼 가는 길에 그 녀석도 찾아 함께 데리고 갑시다."

그러고는 물가의 말라 죽은 나무께로 가 거기 묶인 배 한 척을 풀더니 오용을 부축해 태웠다. 완소이가 나무뿌리 근처에서 찾아 낸 노로 배를 젓자 배는 금세 호수 가운데로 들어갔다.

한참 노를 저어 가던 완소이가 문득 노질을 멈추고 앞을 향해 소리쳤다.

"일곱째야, 너 다섯째 못 봤냐?"

오용이 보니 갈대를 헤치고 배 한 척이 나타나는데 노를 젓고 있는 사람은 다름 아닌 완소칠이었다. 완소칠은 검은 해가리개를 쓰고 바둑판 무늬의 옷을 걸친 데다 허리에는 막베 앞치마를 두르고 있었다. 흔들흔들 노를 저어 오며 대답 대신 되물었다.

"형님, 소오 형은 무엇 땜에 찾으십니까?"

"여보게 일곱째, 내가 특히 자네들하고 할 이야기가 있어 그러네."

오용이 완소이를 대신해 소리쳤다. 그제야 오용을 알아본 완소칠이 반가운 소리를 내질렀다.

"아이구, 선생님 용서하십시오. 참으로 오랫동안 못 뵈었습니다."

"나도 반갑네. 자네도 소이 형과 함께 한잔하러 가세."

오용은 그렇게 완소칠도 자연스럽게 술자리로 끌어들였다. 완소칠은 기꺼이 응했다.

"저도 선생님과 한잔하고 싶었습니다만 한번 헤어진 뒤로는 어디 통 뵐 수가 있어야지요."

그러면서 노를 저어 형과 오용이 탄 배를 뒤따랐다.

두 척의 배가 나란히 노를 저어 나아간 지 오래잖아서였다. 사방에 보이는 게 모두 물뿐인 높은 언덕이 나타났는데 그 위에 일여덟 칸 초가집이 한 채 서 있었다.

그 초가집 아래 배를 댄 완소이가 큰 소리로 물었다.

"어머니, 다섯째는 어디 갔습니까?"

그러자 한 늙은 아낙네가 마당으로 나와 거칠게 대꾸했다.

"말도 마라. 고기는 안 잡고 매일 노름만 하는구나. 돈을 모두 잃자 이제는 내 머리의 비녀까지 뽑아 노름방으로 갔다."

그 말을 들은 완소이가 껄껄 웃으며 뱃머리를 돌렸다. 뒤따르던 완소칠이 혼잣말로 중얼거렸다.

"형님이 어떻게 된 건지 모르겠군. 노름을 하기만 하면 잃으니 욕을 먹게도 됐지. 형님이 이렇게 잃다간 나까지 발가벗기고 말겠는걸."

그 말을 들은 오용은 속으로 가만히 생각했다.

'일이 내 뜻대로 잘 풀리겠구나.'

그는 형제의 처지가 궁할수록 자기들이 꾸미는 일에 끌어들이기가 쉬울 것 같아서였다.

두 척의 배는 다시 석갈촌 부두로 뱃머리를 돌렸다. 반나절 가까이 노를 저어 독목교(獨木橋, 외나무다리) 근처에 이르니 한 사내가 동전 두 꾸러미를 들고 물가로 내려와 배를 풀고 있었다.

"다섯째가 저기 있군."

완소이가 그 사내를 가리키며 말했다. 오용이 보니 떨어진 두건에 헌 옷을 걸친 완소오가 가슴에 아로새긴 문신을 번들거리며 서 있었다. 오용이 그를 향해 소리쳤다.

"다섯째, 요사이 재미가 어떤가?"

"아이구, 선생님 아니십니까. 한 이태 안 보이시더니……. 그러지 않아도 낯익은 모습들이라 다리 위에서 한참이나 내려다보고 있었지요."

완소오도 그렇게 오용을 반겼다. 그때 완소이가 끼어들었다.

"나하고 선생이 너희 집에 널 찾으러 갔더니 어머니 말씀이 네가 노름하러 갔다기에 이렇게 함께 찾아왔다. 우리 어디 가서 술이나 몇 잔 걸치자."

그 말을 들은 완소오가 얼른 물가로 와 배에 오르며 긴 삿대를 잡았다.

세 척으로 늘어난 배는 나란히 노를 저어 물가 주막으로 향했다. 얼마 뒤 주막 앞에 이른 완씨 삼 형제는 배를 묶어 놓고 오용을 부축해 뭍으로 올랐다.

"자, 선생님 이 윗자리로 오르십시오."

술집 안으로 들어가 붉은 옻칠한 상 앞에 자리를 잡으며 완소이가 오용에게 권했다.

"내가 어찌 높은 자리에 앉겠소."

오용이 두 손을 저으며 사양했다. 그러자 완소칠이 끼어들었다.

"형님이 주인 자리에 앉고 선생께서는 손님 자리에 앉도록 하십시오. 저희들은 편한 대로 앉겠습니다."

"일곱째가 역시 시원스럽구먼. 우리 그렇게 합시다."

오용이 그렇게 받아 자리는 그대로 정해졌다. 네 사람은 자리를 잡고 앉기 바쁘게 술집 주인을 불러 술 한 통을 청했다. 심부름하는 아이놈이 큰 잔 네 개와 나물 네 접시를 상 위에 벌여 놓고 술 한 통을 내오자 완소칠이 물었다.

"이 집에 먹을 만한 게 뭐가 있소?"

"새로 잡은 황소 고기가 있습니다. 경단처럼 고기가 연하지요."

아이놈이 그렇게 대답하자 완소이가 대뜸 소리쳤다.

"큼직하게 썰어 열 근만 가져와."

그리고 시킨 대로 고기가 나오자 그들 삼 형제는 굶주린 이리나 호랑이처럼 먹어 치웠다. 오용도 그들을 따라 몇 번이나 고기를 집었으나 아무래도 질겨 잘 삼킬 수가 없었다. 어지간히 먹고 마셨다 싶을 무렵 완소오가 불쑥 오용에게 물었다.

"그런데 선생님은 무슨 일로 오셨습니까?"

"선생께서 요즈음 어떤 부자 댁에서 그 집 아이들을 가르치며 지내신다더군. 오늘은 잉어 여남은 마리를 구하러 특히 우리를 찾아오셨다는 게야. 금빛 나고 무게 열댓 근은 되는 놈으로다가."

완소이가 오용을 대신해 대답했다. 완소칠이 가벼운 한숨과 함께 끼어들었다.

"예전 같으면 열댓 마리 아니라 쉰 마리라도 어려울 것 없었습니다만 요즘은 그렇지가 못합니다. 열댓 근이라니요? 우리도 열 근 넘는 잉어는 본 지 오랩니다."

"선생님이 멀리서 오셨으니 대여섯 근짜리라면 한 열 마리 구해드리지요."

완소오도 그렇게 아우를 거들었다. 오용이 짐짓 우겨 보았다.

"값을 치를 은자는 여기 넉넉히 가져왔소. 그러나 작은 것은 필요없소. 반드시 열댓 근은 나가는 잉어라야 하오."

그러자 완소칠이 답답한 듯 말했다.

"선생님, 안 될 말씀은 그만하십시오. 다섯째 형은 대여섯 근짜리를 구해 준다 했지만 그것도 며칠을 기다려야 잡힐까 말깝니다. 마침 내 배 안에 산 물고기 몇 마리가 있으니 그거나 갖다 먹읍시다."

그리고 배로 가더니 잔고기 몇 마리를 갖다가 제 손으로 회를 떠왔다.

"선생님, 이거나 잡숴 보십쇼."

완소칠이 그 말과 함께 회 접시를 내오자 넷은 다시 먹고 마시기 시작했다.

그러는 사이 차츰 날이 저물기 시작했다. 오용은 속으로 가만히 생각해 보았다.

'이런 술집에서는 이야기하기가 나쁘구나. 오늘 밤은 이 사람들 집에서 자고, 거기서 그 이야기를 해 봐야겠다.'

오용이 그런 생각을 하고 있는데 완소이가 먼저 말했다.

"오늘은 이만 날이 저물었으니 저희 집으로 가서 하룻밤 묵으시지요. 잉어 구하는 일은 내일 다시 의논해 봅시다."

"내가 이번에 어려운 길을 왔으나 다행히도 여러분 형제와 이렇게 한자리에 앉게 되니 기쁘기 한이 없소. 이 자리의 술값은 내가 내고 싶은데 어떠시오? 그리고 오늘 밤은 둘째 형 댁에서 자고 싶으니 내게 술이나 한 독 더 사 가지고 가게 해 주시오. 고기도 좀 더 사고 마을에서 닭이라도 한 마리 구하면 밤새 마실 수 있을 거요."

오용이 얼른 그렇게 받았다. 어떻게 입을 떼나 하고 있는데 완소이가 먼저 정해 주니 반갑지 않을 수가 없었다. 완소이가 어림없다는 듯 말했다.

"선생은 여기서는 돈 낼 생각은 아예 마시오. 우리 형제가 알아서 할 것이오. 내 집에 가시겠다면서 그게 무슨 말씀이오."

"형제분들께 부탁이 있어 찾아온 것은 나외다. 만약 내가 돈을 내는 게 못마땅하시다면 나는 이만 돌아가겠소."

오용도 그렇게 뻗댔다. 곁에 있던 완소칠이 형을 말렸다.

"이왕에 선생께서 그렇게 말씀하시니 그에 따라 마시는 게 옳을 듯합니다. 따지는 일은 다음에 하기로 하지요."

"역시 일곱째가 시원스럽다니까."

오용은 그런 말로 맞장구를 치며 은자 한 냥을 꺼내 완소칠에게 내밀었다. 주인을 부른 완소칠은 그 돈으로 술 한 독과 삶은 쇠고기 스무 근, 큰 닭 한 마리를 샀다.

술집을 나선 네 사람은 배로 돌아가 술과 고기를 싣고 배를 풀었다. 마신 술에 흥이 솟아 힘껏 노질을 하다 보니 어느새 완소이네 집 앞이었다. 배를 댄 네 사람은 물가 마른 나무줄기에 배를 묶은 뒤 술과 고기를 지고 집 안으로 몰려 들어갔다.

"등불을 내오너라."

모두가 집 뒤뜰로 들어서기 바쁘게 완소이가 집 안에 대고 소리를 질렀다. 원래 완씨 형제들 중에서 가솔을 거느린 것은 완소이뿐이었다. 완소오와 완소칠은 아직 장가를 들지 않은 까닭이었다.

집 안에서 등불이 나오자 네 사람은 완소이의 집 뒤 물가의 정자에 자리를 잡았다. 닭을 잡은 완소칠이 형수와 조카를 불러 안주로 장만해 주기를 청했다. 오래잖아 안주로 가득한 술상이 정자 위에 차려졌다.

오용은 그들 형제에게 몇 차례 술을 권한 뒤에 다시 잉어 사는 일을 꺼냈다.

"여러분이 이런 곳에 함께 계셔도 그래, 큰 물고기 몇 마리 구할 수 없단 말이오?"

"결코 선생께 거짓말을 하고 있는 것은 아닙니다. 선생께서 구하는 그런 큰 물고기는 양산박에나 있지, 이 석갈호는 좀처 없습니다."

완소이는 답답하다는 듯 그렇게 대꾸했다. 오용이 슬쩍 그런 완소이의 말꼬리를 잡고 늘어졌다.

"그 양산박이랬자 여기서 뻔히 건너다보이는 곳이고 멀지도 않은 곳이잖소? 물길도 통하는데 왜 거기 가서 물고기를 잡지 않소?"

"말도 마시오, 그곳은……."

완소이가 말하다 말고 한숨부터 길게 내쉬었다. 오용이 알 수 없다는 듯 완소이에게 물었다.

"둘째 형은 무엇 때문에 그리 한숨을 쉬시오."

"선생께서는 아직도 모르시는구려. 우리 형제도 한때는 양산박에 밥줄을 걸고 있었소만 이제는 감히 갈 수 없는 곳이 돼 버렸소."

"아니, 그건 왜 그렇소? 관가에서 고기잡이를 금하기라도 했단 말이오?"

"관가에서 그럴 리야 있나요. 다만 살아 있는 염라대왕이 그곳에 들지 못하게 하니 어쩌겠소."

"관가에서 금하지 않았는데 왜 못 간단 말이오?"

오용이 아무래도 알 수 없다는 듯 다시 그렇게 묻자 완소이가 다시 긴 한숨과 함께 말했다.

"선생께서 까닭을 모르시는 듯하니 내 다 말씀드리지요."

"나로서는 아무래도 알 수 없구려. 무슨 일인지……."

그때 완소칠이 형을 대신해 나섰다.

"양산박 이야기는 말로 다하기 어렵습니다. 거기 한 떼의 도둑이 들어 고기잡이를 못하게 하는 거지요."

"내가 그걸 몰랐구려. 그런데 도둑 떼가 양산박에 들었다는 건 또 처음 듣는 소리요."

오용이 놀란 척 그렇게 말하자 이번에는 완소이가 받았다.

"그 도둑 떼의 우두머리는 과거에 낙제한 선비로 백의수사(白衣秀士)라 불리는 왕륜(王倫)이란 자외다. 둘째는 모착천(摸著天, 두루뭉수리) 두천(杜遷)이란 자며, 셋째는 운리금강(雲裏金剛, 구름 속 금강야차) 송만(宋萬)인데 그 밖에 한지홀률(旱地忽律, 마른 땅 악어) 주귀(朱貴)란 자가 더 있지요. 보통 주귀는 이가도구(李家道口)에 술집을 열고 이런저런 정탐을 하느라 나와 있어 무리와 함께 있지는 않습니다. 그런데 요즘 들어 또 한 사람 호걸이 양산박에 들어왔다고 합니다. 동경에서 금군교두 노릇을 하던 표자두

(豹子頭) 임충으로, 무예가 대단하단 소문을 들었습니다. 그들이 무리 육칠백을 모아 마을을 들이치고 길 가는 나그네를 터니 우리는 벌써 일 년이 넘도록 그 근처에 얼씬도 못하고 있지요. 그곳 물고기로 밥과 옷을 바꿔 오던 우리로서는 밥줄이 끊긴 거나 다름없는 셈입니다. 말로 다 못한다는 이야기는 바로 그겁니다."

그 말을 들은 오용은 한편으로는 안됐다는 표정을 지으면서도 한편으로는 여전히 알 수 없다는 듯 물었다.

"알겠소. 그런데 관가에선 왜 그것들을 잡아들이지 않는답니까?"

그러자 이번에는 그때껏 옆에서 듣고만 있던 완소오가 나섰다.

"모르시는 말씀, 만약 관군이 온다면 먼저 해를 입는 것은 백성들입니다. 지나는 마을마다 백성들이 기르는 돼지나 닭, 오리를 모조리 잡아먹을 뿐만 아니라 재물까지 털어 가니 그런 관군에게 도적 잡아 주기를 어떻게 바랄 수 있겠습니까? 오히려 그들이 도적을 잡으러 온다는 말만 들어도 백성들은 오줌을 찔끔찔끔 쌀 판이죠. 감히 눈 똑바로 뜨고 그들을 쳐다볼 수나 있는 줄 아십니까?"

"거기다가 우리가 그곳에 들어가면 설령 큰 물고기를 잡지 않았다 하더라도 적잖은 세금을 내야 하오."

완소이가 다시 한마디 보탰다. 오용이 무슨 생각이 났는지 문득 말투를 바꿔 물었다.

"그렇다면 그들은 거리낄 게 없겠소이다. 그렇지 않소?"

"그들은 하늘도 두려워하지 않고, 땅도 두려워하지 않으며, 관가도 두려워하지 않습니다. 생긴 금은은 저울로 나누고, 술은 동이로 마시며, 고기는 덩이째 뜯어먹지요. 그런 그들에게 거리낄 게 무엇 있겠습니까? 우리 삼 형제가 생기는 것도 없는 고기잡이에 얽매여 그들을 따르지 못하는 게 다만 한일 뿐입니다."

완소오가 양산박 도둑 떼에 대한 부러움을 감추지 않고 그렇게 대답했다. 완소칠도 그런 형과 생각이 다르지 않은 듯 거들었다.

"사람의 한평생이나 들풀의 한가을이 다를 게 무어겠소! 우리도 고기잡이만 하지 말고 단 하루라도 그들처럼 살아 보았으면 좋겠소."

"여러분이 뭣 때문에 그들을 본받는단 말이오. 맞아 죽을 죄를 지어 가며 위세를 뽐내 본들 무슨 소용이겠소. 관가에 붙들려 가서 매 맞을 소리 하지 마시오."

오용이 기쁜 속마음을 감추고 짐짓 그렇게 말했다. 그들 삼 형제의 마음가짐이 그러하다면 자신이 목적하고 온 일은 다 된 것이나 다름없었다. 처자가 있고 나이 지긋한 완소이까지도 그런 아우들을 편들었다.

"까짓 놈의 관가가 무얼 한단 말이오. 천만 가지 하늘을 찌를 듯한 죄가 저질러져도 그저 덮을 공사로만 때워 갈 뿐인데. 우리 형제가 지금은 비록 고기나 잡아먹고 살지만 어디 그럴듯하게 받아 주는 곳만 있으면 당장 때려 엎고 가겠소!"

"나도 늘 우리 형제가 하고 있는 일이 우리에게 맞다고는 생각지 않고 있었습니다. 하지만 누가 우리를 알아주어야지요!"

완소오가 다시 울분 섞인 소리로 말했다. 그제야 오용은 때가 무르익었다고 보고 슬며시 물었다.

"만약 당신네 형제를 알아주는 사람이 있다면 당신들은 가겠소?"

"만약 우리를 알아준다면, 물로 뛰어들라면 물로 뛰어들 것이요, 불로 뛰어들라면 불로 뛰어들 겁니다. 하루라도 제대로 쓰여 본다면 죽어도 얼굴을 펴고 죽겠습니다!"

완소칠의 그 같은 대답에 오용은 속으로 더욱 기뻤다.

'이 세 사람 모두 그런 일에 뜻이 있다. 이럴수록 천천히 달래 끌어들여야지.'

그렇게 마음을 정하고 우선은 그들 삼 형제에게 술잔만 거듭 권하였다.

한참 말없이 술만 마시던 오용이 다시 누구에게랄 것도 없이 불쑥 물었다.

"당신들 삼 형제는 차라리 양산박으로 가 그 도둑 떼를 잡아 보는 게 어떻소?"

그러나 완소칠이 뻐딱하게 받았다.

"가서 그들을 잡아 상을 타라구요? 온 세상 호걸들에게 비웃음을 당하면서?"

"내 짧은 생각일지 모르지만, 이왕 거기서 고기잡이를 못할 바에야 가서 한패가 되는 건 어떻고?"

오용의 그같이 돌려 묻는 말에 완소이가 지긋한 목소리로 대답했다.

"선생, 우리도 여러 번 그들과 한패가 되는 걸 생각해 보았소만 들은 게 있어 가지 못했소. 백의수사 왕륜이 속이 좁아 쓸 만한 사람이 드는 걸 꺼린다는 거요. 지난번 동경에서 임충이 왔을 때도 왕륜은 갖은 핑계를 대 그를 되쫓으려고 했다는 소문이오. 우리 형제는 그 꼴을 보고 양산박으로 갈 마음이 싹 가시더구려."

"그들이 형님처럼 강개할 줄 안다면 얼른 우리 형제를 반기겠지요."

"만약 왕륜이 선생님만큼만 되어도 우리 형제는 벌써 그리로 갔지 오늘까지 여기 이렇게 쭈그리고 앉지도 않았을 것입니다. 그를 위해 기꺼이 죽으려 들겠지요."

완소오와 완소칠이 그렇게 형의 말을 거들었다. 오용이 그들의 치커세우는 말에 멋쩍어져 겸양을 부렸다.

"나 같은 거야 입에 올릴 거리나 되겠소? 산동과 하북 땅만 해도 얼마나 호걸이 많소?"

"호걸이 얼마나 많은지는 몰라도 우리 형제는 아직껏 이렇다 할 호걸을 만나 보지 못했소."

완소이가 한숨 섞어 오용의 말을 받았다. 오용은 이때라 생각했다. 그때껏 참아 오던 조개의 이야기를 넌지시 꺼냈다.

"운성현 동계촌에 조 보정이란 분이 있는데 혹 들어들 보셨소?"

"아, 거 탁탑천왕이라고 불리는 조개 말입니까?"

완소오가 그렇게 알은체를 했다. 오용이 고개를 끄덕였다.

"바로 그렇소. 형제분들께서는 그를 아시오?"

"여기서 백오십 리밖에 되지 않는 곳에 사시지만, 그분의 이름만 들었을 뿐 아직 만나 뵙지는 못했습니다."

이번에는 완소칠이 나서서 대답했다. 오용이 애석한 일이라는 듯 조개를 조금 자세히 설명했다.

"그 사람은 의로운 일이면 재물을 아끼지 않는 호걸이오. 그런데 아직 만나 보지 못했다니……."

"우리 형제가 동계촌에 일이 없어 일찍이 그곳에 가 본 적이 없소. 그러다 보니 절로 그분을 만날 수 없었던 것이외다."

완소이가 다시 아우들을 대신해 까닭을 일러 주었다. 오용은 그제야 자기가 찾아온 속셈을 밝혔다.

"나는 이 몇 해 조 보정의 장원 부근에 있는 마을에서 아이들에게 글을 가르치고 있었소. 그러다가 큰 재물이 지나가니 그걸 뺏는 걸 도와 달라기에 특히 여러분 삼 형제를 찾아보고 의논하러 왔소. 우리 함께 힘을 합쳐 도중에서 그 재물을 가로채는 게 어떻겠소?"

"안 될 것도 없지요. 그분이 이미 의를 위해서는 재물을 아끼지 않으신다니 한번 우리를 팔아 보고 싶기도 합니다. 하지만 세상 사람들이 그걸 알면 비웃지 않을지 모르겠습니다."

지나가는 재물을 가로채자는 게 아무래도 마음에 걸리는지 완소오가 그렇게 말했다. 오용이 정색을 하고 털어놓았다.

"내 바른대로 말하리다. 여러분도 도와주실 마음이 있다면 그 일에 관해서도 털어놓지요. 실은 나는 지금 그 일로 조 보정 댁에 머물고 있소이다. 보정은 여러분 삼 형제의 큰 이름을 듣고 특히 나를 보내신 거요."

그러자 완소이가 들을 것도 없다는 듯 결연히 말했다.

"더 들을 것도 없겠소. 우리 형제는 조금도 거짓이나 꾸밈없이 진정으로 끼고 싶소. 조 보정도 사사로운 이익을 위해 그 일을 꾸민다면 어떻게 우리 형제를 끌어들이려 하겠소? 일단 선생께서 특히 오셨으니 우리 형제는 이 일로 목숨을 잃는다 해도 원망하지 않겠소. 우리가 이 맹세를 저버린다면 온몸이 병들어 짓무르고 비명에 죽게 될 것이오!"

"좋습니다. 온몸 가득 뜨거운 피가 쓰일 곳을 찾아 들끓고 있던 참이었습니다."

완소오와 완소칠도 형 완소이가 열을 올리고 나서자 아무런 이의 없이 따를 뜻을 밝혔다. 오용이 그들을 한 번 더 안심시키려는 듯 조개가 꾀하고 있는 일을 상세히 밝혔다. 채 태사의 사위 양 중서가 장인의 생일을 위해 값진 보물을 마련한 일이며, 유당이 그 일을 알고서 조개를 찾아온 일. 그리고 그 둘과 자신의 논의 끝에 완씨 삼 형제를 찾기로 한 경위 등이었다.

"히야……."

오용의 이야기가 끝나기 바쁘게 완소칠이 그런 괴상한 탄성을 질렀다. 완소오가 어리둥절해 물었다.

"일곱째야, 너 왜 그러느냐?"

"평소에 한번 해 보고 싶던 일이었는데 오늘 그 원을 풀게 되었소. 이거야말로 가려운 데를 긁어 주는 격 아니오? 우리가 이런 때를 얼마나 기다렸소. 그래서 지른 소리외다, 다섯째 형."

완소칠이 벌떡 몸을 일으키며 그렇게 대답했다. 오용이 술잔을 놓으며 그들 삼 형제에게 조용히 말했다.

"그럼 오늘은 세 분 이만 돌아가시지요. 내일 새벽 일찍 일어나 모두 조(晁) 천왕의 장원으로 가 보도록 합시다."

그 말에 완씨 삼 형제도 기꺼이 따랐다. 그쯤에서 술자리를 털고 일어났다.

다음 날이었다. 완씨 삼 형제는 새벽같이 일어나 아침밥을 먹고 오용을 따라나섰다. 동계촌으로 조개를 찾아 나서는 길이었다.

네 사람은 하루 종일 걸어 조가장(晁家莊)이 저만치 보이는 곳에 이르렀다. 조개와 유당이 먼저 그들을 보고 반갑게 달려 나와 맞았다.

"완씨삼웅(阮氏三雄)이라더니 정말로 이름이란 게 헛되이 전해지는 게 아니구려. 예까지 와 주시니 무어라 감사의 말씀을 드려야 할지 모르겠소. 안으로 들어가서 이야기합시다."

조개가 기뻐 어쩔 줄 모르며 그들을 집 안으로 청했다. 오용, 완씨 삼 형제, 유당 등은 그런 조개를 따라 집 안으로 들어갔다.

뒤채 조용한 방에 주인과 손님이 각기 자리를 정해 앉은 뒤에 오용이 그간에 있었던 일을 자세히 말했다. 듣고 난 조개는 머슴들을 불러 돼지와 양을 잡게 하고 소지(燒紙)를 준비시켰다.

완씨 삼 형제도 조개의 인물이 훤칠하고 말하는 품이 활달한 게 썩 마음에 들었다. 세 사람이 입을 모아 조개를 만나게 된 기쁨을 표시하였다.

"저희들은 호걸스러운 이와 사귀는 걸 가장 기꺼워해 왔습니다만 멀지 않은 곳에 살면서도 여태껏 찾아뵙지 못했습니다. 오늘도 여기 이 오 선생님이 아니었더라면 어떻게 만나 뵈올 영광을 얻을 수 있었겠습니까?"

그사이 술상이 들어와 그들 여섯은 그날 밤늦도록까지 먹고 마시며 정분을 더욱 두텁게 했다.

다음 날이 되었다. 그들은 아침 일찍 사당 앞으로 가 촛불을 켜고 향을 사르며 제례를 올릴 채비를 하였다. 이윽고 전날 밤 잡은 양과 돼지가 나오고 소지가 날라져 왔다. 사람들은 조개의 정성 어린 준비에 감탄하며 제단 앞으로 가 맹세의 말을 올렸다.

"양 중서는 북경에서 백성을 쥐어짜 모은 재물로 예물을 갖춰, 동경의 채 태사에게 보내려 하고 있습니다. 이는 의롭지 못한 재물이니 이제 우리 여섯 사람이 그걸 취하고자 합니다. 저희 중에 감히 딴 뜻을 품는 자가 있으면 하늘과 땅이 아울러 그를 벌해 죽여 주십시오. 천지신명께 굽어 보살피심을 청합니다."

그런 다음 소지를 불살라 맹세를 한층 굳게 나타냈다.

맹세의 제례가 끝난 뒤 여섯 사람은 다시 제례 음식으로 술을 마시기 시작했다. 한참 흥이 오르는데 머슴 놈 하나가 달려와 조개에게 알렸다.

"문밖에 어떤 도사 한 사람이 와서 동냥을 조르며 보정님을 뵙 겠다 합니다."

조개가 반갑잖은 얼굴로 퉁을 놓았다.

"너는 보고도 모르느냐? 나는 지금 귀한 손님들을 맞아 함께 술을 마시고 있는데 그게 무슨 소리냐? 쌀이나 서너 되 퍼 주면 될 것을 여기까지 찾아와 묻고 야단이냐?"

"저도 쌀을 주며 보내려 해 봤습니다만 꼭 보정님을 뵈어야겠다고 억지를 쓰고 있습니다."

"쌀이 적어서 그렇겠지. 두어 되 더 퍼 주고 나는 지금 손님이 와서 바쁘니 만나 줄 수 없다고 하란 말이야."

조개가 그렇게 말하자 머슴은 그대로 나갔으나 한참 있다 다시 돌아와 말했다.

"그 도사는 쌀 석 되를 더 주어도 가려고 하지 않습니다. 스스로를 일청도인(一淸道人)이라 내세우며 쌀이나 돈을 얻으러 온 게 아니라 보정님을 뵈러 왔다는 겁니다."

"너는 내가 시키는 대로 하지 않았구나. 가서 다시 말해라. 나는 오늘 바쁘니 뒷날 다시 찾아오라구."

조개가 짜증이 났는지 그렇게 목소리를 높였다. 머슴이 답답하다는 듯 그 말을 받았다.

"저도 그렇게 말했습니다만 듣지 않는 걸 어쩝니까? 오히려 그 도사는 보정님께 전해 달라고 했습니다. 자신은 동냥을 온 게 아니라 보정님이 의사라기에 특히 한번 만나 뵈러 온 것이라구요."

"정말 귀찮게 구는구나. 아직도 적어서 그러는 모양인데, 그러면 쌀이나 몇 되 더 퍼 주고 말지 왜 여기까지 찾아와 알리고 야단이냐? 만약 내가 손님들과 술을 마시고만 있지 않다면 당장 달려 나가 만나 줄 수도 있다. 그러나 네 보다시피 지금 형편이 이러니 네가 나가 달래 보내라. 또다시 돌아와 이 자리를 시끄럽게 해서는 안 된다."

조개는 애써 기색을 감추고 머슴에게 그렇게 일러 보냈다.

그런데 그 머슴이 나가고 한참 지난 뒤였다. 갑자기 문밖이 시끄럽더니 머슴 하나가 뛰어왔다.

"그 도사가 성이 나서 머슴들을 여남은 명이나 때려눕혔습니다."

머슴이 헐떡거리며 그렇게 소리치자 조개가 놀라 일어나며 그 자리의 사람들에게 말했다.

"여러 형제들은 잠깐 여기 앉아 계시오. 이 조개가 한번 나가 보고 오겠소."

그러고는 머슴 놈을 따라 뒤채를 나왔다.

조개가 대문께에 나가 보니 키가 여덟 자나 되고 도사로서의 기풍이 당당한 사내 하나가 대문 곁 느티나무 아래서 몰려드는 머슴들에게 주먹질을 하면서 꾸짖고 있었다.

"이놈들, 어찌 이리도 사람을 몰라보느냐?"

그걸 보던 조개가 소리 질러 말렸다.

"선생, 잠시 분기를 가라앉히시오. 선생이 조 보정을 찾아온 것은 시주를 받으려 함이 아니었소? 그들이 이미 쌀을 드렸다는데 선생은 어째서 이렇게 화를 내고 있는 거요?"

"빈도(貧徒)는 술 밥이나 얻어먹고 돈냥이나 얻어 가자고 온 게 아니외다. 나는 십만 관의 돈도 대수롭지 않게 여기는 사람이오! 내가 보정을 찾아온 것은 꼭 하고 싶은 이야기가 있어서인데, 이 촌놈들이 까닭도 모르면서 욕을 해 대니 화가 난 것뿐이오."

도사가 하하 웃으며 그렇게 대답했다. 조개가 더욱 괴상한 느낌이 들어 물었다.

"당신은 조 보정과 전부터 아시오?"

"이름은 들었으나 아직 만나 보지는 못했소."

도사가 태연하게 받는 걸 보고 조개가 스스로를 밝혔다.

"내가 바로 조 보정이오. 그런데 선생이 하고 싶은 이야기는 뭐요?"

그러자 도사가 한 차례 조개를 훑어보더니 그지없이 공손해진 말투로 나왔다.

"보정께서는 너무 괴이쩍게 생각지 마시고 빈도의 계수(稽首, 돈수보다 더 머리를 조아려 하는 절)를 받으십시오."

조개는 그의 시원시원한 태도에 호감이 갔다. 절을 하려 엎드리는 그의 옷깃을 잡아끌었다.

"절이고 뭐고, 안으로 들어가시는 게 어떻소?"

"고맙습니다."

도사가 사양 없이 따라 들어왔다. 두 사람이 뒤채로 돌아오는 걸 본 오용은 완씨 삼 형제와 유당에게 눈짓해 슬쩍 자리를 피해 주었다.

조개는 차를 내오게 해 도사를 대접하며 그가 찾아온 까닭을 밝히기를 기다렸다. 그러나 도사는 무엇이 못 미더운지 속을 털어놓기 전에 더 은밀한 자리부터 찾았다.

"이곳은 털어놓고 이야기하기에 마땅한 자리가 못 되는 듯합니다. 어디 달리 이야기할 만한 곳은 없습니까?"

조개는 그의 뜻을 받아들여 외딴 정자로 자리를 옮겼다. 주인과 손님이 각기 자리를 정해 앉은 뒤에 조개가 궁금한 것부터 물었다.

"선생의 높으신 이름은 무엇이며, 고향은 어디요?"

"저는 성이 공손(公孫)이며 이름은 외자인 승(勝)입니다. 도호는 일청(一淸)으로 쓰고 고향은 계주지요. 어려서부터 창이며 막대 쓰는 법을 익혔고, 다른 무예도 여럿 배워 사람들은 나를 공손승 대랑(大郎)이라 부릅니다. 또 도술을 배워 바람과 비를 부르고, 안개와 구름을 움직일 줄 아는 까닭에 입운룡(入雲龍, 구름에 든 용)이란 별호도 가지고 있습니다."

공손승은 그렇게 자신을 밝힌 뒤에 찾아온 까닭을 말을 빙빙 돌려 가며 털어놓았다.

"빈도는 오래전부터 운성현 동계촌의 조 보정이란 큰 이름을 들었으나, 인연이 없어 만나 뵙지를 못했습니다. 이제 십만 관어치의 금은보배가 있기로 보정님을 뵙는 예로 바칠까 하는데, 받아들여 주시겠습니까?"

그러나 조개는 금세 그의 말을 알아들었다. 껄껄 소리 내어 웃으며 물었다.

"선생이 말하는 그 십만 관의 재물, 혹시 남의 생일 예물 아니오?"

그러자 공손승이 깜짝 놀라 조개를 쳐다보았다.

"보정께서는 어떻게 아셨습니까?"

"안다기보단…… 그래, 선생의 생각과 같기는 합니까?"

조개가 빙글거리며 그렇게 받자 공손승이 자르듯 말했다.

"이 한 보따리 재물은 결코 그냥 지나가게 해서는 안 됩니다. 옛말에 이르기를, 마땅히 취해야 할 걸 취하지 않으면 지나간 뒤에 후회한다 했습니다. 보정께서는 어떻게 생각하십니까?"

그리고 이어 여러 가지 말로 조개를 권하는데 문득 정자 뒤에서 사람 하나가 달려와 공손승의 팔을 꽉 잡으며 소리쳤다.

"히야, 이놈 봐라. 밝게는 왕법(王法)이 있고, 어둡게는 신령이 굽어보는데 네 어찌 그런 엄청난 일을 꾸미느냐. 내 이미 네놈의 수작을 엿들은 지 오래다!"

그 소리에 공손승의 얼굴은 그대로 흙빛이 되었다. 하지만 소리친 사람은 다름 아닌 오용이었다. 조개가 껄껄 웃으며 공손승을 안심시킨 뒤 오용에게 말했다.

"선생, 우스갯소리는 그쯤 하고 이분과 인사나 나누시오."

그제야 장난기를 거둔 오용은 공손승에게 인사를 청했다. 간단한 인사를 나눈 뒤 오용이 공손승에게 말했다.

"사람들이 입운룡 공손승, 일청도인 공손승 하더니 오늘 뜻밖에도 여기서 뵙는구려."

조개가 그런 오용을 공손승에게 소개시켰다.

"이분 수사(秀士)님은 바로 지다성 오학구(吳學究)란 이외다."

"나도 가량선생의 큰 이름은 오래전부터 들었소만 보정님 댁에서 이렇게 만나 뵙게 될 줄은 또 몰랐소. 보정께서 의를 위해서는 재물을 아끼지 않으시니, 이렇듯 문하에 호걸들이 몰려드는가 봅니다."

"실은 안에 몇 분 뜻 맞는 이가 더 있소. 모두 뒤채 조용한 곳에 가서 의논합시다."

조개가 그런 말로 공손승을 뒤채로 이끈 뒤 유당과 완씨 삼 형제를 불러냈다. 공손승이 그들과도 인사를 나누고 자리를 정해 앉게 되자 여럿이 입을 모아 말했다.

"오늘 우리가 이렇게 모이게 된 것은 결코 우연이 아닙니다. 보정 형님께서 제일 윗자리에 앉으십시오."

조개가 몇 번이나 사양했으나 여럿이 나이와 인품을 내세워 끝내 가장 윗자리에 조개를 앉혔다. 둘째 자리는 오용, 셋째는 공손승, 넷째는 유당, 다섯째는 완소이, 여섯째는 완소오, 일곱째는 완소칠이었다.

"보정께서는 꿈에 북두칠성이 이 집 대들보에 내려앉는 걸 보셨다는데, 이제 우리 일곱 사람이 의로 뭉쳐 큰일을 하게 되었으니 이게 바로 하늘의 뜻이 아니겠소이까? 이만하면 그 금은보화는 손에 침 한번 뱉는 힘으로도 얻을 수 있을 것 같습니다. 전날 유 형이 가서 그 금은보화가 어느 길을 지나게 되는지 알아 오기로 했는데 이제 드디어 때가 된 듯합니다. 오늘은 이왕 늦었지만, 내일은 일찍 길을 떠나도록 하는 게 좋겠소."

자리를 정하고 한동안이나 마시며 떠들던 끝에 오용이 그렇게 말했다. 공손승이 빙긋 웃으며 말렸다.

"그 일이라면 가실 것도 없소. 빈도가 이미 알아 놨소이다. 바로 황니강(黃泥岡) 큰길로 지나간다는 거요."

그러자 조개가 문득 생각난 게 있다는 듯 말했다.

"황니강 동쪽으로 십 리쯤 가면 안장촌(安樂村)이란 마을이 있는데, 그 마을에 백일서(白日鼠, 낮 쥐)란 별명이 있는 백승(白勝)이란 건달이 살지요. 일찍부터 나를 따르는 사람이고, 이것저것 내게 신세 진 것도 좀 있어. 필요하면 그를 쓸 수도 있을 것이오."

"전에 보정께서 꿈에 보셨다는 북두성 위 흰빛이 바로 그 사람을 뜻한 게 아니고 뭐겠습니까? 다 쓰일 데가 있지요. 써야 하구 말구요."

오용이 반가운 듯 그렇게 조개의 말을 받았다. 그때 유당이 걱정된다는 듯 물었다.

"이곳은 황니강에서 너무 멉니다. 어디 가까운 데 몸을 숨기고 기다릴 만한 곳이 없겠습니까?"

"바로 그 백승의 집을 빌리면 될 거요. 보정님의 말대로라면 우리는 아주 편안히 몸을 숨길 수 있지 않겠소. 또 그럼으로써 백승을 써먹는 셈이기도 하고."

오용이 얼른 유당의 걱정을 덜어 주었다. 이번에는 조개가 밝지 못한 얼굴로 오용에게 물었다.

"더 중요한 것은 그 재물을 빼앗을 궁리인 듯한데…… 오 선생, 어떻게 하실 거요? 꾀를 써서 살살 빼낼 거요? 아니면 힘을 써서 우격다짐으로 빼앗을 거요?"

그러나 오용은 어찌 된 셈인지 자신만만했다. 가벼운 웃음기마저 띠며 조개의 물음을 받았다.

"저는 이미 모든 준비가 다 되어 있습니다. 그것들이 오는 꼴을 봐 가며 힘을 써야 하면 힘을 써서 빼앗고, 꾀를 써야 하면 꾀를 써서 빼앗지요. 제게 한 가지 계책이 있는데 다만 여러분의 뜻에 맞을지가 걱정입니다."

"그게 무엇이오?"

여럿이 입을 모아 그렇게 물었다. 그러자 오용은 마음속에 세워 둔 계책을 나직나직 일러 주었다. 실로 절묘한 계책이었다. 다 들고 난 조개가 기쁨을 감추지 못하고 무릎을 치며 말했다.

"그거 참 좋은 계책이오! 선생을 꾀 많은 별[智多星]이라 부르는 게 그른 소리가 아니었구려. 정말로 제갈량보다 더한 꾀요. 신기한 계책이야."

그러자 오용이 손을 저으며 주의를 주었다.

"그런 말씀을 다시는 입 밖에 내지 마십쇼. 속담에, 담 너머에도 귀가 있고, 창밖에도 사람이 있다질 않습니까? 오직 우리끼리만 알고 있어야 합니다."

조개도 그 말에 정색이 되었다. 이내 무리의 우두머리답게 진중한 어조로 각자의 할 바를 일러 주었다.

"자, 그렇다면 이제 그때까지 할 일을 생각해 보는 게 좋겠소. 완씨 삼 형제는 잠시 집으로 돌아가 계시오. 때가 오면 우리 장원으로 다시 부르겠소. 오 선생도 예처럼 돌아가 당분간 코흘리개들을 가르치고 있는 게 낫겠소. 다만 공손 선생과 유당만은 이 장원에 머물러도 괜찮을 것 같소. 내 집을 찾아온 손님이거니와 원래부터가 정처없이 떠돌던 분들이었으니 말이오."

쓸데없이 몰려다니다가 이웃의 의심을 사서는 안 된다는 생각인 듯했다. 아무도 딴말을 하는 사람이 없어 채 태사의 생일 예물 터는 일은 일단 그쯤으로 마무리 짓고 자리는 다시 술판으로 돌아갔다.

큰일이 대강 정해진 다음이라 술판은 한층 흥겨워졌다. 그들 일곱은 권커니 잣거니 밤늦도록 마시다가 각기 정한 방으로 가서 곯아떨어졌다.

다음 날이었다. 새벽같이 일어난 여섯에게 잘 차린 아침상을 대접한 뒤 조개가 은자 서른 냥을 완씨 삼 형제에게 내놓으며 말했다.

"적으나마 나의 정표요. 부디 사양 말고 거둬 주시오."

그러나 완씨 삼 형제는 그 은자를 받으려 하지 않았다. 보다 못한 오용이 한마디했다.

"가까운 사람들끼리는 너무 까다롭게 따지는 법이 아니외다. 이왕 보정께서 내놓으신 돈이니 세 분은 그냥 거두도록 하시오."

그제야 완씨 삼 형제도 마지못해 그 은자를 거둬들였다.

나머지 사람들은 대문 밖까지 따라 나가 완씨 삼 형제를 배웅했다. 오용은 그들 귀에 대고 이것저것 삼가고 지킬 일들을 일러 준 뒤에야 놓아주었다.

그들과 작별한 완씨 삼 형제는 그날로 석갈촌으로 돌아갔다. 그리고 아무 일도 없었던 사람들처럼 각기 고기잡이며 노름으로 전과 같은 나날을 보냈다.

오용도 자기의 서당으로 돌아갔다. 그리고 그 역시 아무 일도 없었던 사람처럼, 찾아오는 코흘리개들에게 글을 가르치며 이전과 다름없이 지냈다.

조개의 장원에는 공손승과 유당만 남았다. 조개가 원래 찾아오는 호걸들을 마다하지 않아 온 터라 그 둘이 머무는 것은 아무도 이상하게 여기지 않았다.

양 중서가 장인 채 태사에게 보내는 재물이 의롭지 못하다 하더라도, 조개를 비롯한 그들 일곱이 꾀하고 있는 일 또한 반드시 의롭다고는 할 수 없었다. 그들에게도 그 재물을 가질 권리는 없었으며, 차지한 뒤의 쓰임에도 이렇다 할 의로운 목적이 세워져 있지 않았기 때문이었다. 따지고 보면 그들이 꾀하는 것은 다름 아닌 범법이었고, 끝내는 그 일로 인해 무리 지어 일탈의 길로 접어들게 된다.

사라진 생신강

한편 북경 대명부의 양 중서는 십만 관의 돈으로 생신 예물을 완비하자 그걸 장인 채 태사에게 보낼 채비를 했다. 날을 골라잡고 사람을 가려 뽑아 그해에는 탈 없이 장인의 생일상 앞에 전해지기를 바랐다. 하루는 바로 그 생각에 골몰해 방 안에 앉았는데 채(蔡) 부인이 들어와 물었다.

"상공, 생신 예물은 언제 떠나지요?"

"예물도 다 마련되어 모레쯤 보내려 하오만, 한 가지 아직 결정이 안 나 망설이는 게 있소."

양 중서가 그렇게 대답하자 채 부인이 다시 물었다.

"그게 무슨 일이에요?"

"작년에도 십만 관이나 들여 예물을 마련했지만, 사람을 잘못 뽑아 보내는 바람에 도중에서 도둑맞고 말았지 않소? 그 도둑을 아직도 못 잡고 있는 터에 다시 예물을 보내자니 절로 걱정이 되는구려. 금년에는 그런 일이 없도록 사람을 잘 골라야 하는데, 그게 영 쉽지가 않소."

그러자 채 부인이 뜰 아래를 가리키며 깨우쳐 주듯 말했다.

"당신은 늘상 저 사람을 얻은 걸 자랑하지 않았어요? 그런데 왜 저 사람을 시켜 그걸 보내지 않으세요?"

양 중서가 보니 채 부인이 가리킨 것은 청면수 양지였다. 양 중서는 그래도 한동안을 망설이다가 이윽고 양지를 마루 위로 오르게 하고 말했다.

"내가 깜박 자네를 잊고 있었네. 자네가 이번의 생신 예물을 탈없이 전해 주고 오면 나는 자네를 더욱 높이 써 주지."

"은혜를 베푸신 상공께서 보내시겠다면 제가 어찌 마다하겠습니까. 어떻게 어디로 가며 언제 떠나야 하는지만 일러 주십시오."

양지가 충직한 목소리로 그렇게 받자 양 중서는 한층 더 믿음이 갔다. 마음속의 망설임을 깨끗이 쓸어 내고 말했다.

"대명부에서 큰 수레[太平車子, 열 섬을 싣는 수레]와 열 명의 상금군(廂禁軍, 대명부의 호위 군사)을 뽑아 가는 걸세. 수레 하나에 상금군 하나씩을 딸리고, 누런 깃발에는 '헌하 태사 생신강(獻賀太師生辰綱)'이란 글을 써서 꽂게. 그리고 다시 튼튼한 군사 몇 명을 더 붙여 동경으로 가는 거네. 사흘 말미를 줄 테니 그 안으로 떠날 채비를 갖추게."

양 중서가 워낙 엄중하게 말하니 갑자기 겁이 나는지 양지가 슬몃 몸을 빼려 들었다.

"평계를 대는 것은 아닙니다만, 그런 일이라면 아무래도 제가 감당하기 어렵겠습니다. 따로이 훌륭한 사람을 골라 보내심이 어떻겠습니까?"

"아닐세. 나는 자네를 높이 쓰려고 그 생신강과 함께 보내는 편지에 자네 이야기를 써 놓았네. 돌아올 때는 자네의 죄를 사해 준다는 칙명을 받아 오게 할 참인데, 그게 무슨 소린가? 왜 그걸 마다하고 가지 않으려 하나?"

양지가 사양하고 나서자 양 중서는 그런 말로 달래려 했다. 그래도 양지는 선뜻 그 일을 맡으려 하지 않았다.

"제가 들으니 작년에도 생신강을 도둑 떼에게 뺏기고 아직까지 찾지 못했다고 합니다. 금년 역시도 도중에는 도적이 많은 데다, 길은 또 물길이 전혀 없어 뭍으로만 가야 합니다. 그리로 가다 보면 자금산(紫金山), 이룡산(二龍山), 도화산(桃花山), 솔개산(率蓋山), 황니강(黃泥岡), 백사오(白沙塢), 야운도(野雲渡), 적송림(赤松林)을 지나야 하는데, 그곳은 모두 흉악한 도둑 떼가 나타나는 데지요. 혼자 몸으로는 지날 엄두도 못 내는 곳들이 바로 거깁니다. 그 도둑 떼가 금은보화가 가득 든 수레를 어찌 그냥 보내겠습니까? 떼를 지어 달려들 건 뻔한 이치고, 잘못하면 예물뿐만 아니라 목숨까지 잃고 맙니다. 그래서 이번에는 가기가 어렵다는 거지요."

그렇게 늘어놓으면서 몸을 사렸다. 양 중서가 얼른 그 말을 받아 양지를 안심시키려 했다.

"그거야 떠날 때 군교(軍校)를 많이 데리고 가면 되지 않겠느냐?"

"은상(恩相)께서 모르시는 말씀입니다. 설령 만 명의 군교를 뽑아 보낸다 해도 그 일이 풀리지는 않습니다. 군교라는 자들은 도적떼가 나타나 소리만 질러도 모두 달아나 버릴 겁니다."

"네 말대로라면 생신강을 보내지 말아야겠구나. 그 소리와 다를 게 무엇 있느냐?"

마침내 양 중서가 불쾌한 얼굴로 그렇게 쏘아붙였다.

"만약 한 가지만 제 뜻대로 맡겨 주신다면 감히 제가 그 예물 보내는 일을 해 볼 수도 있습니다……."

양지가 양 중서를 더는 화나게 해서는 안 되겠다 싶었던지 그렇게 속마음을 털어놓기 위한 운을 떼었다.

"내가 이미 자네에게 모든 걸 맡겼는데 왜 안 되겠나? 말해 보게, 그게 뭔지."

다급해진 양 중서가 재촉했다. 양지가 비로소 아니 가려 한 까닭을 밝힘과 아울러 제 생각을 내놓았다.

"먼저 말씀하신 그런 큰 수레는 필요없습니다. 예물은 여남은 개의 보따리로 만들어 열 명의 날랜 금군에게 지게 합니다. 장사꾼처럼 꾸며 대수롭지 않은 물건을 나르는 것같이 보이게 하자는 것입니다. 그들과 제가 밤낮을 가리지 않고 동경으로 가면 탈없이 예물을 전할 수 있습니다."

양 중서가 들어 보니 그럴듯한 소리라 기꺼이 양지의 뜻을 따라주었다.

"자네 말이 옳으네. 아무렴, 남의 눈에 안 띄는 게 좋지. 그럼 내가 글 한 통을 써 줄 테니 예물과 함께 갖다 바치고 답신을 받아 돌아오도록 하게.”

“제 말을 받아들여 주시니 무어라 고마움을 드러내야 할지 모르겠습니다.”

그렇게 그날의 의논을 마쳤다.

양 중서 앞을 물러난 양지는 그날로 예물들을 지고 가기 알맞은 보따리로 나누어 싸는 한편 데려갈 짐꾼들을 뽑았다. 힘이 세고 몸이 날랜 군졸들이었다.

다음 날 대강 준비를 마친 양지가 양 중서를 찾아가자 양 중서가 편지 한 통을 내놓으며 말했다.

“여보게 양지, 언제 떠날 작정인가?”

“내일 아침 일찍 떠날까 합니다. 제게 모든 걸 맡긴다는 문서나 마련해 주십시오.”

양지가 그렇게 대답하자 양 중서가 문득 한마디를 보냈다.

“그런데 말이야. 안사람이 따로이 값진 예물 한 바리를 마련한 모양인데 자네에게 맡기기가 좀 뭣하다는군. 그래서 사 도관(都官)과 우후(虞候) 두 사람을 자네와 함께 보내려 하는데 어떤가?”

그 소리에 양지가 금세 얼굴이 굳어져 말했다.

“아무래도 아니 되겠습니다. 저는 가지 못하겠습니다.”

“예물이며 짐꾼이 모두 자네 말대로 채비되었는데 이제 와서 왜 또 아니 가겠다는 건가?”

양 중서가 놀라 물었다. 양지가 차분하게 까닭을 밝혔다.

“앞서의 열 짐 예물과 짐꾼 열 명은 모두 제게 맡겨져 있습니다. 새벽에 떠나야 하면 새벽에 떠나고 저물어 떠나야 하면 저물어 떠날 것이며, 가야 하면 가고 쉬어야 하면 쉴 것입니다. 모두 이 양지가 시키는 대로 따르게 돼 있지요. 그런데 이제 다시 도관과 우후를 저와 함께 가게 하신다면 어려움이 생깁니다. 가는 도중에 서로간 생각이 다를 때 제가 어떻게 그들을 다룰 수 있겠습니까? 더구나 도관은 태사부에서 온 사람인데 저 같은 게 무슨 수로 이래라저래라 하겠습니까? 그러다가 큰일을 그르치기라도 한다면 이 양지는 어디 가 하소연할 데도 없으니 아예 못 가겠다고 하는 것입니다."

"그거야 쉽지. 내가 그들 셋을 불러 모두 자네가 시키는 대로 하도록 단단히 일러 둠세."

양 중서가 그같이 대답하자 양지가 비로소 낯색을 풀며 대답했다.

"알겠습니다. 그렇게 해 주시겠다면 위령장을 써 주십시오. 만약 잘못되는 일이 있으면 어떤 벌이라도 달게 받겠습니다."

그제야 양 중서는 기쁜 얼굴로 말했다.

"역시 내가 자네를 뽑아 쓰기를 잘한 것 같군. 사람 하나는 바로 알아본 것 같아."

그리고 그 자리에서 도관과 우후 둘을 불러들이게 하고 엄하게 일렀다.

"이번에 태사부에 가는 이 열한 짐의 생일 예물은 모두 양지에게 맡기기로 했다. 너희들은 함께 가되, 길 떠남의 이르고 늦음과 가고 쉼에 대해서는 모두 양지의 말을 따르도록 하라. 부디 조심해서 빨리 다녀오고, 실수가 없도록."

누구의 명이라 거역하겠는가. 도관과 두 우후는 아무 소리 없이 그런 양 중서의 말을 들었다.

다음 날 새벽 양지는 전날 갈라 싸 둔 예물 봇짐을 모두 대명부 마당으로 옮겨 오게 했다. 원래의 열 개에 늙은 도관과 우후두 사람이 가져온 하나를 보태 봇짐은 모두 열한 개였다.

양지는 다시 전날 가려 뽑아 둔 상금군 열한 명을 불러 각기장사치처럼 꾸미게 했다.

그 자신도 헌 패랭이에 푸른 겉옷을 걸쳐 장사치로 변장했고, 도관과 두 우후도 마찬가지로 장사치처럼 보이게 꾸몄다. 그런다음 모두 칼 한 자루와 칡넝쿨 몇 발씩 지니게 해 길 떠날 채비를 마쳤다.

이윽고 나타난 양 중서로부터 서찰을 받은 양지는 곧 일행을배불리 먹인 뒤 길을 떠났다. 짐꾼 열하나에 양지와 도관, 우후둘을 합쳐 모두 열다섯 명이었다.

때는 오월 중순이라 날이 맑은 것은 좋았으나 더위 때문에 길걷기가 이만저만 힘들지 않았다. 그러나 유월 보름까지는 동경에이르러야 하기 때문에 양지 일행은 함부로 늑장을 부릴 수도 없었다. 새벽같이 일어나 시원할 때 빨리 걷고, 날이 뜨거우면 쉬면서 길을 줄여 나갔다.

북경을 떠난 지 대엿새가 되니 차츰 마을이 뜸해지고 길 가는사람도 적어지기 시작했다. 길이 점점 험한 산길로 접어드는 까닭이었다. 양지는 여전히 진시(辰時)에 일어나 걷다가 신시(申時)

가 되면 쉬는 순서로 일행의 걸음을 재촉했다.

하지만 짐꾼들에게는 그마저도 쉬운 일이 아니었다. 짐은 무겁지, 날은 뜨겁지 해서 숲만 보면 쉬어 가자고 졸랐다. 양지는 그런 그들을 재촉해 몰다시피 나가는데, 말을 듣지 않으면 가벼워야 욕설이요, 심하면 칡넝쿨로 매질까지 했다.

자기 보따리만 지고 가던 두 사람의 우후도 못 견디기는 마찬가지였다. 얼마 안 가 더 걷지를 못하자 양지가 그들을 꾸짖었다.

"이봐 너희 둘은 알 만하면서 왜 이래? 얻어맞고 싶지 않거든 빨리 걸어. 뒤처져 꾸물거리지 말란 말이야!"

"우리 두 사람이 게으름을 피우는 게 아니라 날이 더워 정말 꼼짝 못하겠소. 어제도 새벽부터 뛰듯이 걸었는데 오늘 이 더운 날 또 이렇게 사람을 몰아대니 정말 못 견디겠소!"

우후 중에 하나가 그렇게 불평을 늘어놓았다.

양지가 한층 소리 높여 몰아세웠다.

"덜 돼먹은 수작 마라! 어제는 길이 좋았지만 지금은 보다시피 기어오르고 기어내리는 판이야. 만약 낮 동안에 이곳을 못 지나면 날이 저문다구. 오밤중까지 걸을 거야?"

그 말에 두 사람은 대꾸를 못했으나 속으로는 양지에 대한 불평이 가득 일었다. 양지도 더는 둘을 몰아대지 못하고 그들의 짐을 칡넝쿨로 얽어 대신 진 뒤 걷기 시작했다.

그러나 우후 두 사람은 버드나무 그늘에 그대로 퍼질러 앉아 늙은 도관이 오기를 기다렸다.

"저 양가 놈이 영 사람 잡으려 드는군요. 우리 상공 밑에 있는 한낱 제할에 지나지 않는 놈이 꼭 무슨 큰 벼슬이나 받은 것처럼 으스댑니다."

늙은 도관이 오르기를 기다려 두 우후가 그렇게 입을 비쭉댔다. 늙은 도관도 양지가 못마땅한지 실쭉한 눈길로 맞장구를 쳤다.

"떠나올 때 상공께서 얼굴을 맞대고 저자가 시키는 대로 하라 시기에 나도 말을 못하였네. 좀 참고 저자가 하는 꼴을 지켜보세."

그런 도관을 두 우후가 부추겼다.

"상공이 정에 약해 한 소리일 뿐입니다. 도관께서 마땅히 우두 머리가 되어 저희를 이끄셔야지요."

"그래도 조금만 더 참고 하는 꼴을 보세."

도관이 나잇값을 하는지 불끈거리는 두 우후를 달랬다. 우후들 도 도관이 그렇게 나오자 하는 수 없이 털고 일어났다. 그 바람 에 양지 일행은 그날은 더 다투는 일 없이 신시까지 걸은 뒤에야 주막을 찾아들어 쉬었다. 하지만 불평스럽기는 무거운 예물 봇짐 을 진 짐꾼들이 더했다. 하루 종일 비 오듯 땀을 흘리며 걸어야 했던 그들은 불평을 참다 못해 늙은 도관을 찾아갔다.

"저희는 당당한 군사인데 불행히도 이번 일에 뽑히어 팔자에 없는 장꾼 노릇을 하고 있습니다. 찌는 듯한 날에 무거운 짐까지 지고 가자니 여간 괴롭지 않습니다. 거기다가 양지는 가면 간다 고 안 가면 안 간다고 칡넝쿨로 후려 패 대니 부모에게 받은 살 과 피가 어찌 견딜 수 있겠습니까? 이건 정말 너무합니다."

짐꾼들이 찾아와 그렇게 호소하자 늙은 도관은 좋은 말로 그 들을 달랬다.

"자네들 너무 그렇게 원망하지 말게. 동경에 이르면 내 자네들 고생을 모두 말씀 올려 두터운 상을 내리게 하겠네."

"만약 양지 그 사람이 도관 어른처럼만 저희를 대해 준다 해도 저희에게 무슨 원망이 있겠습니까?"

짐꾼들도 그 정도로 그쳐 그날 밤은 그대로 지나갔다.

다음 날이 되었다. 양지 일행은 다시 날이 밝기도 전에 일어나 선선할 때 길을 재촉했다. 양지가 앞서 가며 소리쳐 짐꾼들을 몰아댔다.

"어서들 걸어. 잠이 와도 걸어가며 자란 말이야. 알겠나?"

"너무 내몰지 마십시오. 날이 뜨거워 걷지 못한다고 매질 않으시려거든."

짐꾼들이 그렇게 투덜댔다. 양지가 성이 나 그들을 꾸짖었다.

"너희들이 아직도 정신을 못 차리는구나."

그러면서 칡넝쿨을 들어 후려치려 했다. 그제야 짐꾼들은 성난 기색과 불평을 삼키며 잠에서 깨어나 걸음을 빨리했다.

달리는 중에 진시가 되었다. 양지는 그제야 불을 피우게 해 늦은 아침밥을 짓게 했다.

아침 식사가 끝나자 다시 괴로운 길 걷기가 시작되었다. 양지는 일행이 길 위에 나서고부터는 시원한 그늘에 한번 앉는 것조차 허락지 않았다. 열한 명의 짐꾼들은 헉헉거리는 중에도 양지에 대한 원망을 키워 갔다. 두 우후도 틈나는 대로 늙은 도관에게 양지를 험구했다. 도관도 그들의 말을 듣고는 속으로 양지를 더욱 마땅찮게 여겼다.

그사이에도 날은 지나 그럭저럭 길 떠난 지 열닷새가 되었다. 그동안도 양지가 얼마나 몰아댔던지 그들 열네 명 중에서 양지를 원망하지 않는 사람은 하나도 없었다.

그날 또한 마찬가지였다. 길가 주막에서 늦은 아침을 들고 길을 나서니 때는 드디어 유월하고도 초순이라 벌써 햇볕이 따갑기 그지없었다. 그래도 양지는 일행을 재촉해 걷기를 그치지 않았다.

한낮이 가까워 오자 붉은 해는 모닥불을 퍼붓는 듯한데 하늘은 구름 한 점 없었다. 거기다가 길은 산비탈을 따라 남북으로 이리 구부러지고 저리 뒤틀려 있으니 짐꾼들이 배겨 날 수가 없었다.

한 이십 리쯤 가다 한 군데 버드나무 그늘이 있는 걸 보고 거기서 쉬려 했다. 양지가 다시 칡넝쿨을 휘두르며 소리쳤다.

"빨리 걸어! 곧 쉬게 해 줄 테니 어서 여기를 빠져나가!"

그러나 짐꾼들이 하늘을 보니 구름 한 점 없고 오뉴월 불볕만 내리쬐는 게 도저히 그대로 걸어 낼 것 같지가 않았다. 양지가 몰아대 일어나기는 해도 한마디 불평을 아니할 수가 없었다.

"이렇게 날이 더운데 좀 쉬었다 갑시다. 이러다가 사람 잡겠소!"

양지가 그 말을 받아 더욱 크게 소리쳤다.

"어서 걸어. 우선 이 앞 언덕부터 넘어 놓고 보자구. 쉬는 건 그 다음에 생각해 볼 일이야!"

그렇게 되니 짐꾼들도 할 수 없이 걸음을 떼어 놓기 시작했다. 과연 얼마 안 가 민둥산 하나가 나타났다. 양지가 그곳 지리를 알고 있는 데 눌려 일행은 땀을 비 오듯 흘리면서도 그 언덕을 넘었다.

그 언덕을 넘고 나니 소나무 숲이 하나 나왔다. 짐꾼들은 양지가 뭐라고 하기도 전에 그 소나무 숲 아래로 달려가 봇짐을 진 채 쓰러져 누웠다. 양지는 이번에도 뒤따라와 그들을 몰아세웠다.

"이런! 일어나. 여기가 어딘 줄이나 알고 있어? 여기가 어디라고 누워 쉬겠다는 거야? 어서 일어나 빨리 걸어!"

짐꾼들도 이번에는 더 참지 못했다. 모두 누운 채 움쩍도 않으며 거칠게 받았다.

"이젠 더 못 걷겠소. 이러다간 정말로 사람 죽겠소!"

그 말에 양지는 화가 났다. 채찍으로 쓰는 칡넝쿨을 휘둘러 짐꾼들의 머리통을 후려쳐 댔다.

머리통을 맞은 짐꾼은 펄쩍 일어났으나 다른 놈을 후려치는 사이에 도로 쓰러졌다. 그리고 쓰러지기 바쁘게 코를 골아 대니 양지로서도 어찌해 볼 수가 없었다. 두 우후와 늙은 도관도 언덕 위 소나무 아래서 숨만 헐떡거리고 있었다. 양지가 짐꾼들을 후려치다 말고 서 있자 늙은 도관이 눈치를 보아 말했다.

"제할, 너무 더워 어쩔 수 없소. 저 사람들만 나무라지 마시오."

양지가 벌컥 성을 내어 받았다.

"도관, 모르는 소리 마시오. 여기가 바로 흉악한 도둑 떼가 나오는 곳이외다. 바로 황니강이란 곳으로 태평스러운 시절에도 버얼건 대낮에 도둑이 나와 재물을 터는데 어떻게 여기서 쉰단 말이오?"

"그래도 여기서 잠시만 쉬게 한 뒤 가는 게 나을 듯싶소. 해 있을 동안에 이곳을 빠져나가기만 하면 되지 않겠소?"

늙은 도관이 좋은 말로 양지를 달랬다. 이번에는 양지가 답답하다는 표정으로 내쏘았다.

"당신은 모르오. 어쩌려고 그런 한가한 소리만 하는 거요? 여기서 한 십 리 가까이는 인가 한 채 없는 허허벌판이오. 그런 곳에서 쉬자고 할 수 있소?"

"조금만 앉았다 가자는 거지 퍼질러 쉬자 했소? 정히 그러면 저 사람들을 끌고 먼저 가시오. 우리도 곧 뒤따라가겠소."

도관도 지치기는 마찬가지라 그렇게 뻗댔다.

양지는 안 되겠다 싶어 칡넝쿨 채찍을 감아쥐며 돌아섰다. 나머지 짐꾼들이라도 후려 패 언덕을 내려갈 셈이었다.

"이놈들 일어나라! 일어나 걷지 않는 놈은 스무 대씩 매를 때리겠다."

양지가 그렇게 소리치자 짐꾼 하나가 맞받았다.

"제할님, 저희는 각기 백 근이 넘는 짐을 지고 있어 빈손으로 걸으시는 제할님과는 다릅니다. 유수 상공께서 몸소 나오셨다 해도 이러시지는 않을 겁니다."

"이 짐승 같은 놈이 맞아 죽고 싶어 환장을 했느냐? 이놈 어디 한번 맞아 봐라."

성난 양지가 그 말과 함께 채찍을 들어 말대꾸한 군졸의 얼굴을 후려쳤다. 늙은 도관이 목소리를 높여 양지를 나무랐다.

"양 제할, 잠깐 내 말을 들으시오. 내가 동경의 채 태사 댁 일을 볼 때는 어떤 군관도 내 한마디면 군소리 없이 들어주었소.

좀 뭣한 소리지만 내가 알기로 당신은 죄를 짓고 죽게 된 걸 우리 상공께서 불쌍히 여겨 다시 이렇게 써 주신 거 아니오? 그런데 상공 댁의 도관인 나를 시골 늙은이 후리듯 하지 마시오. 내가 권하는 대로 저들을 때리지 말고 잠시 쉬게 하시오."

제법 위엄까지 섞어 하는 소리였다. 제 주인까지 들먹이며 나서는 바람에 한풀 꺾인 양지가 다시 답답한 표정으로 받았다.

"도관께서는 성안에서 나고 상공 댁 안에서만 살아 바깥세상이 얼마나 거칠고 험한 줄 모르시는구려."

"이래 보여도 나는 사천 양광(兩廣)을 두루 다녀 본 사람이오. 그런 소리로 나를 놀리려는 거요?"

늙은 도관이 그렇게 불끈했다.

"지금은 그런 태평스러운 시절하고 견줄 때가 아니외다."

양지가 그런 말로 깨우쳐도 도관은 영 귀담아들으려 하지 않았다.

"관청에서 들으면 혀를 뽑힐 소리는 하지 마시오. 그럼 지금 세상이 태평스럽지 않단 말이오?"

그렇게 양지를 겁주기까지 했다. 양지가 그런 도관에게 무어라 대꾸하려는데 문득 맞은편 소나무 뒤에서 어떤 사람이 머리를 쑥 내밀었다.

그를 수상쩍게 여긴 양지가 도관을 제쳐 놓고 숲속으로 쫓아 들어갔다.

"어떤 놈이냐? 감히 우리 봇짐을 엿보다니."

칼을 빼 든 양지가 그렇게 꽥 소리를 지르며 숲속에 들어가니 소나무 아래 일곱 채의 외바퀴 손수레와 일곱 사내가 보였다. 여섯은 웃통을 벗고 쉬고 있는 모양인데 그들과 떨어져 더위를 식히는 나이 든 사내는 칼을 차고 있었다.

"어?"

양지가 칼을 들고 뛰어들자 일곱 명이 한꺼번에 놀란 소리를 내지르며 몸을 일으켰다. 양지가 다시 소리쳤다.

"너희들은 뭣하는 놈들이냐?"

"너는 뭐하는 놈이냐?"

그 일곱 명이 별로 눌리는 기색 없이 그렇게 되물었다. 그제야 양지는 제 말이 지나쳤음을 깨닫고 목소리를 부드럽게 해 말했다.

"당신들은 뭐하는 사람들이오? 그리 나쁜 사람들 같지는 않은데……."

그러자 그 일곱도 공손해져 대답했다.

"우리가 물을 말을 거꾸로 묻는구려. 여하튼 우리도 떠도는 장사치들이니 당신에게 줄 돈은 없소!"

"장사꾼이라면 밑천이 많겠구려."

양지가 짐짓 그렇게 찔러 보았다. 이번에는 그쪽에서 이상한지 일곱 가운데 하나가 물었다.

"도대체 당신은 누구요?"

"당신들은 어디서 왔소?"

양지가 여전히 딴청을 부리며 물었다. 일곱 가운데 하나가 먼저 털어놓았다.

"우리 형제 일곱은 호주(濠州) 사람들이오. 대추를 팔러 동경으로 가다가 이곳에 이르게 되었소이다. 사람들이 말하기를 이곳 황니강에는 항상 도둑 떼가 있어 지나가는 장사치들을 턴다고 합디다. 이에 우리는 겁이 나 뛰면서도 한편으로는 생각했지요. 우리 형제들이야 대추 말고 이렇다 할 재물이 없으니 이 언덕은 일없이 지날 수도 있지 않겠느냐고 말이오. 거기다가 언덕에 오르고 보니 날이 뜨거워 어디 견딜 수가 있어야지요. 그래서 이렇게 쉬다가 좀 시원해지거든 떠나려던 참이었소. 그런데 웬 사람이 뛰어 들어와 우리를 좋지 않은 사람으로 보고 소리치니 누군가 해서 나와 본 것뿐이외다."

그 말이 하도 천연스러워 조금도 수상쩍은 데가 없었다. 조금 마음을 놓은 양지가 목소리를 더욱 부드럽게 해 말을 받았다.

"원래 그러셨군. 지나가는 장사꾼들인 줄 모르고 내가 실수를 한 것 같소. 누가 우리를 엿보는 것 같기에 달려와 본 거요."

"오해를 푸셨으니 다행이오. 갈 때 대추나 좀 가져가시오."

역시 마음이 풀린 대추 장수들이 그렇게 인심까지 썼다. 양지가 손을 저으며 사양했다.

"고맙지만 그럴 것까진 없소."

그리고 일행 곁으로 돌아갔다.

양지가 돌아오는 걸 보고 늙은 도관이 말했다.

"도둑 떼가 있다면 이만 갑시다."

떠들썩하게 주고받는 소리에 겁이 난 모양이었다.

"도둑 떼가 아니고, 대추 장수들이오."

그러자 도관은 이번에는 빈정거림으로 나왔다.

"당신 말대로 이곳이 도둑 떼가 득시글거리는 곳이라면, 그 사람들도 목숨이 남아나지 못했겠구려!"

"그런 건 따질 거 없소. 이왕 이리 됐으니 당신들도 이대로 쉬다가 좀 시원해지거든 떠나도록 합시다."

양지가 마지못해 그렇게 말하자 짐꾼들은 도관을 거들어 양지에게 비웃음을 보냈다. 양지는 대구 없이 한쪽으로 가 칼을 땅에 꽂고 소나무 그늘에서 쉬었다.

밥 반 그릇을 먹을 만한 시간이 지났을 무렵 멀리서 한 사내가 다가오는 게 보였다. 통 둘을 어깨에 메고 노랫가락을 흥얼거리며 오는데, 그 뜻이 꽤나 처량했다.

붉게 단 해 타는 화로 같구나
들의 벼 이삭 반은 말라 버렸네
농사꾼 가슴속은 끓고 타도
공자(公子) 왕손(王孫)은 부채질만 설렁설렁

이윽고 언덕 위로 올라온 사내는 소나무 그늘 아래 메고 온 통 둘을 내려놓으며 쉬었다. 짐꾼들이 그를 보다가 물었다.

"당신 통 안에 든 게 무어요?"

"술이외다."

사내가 퉁명스레 대답했다. 눈이 번쩍 뜨인 짐꾼이 물었다.

"어디로 가져가는 거요?"

"마을에 가져가 팔 거외다."

"한 통에 얼마요?"

"닷 관이면 되오."

사내의 대답이 그렇자 짐꾼들은 마침 잘됐다 싶었다. 덥고 목마른데 한잔 사 마신들 어떠랴 싶어 저희끼리 돈을 거두기 시작했다. 그걸 본 양지가 소리쳐 꾸짖었다.

"너희들 뭐하는 짓들이냐?"

"술이나 사서 한 사발씩 마시려구요."

짐꾼들 중에 하나가 퉁명스레 대꾸했다. 그 말에 양지가 땅에 꽂아 둔 칼자루를 잡으며 꾸짖었다.

"네놈들이 내 말을 들어 보지도 않고 술을 사 마시겠다고? 정말 간덩이가 부었구나!"

그러자 짐꾼들이 입을 빼물고 투덜거렸다.

"그것도 안 된단 말이오? 우리가 돈 내어 술 한 사발 사 마시겠다는데 어째서 그것까지 간섭이오? 정말 너무하십니다."

"저 촌놈 말을 어떻게 믿느냐? 너희들은 길 가다 술 마시고 봉변당한 이야기를 듣지도 못했느냐? 몽한약(蒙汗藥, 마취약)을 탄 술을 먹고 얼마나 많은 호걸들이 쓰러졌는지 모른다."

양지가 그렇게 깨우쳐 주었으나 목이 마른 짐꾼들은 믿는 눈치가 아니었다. 그때 술통을 지고 온 사내가 양지를 비웃으며 말했다.

"이보슈, 젊은 나리. 이 술은 당신들에게 팔 게 아니란 거나 아시오. 정말로 별소릴 다 듣겠네."

그렇게 되니 절로 양지와 그 술장수 사이에 오가는 말이 고울 수가 없었다. 그 시비 소리를 들었는지 소나무 숲에 쉬고 있던 대추 장수들이 저마다 칼 한 자루씩 꼬나들고 달려 나와 물었다.

"당신들 무슨 일로 다투시오?"

그러자 술장수 사내가 씨근대며 받았다.

"아, 글쎄, 내가 저 언덕 아래 마을로 술을 팔러 가다가 날이 더워 여기서 쉬는데 저 사람들이 값을 묻지 않겠소? 그래서 팔 것은 아니라도 값을 일러 주었더니, 갑자기 저 젊은 나리가 나타나 이 술에 몽한약이 들었느니 어쩌느니 하지 않겠소? 당신들도 들어 보니 우습지 않소? 어떻게 그런 막말을 한단 말이오!"

"거참 잘됐소. 이 길에 도둑 떼가 나온다기에 잔뜩 웅크리고 있는데 다투는 소리가 들려 달려 나왔더니……. 그건 그렇고…… 마침 우리도 목이 마른 참이니 그 술 우리에게 팔지 않겠소? 저 분이 의심한다니 한번 우리에게 먹여 보시구려."

일곱 대추 장수 가운데 하나가 술장수의 이야기를 듣더니 대뜸 그렇게 말했다. 술장수 사내가 손을 내저었다.

"아니오, 이건 팔 게 아니오."

하지만 아무래도 해 보는 소리 같았던지, 이번에는 대추 장수 일곱이 다 나서서 그 사내를 달랬다.

"너무 그러지 마시오. 우리는 당신에게 아무 소리도 않았잖소? 게다가 언덕 아래 마을에 가서 팔 술이라면 우리에게 못 팔 건 뭐요? 다 같은 돈이니 우리에게 파시오. 보다시피 어디 가서 차 한잔 마실 곳도 없으니 목이나 축이게 해 달란 말이오."

"두 통 다는 팔 수 없소. 거기다가 저 사람들에게 기분 나쁜 소리도 들었고, 또 술을 떠서 팔 바가지도 없고······."

여전히 거절은 해도 그러는 술장수 사내의 말투는 알아듣게 누그러져 있었다. 그 소리를 들은 대추 장수들이 바짝 달라붙었다.

"기분 나쁜 소리를 들었으니 더욱 여기서 몇 잔 팔아야지 않소? 우리가 마시고도 괜찮은 걸 보여 줘야 하지 않느냔 말이오. 마침 우리에게 바가지로 쓸 만한 표주박도 있소."

그러고는 자기들 손수레 있는 데로 가더니 표주박 두 개를 가져왔다. 술장수 사내도 더는 뻗대지 않고 술통 하나를 내놓았다.

대추 장수들은 대추를 안주 삼아 바가지를 돌려 가며 술을 퍼마셨다. 얼마 안 되어 술 한 통이 바닥났다.

"아 참, 술값을 묻지 않고 마셨구려. 한 통에 얼마요?"

"한 통에 닷 관이오."

사내가 그렇게 대답하자 대추 장수들이 입맛을 다시며 말했다.

"당신 말대로 닷 관을 드릴 테니 딱 한 잔씩만 더합시다."

"안 됩니다. 술값은 정해진 거요."

술장수가 그렇게 대꾸하는데 대추 장수 중 하나가 슬그머니 새 술통 곁으로 다가가더니 물어보지도 않고 뚜껑을 열었다. 그가 술 한 바가지를 떠 마시려 할 때에야 그걸 본 술장수 사내가 얼른 다가가 술 바가지를 뺏으려 들었다.

그러자 술 바가지를 든 대추 장수가 냅다 소나무 숲으로 달아났다. 술이 반 넘게 든 바가지를 든 채였다. 술장수가 그 술을 뺏으러 달려가는데 다시 솔숲에서 대추 장수 하나가 표주박을 가져와 술을 떴다. 그걸 본 술장수는 첫 번째 사내를 따라가는 대신 새로 술을 뜬 사내를 붙들어 그가 퍼낸 술을 도로 술통에 따라 넣었다.

"당신들 상이 좋아 뵈지 않더라니. 이건 뭐 저자 바닥의 날건 달들이나 하는 짓 아니오?"

사내가 그렇게 투덜거리며 술통을 막고 떠날 채비를 하자 그때껏 보고 있던 짐꾼들은 더 참지를 못했다. 양지에게는 감히 다가가지 못하고 늙은 도관에게 우르르 몰려가 사정했다.

"어르신네, 저희들을 위해 한 말씀 해 주십쇼. 저 대추 장수들은 한 통을 다 마셔도 끄떡없지 않습니까? 남은 한 통은 우리가 사서 마시게 해 주십쇼. 도대체 술 냄새를 견딜 수 없습니다. 정말로 목도 마르구요. 더군다나 이 언덕에는 물도 한 잔 떠 마실 데가 없으니 어쩝니까? 어르신께서 어떻게 좀 말씀해 주십쇼."

그 말을 들은 늙은 도관은 잠깐 생각해 보았다. 자기도 눈으로 본 게 있어 짐꾼들에게 한잔 사 마시게 해도 될 듯싶었다. 이에 양지에게로 다가가 넌지시 권했다.

"대추 장수들이 한 통을 다 먹고 한 통만 남았소. 짐꾼들에게 한 바가지씩만 마시게 합시다. 여기는 물 한 잔 마실 곳이 없어 보기 딱하구려."

그 말을 듣고 양지도 가만히 생각해 보았다. 대추 장수들이 아무 탈 없었으니 한 바가지쯤은 마시게 해도 괜찮을 것 같았다. 그 또한 짐꾼들이 반나절이나 고생하고 땀 흘린 걸 모르는 바는 아니었다.

"도관께서 그렇게 말씀하시니 그럼 저들에게 한 잔씩만 마시게 합시다."

결국은 그렇게 허락하고 말았다.

그 말을 들은 짐꾼들은 좋아라 돈을 거둬 술을 사러 갔다. 그런데 이번에는 술장수 사내가 왼고개를 틀었다.

"안 팔아요. 안 판다니까. 이 술에는 몽한약이 들었단 말이오."

순전히 양지를 빗대 하는 소리였다. 짐꾼들이 웃으며 그를 달랬다.

"형씨, 그깐 소리에 뭘 그러슈."

"안 판다니까. 졸라도 소용없소."

술장수 사내가 여전히 그렇게 나오는 걸 보고 대추 장수 하나가 짐꾼들을 편들어 나섰다.

"이 고집불통 양반아, 저 사람들 잘못했다고 하잖소? 남의 일이지만 보기 딱하니 한 잔씩 마시게 해 주시오."

그리고 몇 마디 더 구슬려 남은 술통을 열게 했다. 짐꾼들이 우 하고 술통 가로 몰려갔으나 술을 떠 마실 바가지가 없었다. 하는 수 없어 대추 장수에게 표주박 하나를 빌려 달라고 청해 보았다. 대추 장수가 바가지를 내주며 말했다.

"대추를 좀 드릴 테니 안주로 하시오."

"정말로 고맙습니다."

짐꾼들이 그렇게 입을 모아 감사하자 대추 장수 가운데 하나가 점잖게 받았다.

"너무 그러실 거 없소이다. 다 같이 나그네 신세인데 까짓 대추 한 줌 가지고 뭘 그러시오?"

짐꾼들은 다시 그런 대추 장수에게 감사하고 얻은 표주박 둘로 술을 떴다. 그리고 한 바가지는 늙은 도관에게 바치고 한 바가지는 양지에게로 가져왔다. 양지가 마지못해 술 바가지를 받자 다른 바가지 하나가 늙은 도관, 두 우후의 차례로 돌기 시작했다. 짐꾼들은 남은 술을 바닥이 보이도록 나눠 마셨다.

양지는 술을 마신 사람들이 아무 탈 없는 걸 보고서야 들고 있던 술 바가지를 입에 댔다. 원래 술을 좋아하지 않았으나 워낙 날이 덥고 그 또한 목이 말라 있던 참이라 반쯤을 비우고 대추 몇 개를 씹었다.

"이 술통은 저 사람들이 한 바가지를 떠낸 거니 술값에서 반 관은 빼 주겠소."

술장수 사내가 뒤늦게 그렇게 인심을 썼다. 그리고 빈 술통 둘을 둘러메더니 올 때처럼 노래를 부르며 언덕을 내려갔다.

그런데 술장수 사내의 노랫가락이 저만치 멀어졌을 때였다. 대추 장수들이 모두 소나무 숲 가에 나와 서서 양지 일행 열다섯을 가리키며 소리쳤다.

"쓰러져라! 쓰러져라!"

그러자 이게 어찌 된 일인가. 짐꾼들은 갑자기 머리가 무거워지고 다리에 힘이 빠지는지 하나같이 풀썩풀썩 자빠졌다. 보고 있던 일곱 명의 대추 장수들이 손수레를 끌고 우르르 달려 나오더니 열한 짐의 값진 생신강을 모조리 거기 옮겨 실었다. 그리고 덮개까지 꼭꼭 여며 씌운 뒤 황니강 아래로 밀고 내려가는 것이었다. 양지는 속으로 괴로운 신음을 내면서도 멀거니 그 광경을 보고 있을 수밖에 없었다. 뼈가 다 녹아내렸는지 도무지 몸이 일으켜지지 않았다. 그러다가 그 일곱 명이 손수레와 함께 사라질 무렵 해서 마침내는 정신까지 잃고 말았다.

그러면 대추 장수로 가장했던 그 일곱은 누구였을까. 그들은 다른 사람이 아니라 바로 조개와 오용, 공손승, 유당에 완씨 삼형제였다. 그리고 술통을 메고 왔던 사내는 그 부근에 사는 백일서 백승이었다.

또 약은 도대체 어떻게 술에 탔을까. 원래 백승이 언덕에 메고 올라왔을 때만 해도 술에는 아무런 약도 타 있지 않았다. 그들 일곱 사람이 한 통을 다 마셔도 아무 탈이 없었으니까. 유당이 새 술통의 뚜껑을 열어 한 바가지를 떠내 마실 때도 술은 괜찮았다. 유당은 다만 일부러 백승과 시비를 일으켜 양지 일행의 눈길을 자신에게로 쏠리게 했을 뿐이었다.

오용이 솔숲으로 돌아가 표주박에 약을 타 온 것은 백승과 유당이 쫓고 쫓기며 사람들의 눈길을 끌고 있는 틈을 타서였다. 그 표주박으로 술을 퍼마시려 할 때 약은 이미 술에 섞였고, 그래도 아닌 척 새로 떠낸 술을 마시려 할 때 갑자기 되돌아온 백승이 그 표주박을 뺏어 도로 술통에 부어 버린 것이었다.

그 모두가 오용이 짜낸 꾀로 그들은 그 꾀를 '지취생신강(智取生辰綱, 꾀로 생일 선물을 가로챔)'이라 불렀다.

한편 양지는 워낙 마신 술이 적어 깨어나기도 가장 먼저였다. 그러나 아직 몸이 제대로 말을 안 들어 엉금엉금 기듯 하며 나머지 열넷을 보니 그들은 아직도 깜깜밤중이었다. 침을 질질 흘리며 꼼짝 않고 늘어져 있는 그들을 보다가 양지는 한숨과 함께 중얼거렸다.

"이 생신강과 함께 갖다 바치고 답신을 받아 오라고 했건만……이제 이게 무슨 소용인가."

그리고 품 안에서 양 중서의 편지를 꺼내 갈가리 찢어 버렸다.

'이제는 집이 있어도 돌아갈 수가 없고 나라가 있어도 의지할 수가 없게 됐구나. 도대체 어디로 간단 말이냐. 차라리 언덕 위에 올라가 죽을 곳이나 찾아보는 게 낫겠다.'

이윽고 그렇게 마음을 굳힌 양지는 터덜터덜 황니강 위로 올라갔다. 언덕 위 높은 곳에서 몸을 던져 죽을 생각이었다. 그러나 알맞은 곳을 골라 막상 몸을 던지려 하다 보니 갑자기 깨달아지는 게 있었다.

'아버님과 어머님이 날 낳으시고 씩씩하고 늠름한 장부로 길러 주셨다. 어려서 무예를 배워 열여덟 가지 병기를 모두 익혔건만 결국은 이렇게 끝장을 보고 만단 말인가. 오늘 이렇게 죽을 곳이나 찾느니보단 살아서 뒷날을 기약해 보는 게 낫겠다. 다시 한번 잘 생각해 보자.'

그렇게 속으로 중얼거리며 언덕을 내려온 양지는 정신을 잃고 자빠져 있는 열넷을 다시 한번 살펴보았다. 그때는 모두 눈을 멀뚱히 뜨고 있었으나 몸은 여전히 움직이지 못하고 있었다. 양지가 그런 그들을 꾸짖었다.

"네놈들이 내 말을 듣지 않더니 끝내는 이 꼴이 되고 말았구

나. 나까지 얽혀 죄를 받게 되었으니 이게 무슨 낭패냐!"

그러고는 나무뿌리에 꽂혀 있던 칼을 뽑아 찬 뒤 탄식과 함께 언덕을 내려갔다.

나머지 열넷은 양지가 떠나고도 이경은 지나서야 깨어나 움직일 수 있었다. 기듯이 몰려든 열셋을 보고 이번에는 늙은 도관이 원망을 퍼부었다.

"너희들이 양지의 말을 안 들어 이제는 나까지 망쳐 놓았구나!"

그러자 우후와 짐꾼들이 입을 모아 말했다.

"어르신네, 일은 이미 엎질러진 물이니 앞으로 해야 할 바나 의논해 보도록 하시지요."

"너희들이 뭐 생각나는 거라도 있느냐?"

도관은 그들의 말이 옳다 싶어 원망을 그치고 그렇게 물었다.

아닌 게 아니라 여럿이 머리를 짜내니 길이 영 없는 것도 아니었다. 그들은 양지가 떠나고 없음을 틈타 모든 죄를 양지에게 덮어씌우기로 했다. 곧 양지가 도둑 떼와 한패가 되어 자기들에게 몽한약을 먹이고 손발을 묶은 뒤 생신강을 털어 달아났다는 거짓말로 입을 맞춘 것이다.

못된 꾀를 짜내느라 그날을 넘긴 그들은 다음 날 일찍 가까운 제주부로 가서 그 일을 알렸다. 그리고 우후들을 남겨 도둑들을 뒤쫓게 하고 나머지는 모두 북경으로 달려가 양 중서에게 미리 짠 대로 거짓말을 했다. 성난 양 중서는 제주부로 빨리 도둑 떼를 잡으라는 문서를 띄워 보내는 한편 동경의 장인에게도 그 낯 부끄러운 일을 고해 올렸다.

양지, 노지심과 녹림에 들다

한편 황니강을 떠난 양지는 남쪽을 향해 밤 깊도록 걸었다. 새벽이 가까울 무렵 한 숲이 보였다. 양지는 잠시 쉬어 가기로 하고 나무에 기대앉았다.

'수중에는 땡전 고리 한 푼 없고, 아는 사람도 없으니 어디로 간다?'

그동안 그런 생각을 되풀이해 보았으나 어디에도 마땅히 갈 만한 곳이 없었다.

그사이 날은 점점 밝아 왔다. 어디로 가든 서늘할 때 좀 걸어 둬야 한다는 생각으로 양지는 다시 몸을 일으켰다. 한 이십 리쯤 가니 주막 하나가 눈에 들어왔다. 양지는 반갑게 달려갔으나 주막 문 앞에서 잠시 망설였다. 주머니에 돈이 없다는 게 퍼뜩 떠

오른 까닭이었다. 그러나 그냥 지나갈 수는 없었다.

'돈이야 없지만 여기서 술이라도 한잔 걸치고 가야겠다. 그러 잖고는 어딜 가 보려야 가 볼 힘도 없으니…….'

그렇게 작정한 양지는 뱃심 좋게 주막 문을 열고 안으로 들어 갔다. 뽕나무 탁자에 칼을 기대 놓고 자리를 잡자 한 아낙네가 나와 물었다.

"손님, 식사를 하러 오셨습니까?"

"그렇소, 우선 술 두 각만 내오시오. 그런 다음 밥도 짓고, 고기 도 있으면 있는 대로 익혀 내시오. 돈은 이따가 한꺼번에 모두 셈해 드리겠소."

양지가 일부러 호기를 부리며 그렇게 청했다. 아낙은 양지가 설마 빈털터리라고는 생각지 않았던지 그 자리에서 한 젊은이를 불러 양지에게 술부터 올리게 했다. 이어 아낙은 밥을 한다, 고기 를 굽는다 분주하게 움직여 양지가 청한 음식을 만들어 내왔다. 배고프던 참이라 양지는 맛있게 먹고 마셨다.

이윽고 음식이 바닥나자 양지는 다시 난처해졌다. 이제 일어나 야겠는데 음식값을 치를 돈이 없는 것이었다. 말주변이나 있으면 어떻게 사정이라도 해 보겠지만, 그마저 시원찮은 양지는 잠시 막막했다. 그러나 이윽고는 우격다짐으로 빠져나갈 작정을 하고 벌떡 몸을 일으켰다.

"손님, 셈을 치르지 않으셨는데요."

양지가 워낙 태연하게 주막을 나서는 걸 보고, 깜박 잊은 걸로 여긴 아낙이 뒤따라 나오며 깨우쳐 주듯 말했다.

"돌아오는 길에 갚겠소. 그때까지 좀 기다려 주시오."

양지는 그렇게 답해 놓고 냅다 뛰려 했다. 그때 좀 전 술을 따라 주던 젊은이가 나타나 양지의 옷깃을 거머쥐었다. 양지는 한 주먹으로 그를 때려눕히고 다시 내닫기 시작했다. 그 아낙이 소리치며 양지를 뒤쫓아 왔으나 양지는 뒤도 돌아보지 않고 뛰었다.

"이놈, 어디로 달아나려느냐!"

한참 뛰고 있는데 누군가 등 뒤에서 그렇게 소리쳤다. 양지가 힐끗 돌아보니 웃통을 벗어부친 사내 하나가 몽둥이를 들고 뒤쫓고 있었다.

'저놈이 단단히 화가 나서 나를 쫓고 있구나.'

양지는 약간 아니꼬운 생각이 들어 뛰기를 멈추고 뒤쪽을 살폈다. 주먹을 맞고 쓰러졌던 젊은이가 근처 놈팽이들 셋을 데리고 달려오고 있는데, 그들 역시도 모두 몽둥이를 하나씩 꼬나쥐고 있었다.

"이놈을 결딴내야만 저기 저놈들이 따라오지 않겠구나."

양지는 그렇게 중얼거리며 들고 있던 칼을 빼 바짝 다가온 사내와 맞섰다. 그 사내도 몽둥이를 풍차처럼 휘두르며 양지에게 덤벼 곧 한바탕 싸움이 벌어졌다. 사내가 제법 솜씨가 있어 그럭저럭 이삼십 합을 버티자 아까의 젊은이와 장정 서넛까지 그곳에 이르렀다.

"잠깐 손을 멈춰라!"

여럿이 한꺼번에 양지를 덮치려 할 즈음 양지와 싸우던 사내가 문득 몇 발짝 물러나며 소리쳤다. 그리고 양지를 보며 공손하게 말했다.

"거기 박도(朴刀)를 쓰시는 분, 이름이나 한번 일러 주시오."

"그거 못할 것도 없지. 나는 바로 청면수 양지다!"

양지가 스스로를 가리키며 당당하게 밝혔다. 그러자 사내가 다시 물었다.

"그럼 동경 전사부의 양 제사(制使)님이십니까?"

그제야 양지도 이상해 되물었다.

"너는 어떻게 내가 양 제사인 걸 아느냐?"

사내가 놀란 표정으로 몽둥이를 놓고 양지 앞에 엎드리며 말했다.

"이 하찮은 놈이 두 눈 뻔히 뜨고도 태산을 알아보지 못했습니다."

"자네는 누군가?"

양지가 그런 사내를 부축해 일으키며 물었다. 그 사내가 손을 모아 대답했다.

"저는 개봉부 사람으로 팔십만 금군교두인 임충 어른의 제자입니다. 성은 조(曹)요 이름은 정(正)이라 합지요. 윗대부터 백정일을 해와 저도 소를 잘 잡고, 고기와 뼈를 발라내는 솜씨가 있는 까닭에 사람들은 조도귀(曹刀鬼)란 별명으로 부르기도 합니다. 어떤 부자가 제게 돈 오천 관을 대 주며 산동 쪽으로 장사를 나가 보라기에 그대로 했다가 일이 안 돼 본전까지 털어먹고 말았습니다. 그 바람에 고향으로 돌아갈 낯이 없어 어떤 농사꾼 집에서 밥을 빌어먹고 있었는데, 그 주인이 저를 잘 보아 사위로 삼아 주었습니다. 아까 음식을 만들어 올린 게 저의 안사람이고 저기 갈고리를 든 게 제 처남입니다. 제가 제사님을 알아본 것은 조금 전 싸움을 하면서였습니다. 솜씨가 저희 스승이신 임 교두님과 매우 닮아 손을 거두고 물어보았던 겁니다."

"원래 임충의 제자였구나. 자네 스승은 고 태위에게 해를 입어 산도둑이 되고 말았네그려. 지금은 양산박에 있는 걸 보았네."

갑자기 멋쩍어진 양지가 그렇게 받았다. 조정이 양지의 옷깃을 끌 듯 말했다.

"저도 그런 소문은 들었습니다만 정말인 줄은 몰랐습니다. 제사님, 우선 저희 집에 가서 쉬시며 말씀 나누도록 하시지요."

양지도 마다할 까닭이 없어 조정과 함께 주막으로 돌아갔다. 조정은 처갓집 사람들을 불러 양지를 보게 하는 한편 다시 술과 안주를 장만해 양지를 대접했다.

몇 순배 술이 돈 뒤에 조정이 물었다.

"제사님은 어인 까닭으로 이곳에 이르시게 되었습니까?"

양지는 그 물음에 이내 울적한 기분이 되어 그간에 일어났던 일을 모두 털어놓았다. 듣고 난 조정이 말했다.

"안됐습니다. 일이 그리됐다면 제사님은 저희 집에 잠시 머무르시며 때를 기다리도록 하십시오. 따로이 의논해 보면 좋은 수가 날 듯도 합니다."

"그렇게 해 주면 더할 나위 없이 고맙겠네만, 관가에서 잡으러 올 테니 오래는 못 있겠네."

"그럼 어디 갈 만한 곳이라도 있으십니까?"

"나는 양산박으로 가서 자네 스승인 임 교두를 찾아볼까 하네. 전에 그곳을 지날 때 산 아래서 그와 만나 솜씨를 겨뤄 본 적이 있지. 왕륜은 우리 두 사람의 솜씨가 좋은 걸 보고 함께 산채로 가서 이야기나 하자더군. 그래서 임 교두가 누군지를 알게 되었네. 왕륜은 그때 내게 함께 산채에 남자고 했지만 나는 아직 도둑 떼에 끼어들 기분이 아니었지. 그런데 이제 다시 뺨에 금인(金印)까지 보탠 채 그들을 찾아가려니 영 맥이 빠지네. 그래서 망설이고 있네만 정말로 진퇴양난일세."

양지가 조정의 말을 받아 이야기가 거기까지 흘렀을 때였다. 조정이 문득 무슨 생각이 났는지 눈을 빛내며 말했다.

"제사님, 좋은 수가 있습니다. 제가 들으니 왕륜은 속이 좁아 사람을 잘 받아들이지 않는다고 합니다. 저희 스승님을 받아들일 때도 약깨나 올렸다는 것입니다. 그런 소인배를 찾아가는 것보다는 이룡산(二龍山)으로 가 보는 게 어떠하실는지요. 이룡산은 여기서 멀지 않은 청주 땅에 있는데, 그 산 위에는 보주사(寶珠寺)란 절이 아주 묘합니다. 그리로 가려면 오직 한 갈래 길이 있어 앉아서 지키기에는 더할 나위 없는 지세지요. 거기다가 더욱 재미난 것은 그 절의 주지일 겁니다. 어느 날 머리를 길러 환속한 뒤 같이 있던 스님들을 달래 도둑 떼가 되고 말았지요. 그 길로 모인 무리가 이제는 사오백, 사방을 다니며 마을을 털고 재물을 뺏는데 아무도 막지를 못한다고 합니다. 절의 주지에서 도둑의 우두머리가 된 그자의 이름은 등룡(鄧龍)으로, 사람들은 그를 금안호(金眼虎)라 부르지요. 제사님께서 이미 산도둑들 사이에 몸을 던지시려면, 그리로 가서 한패가 되는 게 좋을 듯합니다."

"갈 만한 곳이 있다면 못 갈게 무어 있겠나. 그리로 가서 이 한 몸 어떻게 숨겨 보지."

양지도 차라리 그게 나은지 선뜻 이룡산으로 가겠다고 나왔다.

그날 밤을 조정의 집에서 묵은 양지는 다음 날 일찍 이룡산으로 떠났다. 노자로 쓸 돈 몇 냥을 조정에게 꾼 뒤, 칼 한 자루만 차고 떠난 길이었다.

양지는 부지런히 걸었으나 청주 이룡산은 조정의 집에서 하룻길이 넘었다. 걷는 중에 날이 저물어 오자 양지는 가까운 곳에 솟은 높은 산 하나를 보고 속으로 그게 이룡산이려니 여기며 중얼거렸다.

'오늘 밤은 저 숲속에서 쉬고 내일 산 위로 올라가 봐야겠다.'

그리고 가까운 숲속으로 들어가다가 저도 모르게 흠칫 놀랐다. 한 몸집 좋은 중이 웃통을 벗고 앉았는데 등허리에 먹물로 뜬 꽃 수가 어지러웠다. 소나무 그늘을 골라 앉은 게 거기서 더위를 식히고 있는 듯했다.

놀라기는 그 스님 쪽도 마찬가지인 듯했다. 양지가 숲속으로 걸어 들어오는 걸 보자마자 곁에 뉘어 놓았던 쇠 지팡이를 잡고 벌떡 몸을 일으키며 소리쳤다.

"웬놈이냐? 무엇 때문에 여길 왔느냐?"

그 말투로 고향을 알아본 양지가 속으로 생각해 보았다.

'관서에서 온 중이로군. 고향이 나와 같은 듯하니 누군지 알아나 보자.'

그리고 공손하게 물었다.

"스님은 어디서 오셨습니까?"

그러나 그 중은 대답은 않고 다짜고짜 쇠 지팡이를 휘두르며 양지를 덮쳐 왔다. 양지도 그리 기분 좋은 처지는 아니라 성부터 먼저 났다.

"어떤 놈이 이리 무례하냐? 감히 나를 성나게 하다니!"

그러면서 잡고 있던 칼을 들어 그 중과 어울렸다. 곧 까닭도 없고, 끝도 모를 싸움이 한판 신나게 어우러졌다. 두 사람의 솜씨가 엇비슷한지 싸운 지 오십 합이 넘어도 좀체 승패가 가려지지 않았다.

그런데 한참을 성난 멧돼지처럼 날뛰던 중이 갑자기 틈을 보아 몸을 뒤로 빼며 소리쳤다.

"잠깐, 멈춰라!"

이에 양지도 손을 멈췄다. 그러나 그때 이미 양지는 속으로 찬탄을 금치 못하고 있었다.

'어디서 온 중인지는 모르나 정말로 무예가 뛰어나군. 대단한 솜씨야. 나도 겨우 버티겠는걸.'

그때 중이 소리쳐 물었다.

"이 푸르뎅뎅한 놈아, 네 이름이 뭐냐?"

"나는 동경에서 제사로 있던 양지란 사람이다."

방금 한바탕 싸운 뒤라 양지도 뻣뻣하게 대답했다. 그러자 중의 목소리가 갑자기 부드러워졌다.

"그럼 동경에서 보검 팔러 나갔다가 건달 우이(牛二)를 죽인 그 사람인가?"

그가 자신을 알고 있다는 데 놀란 양지의 말투가 다시 공손해졌다.

"감히 묻습니다만 스님은 누구십니까? 어떻게 해서 내 지난 일을 아십니까?"

"나는 다른 사람이 아니고, 연안부의 노충 경략 상공 밑에 있던 노 제할일세. 진관서를 때려죽이고 오대산에서 머리를 깎았는데, 사람들은 내 등에 있는 꽃 문신을 보고 화화상(花和尙)이란 별명을 붙여 줬지. 법명은 지심이고……."

중이 그렇게 대답했다. 양지가 껄껄 웃으며 말했다.

"그렇다면 나와 같은 고향 분이시군요. 저도 세상을 떠돌면서 형님 이름을 많이 들었습니다. 근래 듣기로는 대상국사에서 채마밭을 지키신다 하던데, 여기는 웬일이십니까?"

그 물음에 노지심이 한숨을 푹 내쉬며 말했다.

"한마디로 다 이야기하기 어렵지. 자네 말대로 대상국사에서 채마밭지기를 한 것은 사실이네만, 결국은 거기도 오래 눌러 있을 처지가 못 되더구만."

"왜, 무슨 일이 있었습니까?"

"거기서 표자두 임충을 만나지 않았겠나. 그런데 임충이 고 태위의 간계에 걸려 창주로 귀양 가게 되었을 뿐만 아니라 목숨이 위태롭게 된 걸 알았네."

그러고는 한동안 임충을 구하게 된 경위를 이야기하다가 다시 생각해도 화가 나는지 울컥 목소리를 높였다.

"그런데 그 두 공인 놈이 고 태위에게 돌아가 무어라고 말했는지 아나? 야저림(野豬林)에서 막 임충을 죽이려고 하는데 내가 나타나 일을 그르쳤다고 모두 일러바쳤네. 그러자 고 태위 그 도적놈이 대상국사로 나를 잡아 보내라 했다가 장로들이 말을 안 듣자 못된 놈들을 한 떼거리 모아 내게로 보내지 않았겠나. 이에 나는 채마밭에 딸린 집채에 불을 지르고 겨우 몸을 빼냈지. 그러니 나 같은 놈이 갈 데가 어딨겠나? 동쪽으로 가도 있을 곳이 없고, 서쪽으로 가도 있을 곳이 없어 이리저리 흘러다니다가 맹주 십자파(十字坡)에 이르게 되었지. 거기서 한 주막에 들렀는데, 참 고약한 곳이었네. 주막집 아낙에게 걸려 술에 탄 몽한약을 먹고 자빠졌다가 하마터면 그 집 만두소가 될 뻔했다네. 다행히 그 남편이 일찍 돌아와 나를 알아본 바람에 해약(解藥)을 얻어먹고 겨우 깨어날 수 있었지. 겪어 보니 내외가 다 괜찮은 사람들이라 한 대엿새 그 집에 묵으면서 결국 그 집 주인장과는 의형제를 맺게 되었네. 알고 보니 그 두 내외도 세상에 이름깨나 알려진 사람들이더군. 남자는 채원자(菜園子)란 별명이 있는 장청(張靑)이고, 여자는 모야차(母夜叉) 손이랑(孫二娘)이었네. 매우 의기도 있더구만. 대엿새 지나자 그들이 어디서 들었는지 이 이룡산 보주사가 몸을 숨길 만한 곳이라 일러 주었네. 나는 잘됐다 싶어 득달같이 그리로 달려가 등룡이란 놈에게 함께 있자고 말해 보았지. 그런데 그 속 좁은 놈이 나를 산 위에 있지 못하게 하지 않겠나. 그 바람에 시비가 벌어져 그놈에게 한주먹 안겨 주기는 했지만 워낙 혼자라 그 졸개들의 머릿수를 당해 낼 수 있어야지. 산 아래로 다시 쫓겨 내려와 한숨 돌리고 있는데 놈들이 관문을 꽉 닫아걸어 버리더군. 거기다가 달리 산으로 올라갈 길이 없어 이렇게 벼르기만 하고 있네. 그런데 이 빌어먹을 놈들은 내려와 싸울 생각은 않고 산 위에서 욕만 퍼부어 대니 분통이 터져 견딜 수 있어야지. 이제 저 안에 있는 놈은 모조리 때려죽이겠다고 작정하고 있는 판에 뜻밖에도 자네가 나타난 걸세."

노지심의 긴 이야기를 듣고 난 양지는 반갑기 그지없었다. 노지심도 양지를 만난 게 반갑지 않을 수가 없었다. 이에 둘은 새삼스럽게 전불(剪拂, 군례에서 발전된 도둑 세계의 상견례)의 예를 치른 뒤 숲속에 앉아 함께 하룻밤을 쉬었다.

양지는 노지심에게 보검을 팔러 나갔다가 사람을 죽인 일이며, 생신강을 빼앗긴 일, 조정을 만나게 된 경위 등을 상세히 털어놓은 뒤 의논조로 말했다.

"이왕 그놈들이 문을 걸고 들어앉았다니 어떻게 산에서 내려오기를 기다릴 수 있겠습니까? 차라리 조정에게 돌아가 따로 좋은 수를 짜내 보는 게 좋을 듯합니다."

노지심도 당장은 뾰족한 수가 없어 양지의 말을 따랐다.

다음 날 일찍 숲을 떠난 두 사람은 그날로 조정의 주막으로 돌아갔다. 양지가 노지심을 소개하자 진작부터 그의 이름을 들어 알던 조정은 반갑게 맞아들이고 술을 내어 대접했다.

이야기가 이룡산을 두드려 부술 의논에 이르자 조정이 먼저 말했다.

"이미 관문을 닫아걸었다면 두 분께서는 아예 그런 생각은 마십시오. 군사 일만 명을 끌고 간다 해도 그 산에 올라가기는 틀린 일입니다. 이제는 다만 꾀로 어떻게 해 보아야지 힘으로 밀어붙여서는 아무것도 안 됩니다."

"그 더러운 놈은 내가 처음 보러 갔을 때도 관 밖으로 나와서 만나 주었지. 그리고 나를 받아들이지 못하겠다기에 거기서 한바탕 싸움이 붙은 거야. 나는 그놈의 숨통을 끊어 놓으려 했지만 졸개들이 몰려들어 놈을 구해 산 위로 내빼고 문을 걸어 잠근 거네. 그다음에는 욕질만 해 댈 뿐 영 내려오질 않는단 말이야."

혹 조정이 꾀를 내는 데 도움이 될까 하여 노지심이 자기가 당한 일을 다시 한번 일러 주었다. 조정이 대답하기 전에 양지가 열이 올라 받았다.

"이왕 있을 만한 곳으로 생각했다면 함께 다시 가 봅시다. 세상에 마음도 못 먹을 일이란 게 어디 있겠소!"

"하지만 방도가 없으니 어쩌나!"

이번에는 노지심이 그렇게 맥 빠진 대답을 했다. 그때 조정이 문득 말했다.

"제게 한 가지 계책이 떠올랐습니다. 두 분의 뜻에 맞을지는 모르겠습니다만……."

"그게 어떤 건가?"

양지가 기대에 찬 눈길로 조정을 보며 물었다. 조정이 차근차근 제 꾀를 일러 주었다.

"제사께서는 지금 같은 차림을 벗고 제가 마련해 주는 대로 근처 마을 일꾼들 옷으로 갈아입으십시오. 저는 저분 스님의 선장과 계도를 안고, 제 처남에게는 횃불 몇 개를 들려 우리 세 사람이 바로 산 아래까지 가는 것입니다. 그때 죄스럽지만 저분 스님은 밧줄로 묶어 끌고 가야 합니다. 산 밑에 이르면 제가 그 우두머리에게 말하겠습니다. '저희들은 근처 마을에서 주막을 열고 있는 자들이온데, 이 중놈이 저희 주막에 들어와 술을 마시고 취해 행패를 부렸습니다. 술값은 내지 않고 큰소리치기를, 사람을 데리고 가서 이 산채를 치겠다는 거지요. 저희는 그 말을 듣고 저 중놈이 몹시 취해 쓰러진 틈을 타 이렇게 묶어 온 것입니다. 대왕께서 거두어 주시면 더없는 기쁨이겠습니다.'라구요. 그러면 그놈은 반드시 관문을 열고 우리를 산 위로 불러들일 것인데 그때 손을 쓰도록 하시지요. 등룡이란 놈이 보이거든 제가 스님을 묶은 끈이 풀어지도록 하고 선장을 내드리겠습니다. 그때 양 제사께서도 칼을 뽑으시어 두 분 호걸이 한꺼번에 덮친다면 제깟 놈이 어디로 가겠습니까? 만약 등룡 그놈만 죽여 버린다면 그 나머지는 볼 것도 없이 우리에게 무릎을 꿇을 것입니다. 제 계책이 어떻습니까?"

듣고 보니 정말 묘한 꾀였다. 꾀를 쓰는 데는 그리 능하지 못한 양지와 노지심이 한꺼번에 감탄의 소리를 내지른다.

"정말 좋은 계책이야. 훌륭하이!"

그렇게 계책이 서자 나머지는 그대로 흥거운 술자리였다. 그들 셋은 밤이 늦도록 마시는 한편 다음 날 길 떠날 채비를 갖추었다. 도중에 마실 것이며 먹을 것에 산도적들을 속일 차림 따위를 마련하는 일이었다.

다음 날 새벽같이 일어난 그들은 아침밥부터 든든히 먹었다. 그리고 노지심의 보따리는 모두 조정의 주막에 남겨 놓은 채 이 룡산으로 떠났다. 양지와 노지심, 조정 외에도 조정의 처남과 근처의 장정 두엇이 더 딸려 있었다.

오후 늦게서야 산 아래 이른 그들은 곧 간밤 짜 놓은 대로 차림을 바꾸었다. 노지심은 묶어 가되 밧줄 한 끝만 잡아당기면 풀릴 수 있도록 묶고, 두 장정이 끌게 했다. 양지는 차양 너른 모자에 떨어진 옷을 걸치고 박도를 들었으며 조정은 노지심의 선장과 계도를 등에 졌다. 나머지는 모두 몽둥이를 하나씩 들고 그런 노지심과 양지를 앞뒤로 따랐다.

이룡산 아래 이르러 관문을 올려다보니 곳곳에 굳센 활과 쇠뇌가 설치돼 있었고 굴릴 돌과 통나무도 돌벽 위 여기저기에 보였다.

관문 위에서 망을 보던 졸개가 얼른 산 위로 올라가 노지심이 묶여 온 것을 알렸다. 한참 있으려니 두 명의 작은 두령이 관문 위로 몸을 내밀고 물었다.

"너희들은 어디 사는 것들이냐? 무슨 일로 이곳을 찾아왔으며 또 저 중놈은 왜 묶어 왔느냐?"

조정이 기다렸다는 듯 주워섬겼다.

"이 산 아래에 있는 마을에서 작은 주막을 열고 있는 것들이올시다. 그런데 어제 저 뚱뚱한 중놈이 갑자기 저희 주막에 오더니술을 퍼마시지 않겠습니까? 제 돈 내고 마시는 것이려니 해서 달라는 대로 내주었는데 나중에 보니 그게 아니었습니다. 술에 흠

삑 취하더니 술값은 내놓질 않고 엉뚱한 소리로 사람 겁을 주는 겁니다. 뭐 양산박으로 가서 수천 명을 데리고 와 이룡산을 치겠다나요? 그리고 이 근처 마을들도 싹 쓸어버리겠다고 떠들어 대기도 했습니다. 그래서 저희들은 일부러 더 술을 권한 뒤 저 중놈이 취해 자빠지기를 기다려 꽁꽁 묶고 이렇게 대왕께 끌고 온 것입니다. 저희들 근처 마을 사람들의 이 같은 정성을 받아 주시고 부디 뒤탈이 없도록 해 주십시오."

그 말을 들은 두 놈은 기뻐 어쩔 줄 몰랐다.

"좋다, 모두들 잠깐만 기다려라."

그 말과 함께 나는 듯 산 위로 올라가 등룡에게 보고 들은 사실을 알렸다. 등룡도 기뻐하기는 마찬가지였다.

"어서 그 중놈을 산 위로 끌어오너라. 내 그놈의 염통과 간을 꺼내 술안주를 해야겠다. 그놈에게 욕본 생각을 하면 아직도 살점이 떨린다."

그러면서 노지심 일행을 관문 안으로 불러들이게 했다.

명을 받은 졸개들이 관문을 열고 어서 들어오기를 재촉했다. 노지심과 양지, 조정을 비롯한 일행은 그런 졸개들에 이끌려 산 위로 향했다. 산 위로 오르는 데는 합쳐 세 개의 관문이 있고, 그 양쪽은 험하고 가파른 산등성이였다. 그 능선을 따라 한 줄기 외길이 나 있는데 그 길은 모두 그 세 관문을 지나야만 갈 수 있게 되어 있었다. 또 그 관문 위에는 하나같이 활과 쇠뇌가 수없이 걸려 있고, 던질 돌덩이와 통나무가 산같이 쌓여 있어 힘으로 뺏기에는 여간 어려워 보이지 않았다.

세 관문을 지나서야 비로소 보주사 앞이었다. 절 경내로 들어가니 평평한 땅이었지만 거기에도 목책을 빽빽이 둘러쳐 마치 작은 성 같았다.

절 문을 지키던 예닐곱의 졸개가 묶여 오는 노지심을 보고 욕을 퍼부었다.

"저 머리 까진 노새가 우리 대왕님을 다치게 했다지. 이제 요렇게 붙들려 왔으니 네놈도 끝장인 줄 알아라. 천천히 토막 내어 죽여 주마!"

그러나 노지심은 아무 대꾸 없이 불전 쪽으로 끌려갔다. 불전에 이르니 부처가 얹혀 있던 대좌 하나를 치우고 호랑이 가죽이 덮인 교의 하나를 얹어 놓았는데, 아직 교의는 비어 있고 졸개들만 창을 들고 그 주변을 지키고 있었다.

얼마 안 있어 졸개 둘의 호위를 받으며 등룡이 나타났다. 등룡은 의자에 앉기 바쁘게 노지심을 욕했다.

"이 머리 벗겨진 노새 놈아, 일전에 네놈이 나를 넘어뜨리고 배를 밟았겠다? 이제 내 차례가 왔으니 오늘 맛 좀 봐라!"

그런데 이게 웬일인가. 당연히 겁을 먹어야 할 노지심이 두 눈을 부릅뜨고 소리쳤다.

"이놈, 너야말로 이번에는 달아나지 마라!"

그 순간 노지심을 끌고 온 장정이 끈 한 끝을 잡아당기자 묶인 줄 알았던 노지심이 훌훌 밧줄을 벗어 던졌다. 노지심이 조정에게서 선장을 받아 바람개비처럼 휘두르며 내달을 무렵 양지도 차양 넓은 모자를 벗어 던지며 칼을 뽑았다. 조정 또한 만만찮게 몽둥이를 꼬나잡고, 따라온 장정들도 저마다 무기를 꺼내 치고 나왔다.

등룡은 놀란 나머지 눈만 둥그렇게 뜨고 있다가 노지심의 선장 한 대에 머리가 부서져 죽었다. 뒤따라간 양지도 등룡 곁에 있던 졸개 서넛을 베어 눕혔다.

"모두 항복하라! 항복하지 않으면 모조리 죽이겠다!"

조정이 그 기세를 타고 크게 소리쳤다. 절 안팎에 있던 수백 명의 졸개들과 몇몇 작은 두령은 노지심과 양지의 그 같은 솜씨에 얼이 빠졌다. 한번 어떻게 맞서 볼 엄두도 못 내 보고 털썩털썩 무릎을 꿇었다.

크게 힘들이지 않고 이룡산을 차지한 노지심과 양지는 먼저 등룡의 시체부터 없애 버리게 했다. 졸개들이 등룡의 시체를 뒷산으로 끌어다 태워 버리고 오자 비로소 산채의 정돈이 시작되었다.

노지심과 양지는 창고를 점검하고 절 안의 집채들을 깨끗이 치우게 했다. 절 뒤쪽에도 등룡이 숨겨 놓은 적잖은 재물이 있었다. 그것으로 술과 고기를 마련해 배불리 먹이니 졸개들도 노지심과 양지가 온 걸 오히려 기뻐했다.

산채의 새로운 주인이 된 노지심과 양지는 작은 두령들을 새로이 뽑아 각기 산채 일을 나누어 맡겼다. 그리고 따로이 경하의 술자리를 벌이니, 이리저리 떠돌던 두 사람은 오랜만에 마음 편히 쉴 곳을 얻은 셈이었다.

조정과 그가 데려온 장정들은 다음 날로 산을 내려갔다. 노지심이나 양지와는 달리 그들은 아직 녹림(綠林)에 들 만큼 세상과 척진 사람들은 아니었다. 노지심과 양지는 그런 그들을 관문 밖까지 배웅했다.

밟힌 꼬리

한편 생신강을 가지고 가다가 털린 늙은 도관과 상금군은 북경으로 돌아가기 바쁘게 양 중서의 부중으로 달려갔다. 아무것도 모르는 양 중서가 그들을 보고 말했다.

"너희들 고생이 많았겠구나. 그런데 양 제할은 어디 있느냐?"

그러자 도관과 짐꾼으로 갔던 상금군들이 입을 모아 일러바쳤다.

"말도 마십쇼. 그놈은 간 크게도 대감의 은혜를 저버린 도적놈입니다. 길 떠난 지 보름쯤이나 되었을까, 황니강이란 곳에 이르렀을 때에……."

그렇게 자기들이 생신 예물을 털린 이야기를 소상하게 한 뒤, 그게 바로 양지가 그들과 한패로서 짜고 한 짓이라고 덮어씌웠다. 듣고 난 양 중서가 놀랍고 분해 버럭 소리쳤다.

"이 나쁜 놈, 죄짓고 귀양 온 놈을 내가 뽑아 사람답게 살도록 해 줬더니 감히 그런 짓을 한단 말이냐! 만약 잡기만 하면 천 동 가리 만 동가리를 내고 말겠다."

그 자리에 없는 양지를 향해 하는 소리였다. 그러고는 당장에 서리를 불러 양지를 잡아들이라는 공문을 적게 한 뒤 제주 각처에 띄웠다. 장인 채 태사에게도 사람을 보내 그 일을 알렸음은 말할 나위도 없다.

양 중서가 보낸 사람으로부터 편지를 받아 읽고 채 태사도 놀랍고 분해 소리쳤다.

"그 도적놈이 정말로 간이 크구나! 사위가 작년에 보냈다는 예물이 아직껏 이르지 않고 있는데, 금년에 또 그런 짓을 해? 그냥 둘 수 없다."

그러고는 몸소 나서 제주 부윤에게 공문을 보내고 어서 그 도적들을 잡아들이라 했다.

그때 제주 부윤은 북경의 양 중서로부터 공문을 받고 양지와 나머지 여덟 도둑을 잡으려고 밤낮으로 애를 썼다. 그러나 자취도 찾지 못해 걱정을 하고 있는데, 어느 날 다시 문지기가 들어와 아뢰었다.

"동경의 태사부에서 사람을 보내 왔습니다. 아주 급한 공문이 있다고 합니다."

그 말을 들은 부윤은 한층 더 걱정이 되었다.

'이것은 틀림없이 생신강을 잃은 일에 대한 것이다.'

그런 짐작으로 그 사람을 맞아들인 뒤 설설 기듯 말했다.

"그 일은 제가 이미 북경 대명부의 공문으로 읽어 알고 있습니다. 지금 사람을 풀어 사방으로 도둑들을 찾고 있으나 아직 자취를 찾지 못했습니다. 만약 그 일에 대해 작은 실마리라도 잡힌다면 즉시 알려 드리겠습니다."

그러자 태사부에서 온 사람이 거들먹대며 말했다.

"저는 태사께서 특별히 뽑아 보내신 사람입니다. 떠나올 때 태사께서 몸소 나오시어 이르시기를 저더러 이곳 관아에 묵으면서 일이 해결되는 걸 살피라 하셨습니다. 여기서 그 여덟 도둑과 도망친 양지란 군관이 잡힐 때까지 기다렸다가 열흘 안으로 그들을 끌고 태사부로 돌아오라는 분부셨지요. 만약 열흘 안으로 그들을 잡지 못하면 부윤께서는 사문도(沙門島, 산동의 아주 작고 궁벽한 섬)쯤으로 쫓겨나시게 될 겁니다. 저도 태사부로 돌아가기 어려울 뿐만 아니라 목숨까지 어찌 될지 모를 거구요. 부윤께서 정히 믿기지 않으시면 여기 태사께서 내리신 서찰을 읽어 보십쇼."

그러면서 채 태사의 글을 내주었다. 그 말대로 엄한 분부가 담긴 글이었다.

글을 읽고 난 부윤은 몹시 놀랐다. 그 자리에서 바깥을 향해 즙포인(緝捕人, 도둑 잡는 일을 맡은 관리)을 불러들이라 소리쳤다.

뜰 아래 있던 관리 중 하나가 기어드는 소리로 대답하며 발 앞으로 나와 섰다.

"너는 뭣하는 놈이냐?"

부윤이 그렇게 묻자 그 사람이 더욱 기어드는 목소리로 대답했다.

"제가 삼도(三都) 즙포사신 하도(何濤)올시다."

"전날 황니강에서 태사의 생신 예물 털린 일을 해결하라 했는데, 네가 바로 그 일을 맡은 놈이냐?"

부윤이 역정부터 내며 그렇게 물었다.

부윤의 역정에 하도가 몸을 떨며 대답했다.

"이 하도는 명을 받은 뒤로 밤잠 한번 제대로 자지 못하고 그 일에 매달려 왔습니다. 눈 밝고 솜씨 날랜 공인들을 황니강에 보내 탐지케 했지만 아직껏 종적조차 잡지 못해 송구스럽기 그지없습니다. 이는 제가 일에 게을렀음이 아니옵고, 정말로 어찌할 수 없어 그리되었습니다."

"무슨 소리냐? 예로부터 이르기를 위에서 죄지 않으면 아래는 게을러진다 했다. 나는 진사로 몸을 일으켜 이제 한 군의 제후에 이르기까지 쉬운 거라고는 하나도 없었다. 그런데 오늘 동경의 태사께서 그 일로 또 사람을 보내시어 열흘을 기한으로 도둑들을 잡아 보내란 분부를 하셨다. 만약 그동안에 잡지 못하면 나를 파직시킬 뿐 아니라 사문도로 보내리란 엄명이시다. 너희들 즙포사신들이 제대로 애쓰지 않아 화가 내게 미치게 된 것이다. 먼저 네놈들부터 기러기도 못 날아들 먼 곳으로 귀양을 보내야겠다!"

부윤이 그렇게 으르렁거렸다. 말뿐인가 싶었으나 그게 아니었다. 그 자리에서 먹자 뜨는 사람을 부르더니 하도의 뺨에 '아무 고을로 귀양'이라는 먹자를 쓰게 하는데 고을 이름 자리만 비워 놓았다.

먹자를 다 뜬 뒤 다시 부윤이 소리를 높였다.

"하도는 듣거라. 만약 정한 기일 안에 도적을 잡지 못하면 너는 중죄를 면하지 못하리라!"

마른날에 날벼락이라고, 갑자기 뺨에 먹자까지 뒤집어쓰게 된 하도는 부윤 앞을 물러나기 바쁘게 공인들을 모조리 사신방(使臣房)으로 불러 모았다. 그러나 그때껏 못 잡은 도적을 잡는 수가 공인들을 들볶는다고 나올 리 없었다. 서로 얼굴만 쳐다볼 뿐 누구 하나 입을 떼 놓지 못했다.

"너희들이 관가의 돈만 헛되이 쓰고 일을 게을리해 이 지경이 되었다. 너희들은 이 뺨에 쓰인 먹자가 보이지도 않느냐?"

보다 못한 하도가 그렇게 인정에 호소해 보았다. 공인들이 그제야 어물어물 입을 뗐다.

"저희들도 목석이 아닌 바에야 어찌 생각이 없겠습니까? 그러나 깊은 산속 허허벌판에서 장사치를 가장한 도둑 떼가 재물을 뺏고 산채에 숨어 버렸으니 어찌 그들을 쉽게 잡을 수 있겠습니까? 계속 살펴 그 종적을 쫓는 도리밖에 없을 듯합니다."

그 말을 들으니 그러잖아도 답답하던 하도는 속이 터질 것 같았다. 더 다그친다고 될 일도 아니어서 한숨만 쉬며 사신방을 나왔다.

하도는 그길로 말을 타고 집으로 돌아갔다. 집에 이른 하도가 뒤뜰 말뚝에 말고삐를 묶는데 그 아낙이 나와 놀란 소리로 물었다.

"아니 여보, 당신 뺨에 그게 뭐예요?"

"말 마시오. 전에 부윤께서 내게 황니강의 도둑들을 잡으란 분부를 하신 적이 있소. 거 왜, 북경의 양 중서가 장인인 동경의 채태사에게 보내려던 생신 예물 열한 짐을 도둑맞은 일 말이오. 나는 사방으로 사람을 풀어 보았으나 영 찾을 수가 없었소. 그런데 오늘 태사께서 사람을 보내 닦달하자 부윤이 나를 불러 그 일이 어찌 됐나 묻더구려. 내가 곧이곧대로 아직 아무것도 아는 게 없다 했더니 내 뺨을 이 모양으로 만들고 말았소. 이제 나는 어디로 가게 될지, 아니 목숨이나 붙어 있을지 알 수 없게 되었소……."

하도가 처량한 목소리로 대답했다. 그 아낙도 금세 울먹임 섞어 걱정을 했다.

"그럼 이제 어찌하면 좋단 건가요? 무엇을 해야 되나요?"

그렇게 그들 내외가 주고받을 때였다. 하도의 아우 하청(何淸)이 형을 보러 왔다. 심사가 뒤틀려 있던 하도가 대뜸 아우를 꾸짖고 나섰다.

"너는 무슨 일로 왔느냐? 또 노름 밑천이라도 뜯어 가려고 왔어?"

평소에도 노름방이나 기웃거리는 아우를 못마땅해하던 참이라 화풀이 삼아 지르는 소리였다. 그러나 하도의 아내가 무슨 생각을 했는지 그런 하도를 눈짓으로 말리고 하청에게 말했다.

"도련님, 잠깐 저하고 부엌으로 가요. 드릴 말씀이 있어요."

그리고 부엌으로 가 술잔까지 내주며 자못 은근하게 대접했다.

술 몇 잔에 기분이 좋아진 하청이 형수에게 물었다.

"형수님, 형님에게 무슨 일이 있었습니까? 제게 말씀해 보십쇼. 무엇보다도 저는 형님의 친아우가 아닙니까?"

하도의 아낙이 기다린 것은 바로 그런 물음이었다. 하청이 날 건달로 노름방 뒷전이나 저자 골목을 싸다니는 중에 주워들은 게 남편에게 도움이 될까 해서였다. 그러나 당장은 대답 않고 뜸을 들였다.

"도련님, 말도 마세요. 형님은 요즘 속이 제 속이 아니랍니다."

"그게 무슨 말입니까? 듣자니 형님은 매일 돈을 보따리에 싸들고 다니신다는데 대체 어디로 가신답니까? 형제간에 얼굴도 잊을 지경입니다."

하청이 그렇게 물어 오자 비로소 하도의 아낙이 남편의 곤경을 털어놓았다.

"아직 모르시는군요. 바로 황니강에서 북경의 양 중서가 동경의 채 태사에게 보낸 생신 예물이 털린 일 때문이랍니다. 채 태사가 부윤에게 열흘 말미를 주고 그 도적들을 잡아 올리라고 하자, 부윤은 애꿎은 형님만 닦달하는 거지요. 만약 열흘 안으로 도적들을 잡지 못하면 얼굴에 먹자를 뜨고 멀리 귀양을 보내겠답니다. 도련님도 형님의 뺨에 쓰인 먹자를 보셨지요? 이제 가는 곳만 써 넣으면 그만이에요. 그런 형님이신데 어찌 도련님과 마음 편히 술이나 마실 수 있겠어요. 제가 술상을 봐 드린 것도 도련님께서 그런 형님을 달리 생각지 마시라는 뜻이에요."

"저도 도적들이 생신 예물을 털어 갔다는 이야기는 들었습니다. 그놈들 참, 어디로 숨었는지……."

듣고 난 하청이 딱하다는 듯 그렇게 받았다. 하도의 아낙이 행여나 하는 기분에서 한 번 더 장소를 상기시켰다.

"바로 황니강에서 그랬답니다."

"그게 어떤 놈들인데요?"

"대추 장수로 꾸민 일곱 명이라는군요."

"아하, 그랬군요. 이왕 그들이 대추 장수 차림을 하고 있었다면 왜 사람을 풀어 잡지 않는답니까?"

하청이 갑자기 껄껄거리며 그렇게 말했다. 하도의 아낙이 정색으로 쏘아붙였다.

"속 편한 소리 하지 마세요. 어디 있는지 알아야 잡든지 말든지 할 거 아녜요?"

그래도 하청은 웃음을 거두지 않고 대꾸했다.

"형수님, 너무 그러지 마십쇼. 형님은 평소 친형제에게 술 한잔 내지 않고 못 본 척하시다가 이제 일이 생기니까 엄살이군요. 진작부터 좀 더 가깝게 지냈으면 이럴 때 그 도적놈들이 어디 있는지 물어보실 수나 있지……."

그 말에 귀가 번쩍 트인 하도의 아낙이 매달리듯 물었다.

"도련님, 그럼 도련님께서 그들이 간 곳을 아세요?"

"친형님이 위태로운 지경에 빠졌는데 아우 되어 마땅히 구할 방도를 내봐야겠지요."

하청이 더욱 자신에 찬 말투로 그렇게 말해 놓고 몸을 일으켰다. 하도의 아낙은 그런 시동생을 잡아 술 몇 잔을 권한 뒤 밖으로 나갔다.

아내로부터 아우가 한 이야기를 전해 들은 하도는 얼른 아우를 제 앞으로 불렀다.

"아우야, 네가 이미 그 도적들이 간 곳을 알고 있다면서 어찌 나를 구해 주지 않느냐?"

하도가 얼굴 가득 웃음을 띠며 하청에게 말했다. 하청이 어찌된 셈인지 갑자기 꽁무니를 뺐다.

"저는 영문을 모르겠군요. 그저 형수님과 긴찮은 이야기나 나누었을 뿐인데…… 제가 무슨 힘으로 형님을 구한단 말입니까?"

"얘야, 너무 서운한 소리 하지 마라. 내가 지난날 다소 너를 멀리하기는 했다마는 형제간에 이럴 수가 있느냐? 부디 옛일을 잊고 내 목숨을 좀 구해 다오!"

하도가 더욱 은근하게 형제의 정에 매달렸다. 그러나 하청은 평소 건달로 돌아다니면서 형에게서 받은 구박에 뒤틀린 심사가 잘 풀어지지 않는 모양이었다. 여전히 삐딱하게 형의 말을 받았다.

"형님은 눈 밝고 솜씨 날랜 공인들을 몇백 명씩이나 거느리고 있잖습니까? 왜 그들더러 잡으라 하시잖고 이 못난 아우에게 구해 달라고 궁상을 떠십니까?"

"그것들 이야기는 하지도 마라. 있으나 마나 한 것들이니까……. 그러지 말고 네가 아는 것이 있으면 제발 좀 말해 다오. 내 반드시 네게 무거운 상이 내리게 하마. 얘야, 부디……."

하도는 형제의 정으로 안 되자 포상까지 들먹여 아우에게 사정을 했다. 그래도 하청은 왼고개를 풀 줄 몰랐다.

"그놈들이 어디 갔는지 저는 몰라요!"

그러는 하청에게 하도가 한 번 더 간곡하게 사정했다.

"너무 그리 나를 몰아대지 마라. 한 어머니의 배를 빌려 난 정으로라도 부디 나를 좀 도와 다오."

"필요없어요. 급하니까 이제 내게 도적 떼를 잡아 달라구요?"

하청이 여전히 그렇게 뻗대는데 하도의 아낙이 남편을 거들어 말했다.

"도련님, 형제의 정분으로 어찌 그러실 수 있어요? 더구나 이일은 태사께서 직접 사람을 보내 해결을 재촉하는 큰일 아녜요? 어서 말해 보세요."

평소 자기에게 잘 대해 주는 형수까지 거들고 나서자 하청도 좀 누그러졌다. 그러나 정작 중요한 걸 밝히지 않기는 마찬가지였다.

"형수님은 아시지요. 내가 노름을 한다고 형님이 얼마나 욕했는지 말입니다. 그래도 나는 형님이 두려워 감히 맞서지 못하고 술 밥 간에 언제나 남의 신세만 졌지요."

하청이 그렇게 말하는 걸 듣자 하도는 문득 깨달아지는 게 있었다. 얼른 품에서 은자 열 냥을 꺼내 탁자 위에 놓으며 한 번 더 아우를 달랬다.

"애야, 우선 이 은자부터 거둬 둬라. 만약 그 도둑놈들을 잡기만 하면 금은 비단을 바리로 상 받도록 내가 힘쓰마."

그제야 하청이 빙긋 웃으며 말했다.

"급하면 부처님 발을 안고 빌고, 일없으면 향조차 사르지 않는다더니, 형님이 바로 그렇군요. 그렇지만 제가 어떻게 이걸 받아 넣겠어요? 정히 이러시면 정말로 말 않을 테니 이 은자는 거두세요. 공연히 사람 놀라게 하지 말고."

형제로서는 꼬일 대로 꼬인 사이지만 그래도 그 은자를 넙죽 받기가 안됐던 듯했다. 하도가 아우의 그런 어색함을 덜어 주었다.

"이 은자는 내가 주는 것이 아니라 관가에서 내리는 거야. 다 나오면 사오백 관은 될걸. 그러니 사양하지 마라. 대신 내게 말이나 해 달라구. 그래, 그 도적들을 어디 가면 잡을 수 있지?"

그러자 하청이 넓적다리께를 치며 기세 좋게 말했다.

"그놈들은 내가 모두 잡아 이 주머니 속에 가둬 뒀습니다."

"얘야, 그게 무슨 소리냐? 도적들이 모두 네 주머니 속에 있다니?"

하도가 놀라 그렇게 물었다. 하청이 주머니에서 잡기장 하나를 꺼내 가리키며 말했다.

"그 도적들은 죄다 여기에 적혀 있습니다."

"어떻게 알고 거기다 적었느냐?"

하도가 아무래도 미덥지 않아 다시 그렇게 물었다. 하청이 그제야 진작부터 자신 있어 하던 것을 털어놓았다.

"형님께 속이지 않고 말하겠습니다. 얼마 전 저는 노름에서 돈이 털리고 돈 한 푼 없이 북문 밖 십오 리에 있는 안락촌(安樂村)의 왕가객점(王家客店)엘 간 적이 있습니다. 그런데 그 무렵 마침 관가에서 공문이 내려와 객점마다 장부를 만들고 투숙하는 나그네에 대해 적게 하였지요. 곧 어디서 왔으며, 어디로 가고, 이름은 무엇이며, 팔고 사는 건 무언지를 물어 적은 뒤 매달 한 번씩 관가나 이정(里正)에게 보이란 겁니다. 그런데 마침 그 집 주인이 글씨를 쓸 줄 몰라 제가 대신 그 장부를 적어 주고 한 보름 그 집에 붙어 있게 됐습니다. 그날이 유월 초사흘이었는데, 바로 그날 대추 장수 일곱 명이 일곱 대의 손수레를 끌고 그 객점에 들었지요. 제가 보니 우두머리 장사치는 운성현 동계촌의 조 보정이었습니다. 전에 어떤 노름꾼을 따라 그 집에 묵은 적이 있어 조 보정을 알아본 겁니다. 제가 그에게 이름이 뭐냐고 물었더니, 세 갈래 수염에 낯이 희고 깨끗한 자가 대신 나와 자기들은 모두 성이 이(李)씨며 호주에서 와 동경으로 대추를 팔러 가는 길이라더군요. 나는 그대로 적었지만 속으로는 의심이 들었습니다. 그런데 그다음 날이었습니다……."

거기서 하청은 한차례 숨길을 돌린 뒤에 다시 이었다.

"그날 주인은 나를 데리고 가까운 마을로 노름하러 갔는데, 세 갈래 길에서 나무통을 둘 메고 가는 한 사내를 만났습니다. '백 대랑(大郎), 어디 가나?' 하고 술집 주인이 물으니 그 사내는 통속의 초를 이웃 마을 부잣집에 팔러 간다더군요. 그가 간 뒤에 주인은 그가 바로 백일서 백승이라 일러 주었습니다요. 그래서 그 이름도 외워 두었지요. 얼마 뒤 황니강에서 도둑들이 생신 예물을 턴 이야기가 요란스레 나돌았습니다. 가만히 이야기를 맞춰 보니 틀림없이 조 보정 패거리의 짓 같았습니다. 지금이라도 백승이란 놈을 잡아 엄하게 문초해 보면 모든 게 드러날 겁니다. 예, 그러니까 여기 적힌 이름들은 그렇게 해서 알게 된 것이지요."

그 모든 이야기를 들은 하도는 놀랍고도 기뻤다. 곧 하청을 데리고 주아(州衙)로 달려가 부윤을 찾았다.

"그 일은 어찌 되었느냐?"

부윤이 하도에게 퉁명스레 물었다. 하도가 기세 좋게 말했다.

"대강의 단서는 잡았습니다."

그러자 부윤의 얼굴이 금세 환하게 펴졌다. 하도를 후당으로 불러 자세한 내력을 물었다. 하도는 아우에게서 들은 대로 낱낱이 일러바친 뒤, 공인 여덟을 뽑아 그날 밤으로 안락촌을 덮쳤다.

먼저 왕가객점으로 가 주인을 앞세운 하도와 여덟 공인은 이어 백승의 집으로 갔다. 때는 벌써 삼경 무렵이었다.

객점 주인이 문을 두드리자 곧 불이 켜지고 문이 열렸다. 왠지 좋지 않은 느낌이 든 백승은 자리에 누운 채 아낙을 내보내 말하게 했다.

"남편은 열병이 들어 약을 먹고 누웠습니다. 아직 땀을 빼지 못한 터라 나올 수가 없습니다."

그러나 함께 온 하도, 하청과 공인들은 전혀 물러날 기색들이 아니었다. 견디다 못한 아낙이 들어와 백승에게 바깥 형편을 전하자 백승은 마지못해 자리를 털고 얼굴을 내밀었다. 정말로 열병이 들린 사람처럼 얼굴이 붉고 희었다.

하지만 열병 따위로 일껏 찾은 범인을 그냥 두고 갈 하도가 아니었다. 공인들을 호령해 백승을 묶게 하며 소리쳤다.

"네 이놈, 황니강에서 한 짓을 스스로 알고 있겠지?"

말할 것도 없이 백승은 모른다고 우겼다. 그 아낙 역시 펄쩍 뛰며 남편을 편들었다.

이에 공인들은 하도의 집 안팎을 뒤지기 시작했다. 오래잖아 백승이 누워 있던 침상 밑이 고르지 않은 게 눈에 띄었다. 수상쩍게 여긴 하도가 공인들을 시켜 그곳을 파 보게 했다. 석 자도 못 파 공인들은 기쁜 소리를 내지르고 백승의 얼굴은 흙빛이 되었다. 거기서 나온 한 자루의 금은 때문이었다.

하도는 백승과 그 아낙에다 장물인 금은까지 싸서 밤길로 되돌아갔다. 제주 부중에 이르니 어느새 날이 훤히 밝아 오고 있었다.

대청 아래 백승을 꿇어앉히자 부윤이 백승에게 모든 것을 털어놓으라 을러댔다. 그러나 백승은 무겁게 고개를 저을 뿐이었다. 특히 조 보정을 비롯한 일곱 사람은 죽어도 모른다고 잡아떼는 것이었다.

할 수 없이 매질이 시작되었다. 백승이 뻗대는 가운데 매질이 서너 차례 되풀이되자 살가죽이 찢어지고 속살이 드러나며 피가 철철 흘렀다. 부윤이 그런 백승을 꾸짖었다.

"이 흉측한 놈아, 우리가 이미 운성현 동계촌의 조 보정을 알고 있는데, 네놈이 뭘 믿고 뻗대느냐? 어서 나머지 여섯 명이 누구누구인지를 대라. 그러면 당장에 매질을 멈추겠다."

그래도 백승은 한 번 더 버텼으나 끝내 매를 이겨 내지는 못했다. 마침내 헐떡이는 소리로 모든 걸 털어놓기 시작했다.

"우두머리는 조 보정이 맞습니다. 그러나 나머지 여섯은 조 보정이 끌어모은 사람들이라 저와 술잔을 나눈 적은 있지만 누군지는 잘 모릅니다."

부윤은 그것만으로도 넉넉하다는 듯 여럿을 돌아보며 말했다.

"그거야 어렵잖지. 조 보정을 잡아들이기만 하면 나머지 여섯은 절로 밝혀질 것 아닌가?"

　그러면서 백승에게는 스무 근짜리 칼을 씌워 중죄인이 드는 감옥으로 보내게 하고, 그 아낙은 족쇄를 채워 여죄수를 가두는 감옥으로 보내게 한 뒤, 하도에게 명했다.

때맞춰 오는 비[及時雨] 송강

"너는 이제 눈 밝고 솜씨 날랜 공인 스무 명을 골라 이끌고 운성현으로 가거라. 현청에 가서 이 일을 알리고, 조 보정과 이름을 모르는 나머지 여섯 도둑놈을 모두 잡아와야 한다. 그리고 갈 때는 생신강이 털릴 때 그 자리에 있었던 우후 둘도 데리고 가도록 하라."

이에 하도는 부윤이 말한 사람들을 모두 데리고 밤길을 달려 운성현으로 갔다.

운성현에 이른 하도는 데리고 간 공인들과 우후를 객점에 머물게 한 뒤 공문을 들고 현청으로 갔다. 먼저 현청에 알려 그들의 도움을 받기 위함이었다.

때는 이미 아침나절도 한참이나 지난 뒤여서 지현(知縣)은 마악 오전 일을 끝내고 돌아간 뒤였다. 관원들도 당직인 사람을 빼고는 남아 있지 않아 현청 앞은 조용했다. 허둥지둥 달려온 하도로서는 뜻밖일 정도였다.

하도는 현청 안으로 들어가는 대신 그 앞 찻집으로 들어가 차한 잔을 시키고 주인에게 물었다.

"오늘은 어째서 현청 앞이 이리 조용하오?"

"지현께서 마악 아침 공사(公事)를 끝내셨기 때문입지요. 공인들은 모두 밥 먹으러 가서 아직 돌아오지 않았습니다."

주인이 이상할 것 하나도 없다는 듯 그렇게 대답했다. 까닭 없이 급해진 하도가 다시 물었다.

"그럼, 오늘 당직인 압사(押司, 송대의 하급 지방관)는 누군지 모르시오?"

그러자 찻집 주인이 한곳을 손가락질하며 대답했다.

"마침 오늘 당직인 압사 나리가 오시는군요. 바로 저분입니다."

하도가 그쪽을 보니 현청 안에서 정말로 압사 하나가 걸어 나오고 있었다.

그 압사의 성은 송(宋)씨요, 이름은 강(江), 자는 공명(公明)이라 했는데, 그 현청에서는 서열이 세 번째였다. 조상 때부터 운성현 송가촌(宋家村)에서 살아온 사람으로 얼굴이 검고 몸집이 작아 사람들은 그를 흑송강(黑宋江)이란 별명으로 부르기도 했다. 또 달리는 그의 효성이 지극하고 의를 위해서는 재물을 아끼지 않음을 칭송해 효의흑삼랑(孝義黑三郎)이라 높여 부르는 이도 있었다.

송강은 위로는 아버지가 살아 있었으나 어머니는 이미 죽었고, 아래로는 철선자(鐵扇子)란 별명이 있는 아우 송청(宋淸)이 있을 뿐이었다. 아버지는 송가촌에서 농사를 짓고 있었는데 논밭이 적지 않았다.

송강은 비록 작은 시골 현청에서 압사 노릇을 하고 있었지만, 글씨를 잘 쓰고 벼슬아치로서의 몸가짐이 깨끗한 데다 창봉 익히기를 즐겨 무예까지도 여러 가지로 많이 알았다. 평생에 호걸 사귀기를 좋아해 그를 찾아오는 사람이 있으면 높고 낮고를 가리지 않고 받아들였으며 집에 데려다 재우고 먹이는데 하루 종일을 함께 있어도 귀찮아하는 법이 없었다. 그리고 그 사람이 떠날 때는 있는 것을 다 털어 내주는 게 금을 마치 흙처럼 뿌리는 것 같았다.

송강의 훌륭한 사람됨은 그뿐만이 아니었다. 누구든 그에게 필요한 걸 달라고 해 거절당해 본 적이 없었고, 남의 어려움을 보면 제 몸을 던져서라도 구해 주었다. 죽은 사람이 관이 없으면 관을 사 주었으며, 앓는 사람이 약이 없으면 약을 사 댔다. 위급한 사람, 지친 사람 가릴 것 없이 재물로 도울 수 있으면 재물로 돕고, 몸으로 도울 수 있으면 몸으로 도우니 그로 인해 산동, 하북의 사람들은 그를 급시우(及時雨)라 불렀다. 때맞춰 오는 비가 만물을 살려 내는 듯하다는 뜻일 것이다.

그 송강이 부리는 사람 하나만 딸리고 현청에서 걸어나오는 걸 본 하도가 거리까지 나가 맞으며 말했다.

"압사님, 잠깐 여기 앉아 차나 한잔 들고 가십시오."

송강이 보니 상대도 관원 차림이라 얼른 공손하게 답례하며 받았다.

"존형께서는 어디서 오신 분이신지요?"

"우선 찻집 안으로 들어가 차나 마시며 조용히 말씀드리겠습니다."

하도가 자기의 신분은 밝히지 않고 한 번 더 송강을 찻집 안으로 청해 들였다. 송강도 하도가 일없이 그러는 것 같지는 않다고 본 듯했다.

"그리하지요."

하면서 하도를 따라 찻집 안으로 들어섰다.

두 사람이 찻집 안에 들어서자 송강이 먼저 공손하게 물었다.

"감히 묻습니다만 존형의 높으신 이름은 어떻게 되시는지요?"

"저는 제주에서 즙포사신 노릇을 하는 하도란 자입니다. 압사의 고성대명(高姓大名)은 어떻게 되십니까?"

하도도 절로 공손해져 그렇게 받았다. 송강이 변함없는 겸양으로 자신을 밝혔다.

"천한 것이 눈이 어두워 관찰(觀察)님을 알아보지 못해 죄스럽습니다. 이 하찮은 벼슬아치는 송강이라 합니다."

그 말에 하도는 땅바닥에 엎드려 절부터 했다. 그도 귀가 있어 송강의 소문은 들은 듯했다.

"오래전부터 크신 이름을 들었습니다만 여태껏 뵈옵지를 못했습니다."

하도의 그 같은 말에 송강이 황망히 그를 일으키며 어쩔 줄 몰라했다.

"예가 지나쳐 몸 둘 바를 모르겠습니다. 관찰께서는 어서 윗자리에 오르십시오."

"저 같은 게 어찌 윗자리에 앉을 수 있겠습니까? 압사께서 마땅히 윗자리에 앉으셔야 합니다."

"그렇지 않습니다. 관찰께서는 저희 같은 아전바치보다는 벼슬이 높으신 데다 멀리서 오신 분이 아니십니까? 어서 윗자리로 앉으십시오."

하도의 사양에 한 번 더 그렇게 윗자리를 권한 뒤에야 송강은 비로소 주인 자리에 앉았다. 송강이 찻집 주인을 불러 차 두 잔을 청하자 곧 차가 나왔다.

"그런데 관찰께서 이곳까지 오신 데는 까닭이 있을 것입니다. 무슨 일로 오셨습니까?"

하도가 차를 다 마시기를 기다려 송강이 물었다. 하도가 쭈뼛거리다가 대답했다.

"솔직히 말씀드린다면 이곳에 매우 긴요한 인물이 있어 그를 잡으러 왔습니다."

"위 관부에 계신 관찰께서 맡으신 일에 걸린 자라면 제가 어찌 게을리할 수 있겠습니까? 하지만 어떤 도둑질에 걸린 일인지 우선 몹시 궁금하군요."

"압사께서도 이런 일과 무관한 분이 아니시니 말씀드려도 괜찮겠지요. 실은 바로 황니강의 도둑 떼를 잡으러 왔습니다. 이번에 그 도둑들 가운데 하나인 백승이란 자를 잡았는데, 나머지 일곱은 이 현에 있다는군요. 이 일은 태사께서 특히 사람을 보내 독촉하고 있는 일이니 압사께서도 되도록이면 빨리 시행되도록 도와주십시오."

거기까지 듣자 송강은 슬며시 궁금증이 일었다. 운성현에 그런 간 큰 짓을 한 사람이 있다니 그게 누군지 알고 싶어진 것이었다.

"태사께서 내리신 분부가 아니더라도 관찰께서 이렇게 몸소 공문을 가지고 오셨는데 어찌 잡아 보내지 않을 수 있겠습니까? 그런데 백승이 털어놓은 나머지 일곱은 누구누굽니까?"

송강이 그렇게 묻자 하도가 다시 잠깐 망설이다가 털어놓았다.

"압사께서 물으시니 숨김없이 털어놓겠습니다. 그 우두머리는 바로 이곳 동계촌의 조 보정이라고 합니다. 그러나 나머지 여섯 명은 그 이름을 몰라 이렇듯 애만 쓰고 있습니다."

그 말을 들은 송강은 깜짝 놀랐다.

'조개는 나와 형제같이 지내는 사이다. 그가 이제 그토록 큰 죄를 지었다니 내가 구해 주지 않으면 그대로 잡혀가 반드시 목숨을 잃겠구나!'

그 생각을 하니 조개가 그때껏 자신에게 그 일을 숨긴 게 서운할 틈도 없었다. 행여라도 하도가 그런 자신의 속셈을 알아챌까 시치미를 떼며 말했다.

"조개는 원래 간사하고 흉악해 이곳 사람들치고 고약하게 여기지 않는 이가 없습니다. 이번에 끌려가면 호된 맛을 보겠군요."

"그럼 번거로우시겠지만, 압사께서는 어서 이 일을 처리해 주셨으면 합니다."

하도는 별 의심 없이 그렇게 송강을 재촉할 뿐이었다. 그러나 이미 조개를 구해 주기로 작정한 송강에게는 시간이 필요했다. 얼른 머리를 짜내 하도의 마음부터 풀어지게 했다.

"그럴 것까지는 없습니다. 항아리 속의 자라야 손만 넣으면 잡아낼 수 있는 것 아닙니까? 관찰께서 가져온 공문을 지현께 올리기만 하면 그걸 읽기 바쁘게 사람을 보내 잡아들일 것입니다. 하지만 저야 어떻게 그 공문을 뜯어볼 수 있겠습니까? 그 일이 결코 작은 일이 아닌데, 다른 사람에게까지 새어 나가게 해서야 되겠습니까?"

지현이 마침 현청에 없음을 핑계로 되도록이면 시간을 벌어 보려는 게 송강의 속셈이었으나 하도는 잘도 속아 주었다.

"압사의 살피심이 매우 밝은 듯합니다. 그럼 저를 지현께 데려가 주십시오."

그렇게 송강의 뜻을 따랐다. 송강이 다시 핑계를 지어냈다.

"지현께서는 아침 공사를 다 보시고 좀 쉬려고 나가셨습니다. 관찰께서 한참만 여기 앉아 기다리시면 제가 모셔 오겠습니다."

"압사께서 모두 알아서 해 주십시오."

이번에도 하도는 송강의 뜻대로 따랐다. 송강이 태연스레 몸을 일으키며 한마디 보탰다.

"그야 당연히 제가 해야 할 일이 아니겠습니까? 다만 제집에 일이 좀 있어 얼른 갔다 온 뒤 지현께 아뢰지요. 여기서 잠시만 앉아 계십시오."

그리고 찻집을 나오면서 주인에게 친절한 당부까지 했다.

"저분이 차를 더 드시겠다면 더 내드리게. 찻값은 이따가 내가 한꺼번에 치르겠네."

현청으로 돌아간 송강은 먼저 그날의 직사(直司)를 찻집 앞으로 데려가 말했다.

"이따가 지현 나리가 현청으로 돌아오시거든 자네는 이 찻집으로 달려와 저 안에 앉은 공인에게 이르게. 내가 안 보이니 조금만 더 기다리라고 말이네."

자기가 조 보정을 찾아간 사이에 하도가 직접 지현을 만나 일을 재촉하는 걸 막기 위함이었다.

그런 다음 뒤뜰로 간 송강은 자신의 말을 풀어 안장 위에 올라앉았다. 그리고 남이 의심쩍게 여길까 두려워 되도록 느릿느릿 말을 몰았다.

한참 뒤에 송강은 남의 눈에 띄지 않고 동문을 나설 수 있었다. 그제야 송강은 말 배를 박차며 채찍을 휘둘러 동계촌으로 달려갔다. 반 시진도 안 되어 조개의 장원이 보였다. 송강이 달려오는 걸 본 머슴이 안으로 들어가 조개에게 알렸다.

그때 조개는 오용, 공손승, 유당과 함께 뒤뜰 포도나무 그늘에서 술을 마시고 있었다. 완씨 삼 형제는 이미 석갈촌으로 돌아가고 난 뒤였다. 송강이 문 앞에 와 있다는 말을 들은 조개가 머슴에게 물었다.

"뒤따르는 사람이 있더냐?"

"아닙니다. 혼자서 나는 듯 말을 달려오더니 보정 어른을 뵐 일이 있다고 하셨습니다."

머슴이 그렇게 대답하자 조개의 낯빛이 갑자기 흐려졌다.

"무슨 일이 벌어졌구나!"

그러면서 얼른 뛰어나가 송강을 맞았다. 송강은 조개가 나오자 무어라고 한마디 낮은 목소리를 내고는, 조개의 손을 잡아 한쪽으로 이끌었다. 영문도 모르고 외진 방 안으로 끌려 들어간 조개가 물었다.

"무슨 일이오? 어째서 이리 급히 달려오셨소!"

그러자 송강이 무거운 어조로 말했다.

"아직 모르시는군요. 오늘 아우가 온 것은 형님을 구해 드리기 위함입니다. 황니강의 일이 드러나고 말았습니다. 백승은 이미 제주의 큰 감옥에 갇혀 있고, 형님을 비롯한 일곱 사람도 죄다 불었습니다. 제주부에서는 하도라는 즙포사신과 약간의 사람을 보내고 아울러 태사부의 문서를 내려 그 일곱을 잡아들이라고 하는데, 형님이 바로 그 우두머리더군요. 다행히 그 일이 제게 먼저 들어와 손을 썼지요. 하도라는 자에게 지현께서 주무신다는 핑계를 대고 현청 앞 찻집에서 저를 기다리게 한 뒤, 이렇게 달려와 형님께 알리는 겁니다. 서른여섯 가지 계책 중에서도 달아나는 게 상책이라 했으니, 어서 달아나십시오. 제가 돌아가 하도가 가져온 공문을 지현께 올리면 오늘 밤으로 사람들이 들이닥칠 것입니다. 그래서 붙들리면 이 아우도 어쩔 수가 없지요. 저를 원망하셔도 구해 드릴 길이 없습니다."

그 말에 깜짝 놀란 조개가 감사부터 했다.

"아우, 정말로 고맙네. 이 큰 은혜를 어떻게 갚아야 할지 모르겠네."

"형님, 지금 길게 이야기할 시간이 없습니다. 어서 채비를 하셔서 달아날 길이나 찾으십시오. 저는 바삐 돌아가 봐야겠습니다."

송강이 다시 한번 달아날 것을 재촉했다. 조개가 난데없는 말을 했다.

"그 일곱 사람 중에서 완소이, 완소오, 완소칠은 이미 재물을 나누어 석갈촌으로 돌아갔네. 뒤뜰에 세 명만 남아 있는데 그 사람들이라도 좀 만나 보고 가게."

그때껏 송강을 속여 온 게 아무래도 마음에 걸리는 모양이었다. 송강 또한 다급한 중에도 궁금증이 일었다. 마지못한 듯 조개를 따라 뒤뜰로 갔다. 조개가 한 사람 한 사람 가리켜 가며 송강에게 소개를 했다.

"이 사람은 오학구, 자네도 이름은 들은 적이 있을 테고…… 저 사람은 공손승이라 하는데 계주에서 왔네. 또 저쪽은 유당이라고 동로주에서 온 사람이네."

세 사람이 손을 모으며 고개를 숙이자 송강도 얼른 답례를 했다. 모두 한눈에 보아도 흔치 않은 호걸의 풍모가 있었다. 그럴수록 그들을 구해야 한다는 생각에 송강은 다시 급해졌다. 인사를 끝내기 바쁘게 몸을 돌려 뛰듯이 나가며 조개에게 당부했다.

"형님, 부디 스스로를 보중하십시오. 어서 달아나야 합니다. 그러면 아우는 이만 돌아가겠습니다."

그러고는 조개의 장원을 나와 말 위에 뛰어올랐다.

송강이 연신 말을 채찍질해 현청으로 돌아간 뒤 조개가 공손승, 오용, 유당을 보며 말했다.

"자네들은 방금 본 사람이 누군지 아는가?"

"모르겠는데요. 뭣 때문에 그렇게 황망하게 왔다 갔습니까? 그 사람 누굽니까?"

오용이 그렇게 물어 왔다. 조개가 한숨과 함께 대답했다.

"자네들 셋은 모르네. 만약 저 사람이 오지 않았다면 우리 목숨이 날아갈 뻔했네!"

"그럼 그 일이 탄로 났다는 소식을 알려 준 겁니까?"

세 사람이 놀란 얼굴로 조개를 쳐다보며 목소리를 모아 물었다. 조개가 들은 것을 털어놓았다.

"방금 온 그 사람을 작게 보지 말게. 피바다가 날 일을 그가 달려와서 알려 준 거네. 들으니 백승은 이미 제주부의 감옥에 갇혔고, 우리 일곱 사람에 대해서도 죄다 불어 버린 듯하네. 그래서 제주에서는 하 관찰(何觀察)이란 즙포사신에게 사람 약간과 채 태사의 공문을 주어 여기 운성현으로 보냈다네. 말할 것도 없이 우리 일곱을 잡아들이란 거지. 다행히 하 관찰이 먼저 찾은 게 조금 전의 그 사람이라, 그는 하 관찰을 속여 찻집에서 기다리게 하고 말을 달려 우리에게 알려 준 것일세. 이제 그가 돌아가 하 관찰과 함께 지현에게 공문을 올리기만 하면 오늘 밤으로 우리를 잡으려고 사람이 몰려올 것인데 이를 어쩌면 좋겠나?"

그러자 오용이 고마움 섞인 말투로 받았다.

"만약 그 사람이 와서 알려 주지 않았다면 우리는 몽땅 붙들릴 뻔했구려! 그래 그 고마운 분의 이름이 어떻게 됩니까?"

"그는 바로 우리 현의 압사라네. 호보의(呼保義) 송강이 바로 그 사람이네."

"송 압사의 큰 이름은 들었습니다만 아직껏 뵙지는 못했습니다. 가까이 살면서도 인연이 없으니 만나기 어렵군요."

오용의 그 말에 이어 공손승과 유당도 알은척을 했다.

"그럼, 세상에 급시우 송공명으로 알려진 그분 아닙니까?"

"그렇다네. 나와는 마음 깊이 사귀어 형제의 의를 맺은 사이지. 오 선생도 보지 않았나? 세상에는 이름이 헛되이 전해지는 법이 없다네."

조개가 그렇게 대꾸해 놓고 다시 오용에게 물었다.

"이제 우리들의 일이 급하게 되었네. 어떻게 해야 되겠나?"

"형님, 이건 의논할 것도 없습니다. 서른여섯 가지 계책 중에서도 달아나는 게 가장 좋은 계책이라 하지 않습디까?"

오용이 한번 생각해 보는 법도 없이 그렇게 대꾸했다. 조개가 어두운 얼굴로 다시 물었다.

"송 압사도 달아나는 게 가장 나은 계책이라 그러더군. 그렇지만 어디로 달아난단 말인가?"

이번에도 오용은 대답하는 데 그리 많은 시간을 쓰지 않았다. 진작부터 그럴 때를 대비해 생각해 둔 게 있는지 쉽게 대답했다.

"우리 모두 짐을 꾸려 석갈촌 완씨 형제네 집으로 갑시다. 그전에 먼저 한 사람을 보내 그들에게 이 일을 알려야겠지요."

"완씨 삼 형제는 모두가 고기잡이로 살아가는 사람들이네. 그 구차한 집안에 어떻게 이토록 많은 사람을 받아들일 수 있겠나?"

조개가 더욱 어두워진 얼굴로 그렇게 물었다. 오용이 빙긋 웃음까지 띠며 그런 조개를 안심시켰다.

"형님이 잘 모르시니까 그렇지요. 석갈촌에서 얼마 안 되는 곳에 양산박이 있지 않습니까? 지금 양산박에는 산채가 들어서서 그 기세가 한창이랍니다. 관군이 그들을 잡으려 해도 그 세력이 하도 엄청나 감히 바로 쳐다보지도 못할 지경이라더군요. 이제 일이 급하게 됐으니 우리 모두 그리로 가서 한패가 되는 겁니다."

그제야 조개의 얼굴이 펴졌다. 그러나 걱정이 아주 없어진 것은 아닌 듯했다.

"그것 참 좋은 생각일세. 그렇지만 그들이 우리를 받아 줄까?"

"그건 그리 걱정하지 마십시오. 우리에게는 금은이 많지 않습니까? 그걸 그들에게 바치고 무리에 들도록 하지요."

오용이 여전히 자신 있는 얼굴로 그렇게 대답했다. 조개도 비로소 마음이 놓이는 모양이었다.

"그렇다면 일을 공연히 늦춰서는 아니 되네. 오 선생, 자네가 유당과 함께 장객 몇을 데리고 먼저 완씨 형제에게로 가게. 가서 그쪽 일을 추스른 뒤 우리를 기다리란 말일세. 나와 공손 선생도 여기 일을 마무리 짓는 대로 뒤따라가겠네."

그렇게 결단을 내렸다.

이에 오용과 유당은 먼저 털어 온 생신강을 대여섯 짐으로 싸게 하고, 일꾼 대여섯 명을 골라 술과 밥을 배불리 먹인 뒤 지게 했다. 그리고 오용은 소매에 구리 몽둥이를 감추고 유당은 박도를 찬 뒤 짐 진 일꾼들과 함께 석갈촌으로 떠났다.

한편 나는 듯 말을 달려 성안으로 돌아간 송강은 급히 찻집으로 갔다. 하도는 아직도 찻집 문 앞에 있었다.

"오래 기다리셨습니다. 집에 일이 좀 있어 놔서……."

송강이 그렇게 변명했다. 아무것도 모르는 하도는 오히려 미안해했다.

"압사를 오라 가라 번거롭게 해서 제가 오히려 죄스럽습니다."

"이제 현청 안으로 드시도록 하지요."

속으로 마음을 놓으며 송강이 그런 하도를 끌었다.

두 사람이 현청 안으로 들어가니 지현인 시문빈(時文彬)이 벌써 돌아와 공무를 보고 있었다. 송강은 하도가 가져온 공문을 받쳐 올리고, 또 하도를 데려다 지현 앞으로 이끈 뒤 좌우를 모두 물리치고 지현에게 아뢰었다.

"제주부에서 공문이 왔는데, 도적 떼에 관한 긴급한 일이라 합니다. 특히 여기 이 하 관찰을 통해 공문을 보내 왔으니 읽어 주십시오."

송강이 받쳐 올린 공문을 뜯어본 지현은 크게 놀랐다. 급히 송강을 보며 소리쳤다.

"이것은 태사께서 사람을 보내 여기 기다리면서 결과를 알리라고 한 엄중한 공문이오. 압사는 어서 사람들을 데리고 가서 그 도적들을 잡아들이시오."

송강이 태연한 얼굴로 조심스레 말했다.

"낮에 사람들이 몰려가면 그 소식이 먼저 귀에 들어가 도적들이 달아날까 걱정입니다. 밤에 몰래 가서 덮치도록 하지요. 그리

하면 조 보정과 그 나머지 여섯을 모조리 사로잡을 수 있을 것입니다."

그러자 지현이 정히 알 수 없다는 듯 혼잣말로 중얼거렸다.

"들기로 그 조 보정이란 사람은 아주 대단한 호걸이라던데…… 어째서 그 같은 짓을 했을까?"

그런 다음 위사(尉司)와 함께 두 도두를 불러들이게 했다. 두 도두는 바로 주동(朱仝)과 뇌횡(雷橫)으로, 하나같이 예사 인물이 아니었다.

오래잖아 불려온 주동과 뇌횡은 지현으로부터 조 보정과 그 일당을 잡아들이란 명을 받았다. 현위도 곧 불려 와 같은 명을 받았다.

주동과 뇌횡은 현위와 함께 위사로 가서 군사들을 끌어모았다. 마보 궁수와 사졸 합쳐 백여 명이었다. 거기다가 하 관찰과 그를 따라온 두 우후를 보태 날이 저물기만을 기다렸다.

양산박으로

날이 어둡자 사람 묶을 기구를 갖춘 현위는 말에 올랐다. 주동과 뇌횡도 칼을 차고 활을 멘 뒤 마보 궁수와 더불어 말을 타고 동문을 나섰다.

그들이 바람같이 달려 동계촌에 이르렀을 때는 어느덧 초경이 지나 있었다. 관음보살을 모신 어떤 암자에 이르렀을 때 주동이 여럿을 돌아보며 말했다.

"이 앞이 바로 조가장(晁家莊)이오. 조개의 집은 앞뒤로 길이 나 있는데, 만약 우리가 한꺼번에 앞문으로 몰려가면 그는 뒷문으로 달아나고, 뒷문으로 몰려가면 앞문으로 달아날 것이오. 나는 조개는 좀 알지만 나머지 여섯은 어떤 놈들인지 전혀 모르오. 그러나 틀림없이 좋은 무리는 아닐 터인즉 그들이 죽을 목숨을 걸고, 장원의 머슴들도 거들어 한꺼번에 치고 나오면 무슨 수로 당해 내겠소? 소리는 동쪽에서 내고 치기는 서쪽에서 하는[聲東擊西] 계책으로 저들을 혼란시킨 뒤에 손을 쓰는 게 좋을 듯하오. 나와 뇌 도두가 군사를 반으로 나누어 한패는 뒷문 쪽에 숨은 뒤 다른 한패가 앞문을 들이치면 보는 족족 다 잡아 낼 수 있을 거외다."

뇌횡도 속셈이 있어 얼른 그런 주동의 말에 찬동하고 나섰다.

"그 말이 옳소. 주 도두, 당신이 현위와 함께 앞문을 들이치시오. 내가 뒷문에서 저것들이 달아날 길을 끊어 놓겠소."

그러자 주동이 펄쩍 뛰며 손을 내저었다.

"이보게, 자네는 모르지만 조가장에는 달아날 길이 세 갈래네. 내가 평소 살펴 둔 게 있어 길을 잘 아니 내가 그리로 가야겠네. 모두 훤한 길이라 불을 켜 들지 않고도 알 수 있단 말이네. 그런데 자네가 저것들이 어디로 나타날지도 모르면서 그리로 갔다가는 큰일을 그르치기 십상이지. 만약 성긴 데가 있어 저것들이 빠져나가기라도 한다면 그 일을 어쩌겠나?"

그 말을 뒤집으면 제가 반드시 뒷문 쪽을 맡아야 된다는 거였다. 듣고 있던 현위가 주동의 편을 들었다.

"주 도두의 말이 옳은 것 같소. 그럼 주 도두가 절반을 데리고 뒷문 쪽으로 가시오."

"서른 명만 주시면 되겠습니다."

주동이 그렇게 대답하고, 궁수 열 명과 사졸 스무 명을 떼어 내 먼저 떠나갔다.

뇌횡은 자신이 꼭 뒷문을 맡고 싶었지만 일이 그렇게 되니 어쩔 수가 없었다. 남은 군사들과 현위를 데리고 횃불 서른 개를 밝혀 조가장으로 달려갔다.

그런데 이게 어찌 된 일인가. 조가장이 저만치 보이는 갈림길에 이르렀을 때 갑자기 조가장에서 한 줄기 불길이 일더니 본채부터 불타기 시작했다. 뿐만이 아니었다. 다시 여남은 발짝쯤 옮겼을까, 이번에는 조가장 주위 여기저기서 수십 개의 횃불이 올랐다.

뇌횡과 그가 이끄는 군사들은 무슨 일이 났는지도 모르면서 일제히 칼을 빼 들고 조가장 안으로 뛰어들었다. 집 안으로 들어가 보니 사방의 불길은 대낮같이 밝은데 사람의 그림자는 찾을 길이 없었다. 다만 뒷문 쪽에서 함성 소리만 어지럽게 들릴 뿐이었다.

원래 주동이 뒷문 쪽을 자신이 맡겠다고 나선 것은 조개를 놓아 줄 마음이 있어서였다. 그런데 뇌횡 또한 같은 마음으로 뒷문 쪽을 고집해서 서로 가겠다고 다투게 되었던 것이다.

앞문 쪽에서 함성을 지르면 조개는 뒷문 쪽으로 몰려나오리라 여겨 성동격서의 계략까지 끌어댔지만, 주동의 본심은 어디까지나 그렇게 해서 자기 쪽으로 쫓겨 온 조개를 놓아 보내는 데 있었다.

그러나 주동이 장원 뒷문에 이르렀을 때는 조개가 아직 짐을 다 꾸리지 못한 때였다. 진작부터 망을 보던 머슴이 조개에게 달려와 알렸다.

"관군이 이르렀습니다. 여기서 더 꾸물대서는 안 될 것 같습니다!"

그 말을 들은 조개는 먼저 머슴들을 시켜 장원 여기저기에 불을 지르게 했다. 그리고 공손승과 머슴들을 합쳐 여남은 명이 한 덩이가 되어 칼을 휘두르고 함성을 지르며 뒷문 쪽으로 쏟아져 나갔다.

"나를 막는 자는 죽고, 나를 피하는 자는 살리라!"

조개는 앞장서서 그렇게 외치며 내닫는데 주동이 어둠 속에서 나직이 소리쳐 받았다.

"조 보정님, 어서 달아나십시오. 주동이 여기서 기다린 지 오랩니다."

그 말을 들은 조개는 힘이 났다. 공손승과 함께 힘을 다해 앞길을 헤치며 나아갔다.

주동은 조개를 막는 시늉만 하다가 길을 열어 조개가 달아날 수 있게 해 주었다. 조개는 공손승에게 먼저 머슴들을 이끌고 빠져나가게 한 뒤, 자신은 뒤를 맡았다. 주동은 자신이 조개를 놓아 주고도 애꿎은 보궁수들만 닦달했다.

"놓치지 마라. 달아나는 도적들을 잡아라!"

그때 마침 집 안으로 뛰어든 뇌횡도 그 소리를 들었다. 몸을 돌려 집 밖으로 나가며 그 또한 데리고 온 군사들을 재촉해 놓고 자신은 딴마음으로 이곳저곳 사람을 찾았다. 주동처럼 조개가 자신에게 걸리면 때를 보아 놓아주기 위함이었다.

한편 군졸들과 함께 조개를 쫓는 척하던 주동은 말이 걸음이 빨라 앞장서 조개를 따라잡게 되었다. 조개는 주동이 다시 따라온 걸 보고 마음이 변한 걸로 여겨 소리쳤다.

"주 도두, 당신은 정말로 나를 잡으려는 거요? 그렇다면 이제는 달아날 곳이 없겠구려."

주동은 대답에 앞서 힐끗 뒤를 돌아보았다. 마침 따라오는 군사가 하나도 없었다.

"보정께서는 나를 어떻게 보십니까? 나는 뇌횡이 멋도 모르고 인정사정없이 나올까 봐 그를 속여 앞문 쪽으로 보내고, 나만 뒷문에서 보정님을 기다렸던 겁니다. 바로 보정님을 놓아주기 위함이었지요. 보정님도 조금 전 내가 길을 열어 주는 걸 보지 않았습니까? 그리고 갈 곳 말인데…… 정히 갈 만한 데가 없으면 양산박으로 한번 가 보시지요. 그곳이라면 편히 숨어 지낼 수도 있을 듯합니다만……."

주동의 그 같은 말에 조개가 감격한 어조로 받았다.

"목숨을 구해 주어 고맙소. 뒷날 반드시 이 은혜를 갚겠소."

그때 갑자기 뒤에서 고함 소리가 들려왔다.

"한 놈도 놓아주지 마라!"

그러자 주동이 나직하게 조개를 안심시켰다.

"걱정하지 마시고 그냥 달아나십시오. 내가 저 사람을 다른 곳으로 쫓아가도록 하겠습니다."

그리고 뒤를 돌아보며 소리쳤다.

"도적 세 놈이 동쪽 좁은 길로 달아났소! 뇌 도두, 당신은 그쪽으로 쫓아가시오."

조금 전 고함을 지른 사람은 다름 아닌 뇌횡이었다.

뇌횡은 그 소리를 듣고 군졸들을 몰아 동쪽 좁은 길로 달려갔다. 겉으로는 뒤쫓는 척했지만 속셈은 조개를 놓아주기 위함이었다.

뇌횡을 그렇게 따돌린 주동은 한편으로는 쫓는 척하고 다른 한편으로는 이야기를 나누며 조개를 뒤따랐다. 결과로는 조개를 안전한 곳까지 배웅하는 것이나 다름없었다.

조개가 어둠 속으로 온전히 사라진 걸 보고야 주동은 짐짓 무엇에 걸려 말에서 떨어진 듯 땅바닥을 굴렀다. 그때서야 겨우 주동을 따라잡은 군졸들이 그런 주동을 부축해 일으켰다.

"어둠 속에서 길을 잘못 짚어 들판에 떨어졌구나. 굴러떨어지다 왼쪽 다리가 어떻게 된 것 같다."

주동이 그렇게 엄살을 떨었다. 뒤따라온 현위가 낭패한 목소리로 한탄했다.

"도적들을 모두 놓쳐 버렸으니 이 일을 어찌하면 좋으냐!"

"제가 그들을 뒤쫓지 않아서가 아니라 너무 어두운 밤이라 길을 알아볼 수 없어서였습니다. 저 사졸들도 하나같이 쓸모없는 것들이라 감히 앞장서는 놈이 없었으니……."

주동이 그렇게 핑계를 댔다. 현위가 다시 군졸들을 모아 뒤를 쫓게 해 보았지만 될 일이 아니었다. 현위에게 몰려 내닫기는 하면서도 군졸들은 하나같이 속으로 중얼거렸다.

'제기랄, 두 도두도 그놈들 근처에 못 가 봤는데 우리가 뒤쫓아 봤자 무슨 소용이람!'

그러고는 겉으로만 한번 뒤쫓는 척하다가 되돌아와 말했다.

"어둠이 너무 짙어 도무지 어디로 갔는지 찾을 길이 없습니다."

한편 허탕을 치고 돌아온 뇌횡은 속으로 생각했다.

'주동이 조개와 아주 가까웠으니 혹시 그가 놓아준 건 아닐까? 어쨌든 조개에게 한번 인정을 베풀려 했더니 그것마저 안 되는구나!'

하지만 맡은 일은 맡은 일이었다. 얼마 후 현위에게 돌아간 뇌횡도 군졸들과 비슷한 말을 했다.

"어디로 달아났는지 한 놈도 잡지 못하였소!"

그 바람에 맥이 빠진 현위와 두 도두가 조개의 장원으로 되돌아간 것은 사경 무렵이었다. 하 관찰은 그들이 한 명의 도적도 잡지 못하고 빈손으로 돌아온 걸 보고 괴롭게 중얼거렸다.

"내가 무슨 낯으로 제주로 돌아가 부윤을 보겠는가!"

할 말이 없게 된 현위는 하는 수 없이 조개의 이웃 사람 몇만 붙들어 앞세우고 운성현으로 돌아갔다.

운성현의 지현은 밤새 눈 한번 붙이지 못하고 좋은 소식이 들어오기만을 기다렸다. 늦게 돌아온 현위가 맥 풀리는 소리를 했다.

"도적들이 모두 달아나 버려 그 이웃을 몇 붙잡아 왔습니다."

지현은 기가 막혔으나 거기라도 기대를 걸어 보는 수밖에 없었다. 곧 붙들려 온 조개의 이웃을 현청 마당에 끌어다 놓고 엄하게 문초하기 시작했다. 이웃들이 억울하다는 듯 입을 모아 말했다.

"저희들은 조 보정의 이웃이라고는 하나, 멀게는 서너 마장 떨어져 살고 가깝다 해도 마을 하나 거리로 떨어져 있습니다. 거기다가 그 댁에는 항상 창칼이나 몽둥이를 쓰는 사람들이 드나드니 어찌 그 집 안에서 일어난 일을 알 수 있겠습니까?"

그래도 지현은 못 들은 척 그들을 닦달했다. 견디다 못한 그들 중 하나가 들을 만한 소리를 했다.

"그걸 꼭 아시고 싶으면 그 집 머슴들에게 물어보시는 게 나을 것입니다."

"그 집 머슴들도 모두 따라갔다고 하지 않느냐?"

"따라가기를 원치 않는 사람들은 각기 제 살던 곳으로 돌아갔습니다. 그 마을에도 몇 남아 있지요."

그런 말을 들은 지현은 급히 사람을 뽑아 동계촌으로 보냈다. 두 시진도 안 되어 정말로 조개의 머슴이었던 사람 둘이 붙들려 왔다.

지현이 이번에는 그 두 머슴을 닦달했다. 둘은 처음에는 고개를 내저으며 모른다고 잡아뗐지만, 매 앞에 장사가 없다고, 곧 모든 걸 털어놓았다.

"조개를 뺀 나머지 여섯 중 하나는 저희 마을에서 아이들을 가르치는 오학구란 사람입니다. 또 한 사람은 공손승이라 불렸는데 도사이며, 다른 한 사람은 거무튀튀하고 몸집이 큰데 성이 유(劉)씨라더군요. 하지만 나머지 셋은 저희도 누군지 모릅니다. 다만 오학구의 말로는 성이 완씨며 석갈촌에 살고 고기잡이로 살아가는 형제라 하더군요. 이게 저희가 아는 모든 것입니다."

지현은 그나마 다행으로 여기고, 그 두 머슴과 그들이 말한 것을 상세히 적은 공문을 하 관찰에게 주어 제주부로 돌려보냈다. 송강은 일이 그렇게 끝맺어진 데 한숨을 돌리고 자기 집으로 돌아갔다.

　한편 제주로 돌아가 부윤을 만난 하도는 조개가 자기 집을 불태우고 달아난 일과 아울러 두 머슴이 털어놓은 걸 일러바쳤다. 이야기를 듣고 난 부윤은 갇혀 있던 백승을 다시 끌어내게 해 물었다.

　"네가 대지 않은 여섯 중에서 오학구와 공손승과 유 아무개는 이미 누군지 드러났다. 그런데 완씨 성을 쓰는 삼 형제는 어디 사는 누구냐?"

　백승도 더 버텨 봐야 소용없다 싶었던지 고분고분 털어놓았다.

　"그 완씨 삼 형제는 첫째가 입지태세(立地太歲) 완소이요, 두 번째는 단명이랑(短命二郞) 완소오며, 세 번째는 활염라(活閻羅) 완소칠입니다. 모두 석갈촌 호숫가에 살고 있지요."

　"그러면 나머지 셋의 다른 이름도 잘 알겠구나."

　"하나는 지다성이라 불리는 오용이요, 다른 하나는 입운룡(入雲龍) 공손승이며, 유 아무개란 자는 바로 적발귀(赤髮鬼) 유당입니다."

　그렇게 되면 비록 범인들을 잡지는 못해도 일의 전모는 다 밝혀진 셈이었다. 백승의 이야기를 다 듣고 난 부윤은 하도를 돌아보며 말했다.

　"너는 어서 석갈촌으로 가서 완씨 성을 쓰는 그 세 놈을 잡아

오너라."

명을 받은 하도는 곧 기밀방(機密房, 수사과 같은 곳)으로 내려가 그곳 공인들과 완씨 삼 형제를 잡으러 갈 의논을 했다. 그들 삼 형제가 사는 곳이 석갈촌이란 걸 듣자 공인들이 입을 모아 말했다.

"석갈촌을 치려는 것이면 쉽게 생각해서는 안 됩니다. 그곳은 양산박과 가까울 뿐만 아니라 물이 넓고 깊으며 물가에는 갈대가 우거져 있는 물가 마을입니다. 크게 관군을 일으켜 밀고 들지 않는다면 배건 사람이건 누가 감히 그리로 가서 도적을 잡으려 하겠습니까?"

그 말을 들으니 하도도 으스스했다.

"그것도 옳은 소리 같군."

그렇게 고개를 끄덕이고는 곧 현청으로 올라가 부윤에게 말했다.

"석갈촌은 양산박과 가까운 곳일 뿐만 아니라 물과 갈대가 여간 아니라고 합니다. 전에도 그곳에서는 도적이 지나가는 사람을 털곤 했는데 이제 다시 한 무리의 흉측한 도적 떼가 보태졌으니 오죽하겠습니까. 크게 군사를 일으켜 들이치지 않는다면 낭패를 볼까 두렵습니다."

"일이 그렇다면 다시 한 사람 일 잘하는 포도순간(捕盜巡簡)을 뽑아 오백 군마를 딸려 줄 테니 같이 가서 잡아오너라."

부윤도 별 군소리 없이 하도의 말을 들어주었다.

부윤의 그 같은 영을 받은 하도는 다시 기밀방으로 내려와 공인들을 모조리 불러들인 뒤 그중에서 솜씨 좋은 자로 오백 명을 뽑았다. 뽑힌 사람들은 이내 석갈촌으로 밀고 들 채비로 들어가 바쁘게 그날을 보냈다.

다음 날이 되었다. 부윤이 말한 그 포도순간이 제주부의 공문을 들고 하도를 찾아왔다. 하도는 그와 함께 오백의 군사를 점고하여 물밀 듯이 석갈촌으로 달려갔다.

그 무렵 조개와 공손승은 여남은 명 일꾼들과 함께 석갈촌에 이르렀다. 미처 완씨 형제의 집을 찾아가기도 전에 그쪽에서 먼저 조개 일행을 마중 나와 집으로 모셔 갔다.

그들 일곱이 자리 잡은 곳은 완소오의 집이었다. 그때 완소이는 이미 식구들을 호수 안쪽에 숨긴 뒤였다. 일곱은 머리를 맞대고 둘러앉아 양산박으로 갈 궁리를 짜냈다.

"이가도구(李家道口)에 한지홀률(旱地忽律)이라 불리는 주귀(朱貴)란 사람이 술집을 열고 사방의 호걸을 맞아들이고 있다 합니다. 양산박으로 들어가려면 반드시 먼저 그를 찾아가야 된다더군요. 우리는 배가 마련되는 대로 그에게 한 배 재물을 보내 인정을 쓰고 한패가 되게 해 달라는 청을 해 보도록 합시다."

그런데 미처 그 의논이 끝나기도 전에 놀라운 소식이 들어왔다.

"관군들이 마을로 쳐들어오고 있소!"

고기잡이 나갔던 배들이 급히 돌아와 그렇게 전해 준 것이었다. 그 소식을 들은 조개가 벌떡 몸을 일으키며 소리쳤다.

"그것들이 뒤쫓아왔다고? 그렇다면 여보게 아우들, 이제는 달아나지 말기로 하세!"

"좋지요. 제게 그것들을 때려 부술 묘수가 있습니다. 그대로만 되면 관군이 절반은 물에 빠져 죽고 절반은 창칼에 찔려 죽게 될 것이오!"

완소이도 그렇게 분연히 맞장구를 쳤다. 공손승도 객기를 부렸다.

"그렇소. 우리가 겁내거나 놀랄 건 하나도 없소. 빈도도 이번에는 본때를 한번 보여 주겠소!"

그렇게 되자 달아나자는 사람은 아무도 없었다. 조개가 다시 결연히 말했다.

"유당 아우는 오학구 선생과 함께 우리의 재물 및 완씨 형제의 가솔들을 배에 싣고 먼저 이가도구 왼쪽 언덕에 가서 기다리게. 우리는 여기서 형세를 살피다가 저것들을 혼내 주고 곧 뒤따르겠네."

이에 완소이가 배 두 척을 내어 조개가 말한 모든 걸 실었다. 오용과 유당은 각기 그 배 한 척씩을 맡아 일꾼 열여덟 명씩을 불러 태운 뒤 먼저 이가도구로 노 저어 갔다.

완소이는 또 완소오와 완소칠을 불러 작은 배 두 척을 끌어오게 한 뒤 무어라 해야 할 일을 일러 주었다. 완소오와 완소칠도 형의 말에 따라 각기 자기 배를 저어 어디론가 사라졌다. 조개와 완소이도 관군을 맞을 나름의 채비에 들어갔다.

이때 하도와 포도순간은 관병을 이끌고 점차 석갈촌으로 다가오고 있었다. 물가에 배가 보이기만 하면 모조리 빼앗아 노를 저을 줄 아는 군사를 태우고 물가로는 말 탄 군사를 뒤따르게 해

물과 뭍으로 아울러 나아갔다.

이윽고 완소이의 집에 이른 관군은 함성과 함께 덮쳤다. 그러나 싱겁게도 집은 이미 텅 비어 있었다.

"그럼 가까운 고기잡이 놈들의 집을 덮쳐 보자."

하도가 그렇게 소리치다가 다시 말을 바꾸었다.

"아니지, 이 완소이란 놈에게 완소오와 완소칠이란 아우가 있다 했겠다. 모두 이 호숫가에 산다 했으니 배가 아니면 갈 수 없겠지."

그러고는 순간에게 의논조로 말했다.

"이 호수 안은 언덕이 들쑥날쑥하고 길이 복잡한 데다 물은 물결이 세고 깊이를 알 수 없소이다. 여러 패로 나눠 들어갔다가는 도적 떼의 간계에 빠질까 두려우니 배로 한꺼번에 밀고 들도록 합시다. 말은 모두 저 마을에 묶어 놓고 사람을 몇 남겨 지키게 하면 될 거요."

순간도 듣고 보니 그 말이 옳은 것 같았다. 이에 하도와 순간을 비롯한 공인들은 모두 배에 올랐다. 빼앗아 둔 배가 백 척이 넘어 한꺼번에 다 몰려갈 수가 있었다.

오백여 명 관군들이 나눠 탄 배는 물결을 헤치고 완소오네 집으로 밀고 갔다. 한 대여섯 마장쯤 갔을 때 저편 갈대숲 속에서 어떤 사람이 노랫가락을 높게 뽑는 소리가 들렸다.

한평생 요아와의 고기잡이
땅에 씨 한번 뿌려 본 적이 없네

못된 벼슬아치 모조리 죽여

조관가(趙官家)의 충신 노릇이나 해 볼까

조 관가란 송나라 황실을 낮춰 말한 것이니 놀리는 것이 분명
했다. 하도와 관군들은 놀란 얼굴로 소리나는 쪽을 살펴보았다.
멀리서 한 사람이 쪽배를 저어 다가오며 노래를 부르고 있었다.

"저놈이 바로 완소오다!"

그 사내를 알아본 관군이 있어 그쪽을 손가락질하며 소리쳤다.
하도가 얼른 손짓을 하자 관군들은 힘껏 노를 저어 앞으로 나아
갔다. 그대로 덮쳐 사로잡을 요량이었다.

완소오가 그들을 보고 껄껄 웃으며 큰 소리로 욕설을 퍼부었다.

"백성을 해치는 이 못된 도적놈들아, 여기까지 오다니 정말로
간도 크구나. 이 어르신네가 누군 줄 알고 감히 이렇게 몰려오느
냐! 이게 바로 호랑이 수염을 쥐어뜯는 꼴이니 이제 한 놈도 살
아 갈 생각은 마라!"

마침 하도의 배에는 활을 잘 쏘는 군사들이 있어 일제히 화살
을 날려 보냈다. 완소오는 화살이 시커멓게 날아오는 걸 보자 삿
대를 내던지고 몸을 뒤집어 물속으로 뛰어들었다. 관군들이 급히
배를 저어 가 보았지만 빈 쪽배만 있을 뿐 완소오는 찾을 길이
없었다.

닭 쫓던 개 지붕 쳐다보는 격이 된 하도는 다시 관군들을 재촉
해 배를 젓게 했다. 그때 두 사람이 탄 배 한 척이 다가오는 게
보였다. 뱃머리에 한 사람이 서 있는데 머리에는 푸른 대나무 삿

갓이요, 몸에는 풀빛 도롱이를 걸치고 있었다. 손으로는 창을 짚고 서서 노래를 부르는데, 그 노래가 또한 예사 것이 아니었다.

석갈촌에서 나고 자란 이 어르신
사람 죽이는 재미로 이제껏 살아왔노라
먼저 하도와 순간을 목 베어다
서울 계신 조 왕군(趙王君, 송 황제)께 바치리라

좀 전의 완소오보다 훨씬 뜻이 거칠었다. 하도를 비롯한 관군들은 또 한 번 놀랐다.

"저놈이 바로 완소칠이다."

그 사내를 알아본 관군이 소리치자 하도가 맞받아 관군들을 몰아댔다.

"모두 힘을 다해 노를 저어 앞으로 나아가라. 저놈을 사로잡아야 한다. 이번에는 놓쳐서는 아니 된다!"

그 소리를 들은 완소칠이 껄껄거리며,

"미친놈!"

하고는 배를 저어 달아났다.

완소칠이 달아나는 물목은 폭이 좁고 물이 얕았다. 수많은 관군의 배가 한꺼번에 빠져나갈 수가 없었다.

"모두 잠깐 배를 멈추어라! 배를 언덕 쪽으로 붙여라!"

하도가 갑자기 그렇게 소리쳤다. 그 소리에 관군들은 배를 언덕 쪽으로 댔으나 사방에 모두 갈대밭만 보일 뿐 길을 찾을 수가 없었다. 하도는 문득 불길한 느낌이 들었다. 얼른 그곳 지리를 아는 관군 하나를 불러 물었다.

"너는 길을 아느냐?"

"제가 비록 이 근처에 살고 있기는 하지만 이리로 가면 어디에 이르는지는 잘 모릅니다."

불려 온 관군이 그렇게 대답했다. 하도는 하는 수 없이 작은 배 두 척을 뽑아 배마다 공인 세 사람씩 태우고 먼저 나아가 길을 찾아보게 하였다.

그런데 참으로 알 수 없는 일이었다. 배가 간 지 두 시진이 지나도록 길을 찾아내기는커녕 돌아오지조차 않았다.

"이것들이 아무래도 좋지 못한 일을 당한 게로구나!"

하도는 그렇게 투덜거리며 다시 배 두 척에 다섯 사람을 나눠 태우고 길을 찾아보게 했다. 그러나 이번에도 앞서간 배와 크게 다르지 않았다. 떠나고 한참이 지나도 돌아올 줄 몰랐다. 하도가 기가 막혀 중얼거렸다.

"이것들이 내 분통을 터뜨리려고 작정이라도 한 것이냐? 어째서 한 놈도 돌아오지 않느냐? 정말로 영문을 모르겠구나."

하지만 날이 점점 저물어 오니 언제까지고 기다릴 수는 없었다. 하도는 혼자 가만히 생각해 보았다.

'만약 이곳이 물가가 아니라면 어쩌겠는가. 안 되겠다, 내가 직접 나서 봐야겠다.'

마침내 그렇게 마음을 정한 하도는 다시 한 척의 빠른 배를 고른 뒤 몇 명의 능숙한 공인을 태우고 몸소 나섰다. 모두 병장기를 갖추고 대여섯 개의 노를 쓰게 하니 제법 든든했다.

하도는 뱃머리에 앉아 갈대숲 저쪽의 언덕으로 배를 젓게 했다. 그때는 이미 해가 서편으로 진 뒤였다. 한 대여섯 마장쯤 갈대를 헤치며 배를 젓고 있을 때, 물가 언덕에 한 사나이가 나타났다.

호미를 든 게 농부 같아 하도가 물었다.

"이봐, 너는 누구냐? 이리로 가면 어디로 가느냐?"

"저는 부근 마을의 일꾼입니다. 이곳은 단두항(斷頭港)이라는 데구요. 그리고 이리로 나가 봤자 길은 없소."

사내가 퉁명스레 대답했다. 단두항, 곧 목이 잘리는 갯가라니 어째 기분이 좋지 않았으나 하도는 눌러 참고 다시 물었다.

"그럼 두 척의 배가 지나가는 걸 못 봤느냐?"

"아, 완소오를 잡으러 간 배 말이오?"

사내의 그 같은 대답에 하도가 놀라 물었다.

"네가 어찌 우리가 완소오를 잡으러 온 걸 아느냐?"

그러나 사내는 그 물음에는 대답 않고 먼저 물음을 받았다.

"그들은 이 앞 오림(烏林) 안으로 들어갔소."

"그리로 가면 길이 나오느냐?"

"거기 가면 앞이 훤히 내다보일 거요."

그 말을 듣자 하도는 아무래도 그 사내가 수상쩍었다. 다시 배한 척을 불러 앞을 살펴보게 하는 한편, 배 한 척에는 두 공인을 태워 그 사내가 서 있는 언덕 쪽으로 보냈다. 그 사내를 사로잡기 위함이었다.

어림없는 짓이었다. 사내가 한 차례 호미를 휘두르자 언덕으로 올라갔던 두 공인은 그 호미를 한 대씩 맞고 물속으로 떨어졌다. 그걸 보고 깜짝 놀란 하도는 얼른 배를 저어 뭍으로 달아나려 했다. 그러나 미처 하도가 언덕에 오르기도 전에 배 두 척이 갑자기 나타남과 아울러 물속에서 누가 하도의 다리를 잡고 끌어당겼다.

하도가 물속으로 끌려 들어가는 걸 본 나머지 공인들은 달아나려 했다. 그러나 언덕에 있던 사내가 배로 뛰어오르더니 호미로 한 사람씩 쳐서 물속으로 떨어뜨렸다. 그사이 하도는 누군지 모를 물속의 사내에게 끌려 언덕으로 올려졌다. 이어 자신을 꽁꽁 묶는 물속의 사내를 보니 바로 완소칠이었다. 언덕에서 호미를 들고 있던 사내도 알고 보니 완소이였다.

하도를 사로잡은 그들 형제가 큰 소리로 하도를 꾸짖었다.

"우리 삼 형제는 불 지르고 사람 죽이기를 밥 먹듯 해 온 사람들이다. 네놈이 몰라도 분수가 있고, 간이 커도 분수가 있지, 어찌 감히 관군을 이끌고 우리를 잡으려 했단 말이냐?"

하도가 벌벌 떨며 빌었다.

"이보시오, 호걸님들, 저는 다만 윗사람이 시키는 대로 했을 뿐입니다. 제가 아무리 간이 크다 한들 감히 호걸님들 같으신 분들을 잡으려 들 리 있겠습니까? 제가 죽으면 의지할 곳 없는 팔십 노모를 생각해서라도 부디 목숨만 살려 주십시오."

애걸이 효과를 보았던지 완씨 형제는 하도를 죽이지 않았다.

"저놈을 방 안에 우선 묶어 두자."

그렇게 결정하고 하도를 묶은 뒤 공인들의 시체를 물속에 처박았다. 시체를 치운 완씨 형제가 피리를 꺼내어 불자 갈대숲 속에서 고기잡이배 네댓 척이 나왔다. 완소오와 완소칠은 각기 배한 척을 저어 다시 어디론가로 사라졌다.

한편 나머지 관군들을 거느리고 하도를 기다리던 포도순간은 시간이 오래 지나도 하도가 돌아오지 않자 걱정이 되었다.

"하 관찰이 어찌 된 거냐? 다른 공인들이 일을 제대로 못했다고 스스로 배를 저어 살피러 가더니 영 돌아오지 않는구나."

곁에 공인들을 잡고 그렇게 물어보았으나 답답하기는 그들도 마찬가지였다.

그사이 밤이 와서 어느덧 초경 무렵이 되었다. 아무런 채비 없이 물 위에서 밤을 맞게 되니 공인들은 모두 추위에 떨었다. 절로 처량한 기분이 들어 별빛 가득한 하늘만 쳐다보고 있었다.

얼마쯤 됐을까, 갑자기 한 줄기 기분 나쁜 바람이 그들 등 뒤로부터 불어왔다.

그러잖아도 추위에 떨던 관병들은 놀라 얼굴을 싸안았다. 바람이 얼마나 거센지 배들이 금세 뒤집힐 것 같았다.

하지만 더욱 놀랄 일은 그다음에 일어났다. 어디선가 한 가닥 피리 소리가 들리는가 싶더니 바람맞이 갈대숲 쪽에서 한 줄기 불길이 솟았다. 관병들이 놀라 그쪽을 살펴보니 불붙은 배 수십 척이 다가오고 있었다.

"이제 꼼짝없이 죽었구나!"

관군들이 그렇게 소리치며 급히 배를 저어 그곳을 빠져나가려 했지만 뜻 같지를 못했다. 큰 배 작은 배가 저마다 불붙은 갈대와 섶을 싣고 거센 바람을 받아 달려와 부딪치니 순식간에 불은 관병들의 배로 옮아 붙었다. 관병들의 배가 한 덩이로 뒤엉켜 있었는 데다 물길마저 좁아 제대로 피할 수가 없었던 것이다.

놀란 관병들은 물로 뛰어들었다. 거기서 벌써 헤엄 못 치는 관병 태반이 물에 빠져 죽었다. 그러나 간신히 물가로 헤엄쳐 간 관병들도 목숨을 건지지 못하기는 마찬가지였다. 물가 언덕을 덮고 있던 갈대밭에도 사방에서 불길이 일어 빠져나갈 수가 없었다. 거기서 또 절반을 불길에 잃고 빠져나온 관병들은 물가 진펄 속에서 허우적거리며 서 있었다.

그때 불빛 사이로 작은 배 한 척이 나타났다. 한 사람은 배 뒤에서 노를 젓고 한 사람은 뱃머리에 섰는데 뱃머리에 선 사람의 손에는 보검이 한 자루 쥐어져 있었다.

"한 놈도 달아날 생각을 마라!"

보검을 든 도사 차림의 사내가 관병들을 향해 쩌렁쩌렁한 목소리로 외쳤다. 이미 반나마 넋이 나간 관병들은 대답할 기운조차 없었다. 모두 진펄에 몸을 박은 채 멍하니 서 있는데 다시 고기잡이배 한 척이 동쪽 갈대숲 속에서 다가왔다. 그 배 위에도 두 사람이 번쩍이는 창칼을 들고 서 있었다. 이어 서쪽에서도 창칼 든 두 사람을 태운 배 한 척이 나왔다.

두 배에 나눠 탄 네 사내는 이렇다 말도 없이 창칼을 휘둘러 관병들을 죽이기 시작했다. 오갈 데 없는 관병들은 진흙 구덩이 속에서 허우적거리다 모조리 목숨을 잃고 말았다. 물에 빠져 죽고 불에 타 죽은 자들을 뺀 나머지 관병들이었다.

그러면 그 네 사내는 누구였을까. 동쪽에서 배를 저어 온 두 사내는 조개와 완소오였고, 서쪽에서 나타난 두 사내는 완소이와 완소칠이었다. 그리고 처음 뱃머리에서 보검을 들고 있던 도사 차림의 사내는 바로 도술로 바람을 빈 공손승이었다. 그 다섯 호걸이 근처 고기잡이배들을 모아 오백 관병을 요정 낸 것이었다.

관병 중에 오직 한 사람 살아남은 하도는 다른 배 안에 묶여 있었다. 완소이가 그를 언덕 위로 끌어올린 뒤 꾸짖었다.

"이 제주 백성들을 해치는 버러지 같은 놈아, 내 본래 네놈을 죽여 천 토막 만 토막을 내야겠지만 제주 부윤에게 전할 말이 있어 살려 준다. 가거든 우리는 석갈촌의 완씨삼웅(阮氏三雄)과 동계촌의 천왕(天王) 조개라고 일러 주어라. 그리고 우리가 네놈들 성안으로 양식을 뺏으러 가지 않거든 부윤도 우리를 잡아 죽일 생각을 말라 하여라."

그러고는 더한층 엄하게 덧붙였다.

"만약 우리를 얕보았다가는 제주 부윤 같은 시골 벼슬아치는 말할 것도 없고, 동경의 채 태사가 와도 우리에게 사로잡히고 말 것이다. 그러면 이제 너를 놓아줄 테니 돌아가거라. 그리고 두 번 다시 돌아오지 마라."

하지만 하도도 끝내 성하게는 돌아가지 못했다. 큰길로 이르는 길목까지 배를 태워 준 완소칠이 배에서 내리는 하도를 잡고 소리쳤다.

"이리 똑바로 가면 길이 나올 것이다. 하지만 다른 사람은 다

죽고 너 혼자 살아 돌아온 일을 어떻게 말할 테냐. 네 양 귀를 잘라 줄 테니 그걸로 우리에게 사로잡혔다 놓여 난 증거로 삼아라."

그리고 품 안에서 칼 한 자루를 꺼내더니 하도의 양 귀를 잘라 버렸다. 하도의 양 볼은 순식간에 시뻘건 피로 뒤덮였다. 완소칠은 칼을 다시 품 안에 갈무리한 뒤 하도를 풀어 주었다. 그래도 하도는 목숨 건진 것만을 다행으로 여기며 꽁지에 불이 붙은 듯 달아났다.

하도를 놓아 보낸 뒤 조개와 공손승, 완씨 삼 형제 다섯 사람은 그들을 도와준 고기잡이 여남은 명과 함께 예닐곱 척의 배에 나누어 탔다. 석갈촌을 떠나 이가도구로 가기 위함이었다.

이가도구에는 오용과 유당이 완씨 형제의 가솔들과 함께 먼저 가서 기다리고 있었다. 조개 일행이 그곳에 이르자 오용은 어떻게 관병을 물리쳤는가부터 물었다. 조개는 너털웃음을 치며 그간에 있었던 일을 상세히 일러 주었다. 듣고 난 오용과 유당은 한결같이 그 일을 시원스럽게 여겼다.

다시 배를 정돈한 그들이 한지홀률 주귀의 주막을 찾아가자 주귀는 반갑게 그들을 맞아들였다. 오용이 나서 그들이 찾아오게 된 내력을 솜씨 있게 밝혔다. 듣고 난 주귀는 더욱 그들을 반가워하며 술상을 내어 잘 대접했다.

조개의 일행이 술과 밥을 배불리 먹고 나자 주귀가 가죽으로 싼 큰 활을 내오더니 소리 나는 화살 한 대를 시위에 먹여 물 건너 갈대밭으로 쏘았다. 화살이 떨어진 곳에서 양산박의 졸개 하나가 배를 저어 이쪽으로 건너왔다. 주귀가 얼른 글 한 통을 써서 그 졸개에게 주었다. 온 사람들이 누구누구며 무슨 까닭으로 왔으며 머릿수는 얼마나 되는가 따위를 상세히 적은 글이었다.

그 글을 산채에 전하라는 명을 받은 졸개는 곧 배를 저어 양산박으로 되돌아갔다. 주귀는 다시 양을 잡고 술을 걸러 조개 일행을 대접했다. 흥겹게 먹고 마시는 사이에 그 밤이 지나갔다.

다음 날이 되었다. 일찍 일어난 주귀가 큰 배 한 척을 구해 와 호걸들을 태웠다. 그리고 조개 일행이 몰고 온 배들과 함께 물 건너 산채로 향했다.

한참을 가니 한 군데 포구가 나타나고 그 뒤 언덕에서는 징 소리가 들렸다. 조개가 눈을 들어 소리 나는 쪽을 보았다. 졸개 일여덟 명이 네 척의 배에 나눠 타고 다가와 주귀에게 무어라 예를 올린 뒤 앞장을 섰다.

이윽고 금사탄(金沙灘)에 이른 조개 일행은 늙고 어린 가솔들과 따라온 고기잡이배들을 남겨 두고 산채로 향했다. 얼마 안 가 다시 수십 명의 졸개들이 나오더니 그들을 관 위로 안내해 들였다.

관 위에서는 왕륜이 여러 두령들과 함께 나와 기다리고 있다가 반갑게 조개를 맞았다.

"이 왕륜은 오래전부터 조 천왕(天王)의 우레 같은 이름을 들어 알고 있었습니다. 오늘 이렇게 보잘것없는 산채를 찾아 주시니 이보다 더한 광영이 있겠습니까?"

글 읽은 선비라 말솜씨가 여간 반듯하지 않았다. 조개가 황망히 그런 왕륜의 말을 받았다.

"이 조 아무개는 글을 읽지 않아 아는 게 없는 촌것이올시다. 오늘 일이 이 지경이 되어 두령께 의지하고자 찾아왔으니 한낱 졸개로서나마 거두어 주신다면 천만다행이겠습니다."

"그 말은 여기서는 그만하시지요. 우선 산채로 들어가 다시 의논해 보도록 합시다."

왕륜이 그렇게 대답을 피하며 일행을 산 위로 안내했다. 조개는 그런 왕륜의 말에 영 마음이 놓이지 않았으나 따라가 보는 수밖에 없었다. 오용, 공손승, 유당과 완씨 삼 형제도 마찬가지였다. 말없이 조개와 왕륜을 뒤따랐다.

주인이 바뀌는 양산박

    대채(大寨) 취의청에 이른 왕륜은 두 번 세 번 조개 일행에게 윗자리를 양보했다. 이에 조개를 비롯한 일곱은 하는 수 없이 취의청 오른편에 줄지어 섰다. 그러자 왕륜을 비롯한 두령들은 왼쪽으로 나란히 서 조개 일행과 마주 보며 한 사람 한 사람 예를 나누었다.

    예가 끝나 주인과 손님이 자리를 나누어 앉자 왕륜은 다시 작은 두령들을 불러 조개 일행을 보게 했다. 그런 다음 그들을 산 아래로 내려보내 조개가 데려온 사람들을 산채 안에 있는 객관으로 안내해 쉬게 하라 일렀다.

    왕륜의 손님을 맞는 예는 거기서 그치지 않았다. 졸개들에게 일러 황소 두 마리와 양 열 마리, 돼지 다섯 마리를 잡게 하고 크게 잔치를 열었다.

조개는 산채의 여러 두령들과 더불어 술잔을 나누었으나 아직 왕륜으로부터 자기들을 받아 준다는 말을 듣지 못한 터라 영 마음이 놓이지 않았다. 틈을 보아 왕륜에게 그간에 있었던 일과 아울러 다시 그 이야기를 해 보았다.

왕륜은 조개가 관군을 쳐부순 이야기를 듣자 속으로 몹시 놀랐다. 그같이 무서운 패거리라면 더욱 받을 수 없다고 생각했지만 겉으로는 내색을 못했다. 한참을 생각에 잠겼다가 건성으로 대꾸할 뿐이었다.

술자리는 밤이 늦어서야 끝이 났다. 산채의 두령들은 조개 일행을 관 안의 객관까지 바래다주고서야 각기 저 있는 곳으로 돌아갔다. 한결같이 새로운 호걸들을 마음에 들어 하는 눈치였다.

조개는 몹시 흐뭇했다. 오용을 비롯한 여섯 사람을 보고 말했다.

"우리가 그같이 큰 죄를 짓고 어디에 편히 몸 숨길 곳이 있겠는가? 왕 두령이 이같이 반겨 주지 않았다면 우리는 갈 곳 없는 신세가 될 뻔했으니 그 은혜를 잊어서는 안 될 것이네."

왕륜이 건성으로 하는 대답을 진정 섞인 소리로 믿고 하는 말이었다. 그러나 왕륜의 속셈을 짐작한 오용은 차게 웃을 뿐이었다. 조개가 그런 오용에게 이상한 듯 물었다.

"선생은 왜 그리 비웃나? 뭐 아는 게 있으면 내게도 좀 일러 주게."

그러자 오용이 조용히 대꾸했다.

"형님은 너무 곧이곧대로 믿어 탈입니다. 왕륜이 우리를 받아

주리라고 보십니까? 왕륜의 속셈을 모르고 하시는 말씀입니다. 그의 안색을 보니 다 틀린 것 같습니다."

"그의 안색이 어쨌기에?"

"형님은 보지 못하셨습니까? 처음 형님과 술자리에 앉았을 때는 자못 정다운 얼굴이었지요. 그러나 형님이 수많은 관병을 죽인 일이며, 하도를 사로잡았다 놓아준 일이며, 완씨 삼 형제의 호걸스러움을 이야기할 때는 어땠습니까? 드러나게 낯색이 변하는 것을 보지 못하셨습니까? 입으로는 응응 해도 속셈은 반드시 다를 겝니다. 만약 왕륜이 우리를 받아 줄 마음이라면 오늘 먼저 자리부터 정해주어야지요. 두천이나 송만 같은 자는 보잘것없는 위인인데 둘째 두령, 셋째 두령이라니 말이 됩니까? 다만 임충은 원래 동경의 금군교두로 쓸 만한 인물이었습니다만, 이제는 별수 없이 넷째 두령 자리에 앉아 있었습니다. 우리가 기대할 게 있다면 오히려 그가 되겠지요."

그래도 알 수 없다는 듯 조개가 다시 물었다.

"그건 어째서 그런가?"

"아까 술자리에서 살피니 왕륜이 형님께 응답하는 꼴을 보는 임충의 눈길이 곱지 않았습니다. 가슴속에 불평이 가득해 노려보는 눈길이었지만, 마음이 정해지지 않아 겉으로 드러내지는 못하고 있었습니다. 제가 한마디만 거들어 주면 곧 일을 낼 사람이지요."

그러자 조개도 여러 가지로 생각나는 게 있는 모양이었다. 한참을 말이 없다가 모든 걸 오용에게 맡겼다.

"그렇다면 우리로서는 오직 선생의 묘책에 의지하는 수밖에 없겠네그려."

꾀라면 오용이라 다른 일곱도 고개를 끄덕여 조개의 말에 찬동을 표시했다.

이튿날이 밝았다. 졸개 하나가 객관으로 와 알렸다.

"임 교두께서 찾아오셨습니다."

그 말을 들은 오용이 조개에게 나지막이 말해 주었다.

"그 사람이 살펴보러 왔으니 일은 제 계책대로 되겠습니다."

그러나 조개는 미처 그 까닭을 물어볼 틈도 없이 다른 여섯 사람과 함께 임충을 맞으러 나갔다.

조개와 더불어 임충을 객관 안으로 맞아들인 오용이 공손히 감사의 뜻부터 표했다.

"어젯밤에는 큰 은혜를 입었습니다. 절을 올려 감사드려도 모자랄 것입니다."

그러자 임충이 펄쩍 뛰며 오히려 낯없어 했다.

"아닙니다. 제가 오히려 여러 호걸분을 제대로 모시지 못했습니다. 비록 받들고자 하는 마음은 있어도 제 자리가 그만큼 높지 못하니 어쩌겠습니까? 그저 너그럽게 보아주시기를 빌 뿐입니다."

오용이 때를 놓치지 않고 임충의 속마음을 건드려 보았다.

"저희가 비록 재주 없으나 나무와 풀같이 느낌조차 없는 사람들은 아닙니다. 우리를 아껴 주시는 임 두령님의 마음을 어찌 몰라보겠습니까? 그 은혜만도 결코 얕지 아니합니다."

그때 조개가 나서 임충에게 윗자리를 권했다. 임충이 어찌 그런 겸양을 받아들이겠는가. 두 번 세 번 권해도 듣지 않고 기어이 조개를 윗자리에 앉게 했다. 임충은 오용을 비롯한 여섯 사람과 마찬가지로 나란히 아랫자리에 앉았다.

"교두의 크신 이름은 오래전부터 들어 왔으나 오늘 이렇게 만나니 정말 뜻밖입니다."

모두 자리를 정하고 앉자 조개가 먼저 임충을 향해 그렇게 입을 뗐다. 임충이 공손히 그 말을 받았다.

"제가 동경에 있을 때도 벗을 사귀는 데는 소홀함이 없었습니다. 그러나 이번에 존안을 뵙고 보니 평생의 원이 다 풀린 듯합니다. 그래서 이렇게 특히 찾아와 뵙고 말씀 올리는 것입니다."

"저를 그토록 좋게 보아 주시니 무어라 고마움을 나타내야 할지 모르겠습니다."

조개가 그렇게 겸양으로 받는데 오용이 끼어들어 불쑥 임충에게 물었다.

"제가 듣기로 교두께서 동경에 계실 때는 대단한 호걸이셨다더군요. 그런데 무슨 까닭으로 고구와 사이가 나빠져 모해를 입게 되었는지 알지를 못하겠습니다. 또 들으니 창주에서 대군의 말먹이풀 쌓아 둔 걸 몽땅 태웠는데 그것도 고구의 못된 계책 때문이었다지요? 그런데 이곳 산채에는 누구의 천거로 오게 되었습니까?"

"지금도 고구 그놈이 한 짓을 생각하면 온몸의 터럭이 일일이 곤두서는 것 같습니다. 참으로 어떻게 그 원수를 갚아야 할지…… 제가 이곳에 와서 몸을 숨기게 된 것은 시 대관인(柴大官

人)이 천거해 주신 덕분입니다."

임충이 간략하게 오용의 물음에 대답했다. 오용이 그 말을 받아 다시 물었다.

"시 대관인이라면 저 소선풍(小旋風) 시진 말입니까?"

"바로 그렇습니다."

그때 조개가 흠모하는 눈길로 말했다.

"나도 시 대관인이 의를 위해서라면 재물을 아끼지 않으며 사방의 호걸들을 항시 기꺼이 맞아들인단 소리를 여러 번 들은 적이 있소. 대주황제(大周皇帝)의 적파(嫡派) 자손이라더군요. 그를 한번 만나 볼 수 있으면 얼마나 좋겠소!"

오용이 조개를 이어 물음을 계속했다.

"그 시 대관인이라면 이름이 세상에 널리 떨쳐 울리고 소문이 사방에 퍼져 있는 분 아닙니까? 교두의 무예가 남보다 빼어나지 않았다면 어찌 이 산채로 천거했겠습니까? 이 오용이 함부로 말하는지 모르지만 그렇다면 이 산채의 첫째 두령은 마땅히 임 교두가 되어야 할 것입니다. 이것이 모든 사람들의 생각이고 또 천거해 주신 시 대관인의 믿음을 저버리지 않는 길 같습니다."

"선생의 좋은 이야기 고맙습니다만, 제게도 그럴 사정이 있습니다. 저는 세상에 용서받지 못할 큰 죄를 짓고 시 대관인께 갔으나 저로 인해 그분이 해를 입는 게 싫어 제 스스로 산채에 들기를 원했지요. 그런데 정말 뜻밖에도 이곳에 와서 보니 이 임충은 갈 곳이 없어지고 말았습니다. 넷째 두령의 자리가 낮고 하찮아서가 아니라 왕륜의 마음을 믿지 못해서입니다. 말로 다하기 어려운 일이지요. 한마디로 왕륜은 결코 함께 무슨 일을 꾀할 만한 사람이 못 됩니다."

짐작대로 오용이 건드리기 무섭게 임충의 불만이 터져 나왔다. 그래도 오용은 아무 내색 않고 알 수 없다는 듯 말했다.

"왕 두령은 사람을 맞아들일 때 보면 아주 부드러워 보이는데, 마음이 그토록 좁고 비뚤어져 있다니 참으로 알 수 없는 사람이구려."

"오늘 이 산채에 여러 호걸들이 오셔서 서로 돕게 된 것은 비단옷에 꽃수를 놓는 격이요, 말라 들어가는 새싹에 단비가 오는 것 같다 할 수 있습니다. 그런데도 그 속 좁은 위인은 저보다 똑똑하고 잘난 인물을 시기하는 마음뿐입니다. 혹시라도 여러분이 힘으로 저를 억누를까 겁이 나서지요. 지난밤 여러분께서 관병들을 쳐부순 이야기를 할 때 왕륜은 겉으로는 내색하지 않아도 속으로는 받아들일 뜻이 없음이 제 눈에는 뚜렷이 비쳤습니다. 그래서 여러분을 관 아래의 객관에 쉬게 한 겁니다."

오용이 얼른 그런 임충의 말을 받았다.

"왕 두령의 속셈이 이미 그러하다면 우리는 더 기다릴 것도 없구려. 달리 있을 만한 곳을 찾아가야겠소이다."

"아닙니다. 여러 호걸분들은 결코 딴 곳을 찾아볼 필요가 없습니다. 이 임충도 알아야 할 것은 알지요. 실은 제가 이렇게 찾아온 것도 혹시 여러분이 다른 곳으로 떠나려 할까 봐 걱정이 돼서였습니다. 그걸 미리 말리려고 특히 이렇게 온 겁니다. 오늘 한번 더 왕륜이 하는 수작을 봅시다. 그가 하는 말이 전날과 달라

이치에 맞다면 더 따질 게 없지요. 그러나 만약 한마디라도 되잖은 소리를 한다면 이 임충이 알아서 모든 걸 처리하겠소!"

임충이 결기 서린 말로 그렇게 나왔다. 조개가 감격 섞어 말했다.

"임 두령께서 그토록 우리를 생각해 주시니 다만 그 후의에 감사드릴 뿐입니다."

"새로이 얻은 형제 때문에 예전의 형제들과 사이가 벌어져서는 안 됩니다. 만약 받아들여 줄 만하면 받아들이시고 받아들일 수 없다면 말씀만 하십시오. 저희는 그 즉시로 떠나겠습니다."

오용이 조개에 이어 그렇게 보탰다. 임충이 더욱 엄숙하게 잘라 말했다.

"그건 선생의 말씀이 맞지 않소. 옛사람이 이르기를, 원숭이는 원숭이를 아끼고 호걸은 호걸을 아낀다 했소. 그런데 하물며 형제 같은 여러분이겠소. 부디 마음을 편히 가지시고 이 임충이 하는 양이나 지켜보아 주시오."

그리고 몸을 일으켜 떠나면서 뜻있는 한마디를 더했다.

"이따가 다시 뵙도록 하겠소."

그런 임충을 일행은 문밖까지 배웅했다.

오래잖아 산 위에서 졸개 하나가 내려와 조개를 찾아보고 말했다.

"오늘 산채의 두령들께서 여러분을 산 남쪽의 물가 정자로 청하셨습니다. 거기서 잔치가 있을 겁니다."

"곧 올라가 뵙겠다고 이르시오."

조개가 그렇게 그 졸개를 돌려보낸 뒤에 오용에게 물었다.

"선생이 보기에는 이번 자리가 어떨 것 같소?"

임충이 남기고 간 말 때문에 물어본 것이었다. 오용이 빙긋이 웃으며 대답했다.

"형님, 마음 놓으십시오. 이번 모임에서는 산채의 주인이 가려질 겁니다. 오늘 임 교두는 반드시 왕륜의 속셈을 힘으로 억누르겠지요. 만약 그의 마음이 약해져 있으면 제가 세 치 썩지 않은 혀로 그를 부추겨 그러지 않고는 못 배기게 할 작정입니다. 우리는 모두 몸에 무기를 숨겼다가 제가 손을 들어 수염을 쓰는 걸 신호로 임 교두를 돕도록 하지요."

이미 그날 술자리에서 있을 일을 훤히 알고 있는 듯한 말투였다. 꾀를 쓰는 일이라면 오용이라, 조개뿐만 아니라 다른 사람들도 은근히 기뻐하며 그가 시키는 대로 따랐다.

진시가 지나자 산채에서 서너 번이나 사람을 보내 산 위로 오르기를 청해 왔다. 조개와 그를 따르는 호걸들은 각기 몸속에 무기로 쓸 만한 것을 감춘 뒤 옷매무새를 단정히 하고 잔치에 나갈 채비를 했다. 산채의 셋째 두령 격인 송만이 직접 말을 타고 맞으러 나오고 졸개들은 일곱 채의 가마를 준비해 오르기를 권했다.

조개를 비롯한 일곱 호걸은 조금 사양하는 척하다가 모두 가마에 올랐다. 산 남쪽 물가 정자에 이르니 벌써 잔치를 위한 장막이 쳐져 있었다. 그들이 장막 앞에서 가마를 내리자 왕륜, 두천, 임충, 주귀가 한꺼번에 나와 맞고 정자에 오르기를 청했다.

주인과 손님이 자리를 나누어 앉는데 왕륜을 비롯한 산채의 두령들은 모두 왼쪽 주인 자리에 앉고 조개를 비롯한 일곱 호걸은 모두 오른쪽 손님 자리에 앉았다. 계단 아래는 졸개들이 각기 순서대로 자리를 잡아 술잔을 나누고 있었다.

　　곧 술잔이 돌고 음식이 번갈아 나왔다. 조개는 왕륜과 이야기를 나누던 끝에 천하의 호걸을 끌어모으는 일을 꺼내게 되었다. 왕륜이 얼른 이야기를 다른 곳으로 돌려 딴전을 피웠다. 조개의 패거리를 받아들일 뜻이 없음을 다시 한번 간접으로 밝힌 것이었다.

　　오용은 가만히 임충을 살펴보았다. 임충 또한 왕륜이 조개를 어떻게 대하는가를 세밀히 살피고 있었다. 그러나 그 눈길은 결코 곱지가 않았다.

　　마시며 떠드는 사이에 한나절이 지나갔다. 오후가 되자 왕륜이 고개를 돌려 졸개들에게 무어라 눈짓을 했다. 졸개 서넛이 나간 지 오래지 않아 큰 쟁반 하나를 받쳐 들고 들어왔다. 쟁반 위에는 주먹만 한 은덩이 다섯 개가 얹혀 있었다. 왕륜이 그걸 보자 몸을 돌려 조개에게 말했다.

　　"여러 호걸께서 이곳을 찾으시어 의(義)로 함께 어우르기를 청하신 것은 고마우나 한스러운 것은 이 산채가 너무 좁고 구석진 것입니다. 한낱 도랑물에 지나지 않는 곳에 어떻게 이토록 많은 용을 받아들일 수 있겠습니까? 이에 작으나마 이 은덩이를 예로 마련했으니 웃으며 거둬 주시고 따로이 큰 산채를 찾아 자리를 잡으십시오. 그때는 기꺼이 아랫것들과 함께 저도 그리로 찾아들겠습니다."

말은 비단결 같지만 뜻인즉 받아 줄 수 없으니 딴 데로나 가 보라는 거였다. 조개는 속으로 울컥 치미는 게 있었으나 내색 않 고 점잖게 그의 말을 받아들였다.

"저희가 듣기로 이 산채가 의롭고 재주 있는 호걸들을 받아 준 다기에 특히 함께 지내 보고자 무리 지어 찾아왔던 것입니다만, 정히 받아들이실 수 없다면 저희는 스스로 물러가겠습니다. 지금 껏 잘 대접해 주신 것만도 고마운데 은덩이까지 어떻게 받아 가겠습니까? 감히 가진 것 자랑하는 건 아닙니다만 재물이라면 저 희도 쓸 만큼은 있습니다. 그 은덩이는 이만 거두십시오. 저희는 이제 이곳을 떠날까 합니다."

"무얼 그리 사양하십니까? 저희가 이러는 것은 이 산채가 여러 분 호걸을 받아들이지 않는 게 아니라 양식이 모자라고 거처할 곳이 좁아서 못 받아들이는 것뿐입니다. 혹시라도 뒷날 불편을 끼쳐 여러분을 섭섭하게 하는 일이라도 생기면 그보다 더 큰 낭 패가 어디 있겠습니까? 그래서 붙들지 못하는 것입니다."

왕륜이 그렇게 천연덕스레 주워섬겼다. 그런데 미처 그 말이 끝나기도 전이었다. 임충이 눈썹을 치켜올리고 눈을 둥그렇게 부 릅떠 왕륜을 쏘아보며 큰 소리로 꾸짖었다.

"너는 지난번 내가 왔을 때도 양식이 모자라고 거처할 곳이 좁 다고 하더니, 이제 조 형과 여러 호걸들이 찾아왔는데도 또 그따 위 수작이냐? 이게 어찌 사람의 도리냐?"

그때 오용이 나서서 임충을 말리는 척했다.

"임 두령은 화를 참으시오. 우리가 여기 온 것은 산채의 정분을 깨려 함이 아니외다. 이번에 왕 두령은 예를 다해 우리를 대접하고, 이제는 또 여비까지 내려 주시었소. 우리는 이만 이 산채를 떠날 테니 부디 서로간에 의 상하는 일은 없기 바라오."

때리는 시어미보다 말리는 시누이가 밉다고, 말은 얌전해도 임충을 은근히 부추기는 소리였다. 임충은 이미 뽑은 칼이라 그대로 왕륜을 몰아댔다.

"너는 웃음 속에 칼을 감추고 있는 놈이며, 겉은 깨끗한 척하면서 속은 더럽기 짝이 없는 소인배다. 오늘 정말로 이 산채에서 쫓아내야 할 건 바로 네놈이다!"

"저 짐승 같은 놈이 취하지도 않았는데 무슨 개소리냐? 네놈이 감히 아래위를 뒤집고 내게 덤비려느냐?"

왕륜도 지지 않고 임충을 마주 꾸짖었다. 임충이 더한층 목소리를 높였다.

"네놈은 과거에 떨어진 한낱 궁한 선비로 가슴속에 든 학문도 없으면서 어찌 이 산채의 임자 노릇을 하려 드느냐?"

오용이 그런 왕륜과 임충의 싸움에 기름을 부었다. 두 사람 모두 들으라는 듯 큰 소리로 조개를 부르며 말했다.

"형님, 공연히 우리가 이 산채로 와서 두령들 간에 다툼만 일게 한 것 같습니다. 어서 작별하고 배를 내 떠나시지요."

그 말에 조개를 비롯한 일곱 호걸이 선뜻 몸을 일으켰다. 임충은 급했다. 만약 그들이 그냥 떠나 버린다면 자신도 앞길이 막막했다. 무예야 왕륜, 송만, 두천이 한꺼번에 덤빈다 해도 겁날 게 없지만, 졸개들까지 모두 저희 두령을 편들어 덤비면 혼자서는 감당하기 어려울 것이었다. 그러나 떠나려는 이들에게 먼저 입을 뗀 것은 왕륜이었다.

"고정들 하시지요. 이 술자리가 끝나거든 떠나도록 하십시오."

제 딴에는 아직도 말로 어떻게 수습할 수 있다고 믿는 모양이었다. 그때 임충이 술상을 걷어차고 몸을 일으켰다. 품속에서 한 자루 날카로운 칼을 빼내 달려드는 품이 성이 나도 이만저만이 아닌 듯했다.

오용이 그걸 보고 가만히 손을 들어 수염을 쓸었다. 미리 정한 그 신호에 조개를 비롯한 나머지 여섯이 일제히 몸을 일으켰다.

조개와 유당은 얼른 정자 위로 뛰어 올라가 왕륜을 가로막고 임충을 말리는 척했다.

"이래서는 아니 되오! 말로 하시오."

"임 두령, 윗사람을 거슬러서는 안 됩니다."

오용도 그렇게 임충을 말리는 척했다. 공손승도 오용을 거들어 왕륜과 임충에게 권했다.

"우리 때문에 의가 상하는 일이 없도록 하시오!"

완씨 삼 형제는 또 그들대로 할 일을 했다. 곧 완소이는 두천을 막아서고 완소오는 송만을 막아섰으며 완소칠은 주귀를 막아섰다. 만약 그들이 왕륜을 편들어 나선다면 금세라도 손을 쓸 것 같은 기세였다. 그 돌연한 사태에 놀라고 겁먹은 졸개들은 그대로 입이 얼어붙은 듯 끽소리 못 내고 바라보기만 했다.

그사이 왕륜의 멱살을 움켜쥔 임충이 무섭게 소리쳤다.

"너는 한낱 시골의 비렁뱅이 선비로 송만과 함께 운 좋게 이 산채를 차지한 놈이다. 시 대관인께서 네게 노자를 대어 주고 보살펴 준 인연에 의지해 나를 이곳으로 천거해 보냈을 때 네놈이 어쨌느냐? 이 핑계 저 핑계로 사람을 괴롭히더니, 이제 여러분 호걸들이 오셨는데 또 산 아래로 쫓아 보내려 들어? 어디 이 양산박이 네놈의 물건이라도 된단 말이냐? 재주 있고 의로운 호걸들을 시기하는 너같이 나쁜 놈을 죽이지 않고 살려 두어 무엇에 쓰랴. 통도 크지 못하고 별 재주도 없는 주제에 무슨 놈의 첫째 두령이며 산채의 임자냐?"

두천과 송만, 주귀는 원래 임충과 왕륜 곁으로 가서 말리려 했다. 그러나 범 같은 완씨 삼 형제가 막고 있으니 어떻게 움직여 볼 엄두가 나지 않았다.

왕륜도 그제야 일이 크게 잘못된 걸 알았다. 길을 찾아 도망치려 해 보았으나 조개와 유당이 길을 막고 있어 그것도 뜻대로 안 되었다. 임충에게 멱살을 잡혀 캑캑거리다 겨우 한마디 내질렀다.

"내 심복은 다 어디 갔느냐!"

하지만 그것도 소용없었다. 그에게도 수족 같은 졸개가 전혀 없던 것은 아니었으나 어떻게 구해 보려 해도 임충의 기세가 워낙 사나워 감히 내닫지를 못했다.

그사이 임충은 왕륜을 끌어내 그 죄목을 낱낱이 꾸짖은 뒤에 한칼에 베어 버렸다. 조개를 비롯한 일곱 호걸은 임충이 왕륜을 베는 걸 보고 일제히 감추었던 무기를 빼 들었다. 임충이 다시 왕륜의 목을 잘라 높이 쳐들었다. 송만과 두천, 주귀가 시퍼렇게 질려 무릎을 꿇으며 입을 모아 말했다.

"저희들은 모두 형님을 따르겠습니다. 부디 버리지 마시고 개나 말처럼이라도 써 주십시오."

조개가 얼른 그런 그들을 부축해 일으켰다. 오용은 피가 튀어 시뻘건 교의를 끌어다 거기에 임충을 앉히며 여러 졸개들을 향해 크게 소리쳤다.

"아직도 따르지 않는 자가 있다면 왕륜처럼 만들어 주겠다. 오늘부터 이 산채의 어른은 여기 계신 이 임 교두시다!"

임충이 펄쩍 뛰며 그 교의에 앉기를 마다했다.

"아니오, 그건 선생이 틀렸소. 나는 오늘 의기로 어질지 못한 자를 죽인 것이지, 이 자리에 앉자고 왕륜을 죽이지는 않았소. 오형은 내게 첫째 두령 자리에 앉으라고 하나, 만약 내가 거기 앉는다면 천하 영웅들의 비웃음을 면하지 못할 것이오. 아무리 어거지로 권한다 해도 죽을지언정 이 자리에 앉을 수는 없소! 그러지 말고 내 말을 한번 들어 보시오. 우리 이렇게 하는 게 어떻겠소?"

임충이 그렇게 소리치자 주인과 손님의 구별 없이 입을 모아 말했다.

"두령의 말씀이라면 누가 듣지 않을 수 있겠습니까? 어디 한번 말씀해 보시오."

임충이 비로소 숨을 가다듬고 천천히 입을 열었다.

"이 임충은 비록 금군에 몸담고 있었으나 죄를 쓰고 쫓기다 보니 이곳까지 이르게 되었소. 하지만 다시 말하거니와, 내가 오늘 왕륜을 죽인 것은 왕륜이 속이 좁고 현능(賢能)한 사람을 시기하여 천하의 호걸들을 받아들이려 하지 않았기 때문이지, 그의 자리를 노린 건 결코 아니었소. 오히려 이 자리는 여기 조 형에게 가야 할 듯싶소. 조 형은 의를 위하여는 재물을 아끼지 않는 데다 지혜와 용기를 아울러 갖춘 분으로, 그 이름만 들어도 엎드려 따르지 않는 자가 없소. 의기를 중히 여겨 이 조 형을 우리 산채의 으뜸으로 모시고 싶은데 여러분의 뜻은 어떠시오?"

그러자 이번에도 여럿이 입을 모아 말했다.

"두령의 말이 매우 이치에 맞습니다."

그때 조개가 손을 내저으며 사양했다.

"아니 되오. 예로부터 이르기를, 손님이 힘 있다 해서 주인을 억누르는 법은 아니라 했소. 이 조개는 그저 멀리서 온 손일 뿐인데 어떻게 이 산채의 윗자리를 차고앉을 수 있단 말이오?"

그래도 임충은 듣지 않고 조개를 떠밀다시피 해 첫째 두령의 교의에 앉혔다.

"이미 오늘의 일은 결정이 났으니 더 사양하지 마십시오."

임충은 조개에게 그렇게 말해 놓고 다시 좌우를 돌아보며 소리쳤다.

"만약 여기에 따르지 않는 자가 있다면 왕륜을 본보기로 삼으리라!"

조개는 두 번 세 번 사양하다가 마지못해 첫째 두령의 교의에 앉았다.

임충은 모두에게 소리쳐 조개를 절하며 보게 했다. 그리고 졸개들에게 큰 잔치를 준비하게 함과 아울러 왕륜의 시체를 묻고 산채 밖에 나가 있는 크고 작은 두령들까지 모조리 불러들이라 일렀다.

모든 지시를 끝낸 뒤 임충은 조개를 가마에 태우고 나머지 사람들과 함께 대채 안으로 다시 모셔 들였다.

취의청에 이르러 조개가 가마에서 내리자 사람들은 그를 부축해 첫째 두령의 자리에 앉혔다. 향로에 불을 지핀 임충이 피어오르는 향내 속에 엄숙히 말했다.

"이 임충은 한낱 보잘것없는 사내로, 창봉이나 조금 쓸 줄 알 뿐, 배움도 재주도 없는 사람입니다. 오늘 다행히도 이같이 여러분 호걸이 오셔서 대의는 이미 바로잡았으나 아직도 해야 할 일이 많습니다. 오학구 선생이 여기 계시니, 군사(軍師)로 모시어 병권을 쥐게 하고 장졸들을 부리게 함이 좋을 듯합니다. 따라서 오 선생을 둘째 두령의 자리에 앉히는 게 어떻겠습니까?"

그러자 다른 사람에 앞서 오용이 먼저 겸양의 말을 했다.

"이 오 아무개는 촌구석에서 글줄이나 읽었다고는 하지만 천하를 경륜할 만한 재주는 못 됩니다. 손자, 오자의 병서를 읽었으되 아직 작은 공도 세운 게 없는데 어찌 감히 여러분의 윗자리에 앉겠습니까?"

"일이 이미 여기까지 왔으니 겸양하지 마시고 어서 둘째 자리에 앉도록 하십시오."

임충이 다시 그렇게 권하고 다른 호걸들도 떠들썩하게 임충을 지지했다. 이에 오용도 하는 수 없이 둘째 두령의 의자에 가 앉왔다. 임충이 다시 소리 높여 말했다.

"공손 선생은 셋째 자리에 앉으시는 게 좋겠습니다."

"그래서는 아니 되오. 만약 그렇게 사양만 하시면 나도 이 자리에서 물러나겠소!"

이번에는 조개가 나서서 공손승을 대신해 말했다.

조개가 나선 것은 자기편 사람들이 양산박의 첫째 둘째 셋째 자리를 모두 차지하는 게 마음에 걸려서였다. 셋째 두령의 자리라도 원래 양산박에 몸담고 있던 임충에게 내주고 싶었으나, 임충은 임충대로 미리 생각해 둔 게 있는 모양이었다.

"조 형의 말씀은 틀렸습니다. 공손 선생은 이미 그 이름이 세상에 알려졌을 뿐만 아니라 군사를 잘 부리고 비바람을 일으키는 재주까지 지닌 분이십니다. 누가 그분을 대신할 수 있겠습니까?"

그 말에 공손승이 직접 나서서 사양했다.

"제가 비록 술법을 약간 안다 하나 큰 재주도 없으면서 어떻게 그같이 높은 두령의 자리에 앉겠습니까?"

"이번에 관군을 쳐부순 것도 선생의 신통한 도술이 있어서였으니, 조 형과 오 선생, 공손 선생은 솥의 세 다리와 같아 어느 한 분도 빠져서는 안 될 일이었습니다. 그러니 공손 선생은 사양 마시고 셋째 두령의 자리에 앉도록 하십시오."

임충이 그렇게 우겨 기어이 공손승을 셋째 자리에 앉혔다.

임충은 다시 넷째 자리도 다른 호걸에게 양보하려 했으나 이번에는 다른 호걸들이 가만있지 않았다. 조개와 오용, 공손승이 입을 모아 말했다.

"임 두령께서 솥의 세 다리에 견주어 말하시니 명을 어기지 못해 우리 셋이 모두 윗자리에 앉기는 했습니다만, 더는 안 됩니다. 두령께서 다시 자리를 양보하신다면 우리 세 사람도 물러나겠습니다."

그리고 억지로 임충을 넷째 자리에 끌어 앉히니 임충도 그것까지는 마다하지 못했다. 조개가 다시 주인 대접으로 두천과 송만을 불렀다.

"다음 자리는 두, 송 두 두령께서 앉도록 하시오."

그러나 두천과 송만은 목숨 붙어 있는 것만도 다행으로 여기며 감히 다섯째 여섯째 자리에 앉으려 들지 않았다. 한참 승강이를 벌인 뒤에 유당이 다섯째, 완소이가 여섯째, 완소오가 일곱째, 완소칠이 여덟째가 되었다. 두천은 아홉째 자리에 이르러서야 겨우 응낙했고, 송만은 열째, 주귀는 열한 번째가 되었다.

이렇게 열한 명의 큰 두령이 순서를 정해 앉자, 칠백 졸개들이 모두 나와 새 두령들에게 절하고 그 마당에 늘어섰다. 양산박은 이제 예전의 좀도둑 떼가 아니라 위계질서와 명분을 갖춘 무력 집단으로서 첫발을 내디디게 된 것이었다.

모든 게 정해지자 조개가 여럿을 향해 말했다.

"산채의 여러분은 들으시오. 오늘 임 교두가 나를 산채 주인의 자리에 앉히고, 오학구를 군사로서 공손 선생과 함께 병권을 쥐게 했소. 임 교두는 산채의 모든 일을 두루 살피는 일을 맡을 터이니, 나머지 여러분은 전에 하던 일을 그대로 해 주시오. 산채 앞뒤의 길목이나 목책을 지키는 일이며, 나루와 물길을 살피는 일에 이르기까지 잘못됨이 있어서는 아니 되오. 모든 사람이 한 마음으로 힘을 합쳐 함께 대의를 이루도록 해 주시오.”

그리고 다시 따라온 가솔들과 졸개들이 거처할 곳을 정한 뒤, 가져온 생신강의 금은보화를 풀어 크고 작은 두령들과 졸개들에게 골고루 나누어 주었다.

왕륜의 죽음으로 겁에 질려 있던 졸개들은 새로운 두령들의 그 같은 대접에 감격했다. 지난날과 달리 의를 아는 무리로 새롭게 살 것을 다짐했다. 조개는 소와 말을 잡아 천지신명에게 크게 제사를 드리고, 양산박이 의로 맺은 형제들로 들어차게 된 걸 잔치로 즐겼다.

그날 밤 늦게서야 끝난 잔치는 그 뒤로도 며칠이나 더 이어졌다. 그러나 무작정 마시고 즐기는 놀자판은 아니었다. 조개와 두령들은 술잔을 나누면서도 양산박을 위한 계책을 짜내는 데 골몰했다. 그 의논에서 나온 결정은 다음과 같다.

첫째, 창고를 점검해 군량을 확보하고, 둘째, 양산박을 둘러싼 돌성과 나무 울타리를 든든하게 고치며, 셋째, 창, 칼, 활, 화살 같은 무기와 투구, 갑주를 더 많이 마련해 관군과의 싸움에 대비하고, 넷째, 크고 작은 배를 더 장만하고 졸개들에게 물 위에서의 싸움을 교련시킨다.

그 밖에도 여러 가지로 스스로를 지킬 채비를 꼼꼼히 갖추니 양산박은 임자인 두령들뿐만 아니라 물과 땅까지 새로워진 듯했다.

양산박의 첫 싸움

홍청거림 속에 며칠이 지난 어느 날이었다. 임충은 조개가 산채의 일을 너그럽게 처리할 뿐만 아니라 자신을 따라온 사람들의 가솔까지도 세심하게 보살펴 주는 걸 보자 문득 동경에 두고 온 아내 생각이 났다. 떠나올 때 슬피 울다 혼절하던 아내의 모습을 떠올리며 며칠을 망설이다 조개를 찾아보고 속을 털어놓았다.

"제가 이 산채로 들어온 뒤로 아내를 데려오고 싶은 마음이 매양 있었습니다만, 왕륜의 속셈을 알 수 없어 이제껏 미뤄 오고 있었습니다. 떠나올 때 슬피 울다 혼절해 쓰러지는 걸 보고 동경에 남겨 두었는데 지금은 살아 있는지 죽었는지조차 모릅니다."

"아우의 가솔이 동경에 있다면 어찌하여 사람을 보내 데려오지 않나? 어서 빨리 집으로 보내는 글을 쓰게. 그러면 사람을 보내 몰래 산채로 불러들이겠네. 그 길이 아마도 자네를 위해 가장 나을 것이네."

조개가 선뜻 그렇게 받았다. 이에 임충은 그 자리에서 글 한 통을 쓴 뒤 평소 가까이 두고 부리던 졸개 둘에게 주어 산을 내려가게 하였다.

보름도 되지 않아 산을 내려간 졸개가 돌아와 알렸다.

"명을 받은 대로 곧장 동경성 안으로 들어가 전수부(殿帥府) 앞 장 교두 댁을 찾아가 보았습지요. 안됐게도 마님은 고 태위의 아들놈이 억지로 혼인을 하자고 덤비자 목을 매어 돌아가셨더군요. 벌써 반년이나 지난 일이라 합니다. 장 교두님도 그 일로 상심해 시름시름 앓으시다가 한 보름 전에 돌아가셔서 아무도 찾을 길이 없었습니다. 할 수 없어 금아라고 하는 계집종을 찾아보았습지요. 금아는 시집가서 멀지 않은 마을에 살고 있었는데 만나서 물어보니 모든 게 사실이더군요. 다른 데 알아봐도 마찬가지라 이렇게 돌아와 알려 드립니다."

그 말을 들은 임충은 줄기줄기 눈물을 쏟았다. 그러나 그 뒤로는 두 번 다시 아내를 찾을 생각을 않게 되었으니 한 가지 미련은 끊어 버린 셈이었다.

조개와 다른 두령들도 그 이야기를 듣고는 탄식해 마지않았다. 한동안은 산채 전체가 말을 잃은 듯 침울한 지경이었다. 다만 썩은 벼슬아치에 대한 원한으로 한층 조련을 엄하게 하고 관군이 몰려올 때를 대비하는 데 힘을 다할 뿐이었다.

그러던 어느 날이었다. 두령들이 모두 취의청에 모여 산채의 일을 의논하고 있는데 졸개 하나가 헐떡이며 뛰어와 알렸다.

"제주부에서 군관을 뽑아 이천 명이 넘는 군사와 오백여 척의 크고 작은 배를 주어 보냈습니다. 지금 석갈호 가에 진을 치고 있기에 특히 달려와 알려 드립니다."

그 말을 들은 조개는 몹시 놀랐다. 얼른 군사 오용을 불러 의논했다.

"관군이 왔다니 어떻게 물리쳐야겠소?"

그러나 오용은 별로 걱정하는 기색이 없었다. 빙긋이 웃으며 대답했다.

"형님께서는 너무 근심하지 마십시오. 제가 어떻게 해 보겠습니다. 옛말에 이르기를 물이 밀려오면 흙으로 막고 군사가 이르면 맞아 싸울 뿐이라 하지 않았습니까?"

그리고 먼저 완씨 삼 형제를 부르더니 귀에 대고 무어라 소리 죽여 말했다. 완씨 삼 형제가 알아들었다는 듯 고개를 끄덕이고 나가자 오용은 다시 임충을 불러들이고 이어 유당, 두천, 송만을 차례로 불러 무어라 계책을 주었다.

한편 제주 부윤이 이번에 뽑아 보낸 군관은 단련사(團練使) 황안(黃安)이란 자였다. 황안은 제주부의 포도군관 한 명과 천여 명의 군사를 이끌고 석갈촌으로 밀고 들었다. 두말할 것도 없이 하도를 따라 조개네 패거리를 잡으러 갔다가 몰살당한 오백 관군의 한을 풀어 주기 위해서였다.

호숫가에 이른 황안은 인근의 배란 배는 모조리 끌어와 기다리다가 물결이 가라앉자 군사를 내었다. 군사를 가득 태운 배를 두 길로 갈라 양산박을 향해 짓쳐든 것이었다.

양산박에 이르자 말과 함께 배에 올라 있던 황안은 군사들로 하여금 깃발을 흔들고 함성을 지르며 금사탄으로 저어 가게 하였다. 그런데 관군이 점차 포구 가까이로 다가가며 들으니 무언가 흐느끼는 듯한 악기 소리가 들려왔다. 황안이 귀 밝은 척 말했다.

"저것은 뿔나팔 소리가 아니냐? 배가 포구에 있는 모양이다!"

황안의 말에 관군들이 물가 쪽을 보니 멀리서 배 세 척이 저어 오고 있었다. 지난번에 왔던 관군들의 이야기를 들은 적이 있는지라 모두 긴장해 살피는 사이에 배들은 점점 가까이 다가왔다.

배에는 모두 다섯 사람이 타고 있었는데 네 사람은 둘씩 짝을 지어 노를 젓고 하나는 뱃머리에 서 있었다. 세 척 뱃머리에 서 있는 세 사람은 하나같이 머리에 붉은 수건을 동이고 몸에도 붉은 비단옷을 걸친 게 이상하게 불길하게 느껴졌다.

관군들 쪽에서 그 세 사람의 얼굴을 알아본 자가 있어 황안에게 일러 주었다.

"저 뱃머리에 선 세 사람이 바로 완소이, 완소오, 완소칠입니다."

그 말에 황안은 귀가 번쩍 뜨였다. 일부러 뒤져서 찾아야 할 판에 제 발로 셋씩이나 나와 섰으니 마음이 급해지지 않을 수 없었다.

"너희들은 모두 힘을 다해 쳐들어가 저 세 놈을 잡아라."

그 말에 황안이 탄 배 양쪽으로 따라오던 관군들의 배가 일제히 함성을 지르며 앞으로 저어 나갔다. 그러자 그 세 척의 배가 이상한 피리 소리 같은 걸 내며 얼른 뱃머리를 돌렸다. 황안이 그걸 보고 창을 거머쥐며 크게 소리쳤다.

"어서 저놈들을 잡아라. 저놈들을 잡는 자에게는 큰 상을 주 겠다."

그 소리에 관군들은 힘을 냈다. 앞서 달아나는 그 배 세 척에 화살을 퍼부으며 뒤쫓았다. 완씨 삼 형제가 선창으로 내려가더니 각기 가죽 방패 하나씩을 들고 나와 화살을 막았다. 그러는 사이 관군들은 더욱 빨리 노를 저어 그들을 뒤쫓았다.

그럭저럭 포구가 두어 마장밖에 안 남은 거리에 이르렀을 때 였다. 황안의 등 뒤로 작은 배 한 척이 나는 듯 저어 오더니 누군 가 다급하게 소리쳤다.

"뒤쫓지 마십시오! 우리 쪽 관군은 모조리 죽고, 배는 모두 뺏 겼습니다!"

"누가 그런 짓을 했단 말이냐?"

황안이 믿기지 않는 듯 그렇게 물었다. 작은 배 위의 사내가 큰 소리로 대답했다.

"저희가 배를 저어 나가니 멀리서 배 두 척이 다가왔는데, 각 기 다섯 명씩 타고 있더군요. 저희들은 힘을 다해 그놈들을 뒤쫓 았죠. 그래서 서너 마장쯤 뒤쫓았을 때 갑자기 사방에서 일여 덟 척의 배가 달려 나와 비 오듯 화살을 퍼부었습니다. 저희는 할 수 없이 배를 돌려 달아났는데 얼마 안 가 아주 목이 좁은 물 길이 나타나더군요. 그런데 그 양쪽 언덕에 각기 스무남은 명이 굵은 쇠사슬을 수면 위에 늘어뜨려 배가 나갈 수 없게 하고 있지 뭡니까? 그뿐만이 아니었습니다. 양쪽 언덕에서는 또 돌과 기와 조각이 마구 날아드니 견딜 수 있어야지요. 별수 없이 저희는 배를 버리고 물에 뛰어들어 목숨을 건져 보려 했습니다. 겨우 물가까지 헤엄쳐 길은 찾았습니다만 저희 말이 있던 곳에 가 보니 기가 막혔습니다. 말 한 필 안 남고 말을 지키던 군사들도 모두 죽어 물속에 처박혀 있지 않겠습니까? 그 바람에 잠시 얼이 빠져 있다가 마침 갈대숲에서 작은 배 한 척을 찾아냈기로 이리로 달려와 아뢰는 것입니다."

그 말을 들은 황안은 가슴이 철렁했다. 괴로운 신음 소리와 함께 흰 깃발을 흔들게 해 관군의 배가 더는 완씨 삼 형제를 뒤쫓지 못하게 했다.

그런데 겁을 먹은 관군의 배들이 허둥지둥 뱃머리를 돌리고 있을 때였다. 그때껏 쫓기던 배 세 척이 갑자기 뱃머리를 돌리는가 싶더니 어디선가 다시 여남은 척의 배가 나타났다. 모두 네댓 명이 타고 붉은 기를 흔들며 피리를 어지럽게 불어 대는 게 여간 기괴하지 않았다.

황안은 그들이 덤벼들자 배를 나누어 맞서려 했다. 그때 다시 갈대숲에서 한 소리 포향이 울리더니 사방에서 붉은 깃발이 올랐다. 그게 모두 배인 줄 안 황안은 덜컥 겁이 났다. 제대로 말을 안 듣는 손발을 놀려 배를 돌리게 하는데 등 뒤에서 섬뜩한 고함 소리가 들려왔다.

"황안은 목을 내놓고 가거라!"

정신이 아득해진 황안은 힘을 다해 배를 갈대 자욱한 언덕 쪽으로 몰아갔다. 갑자기 양쪽 물굽이 안쪽에서 수십 척의 작은 배가 몰려나오며 비 오듯 화살을 퍼부어 댔다.

황안은 더욱 정신이 없었다. 비 오듯 쏟아지는 화살 아래 길을 따라 달아나다 보니 뒤따르는 배는 겨우 서너 척뿐이었다.

황안은 얼른 빠른 배로 건너갔다. 그리고 정신없이 배를 저어 달아나다 힐끗 돌아보니 뒤따라오는 배의 관군은 하나하나 물속으로 끌려 들어가 죽임을 당하고 있었다.

그래도 황안은 힘을 다해 달아났지만 멀리는 못 갈 팔자였다. 갑자기 갈대숲에서 배 한 척이 나타나 길을 막았다. 놀란 눈으로 쳐다보니 뱃머리에 우뚝 선 것은 유당이었다.

유당은 갈고리를 던져 황안의 배를 자신의 배 곁으로 끌어당기더니 훌쩍 황안의 배로 뛰어올랐다.

"이놈, 꼼짝 마라!"

유당이 그런 외침과 함께 황안의 허리를 덥석 꼈다. 황안과 한 배에 타고 있던 관군들은 놀랐다. 그러나 헤엄을 칠 줄 안다 해도 화살에 맞아 죽을 판이라 아무도 물속으로 뛰어들지 못했다. 모두 배와 함께 고스란히 사로잡혔다.

황안이 유당에게 끌려 물가 언덕에 오르니 멀리 조개와 공손승이 오륙십 명을 거느리고 말 위에 높다랗게 앉아 있는 게 보였다. 유당이 황안과 사로잡은 관군 백여 명을 그들 앞으로 데려가자 그들은 그 모두를 끌고 남쪽 수채로 갔다.

이윽고 사로잡은 자들과 빼앗은 배를 그곳에 남겨 둔 조개 일행은 산채로 올라갔다. 크고 작은 두령들도 모두 그 뒤를 따라 산채로 모였다.

조개가 취의청에 자리 잡고 앉자 다른 두령들도 모두 병기를 원래 있던 곳에 걸어 두고 돌아와 둥그렇게 둘러앉았다. 조개는 사로잡은 황안을 데려오게 해 높게 세운 말뚝에 매달게 한 뒤 금은과 비단을 풀어 졸개들에게 상을 내렸다.

헤아려 보니 빼앗은 말만도 육백여 필이나 되었다.

조개는 졸개들에 이어 두령들이 세운 공도 살펴보았다. 말을 뺏은 것은 임충의 공이요, 동쪽 물굽이에서는 두천과 송만이 공을 세웠다. 서쪽 물굽이서 싸움에 이긴 것은 완씨 삼 형제의 힘이요, 황안을 사로잡은 것은 유당이었다.

조개와 여러 두령들은 소와 말을 잡고 크게 잔치를 열어 양산박에서의 첫 싸움에 이긴 걸 함께 기뻐했다. 이번의 잔치는 그전 며칠보다 훨씬 풍성했다. 좋은 술을 거르고 양산박의 신선한 물고기에 그 산기슭에서 난 복숭아, 살구, 매실, 오얏 같은 과일이 곁들여졌다. 산채에서 기른 닭, 돼지, 오리도 한몫을 거들어 여느 도적 떼의 산채에서는 볼 수 없는 진수성찬을 이루었다.

여러 두령들이 한창 흥겹게 술을 마시고 있는데 졸개 하나가 들어와 알렸다.

"산 밑 주 두령께서 사람을 보내왔습니다."

"들라 이르라."

조개가 그렇게 주귀가 보낸 심부름꾼을 불러들인 뒤 물었다.

"무슨 일로 왔는가?"

"주 두령께서 한 떼의 장사꾼들이 이리로 오고 있음을 알아내셨습니다. 수십 명이 무리를 지어 오는데 지닌 재물이 대단하다는 것입니다. 그래서 특히 알려 드리려고 이렇게 달려온 것입니다."

주귀가 보낸 사람이 그렇게 대답했다. 조개가 좌우를 둘러보며 물었다.

"그 재물을 거둬 써야겠는데 누가 사람들을 데리고 가서 거둬 오겠는가?"

그러자 완씨 삼 형제가 선뜻 일어났다.

"저희 형제들이 다녀오겠습니다."

"자네 형제들이라면 좋네. 조심해서 얼른 다녀오게."

조개가 별 반대 없이 완씨 삼 형제가 가는 걸 허락했다. 이에 완씨 삼 형제는 각기 무기를 갖추고 졸개 백여 명을 뽑아 산을 내려갔다.

조개는 다른 두령들과 취의청에 남아 술잔을 나누었으나 아무래도 마음이 놓이지 않는 듯했다. 다시 유당에게 졸개 백여 명을 붙여 주며 산을 내려가 완씨 삼 형제를 돕게 했다.

유당이 산을 내려갈 채비를 마쳤을 때 조개가 당부했다.

"되도록이면 사람은 상하지 않고 재물만 뺏어 오게. 장사꾼들의 목숨을 해쳐서는 결코 아니 되네."

그런데 산을 내려간 유당도 삼경이 넘도록 돌아오지 않았다.

또 걱정이 된 조개는 이번에는 송만과 두천을 불러 말했다.

"자네들이 한 쉰 명 데리고 한 번 더 내려가 보게. 무슨 일이 있으면 산채에 급히 알리도록 하고."

그러고는 비로소 마음이 조금 놓이는지 놓았던 술잔을 다시 잡는 것이었다.

조개와 오용, 공손승, 임충은 날이 밝을 때까지 술을 마셨다. 날이 훤해지고 얼마 안 되어 졸개 하나가 달려와 알렸다.

"주 두령께서 스무남은 대의 금은과 비단이 실린 수레와 사오십 필의 노새를 얻어 돌아오고 계십니다."

"사람은 죽이지 않았느냐?"

조개가 문득 어두워진 얼굴로 물었다. 졸개는 걱정 말라는 표정으로 대답했다.

"장사치들은 우리 기세가 사나운 걸 보고 수레는 물론 들고 있던 보따리까지 내동댕이치고 달아나 버렸습니다. 그 바람에 하나도 죽이지는 않았습죠."

그제야 조개는 환한 얼굴로 은 한 덩이를 꺼내 그 졸개에게 상 주고 몸을 일으켜 주귀를 맞으러 나갔다.

조개와 두령들이 금사탄에 이르니 주귀는 빼앗은 물건들을 양산박으로 옮기느라 분주했다. 조개를 비롯한 두령들은 그런 주귀를 산 위로 불러 다시 잔치를 벌였다. 관군과의 첫 싸움에 이긴 데다 생각지도 않은 재물까지 얻으니 기뻐할 만도 했다.

두령들이 흥겨운 술잔을 나누는 사이에 어수선하던 산채는 차츰 정돈되어 갔다. 빼앗은 재물은 종류대로 창고에 갈무리되고, 말과 노새는 마굿간으로 들어갔다. 그리고 사로잡힌 황안과 관군들은 양산박에 얽은 감옥에 갇혔다.

"우리가 이 산채로 처음 찾아들 때는 우선 닥친 화나 피하려는 뜻뿐이었소. 왕륜 밑에서 작은 두령 노릇이나 하면 다행이라 여겼던 거요. 그런데 임충 아우가 뜻밖에도 나를 우두머리로 올려 세워 이처럼 되었구려. 하지만 오늘 두 가지 좋은 일이 생겼으니 여간 기쁘지 않소. 그 하나는 관군과 싸워 이겨 수많은 마필과 배를 얻은 데다 황안까지 사로잡은 일이요, 다른 하나는 밤새 적 잖은 재물을 얻게 된 것이오. 이 모두 여러 형제들의 재주가 아 니었더라면 어떻게 될 법이나 한 일이겠소?"

조개가 문득 술잔을 놓으며 그렇게 말했다. 여러 두령들이 입 을 모아 그 말을 받았다.

"그 모든 게 형님의 복이지요. 저희가 무슨 재주가 있어 그리 했겠습니까."

그러자 조개는 또 무슨 생각이 났는지 오용을 돌아보며 한마 디했다.

"우리 일곱 형제의 목숨은 모두 송 압사와 주 도두 덕분에 건 진 것이네. 옛말에 이르기를, 은혜를 알고도 갚지 않으면 사람이 아니라 하였네. 그런데 오늘 우리가 누리는 이 넉넉함과 편안함 은 누구로부터 온 것인가. 약간의 금은을 운성현으로 보내 주 도 두와 송 압사에게 사례를 하는 게 좋겠네. 그게 가장 먼저 해야 될 일일 것이네. 그리고 아울러 아직까지 감옥에 갇혀 있는 백승 을 빼낼 궁리도 해 봐야 하지 않겠나?"

"그 일이라면 형님께서는 너무 걱정 마십시오. 송 압사는 원래 인의를 중히 여기는 분이라 재물로 사례하는 것은 급하지 않습 니다. 형님께서 말하신 대로 한다 해도 예를 다 갖춘 것은 못 되 니 산채가 정돈되는 대로 우리 중에 하나가 직접 가 보는 게 좋을 겁니다. 또 백승의 일은 먼저 재물을 뿌려 윗사람은 구워삶고 아랫사람은 달래는 게 급합니다. 그래서 관원들이 백승을 너그럽게 대하게 되면 빼내 오기도 쉬워질 테니까요. 우리는 그사이 이 산채나 든든히 해 두지요. 배를 더 만들고 병기를 넉넉히 장만하며, 돌성과 목책을 높이 쌓고, 군량과 싸움에 들 재물을 늘려 다시 몰려들 관군에 대비하는 것입니다."

오용이 그렇게 조개의 말을 받았다. 조개도 듣고 나니 그 말이 옳은지 고개를 끄덕였다.

"그렇다면 모든 일은 오직 군사의 가르침을 따르겠네."

그렇게 되니 양산박의 아래위가 함께 힘을 쏟는 것은 그곳의 방비를 든든히 하고 살림을 늘리는 것이었다. 왕륜 때처럼 하루하루 견디는 것만 생각하는 것과는 달라 양산박의 기세는 날로 더해 갔다. 수백의 도적 떼가 깃들인 한갓진 물가가 아니라 맹장 강졸(猛將强卒)이 버티고 있는 철옹성으로 변해 간 것이었다.

염복에 끼는 마

　한편 제주부의 태수는 황안을 따라갔다 간신히 목숨을 건져 도망쳐 온 군사로부터 황안이 양산박의 호걸들에게 사로잡혔단 말을 듣자 깜짝 놀랐다. 하지만 놀랄 일은 그것뿐만이 아니었다. 양산박의 두령들이 하나하나가 영웅의 풍모가 있어 쳐 없애기 어려운 데다, 그리로 가는 물길은 어지럽고 포구는 복잡하여 여간해서는 가기조차 어렵다는 말을 듣자 태수는 절로 탄식부터 나왔다.

　"먼저는 하도가 갔다가 군사를 몽땅 잃고 저만 혼자 살아서 돌아오더니 이제 또 무슨 날벼락 같은 소리냐? 하도는 두 귀가 잘려 집에서 치료하고 있으나 아직 다 낫지 못했고 데려간 오백 명은 한 사람도 살아 오지 못했는데, 이번에는 단련사 황안과 포도관이 가서 모두 사로잡혔단 말이냐? 황안은 도적의 소굴에 갇혀 있고 군사는 수없이 꺾인 데다 그 도적들을 이길 방도조차 없다 니 도대체 이 일을 어찌하면 좋으냐.”

그렇게 중얼거리며 어찌할 줄 몰라 했다. 그때 다시 뜻밖의 전 갈이 들어왔다.

“동문 쪽으로 신관 태수님이 오시는 중이라기에 달려와 아룁 니다.”

신관이 왔다면 자신의 태수 노릇도 끝이라는 말이었다. 그게 잘된 일인지 못된 일인지는 알 수 없으나 너무 갑작스러우니 놀 라지 않을 수 없었다.

태수는 황망히 동문으로 달려가 신관을 맞아들일 채비를 했다. 오래잖아 먼지가 자욱이 이는 가운데 신관 태수의 행렬이 동문 에 이르렀다. 신관이 말에서 내리자 태수는 그를 정자 위로 맞아 들여 예를 나누었다. 예가 끝나자 신관이 받아 온 문서를 구관 태수에게 보여 주었다. 구관 태수가 보니 틀림없이 조정에서 내 려보낸 문서였다.

구관 태수는 그 문서에 따라 신관에게 부(府) 안의 모든 공사를 인계했다. 도장과 문서며 창고 안의 물품과 관청의 재물 일체를 넘겨주다 보니 하루해가 모자랄 지경이었다.

그 모든 인계 절차가 끝나자 신관 태수는 크게 잔치를 열어 떠 나는 구관을 위로했다. 구관은 한편으로는 말썽 많은 임지를 떠 나게 되어 시원하면서도, 다른 한편으로는 그 갑작스러운 사임에 서운했다. 술자리 끝에 심술까지 곁들여 양산박 이야기를 꺼냈다. 귀가 잘려 돌아온 하도며 아직도 사로잡혀 있는 황안과 그들을 따라갔다가 죽은 군사들 이야기를 들은 신관은 얼굴이 흙빛이 되었다. 겉으로는 말이 없어도 속으로는 자신을 그런 곳의 태수로 보낸 사람에게 원망이 자심했다.

'채 태사가 이 골치 아픈 일을 맡으라고 나를 이곳 태수로 천거했구나. 용맹한 장수도 없고 강한 군사도 없는 이 고을에서 무슨 수로 그토록 무서운 도적 떼를 잡아낸단 말인가. 만약 그 도적 떼가 성을 에워싸고 곡식이라도 내놓으라고 덤빈다면 어쩐단 말인가.'

하지만 한번 명을 받고 온 길이라 이제는 어찌할 수도 없었다. 구관 태수가 동경으로 돌아가 버리자 암담한 심경으로 살아날 궁리에 들어갔다.

새로 온 태수는 조정에 글을 올려 제주부를 지킬 만한 장수 한 명을 보내 달라 청하는 한편 군사를 모으고 말을 사들였다. 날래고 굳센 농군들과 재주 있고 꾀 많은 선비를 널리 모아 들이고 말먹이풀과 군량을 장만해 어떻게든 양산박의 호걸들을 잡아 볼 셈이었다.

태수는 또 중서성에도 글을 올려 필요할 때는 이웃 군의 도움도 얻을 수 있게 손을 써 두었다. 그리고 아울러 제주부에 속한 현에도 공문을 내려 자기 땅은 자기가 지키라 명해 놓고 보니 조금 마음이 놓이기도 했다.

태수의 그 같은 공문은 송강이 압사로 있는 운성현에도 내려갔다. 고을을 굳게 지켜 양산박의 도적 떼를 막도록 하라는 공문을 받은 지현(知縣)은 곧 송강을 불러 각 마을에 그 뜻을 전하는 공문을 돌리게 하는 한편, 전보다 한층 방비를 엄하게 했다.

지현으로부터 공문을 받아 본 송강은 조개의 패거리가 무사히 양산박으로 들어간 걸 다행으로 여기면서도 한편으로는 몹시 걱정이 되었다. 지현 앞을 물러 나오기 바쁘게 홀로 곰곰이 생각에 잠겼다.

'조개와 그를 따르는 사람들이 너무 큰일을 저질렀구나. 생신 강을 빼앗더니 공인을 죽이고, 관찰사 하도의 귀를 자르는가 하면 그를 따라간 관군을 몰살시키고…… 거기다가 이번에는 단련 사 황안까지 사로잡아 산채에 가뒀다니 이제까지의 죄만으로도 구족(九族)이 몰살될 만하다. 비록 어찌할 수 없이 한 노릇이라도 이러다가 천에 하나 실수라도 있게 되면 어쩐단 말인가.'

송강은 그같이 걱정했지만 당장은 어쩔 도리가 없었다. 첩서후 사(貼書後司) 장문원(張文遠)과 함께 지현이 시킨 대로 공문을 만 들어 마을마다 돌리게 했다.

그런데 그날 송강이 일을 마치고 현청을 나설 때였다. 현청 문 에서 한 서른 발짝도 떼기 전에 누군가 등 뒤에서 부르는 소리가 들렸다.

"압사(押司) 나리."

송강이 고개를 돌려 보니 중매쟁이 왕씨 할멈이 한 늙은 여인 네를 데리고 서 있다가 잘됐다는 듯 그녀에게 속살거렸다.

"당신이 인연이 있어 마침 송 압사 나리가 나온 거예요."

송강이 그런 왕씨 할멈에게 무뚝뚝하게 물었다.

"내게 무슨 할 말이 있으시오?"

그러자 왕씨 할멈은 곁에 있던 노파를 가리키며 송강에게 말했다.

"압사 나리께서 아시는지 모르지만 이 늙은네는 동경에서 온 집안의 사람이랍니다. 식구가 모두 셋인데 남편 되는 이는 성이 염(閻)씨고, 딸은 파석(婆惜)이라 합지요. 염씨는 살았을 적에 노래를 잘 불렀고, 그 딸도 아비에게 배워 노래를 썩 잘 부릅니다. 거기다가 딸 파석은 이제 나이 열여덟에 얼굴까지 곱구요. 이 세 식구는 산동에 있는 어떤 벼슬아치를 찾아왔으나 그 사람이 풍류를 좋아하지 않아 이곳 운성현까지 흘러오게 되었지요. 그런데 모진 병에 걸려 앓던 그 가장 염씨가 간밤에 죽어 돈도 없고 의지할 사람도 없는 이 모녀가 매우 딱하게 되었습니다. 할 수 없게 된 이 늙은네는 나를 찾아와 어떻게 좀 주선해 달라고 했습니다만 요즘 같은 세상에 장례도 못 치른 송장과 알몸뚱이 모녀를 선뜻 도와줄 사람이 어디 잘 있겠습니까? 그래서 무작정 길가로 나와 사람을 찾는 중에 마침 압사 나리를 만나게 된 것입니다. 나리, 이들 모녀를 가엾게 여기시어 장례 치를 관이라도 하나 내리시지요."

평소에 송강이 인정 많고 남 돕기를 좋아하는 걸 알고 하는 소리였다. 송강도 그 딱한 사정을 그냥 못 본 체할 수 없었다.

"그래서 나를 따라왔던 거로군. 알았소. 저기 저 술집에 가서 종이와 붓을 빌려야겠구려. 내 글 한 통을 써 줄 터이니 현 동쪽 진삼랑(陳三郎)의 가게로 가서 관을 얻어 쓰도록 하시오."

그렇게 선뜻 인심을 썼다. 하지만 장례라는 게 관만 있어서 될 일이 아니라는 게 퍼뜩 생각나서 다시 물었다.

"그런데 그 밖의 일에 쓸 돈은 있소?"

그 물음에 이번에는 염씨 할멈이 직접 받았다.

"압사 나리께 숨김없이 말씀드리겠습니다. 관도 마련하지 못한 터에 달리 무슨 돈이 있겠습니까?"

"그럼 내가 은자 열 냥을 더 드릴 터이니 그걸로 쓰도록 하시오."

송강이 한 번 더 인정을 썼다. 염씨 노파가 고마워 어쩔 줄 모르며 연신 머리를 수그렸다.

"낳아 주신 부모님인들 이 은혜보다 더하겠습니까? 노새나 말이 되어서라도 반드시 크신 이 은혜에 보답하겠습니다."

"원 별말씀을. 재물이란 필요한 이가 써야 하지 않겠습니까?"

송강은 그 말과 함께 은자 열 냥을 꺼내 주고 가던 길을 갔다.

염씨 할멈은 그길로 진삼랑의 관 가게로 가서 관을 얻고 받은 돈으로 장례를 치렀다. 그러고도 남은 서너 냥 은자로는 그들 모녀가 돌아갈 여비로 삼을 셈이었다.

그 며칠 뒤의 일이었다. 다시 한번 송강에게 감사하러 송강의 집을 찾았던 염씨 할멈은 집 안에 여자가 없는 걸 보고 돌아가 왕씨 할멈에게 물었다.

"압사 나리 댁에는 여자가 통 보이지 않더군요. 나리는 처자가 없습니까?"

왕씨 할멈이 아는 대로 일러 주었다.

"송 압사의 집이 송가촌에 있다는 말은 들었지만 아내 되는 사람은 아직 못 봤어요. 현에서는 객점에서 홀로 지내면서 가난하고 병든 사람에게 약이나 먹을 걸 나눠 주는 걸로 보아 장가를 들지 않은 것도 같군요."

"내 딸이 얼굴이 고울 뿐 아니라 노래도 잘 부르고 우스갯소리도 잘하지요. 동경에 있을 때는 기방(妓房)에 나간 적도 있는데, 그때 기방을 다니던 사람치고 그 아이를 사랑스럽게 보지 않은 사람이 없을 정도였답니다. 상청행수(上廳行首, 관기의 우두머리)가 여러 번 그 애를 데려가려 했지만 제가 내주지 않았지요. 그러나 일이 이 지경이 되고 보니 이제는 거기라도 보내지 않을 수 없을 것 같군요. 그런데 오늘 송 압사 댁에 가 보니 처자가 없는 것 같았습니다. 압사 나리에게 내 딸이 어떠냐고 한번 물어봐 주지 않겠습니까? 그쪽만 좋다면 나는 기꺼이 파석이를 송 압사 나리께 드리지요. 지난날에 입은 은혜를 그렇게라도 갚고, 나리의 인척이 되어 왕래할 수 있다면 오죽 다행이겠어요?"

왕씨 할멈은 원래가 중매쟁이라 그 말을 듣자 다음 날 날이 새기 바쁘게 송강을 찾아갔다. 염씨 할멈이 한 말을 자세히 전해 들은 송강은 처음에는 거기 응하려 들지 않았다. 그가 관과 돈을 준 것은 가엾은 사람을 도운 것일 뿐, 여자를 사려 함이 아니었기 때문이다. 그러나 왕씨 할멈이 서너 차례 더 찾아와 권하자 마침내는 송강도 마음이 움직였다. 서쪽 동네의 방 하나를 얻고 살림살이를 갖춰 염파석의 모녀가 있게 했다. 물론 염파석의 머리에는 구슬 장식이 얹혔고 몸에는 비단옷이 감겼다.

그 어미도 얼굴빛과 차림이 나아졌다. 모녀 모두가 송강이 준 재물로 먹고 입기에 넉넉해진 것이었다.

'시커먼 송강[黑松江]'이란 별명이 있을 만큼 못생기고 작은 송강으로서는 뜻 아니한 염복(艷福)이 아닐 수 없었다. 그 바람에 그는 재물을 아끼지 않았을 뿐만 아니라 처음으로 마음까지도 흠뻑 염파석에게 빠져 지냈다. 밤마다 염파석을 찾아 운우(雲雨)의 정을 나누었다.

그러나 얼마 되지 않아서부터 차츰 염파석을 찾는 송강의 발길이 뜸해지기 시작했다. 송강은 본시 호걸로서 창봉 쓰는 법 익히기를 여자 어루기보다 더 좋아했다. 거기다가 염파석은 또 나이 열여덟 한창때라 못생긴 송강을 별로 탐탁하지 않게 여겨 절로 정이 뜨게 된 것이었다.

그러던 어느 날이었다. 송강은 첩서후사(貼書後司) 장문원과 함께 염파석을 찾아가 술을 마시게 되었다. 장문원은 송강과 함께 일하는 압사로서 소장삼(小張三)이라고도 불리는 자였다.

눈코가 또렷하며 흰 이에 붉은 입술로 생김이 반반한 데다 일찍부터 색주가를 드나들며 난봉을 피워 제법 계집깨나 후릴 줄 알았다. 거기다가 피리나 거문고도 잘 알아 다루지 못하는 게 없을 정도였다.

따지고 보면 염파석도 기생 노릇을 한 적이 있는 계집이라 풍류라면 남한테 뒤지지 않았다. 장문원을 보자마자 한눈에 반해 추파를 던졌다. 그런 쪽으로 이력이 붙은 장문원이 어찌 그런 염파석의 추파를 알아보지 못하겠는가. 게다가 원래부터 여자라면 이것저것 가리지 않는 위인이라 정을 듬뿍 담은 눈길로 추파를 받았다.

　그렇게 되고 나니 나머지는 누가 돕고 자시고 할 것도 없었다. 염파석이 자기에게 마음을 두고 있다는 걸 안 장문원은 다음 날 곧 일을 시작했다. 송강이 없는 줄 뻔히 알면서도 송강을 찾아왔다는 핑계로 염파석의 집을 찾았다. 염파석 또한 그만 눈치가 없는 계집이 아니었다. 장문원의 속을 뻔히 알면서도 남편의 친구를 접대한다는 구실로 차를 내어 붙들었다.

　아무도 없는 방 안에 음탕한 남녀가 단둘이 앉게 됐으니 그다음은 뻔했다. 몇 마디 흰수작도 잠시, 둘은 이내 벌거벗고 뒹굴게 되었다.

　그 뒤 장문원과 염파석은 서로간에 죽고 못 사는 사이가 되었다. 특히 염파석은 그대로 욕정의 불덩이가 되어 송강 따위는 눈곱만큼도 생각하지 않았다. 어쩌다 송강이 찾아와도 공연한 시비로 속을 뒤집어 내쫓아 버리는 것이었다. 송강으로 보면 뜻 아니한 염복에 마가 끼어도 단단히 긴 셈이었다.

　송강은 원래가 담박한 호걸이라 여자를 별로 즐겨 하는 편이 아니었다. 거기다가 계집 쪽에서 도리질을 쳐 대니 더욱 정이 떨어져 절로 발길이 뜸해졌다. 보름이나 열흘에 한 번도 염파석을 찾아가지 않을 정도였다.

　송강의 발길이 뜸해지자 염파석과 장문원은 더욱 거리낄 게 없었다. 아교와 옻처럼 함께 엉겨 밤낮으로 지내니 마을 사람들 모두가 그 일을 알았다. 그뿐만이 아니었다. 소문은 돌고 돌아 송강의 귀에도 들어갔다. 그러나 송강은 얼른 믿으려 들지 않았다.

한참을 생각해 보다 속으로 중얼거렸다.

'설령 그 소문이 참말이라도 어쩔 수 없지. 어차피 부모가 짝지어 준 배필은 아니니까. 제가 싫다면 그만이지 성은 내 뭘 하나? 이제는 그 계집을 그만 찾아다녀야겠다.'

그러고는 몇 달이나 발길을 끊어 버렸다.

속이 탄 것은 염파석의 어미였다. 송강이 베푼 은혜도 은혜려니와 그게 아니라도 장문원은 도무지 모녀가 기댈 만한 사람 같지가 않았다. 어떻게든 다시 염파석과 송강을 붙여 보려고 사람을 보내 송강을 불렀다. 그러나 송강은 그때마다 바쁘다는 핑계를 대고 가지 않았다.

그러던 어느 날이었다. 그날 저물 무렵 해 일을 마친 송강은 현청을 나와 가까운 찻집으로 갔다. 그런데 차를 마시다 보니 그 찻집 앞으로 웬 몸집 큰 사내가 하나 지나가는 게 보였다. 흰 형겊 벙거지를 쓰고 검푸른 옷을 입은 사내로 등에 커다란 짐을 졌는데 먼길을 달려왔는지 땀을 비 오듯 쏟으며 현청 쪽으로 가는 것이었다.

그 사내를 수상히 여긴 송강은 얼른 찻집을 나와 그 사내를 뒤쫓았다. 한 스무남은 발짝쯤 뒤쫓았을 때 문득 그 사내가 고개를 돌렸다. 그러나 송강을 알아보는 것 같지는 않았다. 그때 송강도 그 사내의 얼굴을 보게 되었는데 왠지 눈에 익은 느낌이었다.

'어디서 보았을까?'

송강은 그렇게 중얼거리며 기억을 쥐어짜 보았으나 얼른 생각이 나지 않았다.

그때 사내가 다시 송강을 되돌아보았다. 한 번 더 얼굴을 보니 좀 알겠는지 걸음을 멈추었다. 그리고 찬찬히 송강의 얼굴을 살폈지만 아직도 자신이 없는지 감히 물어 오지는 못했다.

'거참, 괴상한 일이다. 저 사람이 뭣 때문에 자꾸 나를 돌아볼까?'

송강 또한 그런 생각이 들었으나 함부로 물어보지는 못했다.

한참을 머뭇거리며 송강을 쳐다보던 사내가 갑자기 걸음을 옮기더니 길가 가게 주인에게 나지막이 물었다.

"여보시오, 저기 오는 압사가 누구요?"

"저분은 송 압사요."

가게 주인이 그렇게 알려 주었다. 그러자 사내가 갑자기 송강 앞으로 달려오더니 공손히 물었다.

"압사 어른, 절 모르시겠습니까?"

"글쎄, 당신 낯이 좀 익은 듯은 하오만……."

송강이 얼떨떨해 그렇게 대답했다. 사내가 송강 곁에 붙어 서며 소리를 죽였다.

"그럼, 걸으면서 이야기하시지요."

그러고는 힐끗 사람을 살피는 게 무언가 남이 들어서는 안 될 게 있는 사람 같았다. 눈치를 알아차린 송강은 말없이 그를 따라 걸었다.

큰길을 벗어나 조용한 골목길로 들어서자 사내가 문득 한곳을 손가락질하며 말했다.

"저기 저 술집이 이야기하기에 좋을 듯합니다. 그리로 가시지요."

궁금한 송강은 이번에도 말없이 사내가 하자는 대로 따랐다.

술집으로 들어간 둘은 조용하고 외진 방에 자리를 잡고 앉았다. 사내는 차고 있던 칼을 풀고 지고 있던 봇짐을 벗어 탁자 아래 놓더니 넙죽 송강 앞에 엎드려 절을 올렸다. 송강이 놀라 급히 답례를 하며 물었다.

"당신은 누구시오? 성함은 어떻게 되오?"

그러자 사내가 공손히 되물었다.

"은인께서는 어찌하여 벌써 이 아우를 잊으셨습니까?"

"그럼 당신은 누구요? 정말로 낯은 익소만 도무지 기억이 나지 않는구려."

송강이 더욱 어리둥절해 그렇게 받았다. 그러자 사내가 비로소 자신이 누군지를 밝혔다.

"저는 조 보정 댁에서 은인을 뵈온 적이 있습니다. 그때 은인께서 미리 오셔서 일러 주어 목숨을 구한 적발귀 유당입니다."

그제야 송강도 그를 알아보았다. 그러나 반가움보다는 놀라움이 앞섰다.

"아니 이 사람, 정말로 간도 크군. 이렇게 공공연히 나돌아다니다니! 대체 무슨 일을 내려고 이러나?"

그렇게 나무라는 투로 말했다. 하지만 유당은 조금도 겁내거나 움츠러든 빛이 없었다.

"큰 은혜를 입었기로 죽음을 무릅쓰고 이렇게 달려와 작으나마 고마움의 뜻을 전하려 합니다."

"조 보정께서는 안녕하신가? 함께 간 형제들도 아무 일 없고? 그래 자네는 누가 보냈나?"

유당이라는 걸 알자 갑자기 밀려든 궁금증에 송강이 묻기 시작했다.

"조개 형님은 은인께서 구해 주신 덕분에 양산박으로 들어가 첫째 두령이 되셨습니다. 오학구는 군사가 되고 공손승은 병권을 맡았지요. 임충이 들고 일어나 왕륜을 죽이자 원래 있던 두천과 송만 주귀는 우리 형제 일곱과 함께 양산박의 열한 두령 가운데 하나가 되었습니다. 지금 산채에 있는 사람은 합쳐 칠백이 넘고 양식과 재물도 헬 수 없이 넉넉합니다. 그러나 형님의 은혜를 갚을 길이 없어 밤낮으로 걱정하다가 이번에 특히 저를 뽑아 보내신 것입니다. 우선 이 금 백 냥을 거두어 주십시오. 나중에 주귀가 다시 형님께 예물을 더 올릴 것입니다."

유당은 그런 대답과 함께 지고 온 봇짐을 풀었다. 안에서는 먼저 송강에게 보내는 편지가 나왔다. 송강은 그걸 읽어 본 뒤 소매에서 주머니를 꺼내 그 안에 넣었다. 이에 유당은 다시 봇짐 속에서 금덩이를 꺼내 탁자 위에 놓았다. 송강은 그 금덩이를 다시 봇짐 속에 말아 넣은 뒤 편지가 든 자신의 주머니만 소매 속에 감추며 말했다.

"여보게, 그 금은 원래대로 싸게."

그리고 그렇게 못하겠다는 유당을 기어이 억눌러 봇짐을 되싸게 한 뒤에야 술집 주인을 불렀다.

"여기 좋은 술과 큼직하게 썬 고기를 내오시오. 채소와 과일도 내오고……."

술집 주인은 곧 송강이 시킨 대로 내왔다.

송강과 유당은 곧 술잔을 나누기 시작했다. 권커니 잣거니 하다 보니 어느새 날이 저물어 왔다. 그곳에서 너무 취하는 것도 좋지 않은 일이다 싶어 둘은 술자리를 털고 일어났다. 유당이 다시 봇짐 속의 금덩이를 꺼내 송강에게 주려 했다. 송강이 펄쩍 뛰며 손을 내저었다.

"여보게 아우, 내 말을 들어 보게. 자네들 일곱 형제가 산채에 든 지 얼마 안 되니 금은이 필요한 건 내가 아니라 그쪽이네. 나는 약간의 재산이 있어 살 만하고 주동에게도 금은을 보낼 필요는 없을 듯싶네. 그에게는 내가 자네들의 정을 전할 테니까 아우는 이만 돌아가게. 내 집으로 자네를 데려가는 게 대접이지만 혹시라도 자네를 알아보는 사람이 있을까 봐 그리 못해 정말 안됐네. 오늘 밤은 달이 밝을 터이니 아우는 빨리 산채로 돌아가는 게 좋아. 두령들에게는 내가 직접 찾아가 축하드리지 못함을 용서해 달라 이르게."

"아니 됩니다. 형님의 큰 은혜를 입고도 보답을 못해 괴로워하던 차라 보정 형님의 명이 여간 엄하지 않았습니다. 오학구 군사의 영도 전날과 같지 않게 엄한데 제가 어찌 그냥 돌아갈 수 있겠습니까? 이대로 산채로 돌아가면 반드시 제가 크게 꾸지람을 받게 될 겁니다."

유당이 그렇게 사정조로 말했다. 송강은 그 말을 듣고도 마음을 바꾸지 않았다.

"그렇게 엄한 분부를 받았다면 이렇게 하세. 내가 글 한 통을 써줄 테니 가지고 가서 보여 드리게나."

그러면서 기어이 금을 받아들이지 않았다. 송강이 그렇게 나오자 유당도 더는 어쩔 수가 없었다. 금을 다시 꾸려 봇짐에 싸고 송강이 글 써 주기를 기다렸다.

송강은 술집 주인에게 종이와 붓을 빌려 양산박의 두령들에게 보내는 글을 썼다. 정은 고마우나 금은 받을 수 없다는 뜻을 담은 간곡한 편지였다.

그러는 사이 날이 저물었다. 송강의 편지를 받아 몸에 감추고 봇짐을 꾸려 진 유당이 말했다.

"형님께서 글을 주셨으니 아우는 이만 돌아가 보겠습니다."

"그리하게. 붙들지 못하는 내 마음을 알아주게."

송강도 굳이 잡지 못하고 그렇게 작별을 받았다. 유당은 송강에게 네 번 절한 뒤 칼을 찾아 들고 주막을 나섰다. 송강은 그런 유당을 골목 밖까지 배웅했다. 때는 팔월 중순이라 곧 둥근 달이 뚜렷이 떠올랐다. 송강이 마지막으로 유당의 손을 잡으며 말했다.

"부디 몸조심하고 다시는 이런 위험한 길을 오지 말게. 여기는 자네들을 잡으려고 풀어놓은 공인들이 많아서 더는 배웅도 못하겠네. 여기서 이만 헤어지세."

이에 송강과 헤어진 유당은 달이 밝은 걸 다행으로 여기며 밤길을 되짚어 양산박으로 돌아갔다.

송강도 아무런 일이 없었던 사람처럼 천천히 자기 집을 향했다. 그러나 마음속으로는 은근히 걱정이 되지 않을 수 없었다.

'부디 우리를 본 공인이 없어야 할 텐데. 만약 그들 눈에 띄었다면 정말 큰일이다…….'

그런 생각을 하면서도 한편으로는 쓸쓸한 느낌을 지울 수가 없었다.

'조개가 마침내는 산도둑으로 떨어지고 말았구나. 이 얼마나 어이없는 일이냐!'

그런데 미처 두 골목을 건너기도 전이었다. 누가 등 뒤에서 송강을 불렀다.

"압사 양반, 어디 갔다 오십니까? 요샌 통 얼굴을 볼 수가 없군요."

송강이 놀라 돌아보니 바로 염파석의 어미였다. 염씨 할멈은 송강이 알은체를 하자 이번에는 은근한 원망까지 섞어 이었다.

"여러 번 사람을 보내 뵈시기를 청했으나 지체 높으신 이라 뵙기가 어렵더군요. 천한 것이 할 말이 있어도 압사의 심기를 건드릴까 달리 어찌 못하다가 오늘 밤 다행히 뵙게 되었습니다. 함께 딸년을 보러 가지 않겠습니까?"

"오늘은 현청에 할 일이 바빠 그럴 수가 없소. 다음날 한번 찾으리다."

이미 정이 뜬 송강이 무뚝뚝하게 받았다. 염씨 할멈이 물러나지 않고 다가와 한 번 더 간곡히 청했다.

"아니 되십니다. 딸년이 그토록 기다리는데 어찌 그리 매정하십니까? 한번 들렀다 가시지요."

그래도 송강은 여전히 손을 내저을 뿐이었다.

"바빠서 그렇다니까요. 내일 다시 오지요."

"그러지 마시고 오늘 함께 가시지요."

염씨 할멈이 그 말과 함께 송강의 소매를 잡았다. 오늘은 꼭 송강을 데려가겠다고 결심하고 나선 사람 같았다.

"어떤 놈이 무슨 소리를 했는지 모릅니다만 정말로 너무하십니다그려. 반년이 되도록 딸년을 돌아보지도 않으시다니요. 다른 사람이 이러쿵저러쿵하는 소리 다 들어선 아니 되십니다. 압사께서 스스로 보고 들으신 대로 아셔얍지요. 요새 딸년은 압사께서 들으신 그 고약한 소문 때문에 걱정과 부끄러움으로 이 늙은이만 들볶아 댄답니다. 제발 저와 함께 가서 그 아이를 만나 주시우."

"이거 참, 오늘은 할 일이 남아 몸을 뺄 수가 없어요."

"공사, 공사 하시지만 날도 저물었는데 그거 안 했다고 지현께서 나리를 벌주시겠우? 이번 기회를 놓치면 다음에는 또 이런 기회가 없을 것이니 같이 갑시다. 제집에 가면 꼭 드릴 말씀이 있어 그러우."

송강이 원래가 남 우는소리에 약했다. 염씨 할멈이 그렇게까지 매달리자 더 뿌리치지 못했다.

"알았소. 이 손 놓으시오. 내 가리다."

그러면서 할멈과 함께 파석의 집으로 갔다.

하지만 집 앞에 이르자 송강은 아무래도 마음이 내키지 않는지 우뚝 발걸음을 멈추어 섰다. 다시 속이 탄 염씨 할멈이 손을 휘저어 가며 말했다.

"아니, 여기까지 오셔 놓고 들어가지 않을 작정이시우?"

그 바람에 송강은 다시 집 안으로 끌려 들어갔으나 위층으로 올라가지는 않고 아래층에 놓인 탁자에 걸터앉았다. 염씨 할멈은 혹시 자신이 자리를 뜨면 송강이 그대로 가 버릴까 봐 송강 곁에 앉은 채 위층을 향해 소리쳤다.

"애야, 네가 마음속에 그리는 낭군께서 오셨다. 어서 내려오너라."

그때 염파석은 방 안에 홀로 불을 밝히고 앉아 장문원을 그리며 기다리고 있었다. 갑자기 아래층에서 어머니가 '네 그리워하는 낭군'이 왔다는 소릴 지르자 그게 바로 장문원인 줄 알았다. 얼른 일어나 구름같이 헝크러진 머리를 쓸며 아래층을 향해 응석 섞어 소리쳤다.

"죽일 양반 같으니라구. 사람을 기다리다 말라 죽게 하려는 거예요? 어머니, 우선 그 사람 양 귀부터 떼어 내 버리세요."

그러고는 나는 듯이 달려 내려가다가 작은 창문으로 먼저 아래층을 훔쳐보았다. 밝은 유리창 너머로 보이는 것은 엉뚱하게도 송강이었다.

속이 상한 염파석은 그대로 몸을 돌려 위층으로 돌아가 버렸다. 한쪽에 미쳐 있으니 다른 한쪽은 더욱 꼴 보기 싫은 건 정한 이치였다. 염씨 할멈은 딸이 내려오는 발소리가 들리다가 이내 위층으로 되돌아가는 발소리가 나자 마음이 급해졌다. 다시 목소리를 높여 딸을 불렀다.

"애야, 네 낭군이 오셨는데 어서 내려오질 않고 어딜 가느냐?"

염파석이 침대에 걸터앉은 채 차갑게 맞받았다.

"그 사람 꼴도 보기 싫어요. 만나고 싶으면 자기가 이리 올라오라세요. 거기 떠억 버티고 앉아 내가 맞으러 달려가길 기다리지 말고."

그러자 염씨 할멈은 송강이 듣고 마음 상할까 걱정되어 얼른 딸을 대신해 변명하고 나섰다.

"제 못난 것이 압사를 기다리다가 단단히 토라진 모양입니다. 성난 김에 못할 소리가 어디 있겠습니까? 부디 압사께서 좋게 들어 주시오."

그리고 송강의 옷깃을 끌었다. 송강은 할멈의 말을 반도 믿지 않았으나 끄는 손길은 차마 뿌리치지 못했다. 마지못해 위층으로 끌려 올라갔다.

송강이 위층으로 올라오자 염씨 할멈은 송강을 곁방 의자에 앉혀 놓고 먼저 방 안으로 들어갔다. 염파석은 한껏 속이 틀어져 제 침상에 앉아 있었다.

"얘야, 압사께서 여기 오셨다. 그런데 아무리 성났기로 그 무슨 말투냐? 나는 오히려 그분이 안으로 들지 않을까 겁이 났다. 오늘 이곳까지 모셔 오는 데도 얼마나 힘들었는지 아니? 어서 일어나 맞아들이지 못해?"

염파석이 그런 어미의 말에 매몰차게 쏘아붙였다.

"그런 사람을 뭣 땜에 끌고 왔어요? 오기 싫음 오지 말래지. 제가 안 오는데 내가 어쩌란 말이에요?"

그 말을 들은 송강은 아무 소리 않고 일어나 나가려 했다. 그 기척을 느낀 염씨 할멈은 억지로 딸을 끌고 나와 송강과 마주 앉혔다.

"낭군과 마주 앉아 보기나 해라. 할 말이 없으면 안 하면 됐지

성낼 건 뭐냐?"

그러나 억지로 마주 앉혀도 소용이 없었다. 송강은 아무 소리 않고 머리만 수그리고 있고 염파석도 표정 없이 싸늘하게 굳어 있을 뿐이었다. 보다 못한 할멈이 수선을 떨고 일어났다.

"도량(道場)에도 술은 있어야 한다 했겠다. 마침 내게 좋은 술 한 병이 있으니 안주 곁들여 내오마. 그걸 마시며 압사 나리와 이야기나 나누어라. 잠시만 모시고 있으면 내 얼른 술상을 봐 오마."

염씨 할멈이 나가는 걸 보며 송강은 속으로 괴롭게 중얼거렸다.

'저 할멈에게 붙들렸으니 꼼짝없구나. 어디 사람을 가게 해 주어야지. 그렇지만 아래층으로 내려가면 그때 슬며시 뒤따라 나가 내빼야겠다.'

하지만 평생 눈치만 보고 살았는지 염씨 할멈은 송강이 달아날 기색인 걸 얼른 알아차렸다. 방을 나가면서 바깥에서 단단하게 문고리를 걸어 버렸다.

'귀신같은 할멈이구나. 속을 들여다보듯 하니 할 수 없지…….'

송강은 그런 생각으로 쓰게 입맛을 다시며 앉아서 기다릴 수밖에 없었다.

아래층으로 내려간 할멈은 먼저 안줏감을 냄비에 넣고 불을 지핀 뒤 은자 몇 냥을 꺼내 들고 부리나케 골목으로 달려 나갔다. 싱싱한 과일과 생선에다 닭고기를 사고, 돌아오는 길에는 술까지 한 병 구했다.

서둘러 술상을 차린 염씨 할멈이 다시 방 안으로 들어오니 딸년과 송강은 나갈 때 모양 그대로 마주 보고 앉아 있었다. 할멈이 다시 너스레를 떨었다.

"얘야, 어서 일어나 한잔 치려무나."

그러나 염파석은 차갑기만 했다.

"두 분이나 실컷 마시세요. 나는 술이고 뭐고 딱 귀찮으니까."

그렇게 쏘아붙였다. 염씨 할멈은 그래도 좋은 소리로 딸을 달 랬다.

"얘야, 네 성미는 어릴 적부터 잘 안다마는 그러는 게 아니다. 어서 한잔 따르려무나."

"싫어요. 따르지 않으면 어쩌겠어요? 끝내 따르지 않으면 칼로 목이라도 칠 건가요?"

염파석이 더욱 독을 뿜으며 그렇게 받았다. 그러나 염씨 할멈 은 민망한 웃음으로 무어라 우물우물 딸을 나무라더니 손수 잔 을 들어 송강에게 권했다.

송강이 마지못해 그 술잔을 받자 할멈이 다시 히죽 웃으며 말 했다.

"압사 나리, 저 아이를 너무 나무라지 마시우. 내일이면 괜찮아 질 겁니다. 다른 사람들은 나리께서 여기 오시는 걸 못마땅히 여 겨 이러니저러니 어지러운 소리를 해 대지만 그걸 다 말이라고 들어서는 안 되우. 자, 술이나 들어요."

그리고 석 잔이나 거듭 따르다가 다시 생각난 듯 딸에게 말했다.

"얘야, 어린애처럼 그러지 말고 너도 한잔 해 보려무나."

"사람을 본 척도 않는데, 싫어요. 나 배불러요."

염파석이 여전히 쌀쌀하게 받았다. 할멈이 끈덕지게 딸을 달랬다.

"그러는 게 아니다, 얘야. 그리던 낭군이 내리는 술이니 한잔 받아라."

염파석은 속으로 가만히 생각했다.

'내 마음에는 오직 장문원뿐이니 정말로 귀찮고 싫구나. 그러나 술을 잔뜩 먹여 취하게 해 놓지 않으면 이따가 잠자리에서 나를 지분거릴 테니 받아 주는 척하자.'

그리고 어미가 주는 잔을 받아 반쯤 비웠다. 염씨 할멈이 신이 나서 떠들었다.

"저 아이가 토라진 것도 있지만 원래가 두어 잔이면 곯아떨어질 만큼 술에 약하다오. 자, 나리나 많이 들고 취하시우."

그러면서 자꾸 권하는 바람에 송강은 다시 네댓 잔을 더 받아 마셨다. 할멈은 술이 다 되자 아래층으로 내려가 술을 더 데워 왔다.

할멈이 다시 돌아와 보니 어찌 된 셈인지 딸은 마음을 돌려 술잔을 들고 있었다. 할멈은 됐다 싶어 아래위층을 오르락내리락하면서 술이 다 됐으면 술을 가져오고 안주가 모자라면 안주를 내왔다. 그리고 자신도 공연히 기분이 좋아 틈틈이 큰 잔으로 따라 마셨다.

그러다 보니 먼저 취한 것은 염씨 할멈이었다. 나중에는 취해 위층을 오르는 데 거의 기다시피 했다.

하지만 함께 술을 마신다 해서 송강과 염파석의 사이가 풀어진 것은 아니었다. 송강은 여전히 머리를 숙인 채 말이 없었고,

염파석은 딴전을 보며 치맛자락만 비틀고 있었다. 보다 못한 할멈이 끼어들었다.

"아니, 두 사람이 모두 흙으로 빚어 놓은 사람들인가? 마주 앉았으면서도 말 한마디 없으니 이게 어떻게 된 거야? 이봐요, 압사 나리, 사내가 어찌 그러우? 술잔만 들고 앉았지 말구 뭐라 이야기 좀 하시우."

이에 송강은 할 수 없이 무어라 입을 열어 보려 했으나 도무지 말이 나오지 않았다. 염파석은 그게 더 아니꼬웠다.

'너는 나를 거들떠도 안 보는데 나보구 웃으며 맞으라구? 어림도 없다. 내가 그러는가 봐.'

속으로 그렇게 말하면서 입을 앙다물었다.

그러자 취한 할멈이 나서 둘을 붙여 준답시고 횡설수설 떠들기 시작했다. 이 사람 흉, 저 사람 추키기에 자질구레한 세상일까지 끌어내 혼자서만 떠들어 대는 것이었다.

그때 운성현에는 술지게미 장사를 하는 당이가(唐二哥)란 자가 있었다. 당우아(唐牛兒)란 별명으로 더 많이 알려진 그는 벌이가 시원찮으면 거리에 나와 남의 도움으로 살아가는데, 그 때문에 자주 송강의 덕을 입었다. 현 내에 무슨 일이 있으면 송강에게 달려가 알려 주고 돈푼이나 얻어 쓰는 식이지만 워낙 송강이 잘 대해 주어 그가 시키는 일이라면 죽는 것도 두려워하지 않을 정도였다.

그런데 그 당우아가 그날 밤 노름을 하다가 가진 돈을 몽땅 잃고 말았다. 빈털터리가 된 당우아는 늘 그렇듯 송강을 찾아 현청으로 달려갔다. 그러나 현청에는 말할 것도 없고 거처 방까지 가 보아도 송강을 찾을 길이 없었다.

당우아가 동네방네 돌아다니는 걸 보고 누군가가 물었다.

"여보게, 당우아. 도대체 누구를 찾아 그리 바쁘게 뛰어다니나?"

"급한 일이 있어 어떤 어르신을 찾고 있습니다."

"그 어르신이 누구인가?"

"송 압사 나립죠. 어디 가셨는지 통 알 수 없습니다요."

당우아가 그렇게 대답하자 그 사람이 알려 주었다.

"송 압사라면 염씨 할멈과 함께 가는 걸 봤네."

그 말을 들은 당우아가 중얼거렸다.

"그랬군. 염파석 그 도둑 같은 년이 장문원이 놈과 죽네 사네 붙어먹으면서 우리 나리만 속였겠다. 그러다가 소문을 들은 나리가 가지 않으니 이번에는 늙은것이 나서서 나리를 데려갔구나. 제 딸년과 나리를 다시 붙여 나리의 등골을 빼먹으려는 수작이겠지. 얼른 그리로 가서 돈도 좀 빌리고 술도 한잔 얻어 걸쳐야겠다."

그러고는 그길로 염파석의 집으로 향했다.

어찌 된 셈인지 염파석의 집은 불이 환히 켜진 채 문이 열려 있었다. 안으로 들어간 당우아는 위층으로 올라가는 계단에 붙어 서서 잠시 귀를 기울여 보았다. 송강의 목소리는 들리지 않고 염씨 할멈의 혀 꼬부라진 말과 웃음소리만 들려올 뿐이었다.

당우아는 살금살금 위층으로 올라가 문틈으로 방 안을 살펴보았다. 송강과 염파석은 굳은 얼굴로 술잔을 들고 앉았고 취한 할멈만 콩팔칠팔 떠들고 있었다. 송강이 별로 마음 내켜 앉은 자리가 아니란 게 한눈에 보이는 광경이었다.

당우아가 잘됐다 싶어 벌컥 문을 열고 안으로 들어갔다. 당우아가 들어서는 걸 보고 송강은 속으로 중얼거렸다.

'이제 됐다, 저 녀석이 왔으니 이 자리를 빠져나갈 수 있겠구나.'

눈치 빠른 당우아는 송강의 표정만 보고도 속마음을 대강 읽었다. 자신의 헤아림이 틀리지 않은 걸 기뻐하며 송강에게 말했다.

"남은 발바닥에 불이 나도록 찾았는데 나리께서는 여기서 편히 술잔이나 기울이고 계셨군요."

"왜, 현청에 무슨 급한 일이라도 생겼느냐?"

송강이 넌지시 눈짓까지 하며 당우아에게 물었다.

"압사 나리, 벌써 그 일을 잊으셨습니까? 지현께서는 나리가 아직껏 그 일을 마치지 않았다고 현청에서 찾고 계십니다. 벌써 공인을 네댓이나 풀어 나리를 찾아오라고 성화하셨습니다만 어디 계신지 알 수가 있어야지요. 지금 지현께서 몹시 화를 내고 계시니 어서 가 보도록 하십시오."

당우아가 그렇게 능청을 떨었다. 송강이 기다렸다는 듯이 몸을 털고 일어섰다.

"일이 그렇게 급하다면 가 봐야겠구나."

그때 염씨 할멈이 송강을 막아서며 말했다.

"압사 나리, 너무 그러지 마십시오. 그리고 당우아 네놈도 어지간하다. 도사 앞에서 요령을 흔들어도 분수가 있지. 이 늙은것을 속이려고 해? 지현은 일찌감치 집으로 돌아가 마님과 술을 즐기고 계신데, 뭐 일이 있어 현청에서 화를 내며 기다리고 있다구? 귀신을 속여도 이 늙은것은 못 속인다!"

"정말로 지현께서는 급한 일이 있어 압사 나리를 기다리고 있단 말이오. 내가 뭣 땜에 헛소리를 하겠소?"

당우아가 얼른 그렇게 받아넘겼다. 할멈이 더욱 시퍼렇게 대들었다.

"개방귀 같은 수작 마라. 내가 늙어도 두 눈은 유리같이 맑단 말이다. 아까 나리가 네놈에게 눈짓하는 걸 다 보았는데 그런 헛소리를 해? 네놈이 압사 나리를 우리 집에 모셔 오지는 못할망정 와 계신 분을 그런 수작으로 빼돌리려 들어? 옛말에, 살인은 용서할 수 있어도 정분을 끊는 일은 용서하기 어렵다는 게 있다. 이놈, 어디 견뎌 봐라!"

그러고는 벌떡 몸을 일으키더니 당우아에게 덤벼들었다. 늙은 아낙네가 힘을 다해 차고 때리니 당우아는 속수무책이었다. 멍청해서 맞고 차이다가 아래층으로 끌려 내려갔다.

"이 할멈이 사람을 쳐!"

아래층에 끌려 내려가서야 당우아가 겨우 그렇게 버텨 보았다. 소용없는 일이었다. 할멈이 더욱 목청을 높였다.

"남의 밥그릇을 차는 놈은 부모처자 죽이는 놈과 다를 바 없다는 소리를 너는 못 들었느냐? 목청 높여 어쩔래? 도적놈 맞듯 정말로 한번 맞아 볼 테냐?"

"그럼 어디 한번 때려 보슈."

당우아도 성난 김에 지지 않고 맞고함을 질렀다. 술에 취한 노파는 한번 망설이는 법도 없이 다섯 손가락을 펴 당우아의 뺨을 후린 뒤에 문밖으로 밀쳐 버렸다. 당우아는 얼결에 밀려 문밖으로 나왔다. 염씨 할멈은 그런 당우아가 다시 뛰어들 틈을 주지 않고 문을 쾅 닫더니 빗장을 질러 버렸다.

성난 당우아가 문밖에서 소리소리 욕을 퍼부었다.

"이 빈대 같은 할망구야, 내가 송 압사 나리의 낯을 보아주지 않는다면 네 집구석은 가루가 났을 거다! 불알 두 쪽 찬 놈이 한 쪽뿐인 계집년들보다 훨씬 세다는 걸 가르쳐 줬을 거란 말이다. 아니, 어디 두고 보자. 내가 네년을 죽이지 못한다면 내 성이 당가가 아니다!"

그리고 가슴까지 쳐 가며 욕을 퍼부었으나 안에서 대꾸가 없자 제풀에 맥이 빠져 가 버렸다.

그런 당우아의 욕설쯤은 한쪽 귀로 들어 다른 쪽 귀로 흘려 버리면서 위층으로 돌아간 할멈이 송강과 제 딸을 보고 너스레를 떨었다.

"압사 나리, 늙은것을 너무 꾸짖지 마시오. 다 나리를 무겁게 생각해서 그런 거라오. 그리고 얘야, 너도 어서 잔을 비워라. 두 사람이 못 본 지 오래라 어서 잠자리에 들고 싶을 테니 이만 술상을 치워야지."

그리고 다시 송강에게 술 두 잔을 더 권하더니 술상을 치우기 시작했다.

할멈이 아래층으로 내려간 뒤 송강은 가만히 생각해 보았다.

'저 계집과 장문원의 일은 남의 말을 다 믿을 수가 없지. 내 눈으로 보지 못했으니……. 거기다가 이젠 밤도 깊었으니 하는 수 없이 여기서 자고 가야겠구나. 함께 자면서 저 계집이 내게 어떻게 대하는가 보자.'

그렇게 마음먹고 있는데 할멈이 다시 올라와 둘에게 권했다.

"밤도 깊었으니 이제 자도록 하지."

"우리 일에 간섭하지 말고 가서 주무시기나 하세요!"

염파석이 날선 목소리로 어미의 말을 그렇게 받았다. 그러나 할멈은 송강과 염파석을 한방에 몰아넣은 것만으로도 됐다 싶었던지 그런 딸의 말에 탄하지 않았다. 오히려 비죽비죽 웃음까지 흘리며 아래층으로 내려갔다.

"압사 나리, 편히 쉬시우. 오늘 밤 재미 많이 보구 내일 아침 느지막이 일어나도록 하시우."

할멈이 나가자 방 안은 다시 조용해졌다. 송강은 자리에 앉은 채 염파석이 하는 양을 가만히 살폈다. 염파석은 이미 밤이 깊었건만 옷도 안 벗고 침상으로 가더니 벽을 보고 누워 버렸다.

'저 천한 계집년이 나를 본 척도 않고 저만 자는구나. 오늘 쓸데없이 그 할멈의 말에 홀려 쓴 술만 마시고 이 무슨 꼴이냐. 하지만 할 수 없지. 밤이 깊었으니 여기서 그냥 자고 가는 수밖에.'

염파석이 하는 양을 보고 그렇게 마음을 정한 송강도 곧 잠잘 채비를 했다. 겉옷을 대강 벗어 옷걸이에 건 송강은 다시 허리에 두른 띠를 풀었다. 그 띠에는 몸에 지니는 짧은 칼과 문서를 넣는 주머니가 달려 있었다. 송강은 그 띠를 침상 난간에 걸고 버선을 벗은 뒤 침상 위로 올라갔다. 그러나 염파석 곁에 가기 싫어 그녀의 다리께에 쪼그리고 누웠다.

한 반경쯤 지났을 때 염파석이 차게 웃는 소리가 들렸다. 송강의 빙충맞음을 비웃는 건지 더욱 정을 떼기 위한 수단인지는 알 수 없지만 결코 좋은 뜻은 아닌 듯했다.

한때는 살을 섞고 지내던 계집에게서 그 같은 푸대접을 당하니 아무리 송강이라 해도 잠이 올 리 없었다. 즐거운 밤은 짧고 외롭고 슬픈 밤은 긴 법이라 삼경, 사경을 뜬눈으로 지새우자니 마셨던 술이 오히려 깼다.

오경이 되자 마침내 못 견딘 송강이 몸을 일으켰다. 찬물에 세수를 한 뒤 옷을 걸치고 방을 나서자니 절로 욕이 나왔다.

"천해 빠진 계집년이 예의도 모르는구나."

그러자 역시 잠들지 않고 있던 염파석이 홱 돌아보며 차게 맞받았다.

"창피한 것도 모르는 주제에!"

송강도 살인을 하고

송강은 밤새 참은 화가 한꺼번에 치솟았으나 공연히 시끄러워지는 게 싫어 말없이 방을 나왔다. 아래층으로 내려가니 송강의 발자국 소리에 잠이 깬 할멈이 침상에 누운 채 속 모르는 소리를 했다.

"압사 나리, 더 주무시고 날이 밝거든 가시우. 뭣 때문에 새벽부터 서두는 거유?"

송강은 대꾸하기도 귀찮아 말없이 문을 열었다. 할멈이 그런 송강의 등 뒤에 대고 졸림 섞인 어조로 당부했다.

"나가시려거든 문이나 걸어 주고 가시우."

이번에도 대꾸 없이 나왔으나 그 집을 벗어나니 그동안 참은 화가 한꺼번에 치솟는 듯했다. 송강은 그 화를 삭이기 위해 뛰듯이 걸었다.

현청 앞에 이르자 희미한 등불이 하나 보였다. 다가가서 살펴보니 차나 보약 따위를 끓여 파는 왕공(王公)이란 늙은이가 거기 전을 벌여 놓고 있었다.

그 늙은이도 송강을 알아보고 황망히 머리를 수그리며 말을 걸어왔다.

"압사 나리, 오늘은 일찍 나오셨군요."

"어제저녁 술을 좀 마셨더니 경고(更鼓, 시간을 알리는 북소리)를 잘못 들은 모양이오."

송강이 그렇게 둘러댔다. 그러자 왕공이 권했다.

"간밤에 술을 잡수셨다면 속이 몹시 쓰리겠군요. 술 깨는 데는 이진탕(二陳湯)이 좋으니 한 잔 드셔 보십시오."

"그것 좋지요."

송강이 그런 대답과 함께 곁에 있는 조그만 의자에 앉았다. 어차피 바삐 가 봐야 할 곳이 있는 것도 아니었다.

송강이 기다리는 사이에 왕공은 이진탕 한 그릇을 끓여 냈다. 송강을 위해 특별히 빽빽하게 곤 것이었다.

송강은 그 이진탕을 받아 단숨에 들이켰다. 정신이 조금 맑아지는 듯하면서 문득 생각나는 게 있었다.

'이 영감이 늘상 내게 탕약을 끓여 주면서도 돈을 받으려 들지 않아 언젠가 관(棺)감 한 벌을 사 주기로 약속한 적이 있지. 그런데 아직도 그걸 사 주지 않았구나. 어제 조개가 보낸 금덩이 중에 한 조각 얻은 걸 주머니에 넣어 두었는데 그걸 관 살 돈으로

쥐야겠다. 아마 몹시 기뻐하겠지.'

생각 끝에 그렇게 마음을 정한 송강이 왕공에게 말했다.

"왕 영감, 내가 전에 관 살 돈을 수마 해 놓고 아직껏 드리지 못했구려. 오늘 마침 금 조각이 하나 있으니 그걸 관값으로 드리겠소. 진삼랑에게 가서 관감 한 벌을 사다가 댁에 갖다 두시구려. 만약 어르신네가 돌아가시게 되면 그때는 또 따로이 약간의 부조를 보내리다."

"나리께서 언제나 이 늙은것을 보살펴 주시더니 이제는 죽은 뒤의 일까지 걱정해 주시는군요. 내가 이 세상에서 나리의 은혜에 보답하지 못한다면 죽은 뒤 노새나 말로라도 다시 태어나 그 은혜에 보답하겠습니다."

감격한 왕공이 눈물까지 글썽이며 그렇게 감사해했다.

"원 별말씀을."

송강은 그 말로 노인의 입을 막고 손 주머니가 달려 있는 허리띠 쪽으로 가져갔다. 거기 든 금 조각을 꺼내기 위함이었다. 그런데 이게 어찌 된 일인가. 당연히 있어야 할 곳에 주머니가 없는 것이었다.

'아뿔싸, 어젯밤 허리띠를 그 천한 계집년의 침상 난간에 걸쳐 놓고 성난 김에 그냥 뛰쳐나오고 말았구나. 어쩐지 허리께가 허전하다 했더니……. 까짓 금 쪼가리야 대단할 것도 없지만 조개가 보낸 편지가 그 안에 함께 들어 있어 걱정이다. 원래 유당 앞에서 태워 없애려 했으나 그와 이야기를 나누느라 미처 그러지 못하고 집으로 돌아가 태우려 한 게 탈이다. 염씨 할멈에게 끌려 그 집 안으로 들어가서도 등불에 태워 없애려 했으나 그 천한 계집년 눈에 띨까 겁이 나 결국 태우지 못했지. 그 계집년은 곡본(曲本, 극본 또는 소설) 같은 걸 읽은 걸로 보아 글을 아는 것 같던데, 만일 그 편지를 읽게 된다면 정말로 큰일이다. 그걸로 반드시 나를 해치려 들 것이니 이 일을 어쩌면 좋으냐?'

생각이 거기에 미치자 송강은 더 머뭇거릴 틈이 없었다. 벌떡 몸을 일으키며 왕공에게 말했다.

"영감, 이거 낭패게 되었소. 내가 거짓말을 한 게 아니라 금 조각이 든 주머니를 집에 두고 나왔구려. 가서 그걸 가져와 드리겠소."

"이 늙은것 때문에 일부러 돌아가 가져오실 건 없습니다. 내일 천천히 갖다 주셔도 늦지 않습지요."

왕공은 남의 속도 모르고 느긋하게 송강을 말리려 들었다.

"아니오, 그 주머니에는 금 조각뿐만 아니라 다른 긴요한 것도 하나 들어 있소. 내 얼른 가서 가져오리다."

송강은 그렇게 왕공을 뿌리치고 염파석의 집으로 나는 듯 달려갔다.

한편 염파석은 송강이 걷어차듯 문을 열고 집을 나간 뒤에야 침상에서 기어 나왔다.

'그 얼 빠지고 쓸개 없는 치 때문에 이 아가씨가 간밤 한숨도 자지 못했단 말씀이야. 그놈은 내게 정을 내려 주기를 바랐지만 어림없는 소리. 나는 이미 장문원과 죽고 못 사는 사이거든. 제 놈이 거들떠보지 않는다고 누가 걱정이나 한대? 오히려 안 오면 더

좋은 게 제 놈인 줄도 모르고……'

그렇게 구시렁거리면서 옷을 벗기 시작했다. 머리 장식 풀고, 겉옷 벗고, 속옷 벗고 이제 한번 늘어지게 잘 셈이었다.

염파석이 벗은 치마를 침상에 걸쳐 두려고 할 때였다. 등불 환히 비치는 침상 난간에 무엇이 걸려 있었다. 자세히 보니 송강의 자줏빛 허리띠였다. 염파석은 홀로 생각했다.

'그 새까만 놈이 어지간히 화가 났던 모양이로구나. 허리띠까지 벗어 놓고 가다니. 미안하지만 이 아가씨가 걸어 놓았다가 우리 장삼랑이 오면 매어 드려야지.'

그러면서 그 허리띠를 집어 들자 거기 매여 있던 짧은 칼과 작은 주머니가 함께 딸려 나왔다.

염파석은 그 주머니가 유달리 묵직한 걸 이상히 여겨 주둥이를 연 뒤 탁자 위에 쏟아 보았다. 작은 금덩이 한 조각과 편지가 쏟아져 나왔다. 염파석은 먼저 금덩이부터 주워 보았다. 크지는 않아도 누런빛이 반짝이는 진짜 황금덩이였다.

"하늘이 나와 장삼랑에게 금을 내리셨구나. 이 며칠 장삼랑이 몹시 야위어 보이던데 이걸로 보신이나 시켜 줘야지."

금덩이를 챙겨 넣으며 그렇게 중얼거린 염파석은 다시 편지를 집어 들었다. 등불에 비춰 가며 내용을 읽어 보니 놀랍게도 양산박의 우두머리 조개가 써 보낸 것이 아닌가.

"옳지, 잘되었다. 두레박이 우물에 빠진다 하지만 우물이 두레박에 빠지는 수도 있구나. 마침 내가 장삼랑과 부부로 짝지어 살고 싶어 하는 걸 너희가 어떻게 알고 이 짓거리들이냐? 양산박의 흉악한 도적 떼와 한통속이 되어 오간 데다 금까지 백 냥씩 받아먹었구나. 이건 거짓말이 아닐 테지. 기다려라, 이 새까맣고 못생긴 놈아, 이 아가씨가 네놈을 없애 줄 테다!"

신이 난 염파석은 그 편지와 금덩이를 함께 싸서 원래대로 주머니에 넣었다.

"네놈이 다섯 성인(聖人)을 데려온다 해도 이걸 돌려주나 봐라."

그러면서 한껏 들떠 혼잣말을 중얼거리는데 아래층에서 문 여는 소리가 들려왔다. 아래층 침상에서 자고 있던 염씨 할멈이 소리쳐 물었다.

"누구요?"

"나요."

문을 들어선 사람이 그렇게 대답했다. 그게 송강이란 걸 알아들은 할멈은 침상에 누운 채 이죽거렸다.

"거봐요, 너무 이르지 않우? 내 말을 안 믿고 가시더니 결국은 돌아오고 마시는구랴. 그 애와 한숨 더 자고 날이 밝거든 가 보시우."

그러나 송강은 대꾸도 없이 이층으로 뛰어 올라갔다.

염파석은 송강이 올라오는 소리를 듣고 얼른 허리띠와 칼과 주머니를 한데 둘둘 말아 침상 위 이불 속에 감추었다. 그리고 깊이 잠든 사람처럼 코까지 골며 침상에 반듯이 누웠다.

방 안으로 뛰어든 송강은 먼저 침상 난간으로 갔다. 거기서 칼과 주머니가 달린 허리띠를 찾았으나 그게 아직 남아 있을 리 없었다. 송강은 당황했다. 간밤의 분함도 잊고 염파석을 흔들어 깨웠다.

"이봐, 지난날의 정분을 생각해서라도 제발 내 주머니를 돌려 줘."

그걸 감출 사람은 염파석밖에 없다고 본 송강은 처음부터 사정조로 나왔다. 그러나 염파석은 깊이 잠든 척 대꾸조차 않았다. 급해진 송강이 더욱 세게 그녀를 흔들었다.

"그러지 말고 내놔. 밝은 날 내 모든 걸 다 말해 줄 테니."

"남 잠 좀 자려는데 누가 이렇게 수선을 피우지?"

염파석이 그제야 겨우 깨난 사람처럼 부스스 일어나며 그렇게 말했다. 그런 딴전에 짜증이 난 송강이 퉁명스레 쏘아붙였다.

"난 줄 뻔히 알면서 왜 그러나?"

그러나 염파석이 발딱 몸을 일으키며 놀라듯 말했다.

"이 새카만 사람, 당신 방금 뭐라 했지?"

"내게 그 주머니를 돌려달라 하지 않았나?"

"내게 맡겨 놓았어? 무얼 내놓으라는 거야?"

염파석은 그래도 시치미를 뗐다. 송강이 조금 목소리를 높였다.

"네 침상 난간에 걸어 두었던 거 말이야. 아직 아무도 다녀간 사람이 없으니 치울 사람은 너밖에 없어!"

"별소릴 다 듣겠네. 무슨 뚱딴지 같은 소리야?"

염파석이 그렇게 뻗대자 송강은 다시 약해졌다. 처음의 사정조로 돌아가 빌었다.

"어젯밤은 내가 잘못했네. 내일 당신에게 모두 이야기하고 잘못을 빌지. 우선 그 주머니나 내게 돌려줘. 장난은 이제 그만하고."

"누가 당신과 장난을 한다는 거예요? 나는 정말로 아무것도 치우지 않았어요."

"당신은 처음 옷도 벗지 않고 잠자리에 들지 않았나? 그런데 지금은 옷을 벗은 데다 이불까지 덮고 있지 않나? 이부자리를 펼때 틀림없이 주워 두었을 거야."

송강이 그렇게 차근차근 따지자 염파석도 더는 버틸 수 없다고 생각한 모양이었다. 눈썹을 곤두세우고 눈을 치뜨며 표독스레 말했다.

"그래 내가 치웠다. 하지만 네게 돌려줄 순 없어. 관청에 나가는 어르신이니 어디 나를 한번 잡아가 도적년으로 일러바쳐 보시지."

"나는 도적질했다고 당신을 나무라는 게 아니야."

"나두 도적년 소릴 들을 일 한 적 없어!"

파석이 그렇게 나오자 송강은 한층 더 당황스러워졌다. 다시 달래는 투로 돌아가 말했다.

"내가 그렇게 너희 모녀를 잘 돌봐 주지는 못했지만 그러지마. 이만 그걸 내게 돌려주고 가게 해 줘. 나는 가서 일을 봐야 한단 말이야."

"내가 장삼랑하고 붙어먹었다고 욕할 때는 언제구? 그 사람은 너처럼 높은 자리에 있지는 않아도 칼 맞아 죽을 죄도 안 지었다. 너처럼 흉악한 도둑 떼와 내통은 안 했단 말이야."

파석이 슬슬 마음속의 말을 꺼내 놓기 시작했다. 송강은 계집이 장문원을 자신과 견주는 데 속이 뒤틀렸으나 형세가 그런 걸 따질 때가 못 되었다.

"여보게, 제발 소리 지르지 마. 이웃 사람이 들으면 큰일 난다구."

"남이 듣는 게 누려우면 그런 짓을 하지 말지. 그 편지는 내가 깊이 감춰 뒀으니 찾고 싶으면 세 가지 일을 들어줘야겠어. 그것만 들어주면 당장 내주고말고."

드디어 독한 계집이 속셈을 드러내는 셈이었다. 하지만 송강은 반갑게 그 말을 받아들였다.

"그게 뭐냐? 말해 봐라. 세 가지가 아니라 서른 가지라도 네 말대로 하마."

"그렇게 쉬운 일도 아닌데."

"말만 해, 당장 그대로 할 테니."

그제야 계집이 눈을 차악 내리깔고 읊조리듯 말했다.

"첫째 너는 오늘로 나를 산 문서를 돌려줄 것, 그리고 다시 문서 하나를 써서 내가 장삼랑에게 시집가더라도 아무 소리 않을 것이라는 걸 밝힐 것."

여느 사람 같으면 그것만으로도 칼부림 날 소리였으나 송강은 선뜻 들어주었다.

"좋다, 그대로 하지."

"둘째, 내 머리에 꽂힌 것이건 내 몸에 꿴 것이건 내 집에 쓰이는 것이건 네가 사 준 것은 모두 내게 준다는 문서를 쓰고 다시 되찾을 생각을 버릴 것."

"그것도 그대로 따르지."

"셋째 번 일은 정말로 어려울걸."

두 가지 조건을 말한 염파석이 셋째 번을 말하기 전에 뜸을 들였다. 후끈 단 송강이 급히 물었다.

"앞의 두 가지도 다 들어준댔는데 무슨 소린가? 뭣 때문에 이번 일을 어렵다는 거지?"

"그럼 말하지. 양산박의 우두머리 조개에게서 받은 금 백 냥을 모두 내게 바칠 것. 그러면 너를 관청에 끌고 가는 대신 그 주머니를 돌려주마."

알고 보니 송강으로서는 정말로 들어주기 어려운 일이었다. 조개의 편지에는 그리 쓰여 있어도 송강은 그 백 냥을 유당 편에 도로 보냈기 때문이다. 송강이 난처한 얼굴로 말했다.

"앞의 두 가지는 들어줄 수 있다. 그러나 그 금은 조개가 보내긴 했으나 내가 받지 않고 돌려보냈다. 만약 가지고만 있다면 두 손으로 갖다 바치지."

"그럴 줄 알았어. '관리는 돈맛, 파리는 피맛'이란 말도 있는데 그쪽에서 보내는 돈을 네가 안 받았단 말이지? 되지도 않는 소리 하지 마라. 고양이가 생선을 마다했다는 게 낫지. 염라대왕 앞에 불려 갔다가 돌아왔다는 혼백 봤어? 누굴 속이려 들어? 어서 그 백 냥을 내놓지 그래. 도둑 떼하고 한통속이 된 죄로 관가에 끌려가지 않으려거든 어서 그 금을 내놔!"

계집은 눈도 깜짝 안 하고 송강을 몰아세웠다. 송강은 애가 타빌듯 했다.

"너는 내가 거짓말하지 않는 사람이란 걸 잘 알지 않느냐? 정히 못 믿겠으면 내게 사흘만 말미를 다오. 그동안 집 안 살림살이를 팔아서라도 그 백 냥을 구해다 주마!"

그래도 계집은 차게 웃을 뿐 송강의 말을 믿어 주지 않았다.

"이 새가만 놈이 나를 영 어린아이 데려 놀듯 하려는 게야 뭐야? 네놈 말을 믿고 그 주머니와 편지를 돌려줬다가 사흘 뒤에 찾아가 그 금을 내놓으라 해 보지. 장례 치른 뒤에 관값 얻으러 가는 것보다 더할걸. 그러지 말고 지금 가져와. 돈과 물건을 맞바꾸잔 말이야."

"정말로 그 금을 갖고 있지 않다니까."

버선목이라 속을 뒤집어 보일 수도 없어 송강이 답답한 나머지 소리쳤다. 염파석이 앙칼지게 그 말을 받았다.

"그래? 좋아, 그럼 내일 아침 관가에 가서도 그 금을 가지지 않았다고 하는가 보자!"

따지고 보면 염파석은 그날 죽으려고 혼이 씐 것이나 다름없었다. 서방질한 걸 공공연히 드러낸 것만도 칼 맞을 소린데 없는 돈까지 내놓으라고 억지를 쓰니 제가 어찌 살기를 바랄 수 있겠는가.

송강은 염파석이 '관가'라는 말을 하자 참고 참았던 화가 일시에 터져 나왔다. 좋은 말로는 틀렸다 싶어 옷깃을 거머쥐며 눈을 부릅떴다.

"자, 내놓을 테냐, 안 내놓을 테냐?"

그렇게 무섭게 소리쳤으나 계집은 낯색 하나 변하지 않았다.

"네놈이 본색을 드러내는구나. 하지만 그냥은 죽어도 못 내놓겠다!"

"정말로 못 내놔?"

"그렇고말고, 백 번 물어도 못 돌려주는 건 못 돌려주는 거야. 꼭 돌려달라면 현청에 가서 돌려주지."

그 소리에 더욱 화가 난 송강은 염파석 곁으로 다가가 이불을 확 걷어 젖혔다. 계집이 거기 감춰져 있던 물건을 가슴에 꼭 껴안았다. 그런 계집의 가슴 앞으로 애타게 찾던 허리띠 한 끝이 보였다.

"여기 있었구나!"

뜻밖으로 쉽게 찾던 물건이 나오자 송강이 그렇게 소리치며 양손으로 뺏으려 했다. 하지만 염파석이 호락호락 내줄 리 만무했다. 송강이 힘을 다해 덤벼도 꼭 끌어안은 채 내놓지를 않았다.

송강은 한편으로 계집의 팔을 벌리고 한편으로 허리를 감아쥐며 잡아당겼다. 아무래도 남자의 힘을 못 당했던지 허리띠에 묶여 있던 칼이 먼저 튀어나왔다. 송강은 급한 대로 그 칼을 잡았다. 그러자 그걸 본 계집이 제명을 재촉하려는지 소리를 빽 내질렀다.

"아이쿠, 저 새카만 놈이 사람 죽이려는구나!"

그 소리가 그때껏 편지를 돌려받을 생각뿐이던 송강의 머릿속에 딴생각을 불러들였다.

'그렇다, 이 천한 계집을 아예 죽여 버리자!'

그러잖아도 화가 머리끝까지 솟아 있던 송강은 한번 마음이 정해지자 망설이지 않았다. 계집이 두 번째 소리를 내지르기도 전에 송강의 칼이 먼저 번쩍했다. 왼손으로 계집의 몸을 누르고 오른손으로는 칼을 들어 그 목을 찔러 버렸다.

목에 칼을 맞은 계집은 붉은 피를 샘솟듯 흘리며 몸을 푸들거렸다. 송강은 계집이 살아나면 정말로 큰일이다 싶어 한 번 더 칼질을 한 뒤 아예 그 목을 잘라 버렸다. 어질다는 소리를 듣던 그도 모진 계집에게 걸려 몰리다 보니 끔찍한 살인자가 되고 만 것이었다.

계집의 목을 침상에 던진 송강은 곧 주머니를 뒤져 말썽이 된 그 편지를 찾아냈다. 그리고 등불에 그걸 살라 버린 뒤 허리띠를 두르고 아래층으로 내려갔다.

염씨 할멈은 아래층에서 송강과 제 딸이 다투는 소리를 들었지만 대수롭지 않게 여겼다. 그러다가 딸이 '새카만 놈이 사람 죽인다.'는 고함을 지르는 소리를 듣고서야 비로소 심상찮은 느낌이 들었다. 얼른 일어나 옷을 꿰고 층계 쪽으로 달려갔다.

할멈이 위층으로 올라가 보니 송강이 굳은 얼굴로 딸의 방을 나오고 있었다.

"두 사람이 무슨 일로 그리 다투셨우?"

"당신의 딸이 하두 못되게 굴기에 그만 죽여 버렸소."

송강이 남의 이야기하듯 대답했다. 하도 참말 같지가 않아 할멈이 웃으며 받았다.

"그랬우? 원래 압사 나리의 눈길에 사나운 기운이 있는 데다 술까지 취했으니 사람을 죽일 만도 하지. 허지만 늙은 사람을 너무 놀리지는 마시우."

"믿기지 않거든 방으로 가 보시오. 나는 정말로 죽였소!"

송강은 여전히 정색을 하고 그렇게 말했다.

"아무렴 그럴 리야……."

노파가 그렇게 중얼거리며 방문을 열어 보았다. 그런데 이게 어찌 된 일인가. 방 안은 피바다가 되고 침상 위에는 딸의 잘린 목이 뒹굴고 있었다.

"아이쿠, 이게 어찌 된 일이우? 도무지 어쩌려구 이랬소?"

노파가 시퍼렇게 질린 얼굴로 물었다.

"나도 뼈다귀 있는 사내놈이오. 평생 일 저질러 놓고 달아나 본 적은 없어. 할멈이 하자는 대로 하리다."

송강이 조용히 말했다. 송강을 힐끗 본 할멈이 무슨 생각을 했는지 딸 죽인 데 대한 원망보다는 넋두리부터 먼저 했다.

"그 천한 년이야 못된 짓을 했으니 압사께서 죽이셨대도 어쩔 수 없지만, 이제 나는 어쩌누? 이 늙은것을 누가 돌봐 준다누……."

"그건 걱정 마시오. 그거라면 내가 약간의 재물이 있으니 걱정하지 않으셔도 좋소. 남은 살이 궁색하지 않게 돌봐 드리리다."

할멈이 한바탕 행악이라도 하고 덤빌 줄 알았던 송강이 얼른 그렇게 받았다. 할멈이 또 딸 죽은 어미 같지 않은 소리를 했다.

"그렇게만 된다면 오죽 좋겠습니까. 정말로 고맙습니다, 압사 나리. 그런데 딸년이 죽어 지금 침상에 자빠져 있는데 그건 어떻게 치우시렵니까?"

"그거야 어렵잖지요. 내가 진삼랑에게 가서 관 한 벌을 보내거든 할멈이 시체를 거둬 넣으시구려. 오작행인에게는 내 따로 부탁을 해 놓겠소. 그리고 일이 끝나면 할멈에게도 다시 은자 열

낭을 보낼 테니 그걸루 뒤치다꺼리를 해 보도록 하시오."

뜻밖으로 일이 잘 풀릴지도 모른다는 기대에 송강의 목소리가 절로 떨렸다. 할멈이 다시 천연덕스레 말했다.

"그렇담 아직 날이 밝기 전에 관을 구해야 하지 않겠우? 그래야 이웃이 보기 전에 시체를 관에 넣어 버릴 수 있을 테니 말이우."

"그럼 종이와 붓을 가져오시오. 내 진삼랑에게 관을 주라는 글을 써 주겠소. 그러면 할멈이 가지고 가서 관을 얻어 오시오."

"쪽지를 쓰고 어쩌고 하는 게 되레 어지럽지 않겠우? 나리께서 직접 가서서 빨리 관을 가져와야 마무리가 질 텐데……."

송강은 그때까지도 노파의 능청에 속고 있었다.

"그도 그렇겠군."

그러면서 별 의심 없이 할멈과 함께 집을 나섰다. 할멈은 방 안에 문고리를 걸고도 모자라는지 대문까지 잠근 뒤 송강을 따라나섰다.

두 사람이 현청 앞에 이르렀을 때까지도 아직 날이 밝지 않아 현청 문은 굳게 닫긴 채였다.

할멈의 속셈을 알 리 없는 송강은 별생각 없이 현청 앞을 지나가려 했다. 그런데 두 사람이 막 현청 문 왼편에 이르렀을 때였다. 할멈이 갑자기 송강의 옷자락을 잡고 늘어지면서 찢어지는 듯한 소리로 외쳐 댔다.

"사람 죽인 놈이 여기 있소!"

그 갑작스러운 변화에 송강은 잠시 말문이 막힐 지경이었다. 그러다가 겨우 입을 열어 할멈을 말렸다.

"이거 왜 이러시오. 제발 소리 좀 지르지 마시오!"

그러면서 할멈의 입을 막으려는데 현청 안에 있던 공인 몇이 우르르 달려 나왔다.

살인자가 있다는 말에 달려 나오기는 했으나 공인들이 보니 염씨 할멈이 붙들고 있는 것은 송강이었다. 송강이 결코 그럴 사람이 아님을 잘 알고 있는 그들은 할멈을 윽박질렀다.

"이 할망구가 미쳤나? 압사님은 그럴 분이 아니야. 할 이야기가 있으면 좋은 말로 하라구."

"저놈이 바로 사람 죽인 놈이다. 나하고 함께 현청 안으로 잡아들여라아!"

할멈이 눈이 뒤집혀 악을 썼다. 그러나 송강이 워낙 사람이 좋아 아랫사람 윗사람 할 것 없이 우러르고 아끼는 터라, 공인들은 그 말을 듣고도 감히 송강을 잡아들일 엄두를 못 냈다. 오히려 노파의 말을 못 믿어 하며 그 손아귀에서 송강을 풀어 주려 했다.

바로 그때 당우아가 씻은 술지게미가 든 쟁반을 들고 현청 앞으로 왔다. 아침 장사를 하려는 참이었다. 그런데 염씨 할멈이 송강의 옷자락을 틀어잡고 악을 쓰는 걸 보자 간밤에 할멈에게 당한 일이 떠올라 화가 불쑥 치밀었다. 얼른 쟁반을 탕약 장수 왕공의 의자 위에 놓아 두고 그쪽으로 달려갔다.

"이 빈대 같은 할망구야, 압사님을 틀어잡고 무슨 못된 짓이냐?"

당우아가 대뜸 할멈을 보고 소리쳤다. 할멈이 마주 악을 썼다.

"당가 이놈, 네놈이 이 사람 죽인 놈을 뺏어 갈 작정이냐? 아서라, 그러다간 네놈도 살아남지 못할 게다."

그 말에 당우아는 더욱 화가 났다. 간밤에도 사람을 얕봐 마구 잡이로 해 대더니 또 그런다 싶자 더 참지 못했다. 다섯 손가락을 다 편 채 힘껏 노파의 뺨을 후려 버렸다. 성난 남정네가 힘을 다해 후린 손에 뺨을 맞으니 늙은 할멈이 무슨 수로 버티겠는가. 하늘 가득 별이 들어차는 것 같아 송강의 옷자락을 놓으며 폭삭 주저앉았다. 송강은 그 틈을 타 구경꾼을 헤치고 어디론가 달아나 버렸다.

"송강 저놈이 내 딸을 죽였는데 네놈이 감히 빼돌려? 이놈, 너 죽고 나 죽자!"

다시 정신을 차린 할멈이 이번에는 당우아의 옷자락을 잡고 나동그라지며 악을 썼다. 그 소리를 듣자 당우아도 번쩍 정신이 났다. 장문원과 염파석의 일을 잘 알고 있는 그라 송강이 그럴 수도 있다 싶자 갑자기 자신이 없어졌다.

"내가 그걸 어찌 안단 말이냐?"

그렇게 맞고함을 질러도 당황한 빛이 뚜렷했다. 할멈이 이번에는 공인들을 돌아보며 표독스레 소리쳤다.

"이보시오, 어서 사람 죽인 놈을 잡아 주시오. 그러잖으면 당신들도 모두 한패란 소릴 들을 거요!"

이번에는 공인들도 가만있을 수 없었다. 송강이야 낯을 보아 함부로 나설 수 없었지만 당우아 따위라면 달랐다. 거기다가 할멈이 계속해 악을 써 대는 것도 공연히 그래 보는 것 같지는 않았다. 서넛이 나서 하나는 노파를 끌고 가고 나머지는 당우아를 묶었다.

공인들이 당우아와 노파를 데리고 현청 안으로 들어간 지 얼마 안 되어 지현이 달려왔다. 손바닥만 한 고을이라 벌써 지현의 귀에도 살인났단 말이 들어간 것이었다.

"살인이 났다니 어찌 된 일이냐?"

공인들에게 끌려 나온 당우아와 염씨 할멈을 향해 지현이 물었다.

염씨 할멈이 갑자기 슬픔에 복받친 듯 눈물 콧물 섞어 애절하게 주워섬겼다.

"이 늙은것에게는 성이 염가인 파석이란 딸년이 있었습니다. 딸년은 송 압사의 계집 노릇을 했사온데 어젯밤 둘은 제집에서 술을 마셨습지요. 그때 저 당우아란 놈이 찾아와 행패를 부리기에 욕해 내쫓은 적이 있습니다. 어지간히 소란스러워 이웃 사람들도 모두 알고 있을 겝니다. 그런데 이게 어찌 된 일입니까? 새벽같이 나간 송강 그놈이 불쑥 돌아와 제 딸년을 죽여 버렸지 뭡니까? 이 늙은것은 분을 참고 좋은 말로 그놈을 구슬려 이곳 현청까지 끌고 왔습니다. 그리고 놈의 옷자락을 잡은 채 공인들에게 고발을 하고 있는데 저 당우아란 놈이 다시 나타나 사람의 뺨을 치고 송강을 빼돌렸습니다. 지현 나리, 부디 사람 죽인 놈을 잡아 원통하게 죽은 제 딸년의 한을 풀어 주십시오."

할멈의 말에 지현은 잠시 어리둥절했다. 그러나 무슨 생각에선지 대뜸 당우아를 보고 덮어씌우듯 말했다.

"네놈이 감히 살인 죄인을 빼내 갔느냐?"

겁먹은 당우아가 두 손을 홰홰 내저으며 발뺌을 했다.

298

"저는 무엇이 어떻게 된 건지 아무것도 모르옵니다. 다만 어제 저녁 술 마시는 송강을 찾아갔다가 저 할멈에게 쫓겨난 적은 있습지요. 그랬다가 오늘 아침 현청 앞에 술지게미를 빌러 나왔는데 저 할멈이 압사 나리의 옷자락을 잡고 악을 써 대는 걸 봤습죠. 할멈이 그러는 게 옳지 않아 보여 말리는 중에 압사 나리가 달아났으나, 그분이 저 할멈의 딸을 죽였는지 아닌지는 전혀 몰랐습니다."

"이놈, 거짓말 마라. 송강은 군자로서 성실하기 그지없는 사람인데 어찌 사람을 죽였겠느냐? 이번 살인 사건은 틀림없이 네놈이 저질렀을 것이다. 이봐라, 게 아무도 없느냐?"

지현이 소리쳐 공인들을 불렀다. 당우아를 범인으로 지목해 문서를 꾸미게 하려 함이었다.

그 일을 맡아 처리할 압사가 바로 장문원이었다. 장문원은 염씨 할멈으로부터 송강이 제 딸 죽인 이야기를 들은 뒤에 다시 여러 사람 증언을 더해 소장을 쓰는 한편 사람을 할멈의 집으로 보내 염파석의 시체를 살피게 했다.

시체를 살피러 간 공인이 염씨 할멈의 집에 가서 보니 시체는 몸과 목이 따로 떨어져 있고 방 안에 홍건히 고였던 피는 이미 굳어 있었다. 방바닥에 칼이 하나 떨어져 있는데 여러 가지로 미루어 그 칼로 파석을 죽인 듯했다.

살피기를 마친 공인은 사람들을 불러 시체를 관에 담고 가까운 절로 옮기게 했다.

그러는 동안에 송강이 범인이란 게 점점 뚜렷해지고 있었으나,

그를 좋아하던 지현은 어떻게든 구해 주고 싶었다. 당우아에게 죄를 덮어씌웠으면 하는 바람에서 두 번 세 번 엄하게 문초를 했다.

"저는 정말로 아무것도 모릅니다."

억울한 당우아가 그렇게 뻗댔으나 지현은 들은 척도 안 했다.

"그렇다면 어제저녁에는 왜 그 집엘 갔더냐? 네놈이 관련된 게 틀림없다."

그렇게 당우아를 범인으로 몰아갔다. 당우아가 한층 억울해 목청을 높였다.

"저는 다만 술이나 한잔 얻어 마시려고……."

"닥쳐라! 저놈이 거짓말을 하는구나. 여봐라, 저놈이 바른말을 할 때까지 몹시 쳐라."

지현은 이제 더 들으려고도 하지 않고 우격다짐으로 나왔다.

지현의 명에 따라 공인들의 매질이 시작되었다. 곤장 서른 대를 넘기기 바쁘게 매를 못 이긴 당우아가 지현이 바란 대로 입을 열기 시작했다.

지현도 당우아가 아무것도 모름을 잘 알았으나 오직 송강을 구해 주고 싶은 마음에서 일을 계속 한쪽으로만 몰아갔다. 당우아가 매에 못 이겨 한 소리들을 그대로 적어 소장을 만든 뒤 그 목에 큰칼을 씌워 감옥에 내렸다.

모든 조사를 마친 장문원이 돌아온 것은 일이 대강 당우아를 범인으로 삼는 쪽으로 돌아간 뒤였다. 장문원이 그동안 알아 온 것을 지현에게 고해 올렸다.

"아무래도 당우아의 짓으로 보기엔 어려울 듯싶습니다. 살인 현장에 칼이 하나 떨어져 있었는데 송강의 것이었습니다. 그를 잡아다가 당우아와 대질시켜 봐야 모든 걸 알 수 있겠습니다."

지현은 어떻게든 그런 장문원의 입을 막아 보려 했다. 그러나 정분이 나서 오가던 계집을 잃은 장문원이라 지현의 속셈을 알고도 굽히지 않았다. 두 번 말해서 안 들어주면 세 번 말하고 세 번 말해서 안 들어주면 네 번 말했다.

마침내 견디다 못한 지현이 송강을 잡아들이란 분부를 했다. 그러나 송강은 이미 어디로 달아났는지 알 길이 없고 잡으러 간 공인은 송강의 이웃만 뒤지다 빈손으로 돌아왔다.

"범인 송강은 어디로 갔는지 알 수가 없습니다."

그때 장문원이 지현 곁에 있다가 다시 나섰다.

"송강은 달아났다고 하나 그 아비 송 태공과 아우 송청이 아직 송가촌에 살고 있습니다. 그들을 잡아다 송강이 간 곳을 물어보면 될 것입니다."

그래도 지현은 장문원의 말을 따라 주지 않았다. 어쨌든 당우아에게 죄를 뒤집어씌우고 송강의 일은 능장을 부리다 나중에 적당히 죄에서 풀어 주려 했다.

안 되겠다 싶어진 장문원은 염씨 할멈을 앞세웠다. 할멈에게 고소장을 써 주고 스스로 지현 앞에 나가 송강을 잡아 달라고 조르게 했다.

딸을 잃은 할멈이 직접 이를 악물고 덤비자 지현도 더는 일을 끌지 못했다. 별수 없이 공문을 내려 송 태공과 송청을 잡아들이게 했다.

공교롭게도 그 일을 맡게 된 게 주동과 뇌횡 두 사람이었다. 그들은 지현의 공문을 받자 병졸 수십 명을 데리고 송가촌으로 달려갔다.

주동과 뇌횡이 왔다는 소리를 들은 송 태공은 놀라 달려 나와 그들을 맞아들였다. 둘은 송 태공을 보자 죄스러운 표정으로 물었다.

"어르신네, 너무 서운하게 여기지는 마십시오. 위에서 보내니 아니 올 수 없었습니다. 그래, 아드님 되는 송 압사는 어디 있습니까?"

그러자 송 태공의 얼굴이 갑자기 굳어졌다.

"두 분 도두께서 오셨소만, 그 불측한 자식놈과 나는 벌써 남남이 된 지 오래외다. 여기 전임 지현께서 손수 써 주신 문서가 있소. 송강은 이미 삼 년 전에 호적을 파내 가고 이 늙은이와 함께 있지 않았을 뿐만 아니라 그 뒤로는 집구석이라고 한번 고개조차 디민 적이 없소."

주동과 뇌횡이 듣기에는 이상하면서도 반가운 소리였다. 이상한 것은 효도와 우애로 이름난 송강이 부친에게 그토록 불측한 것이요, 반가운 일은 어쨌든 송 태공 부자가 송강의 일에 연루되지 않게 된 것이었다. 그러나 일껏 거기까지 왔다가 송 태공의 말 한마디만 듣고 그냥 돌아설 수는 없는 일이었다.

"그렇다면 부자간이 남남이 되었다는 그 문서를 좀 보여 주십시오. 또 집 안도 한번 뒤져 봐야겠습니다. 그래야 저희들도 돌아

302

가 아뢰기가 좋을 듯합니다."

주동이 그렇게 말하며 군사들로 하여금 송 태공의 집을 에워싸게 한 뒤 뇌횡에게 소리쳤다.

"내가 앞문을 지킬 테니 뇌 도두, 자네가 들어가 한번 뒤져 보게."

뇌횡이 별로 마다하는 기색 없이 그 말을 따랐다. 성큼성큼 장원 안으로 들어가 앞뒤를 대충대충 살피고는 돌아나와 말했다.

"정말로 안에는 없는 듯합니다."

그러는 뇌횡의 말투에는 이만 하고 돌아가자는 눈치가 뚜렷했다. 평소 우러르는 송강의 가족을 더 괴롭히지 않으려는 뜻에서였다. 송강과 친하기로는 주동 또한 뇌횡 못지않았으나 그날따라 유난스레 깐깐함을 보였다.

"그래도 나는 마음이 놓이지 않는걸. 뇌 도두, 자네가 이 사람들하고 바깥을 지키게. 내가 한번 자세하게 안을 살펴보고 옴세."

주동이 그 말과 함께 안으로 들어가려 했다. 무엇이 켕기는지 송 태공이 막고 나섰다.

"이 늙은이도 법도를 아는 사람이외다. 어찌 죄인을 감히 집 안에 감추겠소."

그러나 주동은 물러설 기색이 아니었다.

"이번 사건은 사람의 목숨이 끊긴 큰일입니다. 저희도 어쩔 수 없이 이러는 것이니 너무 괴이쩍게 여기지 마십시오."

그러면서 걸음을 옮겨 놓았다. 송 태공도 할 수 없는지 한숨과 함께 물러났다.

"그럼 찬찬히 살펴보시구려."

"뇌 도두, 자네는 어르신네 주변을 잘 살피고, 아무도 함부로 드나들지 못하도록 하게."

주동은 한 번 더 뇌횡에게 그런 당부를 하고 집 안으로 들어 갔다.

아무도 없는 뜰을 가로지른 주동은 바로 불당 안으로 들어갔다. 그리고 무얼 잘 알고 있는 사람처럼 불상 앞 제단을 한쪽으로 밀치자 바닥에는 넓은 송판이 깔려 있었다. 주동은 다시 그 송판을 들췄다. 그 아래 어두운 땅굴 어귀에는 무슨 줄이 하나 늘어져 있었다.

주동이 그 줄을 잡아당기자 방울 소리가 나며 멀리 달아나고 없다던 송강이 땅굴 속에서 가만히 고개를 내밀었다. 송강은 방울 소리를 낸 게 주동인 걸 보고 놀라 어쩔 줄 몰라 했다. 주동이 부드러운 소리로 송강을 안심시켰다.

"공명 형님, 제가 이렇게 찾아온 데 놀라지 마십시오. 전에 왜 형님께서 항상 말씀하지 않으셨습니까. 우리 사이가 가까울수록 서로 속이는 게 있어서는 안 된다고. 그리고 형님 댁 불당 안에는 숨기 좋은 땅굴이 있다고 하지 않으셨습니까. 그 위에는 삼세불(三世佛)이 놓여 있고, 입구는 판자로 막았는데 제단을 엎어 놓아 다른 사람은 찾기 어려운 까닭에 급할 때는 숨을 만하다고 말입니다."

그래 놓고 송강이 한숨을 돌리는 눈치를 보며 다시 이었다.

"이번에 지현이 저와 뇌횡을 보내 형님을 잡아오라니 어찌합니까. 상공께서도 형님의 본심이 착하고 밝음을 아시고 어떻게 덮어 보려 했지만 장문원과 염씨 할멈이 눈에 쌍심지를 켜고 덤비니 어쩔 수 없어 저희 둘을 이곳으로 보낸 겁니다. 나는 뇌횡이 눈치 없이 정말로 형님을 잡으려 들까 두려워 바깥만 뒤지게 하고 따돌렸습니다. 지금 집 밖에서 사람들을 붙들어 두고 있을 겁니다. 저는 그 틈을 타 형님과 이야기라도 좀 나누려 왔습니다. 그렇지만 공명 형님, 이곳이 비록 숨기에 좋다 하나 오래 있을 곳은 못 됩니다. 만약 다른 사람이 알고 현청에 일러바치기라도 한다면 그 일을 어찌하겠습니까?"

송강은 그 말에 다시 낯빛이 흐려졌다.

"나도 생각은 해 봤소만 그렇게까지는……. 주 형이 이렇게 빈틈없이 돌봐 주시지 않았다면 여기 엎드려 있다가 꼼짝없이 묶일 뻔했소!"

"지나친 말씀입니다. 그런데 형님께서 이곳을 떠나신다면 갈 만한 곳은 있으십니까?"

주동이 다시 그렇게 묻자 송강이 한숨 섞어 대답했다.

"내가 몸을 숨길 만한 곳으로 생각해 본 것은 세 군데요. 첫 번째는 창주 횡해군에 있는 소선풍 시진(柴進)의 장원이요, 두 번째는 청주(靑州) 청풍채(淸風寨)의 소이광(小李廣) 화영(花榮)이 있는 곳이며, 세 번째는 백호산(白虎山)의 공 태공(太公)의 장원이오. 특히 공 태공은 모두성(毛頭星)이라 불리는 공명(孔明)과 독화성(獨火星) 공량(孔亮)이란 아들이 있는데 여러 번 우리 현에도 다녀간 적이 있소. 그러나 나로서는 그 세 군데 중에 어디로 가야 할지 마음이 영 정해지지 않는구려. 정말로 어디가 가장 나은 지 알 수가 없소."

"어디든 형님께서 생각해서 결정하시되 오늘 밤 안으로 떠나 시는 게 좋겠습니다. 공연히 꾸물거리다가 일을 그르쳐서는 아니 됩니다."

듣고 난 주동이 그렇게 서둘기를 재촉했다. 송강도 그렇게 마음을 굳힌 듯 뒷일을 당부했다.

"관청의 아래위 사람을 구슬리는 일은 모두 주 형에게 맡기겠소. 재물을 뿌릴 일이 있거든 거리끼지 말고 내 집에 와서 가져 가시오."

"그건 걱정 마십시오. 제가 알아서 하겠습니다. 형님은 형님 길 떠나실 일이나 걱정하십시오."

주동이 그 말과 함께 몸을 일으켰다. 송강은 그런 주동에게 감사하고 다시 땅굴 속으로 들어갔다.

주동은 땅굴 입구를 널빤지로 막은 뒤 처음처럼 제단을 끌어다 그 위에 얹었다. 그래 놓고 나니 감쪽같은 불당이었다.

주동은 그래도 이상한 게 없나 다시 한번 살핀 뒤 불당을 나왔다. 그리고 건성으로 집 안을 둘러본 뒤 밖으로 나가며 남이 다 들을 만한 소리로 중얼거렸다.

"정말로 안에는 아무도 없군."

뿐만이 아니었다. 태연한 얼굴로 뇌횡에게 다가가 마음에도 없는 소리를 했다.

쫓김 중의 인연

"여보게 뇌 도두, 우리 아무래도 송 태공을 모시고 가야 하지 않을까."

말이 모신다는 거지 잡아가자는 말이나 다름없었다. 그 말을 들은 뇌횡은 홀로 생각했다.

'주동 저 사람이 송강과 가장 가깝게 지냈는데, 오히려 제가 나서서 송 태공을 잡아가자고 해? 안 될 말이지. 다시 그런 소릴 하면 그냥 두지 않겠다.'

그러나 주동은 그런 뇌횡의 속마음을 아는지 모르는지 뇌횡과 군사들을 불러 안으로 들어갔다. 송 태공이 겁먹은 얼굴로 술을 내어 여럿을 대접하려 했다. 주동은 그 술상을 거들떠보지도 않고 무뚝뚝하게 말했다.

"술상은 그만두십시오. 어르신께서는 아무래도 넷째 아드님과 함께 현청에 나가 보셔야겠습니다."

그때 뇌횡이 곁에서 물었다.

"넷째 송청은 어디 갔습니까?"

"이 늙은 게 가까운 마을에 심부름을 보내 집 안에 없습니다."

송 태공이 그렇게 대답하며 그새 찾아 둔 문서를 내보였다.

"여기 송강 그놈이 삼 년 전 아비와 부모 자식의 인연을 끊고 집을 나설 때 쓴 문서가 있습니다. 한번 살펴보십시오."

"그래도 같이 가셔야겠습니다. 저희는 지현의 명을 받들어 어르신네 부자분을 모시러 왔으니 하실 말씀이 있으면 현청에 가셔서 하십시오."

주동이 여전히 인정머리 없게 우겼다. 참다못한 뇌횡이 은근히 결기 어린 목소리로 주동에게 말했다.

"주 도두님, 내 말 좀 들으시우. 송 압사가 죄를 지었다고는 하지만 거기에는 반드시 까닭이 있을 거요. 더구나 아직 죽을죄를 지은 걸로 결정이 난 것도 아닌데 너무 그러지 마시오. 어르신네께서 증거 삼을 만한 문서까지 있다니 살펴보아서 관인(官印)이 찍히고 가짜가 아니라면, 전날 송 압사와의 정분을 보아서라도 그냥 돌아갑시다. 그 문서나 가져다 지현께 보여 드리고 말씀이나 잘 드리면 되지 않겠소?"

평소의 공손함이 반나마 없어진 말투였다.

그러는 뇌횡의 속마음을 모를 리 없는 주동은 가만히 생각해 보았다.

'내가 인정머리 없이 말하는 것도 저 사람이 혹시나 나를 의심할까 해서였다. 이제 이만하면 되겠구나.'

그렇다면 더는 송 태공을 괴롭힐 필요가 없었다.

"아우가 그렇게 말하니 따르기로 함세. 나도 뭐 원래가 이리 각박한 사람은 아니잖는가?"

주동이 그렇게 말하자 먼저 송 태공이 고맙다는 말을 했다.

"두 분께서 이 늙은 걸 불쌍히 보아주시니 무어라 감사해야 될지 모르겠소."

그리고 두 사람과 마흔 명의 군사들을 모두 술상에 앉게 해 대접했다.

송 태공은 다시 은자까지 스무 냥을 내놓았으나 주동과 뇌횡은 받지 않았다. 송 태공과 송강이 부자 관계를 끊은 지 오래임을 증거하는 문서만 받아 술과 밥에 배부른 군사들을 데리고 현청으로 돌아갔다.

그때껏 현청에 나와 있던 지현은 주동과 뇌횡이 빈손으로 돌아오자 까닭을 물었다. 두 사람이 입을 모아 대답했다.

"집 안팎을 두 차례나 샅샅이 뒤졌으나 송강은 없었습니다. 또 그 아비 송 태공은 앓아누워 오늘 어떨지 내일 어떨지 모르는 판이고, 아우 송청은 지난달에 집을 나가 아직 돌아오지 않았다 합니다. 다만 송 태공이 이 일에 증거 될 만한 문서를 내주기에 우선 그것만 가져왔습니다."

지현도 굳이 송강의 가족을 괴롭힐 마음이 없던 터라 그런 두 사람을 나무라지 않았다. 그들이 가져온 문서를 보고 오히려 잘

됐다는 듯 말했다.

"그렇다면 할 수 없지. 이 문서를 부윤에게 보내는 한편 널리 방을 붙여 송강을 잡게 하라."

그렇게 일을 얼버무려 버렸다. 현청에서 일 보는 사람들 중 평소 송강과 가까이 지내던 사람들도 장문원을 찾아가 좋은 말로 달랬다. 장문원은 그들의 낯을 봐서라도 그 권유를 뿌리치기 어려운 데다, 계집도 이미 죽어 버린 터라 송강에 대한 앙심을 풀었다. 따지고 보면 그 또한 그 계집의 일이 있기 전에는 송강과 가깝던 사이였다.

장문원이 입을 다물자 주동은 다시 염씨 할멈을 구워삶았다. 적잖은 돈과 재물을 쥐어 주며 할멈이 주부(州府)에 고소장 내는 걸 말렸다. 염씨 할멈은 딸 잃은 한과 슬픔이 적지 않았지만 받은 재물이 상당한 데다 장문원까지 뒷짐을 지자 기세가 꺾였다. 이에 송강을 벌해 달라는 할멈의 고소장이 주까지는 올라가지 않게 되었다.

주동은 다시 재물을 써서 주의 벼슬아치들을 달랬다. 송강에 관해 올라간 현청의 문서들을 적당히 구겨 박아 버리게 한 것이었다. 그런 다음 지현을 달래, 송강을 잡는 데 일천 관의 상금을 거는 것으로 겉만 요란하게 처리하고, 당우아의 일은 범인을 놓아 보내게 한 죄를 물어 등허리에 매 스무 대를 때린 뒤 오백 리 떨어진 곳에 귀양을 보내는 것으로 마무리를 보았다. 그 밖에 송강과 관련해 잡아들인 사람, 모아들인 증거도 흐지부지 놓아 보내고 흩어 버리게 하니 곧 모든 게 잠잠해졌다.

그런데 여기서 잠시 짚어 봐야 할 일은 송강의 집 안에 만들어져 있던 땅굴이다. 왜 그런 피신처가 필요했을까.

송나라 때는 정치가 썩어 높은 벼슬아치는 살기가 편했고, 낮은 벼슬아치(아전바치)는 매우 어려웠다. 높은 벼슬아치가 편했던 것은 간신이 권력을 잡고 아첨만으로 나라를 마음대로 주무르면서 가까운 피붙이나 재물을 많이 내는 자만 아랫사람으로 썼기 때문이었다. 한편 낮은 자리에 있는 벼슬아치가 살기 어려웠던 것은 그런 못된 벼슬아치들이 위에 있어 생기는 것은 적고 일만 힘들었기 때문이었다.

특히 송강이 하던 압사란 일은 맡은 지역에서 범죄가 발생하면 가벼워야 얼굴에 먹자를 넣고 귀양 가는 것이고, 무거우면 가산을 몰수당하고 목숨까지 잃는 것이었다. 따라서 송강에게는 그 같은 피신처가 필요했다.

송 태공이 내놓은 문서도 마찬가지였다. 그때는 한 사람이 죄를 쓰면 그 부모 처자까지 연루되어 괴로움을 당하는 경우가 많았다. 이에 문서로 부모 자식의 절연을 밝히고 관청에 가서 인정을 받아 둠으로써 그 연루됨을 피하는데, 송강도 그걸 위해 미리 그런 문서를 만들어 두고 거처까지 따로 했던 것이다.

어쨌든 그 두 가지 준비로 급한 고비를 넘긴 송강은 주동과 뇌횡이 돌아가기 바쁘게 땅굴에서 나와 아버지와 아우를 모아 놓고 의논했다.

"이번에 주동이 보아주지 않았으면 관가에 잡혀갈 뻔했습니다. 그 사람의 은혜를 어떻게 갚아야 할지……. 그렇지만 이제 더는 여기 숨어 있을 수 없게 되어 이만 아우와 함께 멀리 달아날까 합니다. 하늘이 불쌍히 여기시어 천하에 대사령(大赦令)이 내린다면 그때에나 다시 돌아와 아버님을 뵙게 될 것입니다. 아버님께서는 남몰래 주동에게 재물을 보내시어 그로 하여금 저를 위해 뇌물로 쓸 수 있게 해 주십시오. 또 염씨 할멈에게도 약간의 금은을 주어 할멈이 더는 고소장을 들고 이곳저곳을 찾아다니지 않게 해 주셨으면 합니다."

송강은 송 태공에게 그렇게 의논 겸 당부를 했다. 송 태공도 아무런 대책이 없는지 아들의 말을 따랐다.

"뒷일일랑 조금도 걱정하지 마라. 다만 너희 형제나 몸조심하고, 어딜 가든 자리 잡히는 대로 소식이나 전해 다오."

그렇게 떠남을 허락했다.

그 밤 송강 형제는 먼 길 떠날 보따리를 꾸리고 날이 새기만을 기다렸다. 이윽고 사경이 되어 날이 희끄무레 밝아 왔다. 세수를 마친 형제는 이른 아침밥을 먹고 길을 떠났다. 송강은 범양 전립에 흰 비단옷을 걸치고 삼으로 짠 짚신을 신었으며, 아우 송청은 그 하인같이 꾸미고 보따리를 등에 졌다.

형제가 나란히 송 태공 앞에 나가 하직을 올리자 송 태공은 눈물을 감추지 못했다.

"갈 길이 머니 부디 여기 일일랑 걱정 마라. 너희 형제 몸조심이나 하여라……."

그렇게 분부하다 말끝을 맺지 못했다. 그 송 태공에게 큰절을 올린 형제는 집 안의 머슴들을 모아 놓고 당부했다.

"언제나 곁에 있으면서 아버님을 돌봐 드려라. 특히 음식 수발에 소홀함이 있어서는 아니 된다."

머슴들도 여러 해 송강의 집에서 은덕을 입어 온 사람들이라 눈물을 글썽이며 그러마고 다짐했다.

이윽고 집안 처리를 모두 끝낸 송강과 송청은 사람들의 눈을 피해 송가촌을 떠났다. 때는 가을도 깊어 날이 매우 찼다. 길을 걸으면서 송강이 탄식처럼 말했다.

"나서기는 했다마는 이제 누구를 찾아간단 말이냐?"

송청이 조심스레 그 말을 받았다.

"제가 듣기로는 창주 횡해군에 시 대관인이란 분이 있다 합니다. 그는 대주(大周) 황제의 적손(嫡孫)으로 만나 본 적은 없지만 그를 찾아가 보는 게 어떻겠습니까? 사람들이 말하기를 그는 의에 재물을 아끼지 않으며, 천하의 호걸들과 사귀기를 좋아하고, 죄지어 귀양 가는 이도 반겨 준다 합니다. 이 시대의 맹상군(孟嘗君)이라고도 불린다니 우리 그리로 한번 가 보지요?"

"나도 그 생각은 했다마는 선뜻 마음이 정해지지 않는구나. 그 사람과 글로는 자주 왕래가 있었지만 인연이 없어 아직 만나 본 적이 없으니……."

송강이 그렇게 자신 없어 했으나, 그렇다고 달리 더 좋은 곳도 생각나지 않았다. 결국은 시진을 한번 찾아보기로 하고 창주로 길을 잡았다.

남의 눈을 피해야 하는 길이라 그 고생스러움은 이루 말할 수 없었다. 넓고 고른 길을 마다하고 산등성이를 넘고 다리를 피해

찬 냇물을 건넜다. 음식은 길 가는 떠돌이 장사꾼에게서 돈을 주
고 나눠 받았으며, 잠은 숲속에서 새우잠을 잤다.

그렇게 주를 넘고 현을 지나 며칠을 걷던 끝에 형제는 그럭저
럭 창주에 이를 수 있었다.

"시 대관인 댁이 어디요?"

창주에 이른 것을 안 송강 형제가 지나가는 사람을 잡고 물었
다. 그 사람이 아는 대로 일러 주었다. 거기서 그리 멀지 않은 곳
이었다. 고생고생 먼 길을 온 뒤끝이었으나 그 말을 듣자 송강과
송청은 힘이 났다. 뛰듯이 시진의 집으로 달려가 문을 지키는 머
슴에게 물었다.

"시 대관인께선 안에 계십니까?"

머슴이 별 표정 없이 대답했다.

"대관인께서는 지금 동장(東莊)에 수세를 거두러 가셨습니다.
안에는 안 계십니다."

"그 동장이란 곳이 여기서 멉니까?"

기다리기가 멋쩍다 싶어진 송강이 다시 물었다. 이번에도 머슴
이 별 표정 없이 일러 주었다.

"한 사십 리 됩니다."

"어느 길로 가면 됩니까?"

송강이 내처 그렇게 묻자 머슴도 예사롭지 않다 싶었던지 비
로소 관심을 나타냈다.

"그 전에 두 분의 존함을 여쭤 봐도 되겠습니까?"

"운성현의 송강이 바로 이 사람이오."

314

이제야 어떠랴 싶어 송강이 바로 이름을 밝혔다. 그 머슴이 문득 알은체를 했다.

"그렇다면 급시우 송공명이란 분이십니까?"

"그렇소이다."

"대관인께서 늘 말씀하셔서 크신 이름은 듣고 있었습니다만 한스럽게도 여지껏 뵈올 영광이 없었습니다. 바로 그 송 압사시라면 제가 길을 안내해 드리지요."

머슴이 갑자기 굽신대면서 길잡이로 나섰다. 송강과 송청은 그를 따라 동장으로 갔다.

동장은 시진의 저택에서 세 시진쯤 걸리는 곳에 있었다. 동장에 이르자 거기까지 길잡이를 해 온 머슴이 공손하게 말했다.

"두 분께서는 저 정자에 앉아 잠시만 기다리십시오. 제가 가서 대관인께 여쭤 올리겠습니다."

"좋소이다."

송강은 아우와 함께 가까운 정자로 올라갔다. 칼을 풀고 보따리를 내려놓은 뒤 정자에 앉으니 벌써 먼 길을 온 피로가 다 가시는 듯했다.

그 머슴이 안으로 들어가고 얼마 안 되어 장원의 가운데 대문이 크게 열렸다. 반갑게 달려 나오는 것은 사람 서넛을 거느린 시진이었다.

정자에 오른 시진은 송강을 보자 그대로 바닥에 엎드려 절하며 말했다.

"정말로 이 기쁨을 뭐라 표현했으면 좋을지 모르겠습니다. 하늘이 돌보아 평생의 원을 풀게 되었으니 이보다 더 큰 행운이 어디 있겠습니까?"

송강도 땅바닥에 엎드려 공손하게 맞절을 하면서 받았다.

"이 송강은 하찮은 벼슬아치에 지나지 않습니다. 오늘 이렇게 찾아와 존안을 뵙게 되니 실로 큰 광영이 아닐 수 없습니다."

그러자 시진이 달려와 송강을 부축해 일으키며 말했다.

"어젯밤에는 뜰에 꽃이 가득 피고, 오늘 아침에는 까치 울더니, 뜻밖에도 귀한 분이 찾아와 주셨구려."

그리고 얼굴 가득 웃음을 띠었다.

송강은 시진이 진심으로 자신을 반겨 맞는 걸 보고 마음속으로 기껍기 한량없었다. 곧 아우 송청을 불러 시진을 보게 했다.

시진은 머슴들을 불러 송강의 짐 보따리를 지게 하고 그들 형제를 안내해 서편 집채에 쉴 곳을 마련해 주었다. 그런 다음 송강의 손을 잡고 큰 마루로 끌어 함께 자리를 잡고 앉았다.

"듣기로 형님께서는 운성현청에서 일을 보고 있다 했는데 어인 일이십니까? 이 보잘것없는 아우를 찾으셨으니 궁금하지 않을 수 없습니다."

시진은 대뜸 송강을 형의 예로 대하며 물었다. 송강이 대답했다.

"오래전부터 대관인의 우레 같은 이름을 들어 왔고 글도 여러 번 오갔습니다만 한스럽게도 찾아올 겨를이 없다가 이런 일을 당한 뒤에야 뵙게 되었습니다. 이 송강은 재주 없는 데다 죄까지 짓게 되어 갈 곳 없는 신세가 되었습니다. 그 바람에 아우와 함께 여기저기를 떠돌다가 대관인의 의로움과 너그러우심을 떠올리고 이렇게 찾아온 것입니다."

"그렇다면 형님께서는 마음 놓으십시오. 비록 십악(十惡, 송대에 가장 무거운 형벌을 내리던 죄. 주로 반역에 관계된 처벌)의 큰 죄를 지었다 해도 이미 저희 장원에 오신 다음에는 걱정하실 필요가 없습니다. 범죄인을 잡는 군관이라 할지라도 이곳은 함부로 넘보지 못하니까요."

시진이 웃으며 그렇게 송강을 안심시켰다. 송강은 이어 자신이 염파석을 죽이게 된 경위를 조금도 거짓 없이 말하고 도움을 구했다. 듣고 난 시진이 시원스레 말했다.

"걱정 마십시오. 설령 조정의 대관을 죽이고 나라의 창고를 털었더라도 이 시진은 개의치 않고 이곳에 숨겨 드리겠습니다."

그러고는 송강 형제에게 씻기를 권한 뒤 옷이며, 머릿수건, 신발까지 새것으로 갈아입게 했다. 모두가 값진 천에 정성 들여 지은 것이었다.

송강 형제가 씻기를 마치고 새 옷으로 갈아입자 머슴들은 헌 옷을 가져다 깨끗이 빨았다. 그리고 언제든 다시 입을 수 있게 손질한 뒤 그들이 거처하는 곳에 갖다 놓는 것이었다.

시진은 다시 송강 형제를 뒤채 깊숙한 방으로 청해 들였다. 송강 형제가 가 보니 이미 상다리가 휘도록 푸짐한 술상이 차려져 있었다.

시진은 송강을 가장 높은 자리에 앉히고 자신은 그 맞은편에 앉았다. 손님을 맞는 예로는 더할 나위 없이 정중한 예였다. 송청이 그들 곁에 앉아 자리가 정해지자 집 안의 심부름꾼과 머슴들이 번갈아 드나들며 술 시중을 들었다.

시진은 송강 형제에게 석 잔 넉 잔 거듭 술을 권하고 자신도 그만큼 받아 마셨다. 송강은 그런 시진에게 감사해 마지않으며 오랜만의 편한 술자리를 즐겼다. 술이 오르자 셋은 그동안 서로 그려 왔던 정을 털어놓아 술자리는 점점 무르익었다.

그사이 날이 저물어 집 안에는 등불이 하나 둘 밝혀졌다. 술이 별로 세지 못한 송강이 반 겸양으로 말했다.

"이제 술은 그만하지요."

그러나 시진이 송강을 놓아주려 들지 않아 술자리는 초경까지 이어졌다. 술을 못 이긴 송강이 손이라도 씻고 올 양으로 몸을 일으켰다. 시진이 머슴들을 불러 그런 송강을 세수간까지 안내하게 했다.

세수간은 동쪽 행랑채가 끝나는 곳에 있었다. 송강은 머슴 하나가 등불을 들고 안내하는 대로 따라갔다. 늘어선 낭하를 지나 한참을 가니 동쪽 행랑채가 나왔다.

그때 이미 송강은 꽤나 취해 있었다. 자신은 손님의 예를 지키려고 애써도 걸음은 벌써 팔자걸음이었다. 송강이 팔자걸음으로 비틀거리며 세수간으로 난 낭하를 지날 때였다. 어떤 몸집 큰 사내가 무언가를 껴안고 다가오고 있었다.

학질이라도 앓아 한기가 든 탓인지 사내가 껴안듯 들고 오는 것은 불이 벌건 화로였다. 송강도 그 사내를 보았다. 조심스레 지나간다고 지나갔으나 취해 비틀거리는 몸이라 자기도 모르게 화로의 손잡이에 부딪치고 말았다.

그 갑작스러운 충격에 벌건 불덩이가 화로를 안고 있던 사내의 얼굴로 튀었다. 사내가 깜짝 놀라 화로를 내던지고 물러섰다. 비록 얼굴을 데지는 않았지만 얼마나 놀랐는지 사내의 온몸에 식은땀이 번질거렸다.

성난 사내가 송강의 멱살을 거머쥐며 소리쳤다.

"이놈, 너는 누구냐? 나를 불고기로 만들 작정이냐?"

그 벽력같은 고함 소리에 이번에는 송강이 깜짝 놀랐다. 얼른 말이 나오지 않아 무어라 할 말을 찾고 있는데, 등불을 들고 가던 머슴이 나섰다.

"이분에게 무례하지 마시오. 이분은 대관인께서 가장 극진히 대접하는 손님이오."

그러자 사내가 코웃음과 함께 말했다.

"흥, 손님 손님 하지 마라. 나도 처음 올 때는 그 손님이었지만 이제는 너희 대관인이 가장 꺼리는 놈이 되고 말았지 않으냐? 처음에는 잘 대접하다가 지금 와서는 마구잡이지. 사람 사이가 좋다 해도 천 날은 가지 않는다 하지 않더냐."

그러고는 다시 송강을 때리려 했다. 등불 든 머슴이 등불을 놓고 둘 사이에 끼어 말렸지만 사내의 힘이 워낙 세어 잘 되지가 않았다. 그 바람에 송강이 자칫하면 볼썽사나운 꼴을 당하게 되었을 무렵 갑자기 등불 셋이 빠르게 다가왔다. 시진이 직접 달려온 것이었다.

"압사께서 돌아오시지 않아 이렇게 와 보았습니다. 여기서 무얼 하십니까?"

시진이 으르렁대는 사내를 제쳐 두고 송강에게 물었다. 안내하던 머슴이 송강을 대신해 그간에 있었던 일을 자세히 일러바쳤다. 듣고 난 시진이 껄껄 웃으며 사내에게 말했다.

"이봐, 덩치 큰 친구, 자네는 이분 압사님을 모르겠나?"

"압사면 다요? 제 놈이 운성현의 송 압사라도 되면 모를까?"

사내가 뒤틀린 목소리로 그렇게 받았다. 시진이 더욱 크게 웃으며 놀리듯 말했다.

"자네, 송 압사를 아나?"

"알지는 못하지만 세상에 도는 소문은 많이 들었소. 급시우 송공명이라면 천하가 다 아는 호걸 아뇨?"

"그 사람이 어째서 천하가 다 아는 호걸이던가?"

"말로는 다 할 수가 없지요. 그는 진짜 대장부로 시작과 끝이 분명하고 한결같답니다. 내가 지금은 병이 들어 그렇지 낫기만 하면 당장 그를 찾아갈 겁니다."

사내가 거기까지 말하자 시진은 다시 송강을 끌어넣었다. 송강을 손가락으로 가리키며 사내에게 말했다.

"자, 그럼 내 말을 잘 듣게. 이분이 바로 그 급시우 송공명일세."

"그게 정말이오?"

사내가 누구에게랄 것도 없이 놀라 물었다. 송강이 조용히 대꾸하였다.

"그렇소. 내가 바로 송강이오."

그러자 사내는 한참이나 송강을 살피고 또 살피다가 넙죽 절을 하였다.

"오늘 뜻밖에도 형님을 뵙게 되니 어떻게 몸 둘 바를 모르겠습니다."

"그게 무슨 말씀이오? 저 같은 걸 어인 까닭으로 그토록 좋게 보시오?"

송강이 겸손하게 마주 절하며 물었다. 사내는 그제야 송강에게 함부로 군 게 부끄러운지 땅바닥에 무릎을 꿇으며 사죄했다.

"조금 전의 무례함을 부디 너그러이 용서해 주십시오. 실로 눈이 있으면서도 태산을 알아보지 못했습니다."

송강이 그를 일으켜 세우며 다시 물었다.

"당신은 누구요? 성과 이름은 어찌 되오?"

"저는 청하현(淸河縣)에 사는 무송(武松)입니다. 둘째로 태어났다고 무이랑(武二郎)이라고도 하지요. 여기 온 지는 한 해 남짓 됩니다."

"무이랑의 이름은 전부터 들어 왔소. 오늘 이렇게 만나 보게 되니 정말로 반갑소이다."

하마터면 그에게 크게 욕을 볼 뻔했지만 송강은 아무 일 없었던 것처럼 무송과의 만남을 기뻐했다.

곁에서 보고 있던 시진이 둘에게 권했다.

"뜻밖의 호걸들이 서로 만나게 됐으니 쉽지 않은 일이오. 모두 함께 가서 이야기나 나눕시다."

송강도 무송의 손을 잡아끌듯 해 셋은 후당으로 돌아갔다.

송강은 거기 있던 아우 송청에게도 예를 갖춰 무송을 보게 했다. 우락부락하게 군 무송의 어디가 마음에 들었는지 송강의 응

대가 여간 은근하지 않았다. 시진이 무송에게 앉기를 권하자 송강이 얼른 자신의 자리까지 내놓았다. 무송이 어찌 그 자리에 앉을 수 있겠는가. 한참이나 사양하던 끝에 셋째 자리에 가 앉았다. 시진이 술상을 다시 봐 오게 해서 셋은 이내 흥겹게 마시기 시작했다.

송강은 불빛 아래서 무송의 생김을 살펴볼수록 그가 마음에 들었다. 세상에서 여러 호걸들을 만나 보았지만 무송처럼 훤칠하고 활달한 인물은 흔치 않았던 것이다. 술잔이 몇 순배 돌기도 전에 송강이 무송에게 물었다.

"그래, 무이랑은 어찌해서 이곳으로 오게 되었소?"

들은 소문에다 그새 겪은 인품으로 더욱 송강에게 반한 무송이 공손하게 대답했다.

"아우는 청하현에 살았는데 하루는 술에 취해 그곳 기밀(機密, 송대의 관직)과 싸움이 붙었지요. 성난 김에 한주먹 내질렀더니 그만 자빠져 정신을 잃고 말지 않겠습니까. 저는 그가 죽은 줄 알고 허겁지겁 달아나 이곳 대관인 댁에 와 숨었습니다. 이제 한 일 년쯤 되지요. 그런데 나중에 소문을 들어 보니 그놈이 죽지는 않았다는군요. 제때 구함을 받은 거겠지요. 그래서 이만 고향으로 돌아가 형님이나 찾아볼까 하는데 덜컥 학질이 걸려 움직일 수 없게 되고 말았습니다. 아까 화로를 끌어안고 있었던 것도 그걸로 땀을 빼 학질을 떼어 볼까 해서였지요. 그런데 형님에게 부딪혔을 때 놀라서였는지 땀이 죽 빠지더니 이제는 아주 좋아졌습니다."

무송은 그 말에 이어 고마움의 뜻까지 내비치자 송강은 더욱 흐뭇했다. 잘하지 못하는 술이지만 마다 않고 잔을 받으니 술자리는 밤이 깊도록 이어졌다.

삼경 무렵 해 술자리가 끝나자 송강은 굳이 무송을 자기가 거처하는 서쪽 집채로 데려갔다. 무송도 그런 송강이 싫지 않아 이끄는 대로 따르니, 비록 만난 지 하루밖에 안 되었지만 둘의 정은 십 년이나 사귀어 온 사이처럼 되었다.

시진의 대접은 극진했다. 이튿날 송강이 일어나자 시진은 양과 돼지를 잡고 다시 잔치를 벌였다. 덕분에 송강 형제는 쫓기고 숨어 그곳까지 오는 동안의 피로와 근심을 깨끗이 씻어 내고 편히 쉴 수 있었다.

며칠이 지났다. 송강은 무송의 차림이 추레한 걸 보고 가지고 있던 은자를 내어 옷을 지어 주려 했다. 시진이 그걸 알자 펄쩍 뛰며 막았다. 그리고 좋은 비단 한 필을 내어 세 사람 모두에게 옷 한 벌씩을 지어 주었다.

그러면 시진은 무엇 때문에 무송을 송강과는 달리 별로 좋지 않게 대접했을까. 그 까닭은 시진에게보다는 무송에게 있었다는 편이 옳았다. 그도 처음 왔을 때는 귀한 손님으로 대접받았으나 탈은 그의 고약한 술버릇이었다. 술을 많이 마시는 데다 성정이 거칠어 머슴들이 조금이라도 소홀한 데가 있으면 거침없이 주먹을 내질렀다.

그렇게 되니 얼마 가지 않아 시진의 장원 안에서 무송을 좋아하는 사람은 하나도 남지 않았다. 가재는 게 편이라고 직접 무송

의 주먹맛을 본 머슴들은 물론 그렇지 않은 머슴들도 그 골치 아
픈 손님을 싫어하고 피했다. 그리고 주인인 시진에게는 틈이 날
때마다 무송의 그른 짓만 일러바쳤다.

시진도 사람마다 무송을 헐뜯자 아무래도 그와 멀어지지 않을
수 없었다. 비록 내놓고 내쫓지는 않았으나 대접은 절로 소홀해
졌다. 그게 송강이 찾아들 무렵 무송이 떨어져 있던 처지였다.

하지만 송강이 오면서부터 무송의 형편도 달라졌다. 송강이 밤
낮으로 그를 끼고돌자 시진도 그전같이 대접할 수는 없었다. 따
라서 송강과 같이 대접하니 며칠 안 되어 무송은 신수가 훤해지
고 앓던 병도 나았다. 짧은 기간인데도 무송이 그토록 깊이 송강
을 따르게 된 까닭에는 그런 데 대한 고마움도 틀림없이 있었다.

무송이 송강과 함께 지낸 지 한 보름이나 됐을 때였다. 그사이
고향 생각이 점점 더해진 무송은 송강과 시진에게 고향으로 돌
아가 친형을 만나 보고 싶다는 말을 했다. 두 사람 모두 아직은
돌아가기 이른 듯하다며 말렸으나 무송은 듣지 않았다.

"너무 오래 형님의 소식을 모르고 지낸 터라 꼭 가 봐야겠습
니다."

두 번 세 번 붙들어도 무송이 그렇게 나오자 송강도 말리기를
그만두었다.

"무이랑이 굳이 가기를 고집하니 더는 붙들 수가 없구려. 틈이
나거든 다시 돌아와 만날 수 있기를 빌겠소."

송강이 그렇게 놓아주자 시진도 더는 붙들지 않았다.

이에 무송은 송강과 시진에게 작별하고 고향으로 돌아갈 채비

를 했다. 시진이 은자를 내어 무송이 돌아갈 때 쓸 여비를 주었다.

"고맙습니다. 여러 가지로 대관인께 걱정만 끼쳐 드렸습니다."

무송은 그런 감사와 함께 시진의 집을 나섰다. 시진은 다시 술과 고기를 내어 길 떠나는 무송을 위로했다.

새로 지은 비단옷에 흰 범양 전립을 쓰고, 등에는 보따리를 맨 무송이 지팡이 삼아 쓸 몽둥이를 끌며 떠나려는데 송강이 아쉬운 듯 말했다.

"이보게, 아우, 다시 만날 날을 기다리고 또 기다리겠네."

그러나 아무래도 그냥은 보낼 수 없었던지 자기 거처방으로 돌아가 은자 몇 냥을 챙긴 뒤 무송을 뒤쫓았다.

"여보게, 같이 가세. 우리 형제가 아우를 몇 마장만 바래다주겠네."

송강이 아우 송청을 데리고 따라나서며 그렇게 소리치자 무송의 얼굴에는 다시 한번 감격의 빛이 스쳤다.

"대관인, 조금만 전송해 주고 얼른 돌아오겠습니다."

송강은 문께에서 시진에게 한마디하고 장원을 나섰다.

길을 걸으면서도 송강은 못내 작별을 서운해하며 돌아갈 생각을 안 했다. 그럭저럭 대여섯 마장이 넘자 무송이 말했다.

"형님, 너무 멀리 왔습니다. 이만 돌아가시지요. 시 대관인께서 기다리실 겁니다."

"조금만 더 바래다주고 싶네. 몇 발짝 더 간다고 안 될 게 무어겠나?"

송강은 그렇게 이야기를 다른 데로 돌려 무송의 입을 막았다.

다시 서너 마장을 더 가자 무송이 송강의 손을 잡으며 간곡히 권했다.

"형님, 정말로 이렇게까지 멀리 나오실 필요가 없습니다. 천 리를 바래다준다 해도 한번 이별은 끝내 면치 못한다 하지 않았습니까?"

그러자 송강이 오히려 사정하듯 말했다.

"몇 걸음만 더 아우와 함께 걷게 해 주게. 저쪽 관도(官道)로 나가면 주막이 하나 있는데 거기서 우리 술 석 잔만 하고 헤어지세."

그 말이 어찌나 간곡한지 무송도 더는 마다할 수 없었다.

오래잖아 셋은 송강이 말한 주막에 이르렀다. 주막 안으로 들어간 셋은 송강이 가장 윗자리에 앉고 이어 무송, 송청 순서로 자리를 잡았다.

주인을 불러 술과 안주를 청하자 곧 그것들이 탁자 위로 날라져 왔다. 세 사람이 아쉬운 작별의 술잔을 나누는 사이에 어느덧 해는 서편으로 반이나 기울었다. 타고난 무골이라 이렇다 할 말 없이 술잔을 기울이던 무송이 문득 잔을 놓고 몸을 일으키며 말했다.

"이러다간 저물고 말겠습니다. 떠나기 전에 한 가지 꼭 허락받고 싶은 게 있습니다. 형님이 이 무송을 버리시지 않는다면 여기서 제 절 네 번을 받고 의형이 되어 주셨으면 합니다."

그러자 송강은 몹시 기뻐하며 그 말을 받아 주었다. 무송은 그런 송강에게 네 번 머리를 조아려 절을 하고 형제의 의를 맺었다.

그사이도 해는 기울어 이제 더는 무송을 붙들 수 없게 되자 송강은 송청을 시켜 은자 열 냥을 내놓았다. 무송이 당치 않다는 듯 손까지 저으며 말했다.

"됐습니다. 저는 이제 고향으로 돌아가는 놈 아닙니까? 그 은자는 객지를 떠도시는 형님이나 노자로 쓰십시오."

"아우, 걱정 말고 받게. 만약 자네가 이걸 받지 않는다면 나는 자네를 형제로 보지 않겠네."

송강이 그렇게 나오자 무송도 그 은자를 받지 않을 수가 없었다.

맨주먹으로 호랑이를 때려잡다

무송이 은자를 받아 보따리에 갈무리하는 걸 보고 송강은 또 다른 은자를 꺼내 술값을 치렀다. 주막을 나오자 이제는 정말로 이별이었다. 무송이 눈물을 글썽이며 절을 하고 떠난 뒤에도 송강은 한동안 주막 문 앞에 서서 눈으로 무송을 배웅했다. 그러다가 무송의 모습이 노을 진 산굽이를 돌아 온전히 보이지 않게 되어서야 비로소 발길을 돌렸다.

송강과 송청이 한 오 리쯤 걸었을 때 시진이 말을 타고 마중을 나왔다. 기다리다 못해 나온 모양인데, 고맙게도 사람이 타지 않은 말 두 필까지 끌고 왔다. 그 바람에 송강과 송청은 각기 그 말을 얻어 타고 남은 길을 편안히 돌아올 수 있었다.

한편 송강 형제와 작별한 무송은 얼마 걷지도 못해 날이 저물어 객점에 들었다. 객점의 빈방에 누워 눈을 감으니 떠오르는 것은 송강의 인정 어린 얼굴뿐이었다.

'세상에서는 그를 때맞춰 오는 비라더니 정말로 헛소문이 아니군. 그 형제를 알게 된 게 정말로 행운이다.'

무송은 속으로 그렇게 되뇌며 잠이 들었다.

다음 날 일찍 일어나 아침밥을 먹고 길을 떠난 무송은 며칠 뒤 양곡현에 이르렀다. 그러나 거기서 현청이 있는 곳까지는 아직 먼데 해는 벌써 하늘 가운데 걸려 있었다. 남은 길과 남은 해를 가늠하던 무송은 갑작스러운 시장기로 사방을 둘러보았다. 마침 멀지 않은 곳에 주막 하나가 보였다.

주막 앞에는 깃발이 걸려 있는데 거기에는 '삼완불과강(三碗不過岡)' 다섯 글자가 쓰여 있었다. 세 사발을 마시면 고개를 넘지 말라는 뜻이었으나 무엇이 세 사발인지는 알 수가 없었다.

그 주막으로 들어간 무송은 들고 있던 몽둥이를 의자에 기대 놓고 주인을 불렀다.

"주인장, 얼른 술 한 잔 갖다 주시오."

무송이 그렇게 청하자 주인은 잠시 후 그릇 셋을 받쳐 들고 나왔다. 나물 한 접시, 국 한 사발, 술 한 사발이었다. 그 술 한 사발을 단숨에 마신 무송이 다시 소리쳤다.

"그 술 참 좋다. 한 잔 마시니 기운이 절로 나네. 여보 주인장, 이 술과 함께 배를 좀 채울 게 없겠소?"

"삶은 쇠고기가 있습지요."

주인의 그 같은 대답에 무송이 다시 청했다.

"그럼 그 쇠고기 두어 근하고 술 좀 더 주시오."

그러자 주인은 말없이 안으로 들어가더니 쇠고기 두 근을 큰 쟁반 가득 썰어 나왔다. 그리고 그 쟁반을 탁자 위에 놓은 뒤 돌아가 술 한 사발을 더 내왔다. 이번에도 무송은 단숨에 그 술을 들이켰다.

"좋은 술이오. 한 사발만 더 주시오."

세 번째 사발까지도 주인은 군소리 없이 술을 내왔다. 그러나 네 번째 사발이 되자 주인은 술을 청해도 못 들은 척했다. 무송이 젓가락으로 탁자를 두드리며 소리쳤다.

"주인장, 내 말이 들리지 않소? 어째서 술을 주지 않는 거요?"

"손님, 고기가 더 필요하시다면 곧 내오겠습니다만 술은 안 됩니다."

주인이 아무 설명 없이 그렇게 말했다. 무송이 알 수 없어 물었다.

"거참 이상하오. 어째서 술은 더 못 준다는 거요?"

"손님은 주막 앞에 걸린 깃발을 못 보셨습니까? 세 사발을 마시면 고개를 넘지 못한다고 쓰여 있지 않습니까?"

"그게 무슨 상관이오?"

"저희 집 술이 비록 시골 술이지만 오래되고 좋은 맛이 나지요. 그러나 여느 사람은 세 사발이면 벌써 취해 저 앞에 보이는 고개를 넘을 수 없게 됩니다. 그래서 '삼완불과강'이라 부르지요. 이제 손님께서는 이곳에서 세 사발을 마셨으니 더는 청하지 마십시오."

주인이 거기까지 말했을 때였다. 무송이 껄껄 웃으며 물었다.

"그렇소? 그런데 나는 벌써 세 사발이나 마셨는데 왜 취하지 않는 거요?"

"그 술은 향기가 술병을 뚫고 난다 해서 '투병향(透甁香)'이라고도 불리고, 문을 나가자마자 취해 쓰러진다 해서 '출문도(出門倒)'라 불리기도 합니다. 마실 때는 맛이 좋아 마시기 좋지만 오래잖아 취해 쓰러지게 되는 독한 술입지요."

주인이 이번에는 자랑 섞어 그렇게 대답했다. 그러나 무송은 믿기지 않았다.

"쓸데없는 소리. 돈 못 받을까 걱정해서 그러는 게 아니라면 세 사발만 더 갖다 주시오."

그러면서 다시 주인을 졸랐다. 주인도 무송이 전혀 취한 것 같지 않자 못 이기는 척 술 세 사발을 더 내왔다. 그 술마저 단숨에 마셔 버린 무송이 다시 주인에게 매달렸다.

"정말 좋은 술이군. 주인장, 우리 이렇게 하는 게 어떻소. 이후부터 내가 한 사발 마시면 한 사발 값을 그 자리서 낼 테니 계속 술을 내오시오."

"손님, 이제 그만 마십시오. 이 술 마시고 쓰러지면 약도 없소."

주인이 그렇게 무송을 말렸다. 그러나 얼큰한 무송에게 그 말이 들릴 리 없었다. 사정하다 안 되자 어거지로 나오기 시작했다.

"돼먹잖은 수작 마시오. 당신이 술에 몽한약을 탄 게지. 나도 코는 있단 말이오."

주인은 무송이 그렇게까지 나오자 할 수 없다는 듯이 다시 술

세 사발을 내왔다. 어쩌면 한번 당해 보라는 심사에서였는지도 모를 일이었다. 술을 가져온 주인에게 무송이 또 청했다.

"고기도 두어 근 더 내오시오."

주인은 삶은 쇠고기 두 근을 더 썰어 오고 무송이 조르자 술도 석 잔 더 따랐다. 그 술과 고기를 단숨에 먹어 치운 무송이 은자를 꺼내 탁자 위에 놓으며 말했다.

"주인장, 술값 받으시오. 얼마를 드리면 되겠소?"

주인이 그 은자를 보고 가만히 속셈을 하더니 대답했다.

"그거면 남습니다. 오히려 제가 몇 푼 돌려드려야겠는데요."

"거스름돈은 필요 없소. 술이나 그만큼 더 갖다 주시오."

무송이 기다렸다는 듯 그렇게 나왔다. 대단한 술이었다. 보통 사람은 세 사발밖에 못 마시는 술을 열두 사발이나 마시고서도 술을 더 내놓으라고 졸랐다. 주인이 놀라다 못해 믿기지 않는다는 얼굴로 말했다.

"만약 거스름돈 대신 술을 마시겠다면 아직도 대여섯 사발이 더 남았는데요. 정말로 그걸 다 마실 수 있겠습니까?"

"대여섯 사발을 마시려면 시간을 끌 터이니 차라리 큰 그릇에 한꺼번에 따라 오쇼!"

무송이 호기롭게 소리쳤다. 이제는 어느 정도 술이 오르는 모양이었다. 주인이 걱정스런 얼굴로 말렸다.

"아니 됩니다. 손님같이 덩치 크신 분이 취해 쓰러지기라도 한다면 어떻게 옮기겠습니까?"

"걱정 마시오. 그 술 먹고 쓰러져 남의 부축을 받아야 할 내가 아니오!"

무송이 그렇게 큰소리쳤지만 주인은 영 마음이 놓이지 않는 모양이었다. 여전히 술은 내오지 않고 머뭇거리자 무송은 짜증이 났다.

"술을 내오지 못하겠소? 만약 나를 성나게 했다간 집 안이 모두 박살 날 줄 아시오. 아니, 이놈의 주막을 콱 엎어 버릴까!"

무송이 그렇게 험하게 나오자 겁먹은 주인이 다시 술 여섯 사발을 한꺼번에 내왔다. 무송은 물 마시듯 내온 술을 마셨다. 합쳐 열여덟 사발을 마신 셈이었다.

무송이 그제야 어지간한지 기대 놓았던 몽둥이를 들고 일어나며 허세를 부렸다.

"나는 조금도 취하지 않는걸!"

말뿐만이 아니었다. 주막을 나오다 그 깃발을 보고 껄껄 웃으며 다시 한마디 보탰다.

"집어치워라. 뭐 세 사발을 마시면 고개를 넘지 못한다고?"

그러면서 몽둥이를 끌고 휘적휘적 걷기 시작했다. 술집 주인이 그런 무송을 따라 나오며 소리쳤다.

"손님, 어디로 가시려는 게요?"

"왜 사람을 부르시오? 내가 술값이라도 떼어먹었소?"

무송이 걸음을 멈추고 삐딱하게 받았다. 주인이 애써 좋은 낯빛으로 말했다.

"손님을 생각해서 그럽니다. 이리로 오다가 관청에서 붙여 둔 방문(榜文) 읽으신 것 없습니까?"

"방문이라고? 무슨 방문 말이오?"

무송이 심드렁하게 되물었다. 그것 보라는 듯 주인이 엄포 섞어 일러 주었다.

"이 앞 경양강(景陽岡)에 털빛이 흰 큰 호랑이 한 마리가 있어 저물면 나와 사람을 해친다고 합니다. 벌써 스무남은 명이나 당했지요. 관청에서는 사냥꾼들을 풀어 그 호랑이를 잡게 하는 한편 길목마다 방을 붙여 지나가는 이들에게 알리게 했습니다. 언덕을 넘을 때는 사시에서 미시까지 세 시진 안에 넘게 하고 인·묘·신·유·술·해 여섯 시진은 언덕을 넘지 말라 했지요. 또 혼자 넘는 사람은 반드시 다른 사람을 기다려 무리를 지으라는 것입니다. 손님도 혼자 이 시간에 언덕을 넘다가는 목숨이 성치 못할 테니, 오늘 밤은 우리 집에서 쉬고 내일 사람을 몇십 명 모아 고개를 넘도록 하십시오."

주인의 그 같은 말에 무송이 피식 웃으며 받았다.

"나는 청하현 사람이오. 어릴 적부터 수십 번 경양강을 넘었으나 거기 호랑이가 산다는 소리는 못 들었소. 그런 소리로 나를 겁줄 생각은 마시오. 그리고 설령 호랑이가 있다 해도 나는 조금도 겁나지 않소!"

"나는 좋은 뜻에서 일러 드리는데 손님은 영 믿지 않으시는군요. 그렇다면 가시다가 방문을 읽어 보도록 하시오."

"돼먹잖은 놈의 수작 말라니까! 나는 정말로 호랑이가 있다 해도 두렵지 않단 말이야. 혹시 네놈이 딴생각이 있어 나를 잡는 거 아냐? 한밤중에 재물을 털고 내 숨통을 끊어 놓으려구 그놈의 호랑이로 나를 겁주며 붙드는 거 아니냐구?"

무송이 갑자기 거칠게 나오자 주인도 눈길이 실쭉해졌다.

"그 무슨 소리요? 나는 다만 생각해서 한 말인데 오히려 나쁘게만 받아들이다니! 좋소이다. 나를 못 믿거든 어디 한번 가 보시우."

그렇게 볼멘소리를 하고는 주막으로 돌아가 버렸다.

무송은 귀찮게 붙들고 늘어지는 사람을 잘 떼어 버렸다는 후련함으로 휘적휘적 걸어갔다. 얼마 안 가 경양강 고개가 보였다. 고개를 바라보며 한 오 리쯤 걸으니 고개로 오르는 길이 나왔는데, 그 입구에는 한 그루 큰 나무의 껍질을 벗기고 써 놓은 경고문이 있었다.

요사이 이 경양강에 호랑이가 나타나 사람을 해치니, 이 고개를 넘으려는 사람은 사시부터 미시까지 세 시진 동안에 한 해 반드시 무리를 지어 넘도록 하라. 부디 어김이 없기를 바라노라.

경고문에 쓰인 글은 그러했다. 읽기를 마친 무송은 여전히 코웃음만 쳤다.

"그 술집 주인 놈이 여기까지 수작을 부려 놓았군. 나그네나 떠돌이 장사치에게 겁을 주어 저희 집에 묵게 만들려는 거겠지. 하지만 안 속는다 이놈아, 누가 겁낼 줄 알고."

그러면서 몽둥이를 둘러메고 고갯길로 들어섰다. 그때는 이미

맨주먹으로 호랑이를 때려잡다

신시 무렵이라 벌건 해가 서산으로 막 지려 하고 있었다. 그러나 과하게 마신 술로 한껏 흥이 올라 있는 무송은 지는 해를 개의치 않고 고개를 올랐다.

다시 오 리쯤 가니 낡은 사당 한 채가 있는데, 그 사당 문에 또 하나의 방문이 크게 걸려 있었다. 무송이 읽어 보니 내용은 대강 이러했다.

양곡현에서 알리노라. 경양강에 한 마리 호랑이가 있어 사람을 해친다고 한다. 지금 각처에서 사냥꾼을 불러들여 잡으려 하나 아직껏 잡지 못했다. 이곳을 지나가는 사람은 사시부터 미시까지 반드시 무리를 지어 지나가라. 그 밖의 시간이나 홀로는 결코 이 고개를 넘어서는 아니 된다. 각자의 목숨이 걸린 일이니 알아서 행하도록 하라.

무송은 관청의 도장까지 찍힌 그 방문을 보고서야 비로소 호랑이가 있다는 말이 거짓이 아님을 알았다. 발길을 돌려 주막으로 돌아가려다 문득 생각했다.

'내가 이대로 돌아간다면 어찌 호걸이라 할 수 있겠나. 남에게 부끄러움을 사는 길이니 돌아갈 수는 없지.'

그러고는 또 한편으로 생각했다.

'무섭기는 뭐가 무섭단 말이냐? 올라가서 무엇이 있는지 한번 봐야겠다!'

아마도 잔뜩 마셔 취한 술이 그러잖아도 겁 없는 무송을 더욱 겁 없게 만든 듯했다. 마음이 그렇게 정해지자 무송은 오히려 뛰듯이 고개를 올라갔다. 치솟는 술기운에 전립은 벗어져 등에 걸쳐졌고 몽둥이는 겨드랑이에 찔려 있었다.

무송이 고개 위에 올라선 것은 해가 서편 땅속으로 잠겨 들 무렵이었다. 때는 시월, 낮은 짧고 밤은 긴 계절이라 빨리 저문 것이었다.

"호랑이는 무슨 놈의 호랑이. 사람들이 공연히 겁을 먹고 여길 오지 못한 거지."

무송은 다시 그렇게 큰소리를 치고 걸음을 재촉했다. 한참 걸으니 더욱 술기운이 올라 머리 꼭대기까지 치솟았다. 무송은 한 손으로 몽둥이를 쥔 채 다른 한 손으로 가슴께를 열어젖혀 술기운에 달아오른 몸을 식혔다. 걸음도 제 걸음이 아니었다. 비틀비틀하는 게 쓰러지지 않는 것만도 용하다 싶을 정도였다. 그러면서도 걷기를 멈추지 않아 어떤 숲속으로 들게 되었다.

그런 무송의 눈에 반듯한 바윗덩이 하나가 비쳤다. 그걸 본 무송은 술기운을 더 견디지 못하고 몽둥이를 그 한구석에 기대 놓은 채 바위 위에 번듯이 드러눕고 말았다.

무송이 아슴아슴 잠이 들려 할 때였다. 갑자기 미친 듯한 바람이 한바탕 불고 지나가더니 숲속에서 짐승의 울음소리가 들렸다. 무송이 놀라 그쪽을 보니 이마가 흰 큰 호랑이 한 마리가 눈에 불을 켜고 있었다.

정신이 번쩍 든 무송은 얼른 몸을 뒤집어 바위에 기대 놓았던 몽둥이를 꼬나들었다. 호랑이는 주리고 목말랐던지 발톱으로 땅을 긁듯 하며 몸을 띄워 그런 무송에게 덮쳐 왔다.

깜짝 놀란 무송은 식은땀을 주르르 흘리면서도 재빨리 몸을 피했다. 그렇게 되니 무송은 절로 호랑이의 등 뒤에 있게 되었다. 호랑이는 원래 사람이 등 뒤에 서는 것을 싫어해 얼른 몸을 돌리더니 다시 땅을 박차고 뛰어올랐다.

아까는 앞발을 후렸지만 이번에는 몸을 날려 그대로 덮치는 것이었다. 이번에도 무송은 잽싸게 몸을 날려 피했다.

"으르렁!"

호랑이는 무송이 다시 피하자 화가 나서 크게 울부짖었다. 마치 하늘에서 나는 우레 소리 같아 고갯마루를 뒤흔드는 듯했다. 이어 호랑이의 세 번째 공격이 시작되었다. 이번에는 철봉 같은 꼬리를 들어 그걸로 무송을 후려쳤다.

무송은 또 몸을 날려 호랑이의 꼬리를 피했다. 원래 호랑이는 앞발로 움키고 몸으로 덮치고 꼬리로 후리는 세 가지 공격을 다 해도 상대가 잡히지 않으면 기세가 반 이상 꺾이는 것이다. 그런데 무송이 그 세 가지를 다 피하자 또 한 번 울부짖어 겁을 준 뒤 천천히 무송에게로 다가왔다.

무송은 호랑이가 몸을 돌려 다가오는 걸 보고 두 손으로 몽둥이를 치켜들었다가 혼신의 힘을 다해 내리쳤다. 공기를 가르는 매서운 소리와 함께 내리쳐진 몽둥이였으나 무송의 마음이 급해선지 몽둥이는 호랑이 대신 곁의 나무 둥치를 때렸다. 우지끈 하는 소리와 함께 몽둥이가 부러져 무송의 손안에는 반밖에 남아 있지 않았다.

그걸 본 호랑이가 다시 크게 울부짖으며 무송을 덮쳐 왔다. 무송이 몸을 날려 열 발짝이나 물러났으나 호랑이가 더 빨랐다. 어느새 무송 앞으로 바짝 다가들어 앞발로 움키려 들었다.

그때 아직 무송의 손에는 부러진 몽둥이 토막이 들려 있었다.

무송은 그걸 내던지고 두 손으로 범의 머리를 끌어안았다. 호랑이가 그 머리를 빼 보려 했으나 무송이 워낙 힘을 다해 끌어안은 터라 빠져나갈 수가 없었다.

무송은 그런 호랑이의 대가리 눈 어름에 발길질 무릎질을 퍼부었다. 호랑이가 빠져나오려고 뒷발질을 해 대는 통에 땅이 패어 양쪽에는 진흙더미가 쌓이고 발밑에는 구덩이가 생겼다. 무송은 그 구덩이에 호랑이를 밀어 넣고 몸으로 눌렀다.

그렇게 되자 호랑이의 움직임은 훨씬 줄어들어 무송에게 여유가 생겼다. 무송은 왼손으로는 호랑이 대가리의 털가죽을 꽉 움켜잡고 오른손을 빼 그 쇳덩이 같은 주먹으로 호랑이의 미간을 후려치기 시작했다.

한 오륙십 번이나 내리쳤을까, 마침내 그 큰 호랑이는 눈 코 입 귀로 피를 줄줄 쏟으며 뻗어 버렸다.

무송은 타고 앉은 호랑이에게서 더 이상 아무런 움직임이 느껴지지 않자 비로소 주먹질을 멈추었다. 그러나 아직도 호랑이가 죽지는 않은 것 같아 소나무 곁에 버려 두었던 부러진 몽둥이를 집어 들고 한 차례 더 후려쳤다.

무송이 손을 멈춘 것은 호랑이의 숨결이 완전히 끊어진 뒤였다. 그러자 이번에는 딴 걱정이 일었다.

'자, 이놈의 호랑이를 잡기는 했다만 어떻게 고개 밑으로 끌고 간다?'

무송은 생각 끝에 피 묻은 손을 뻗어 호랑이를 들어 보려 했으나 끄떡도 않았다. 호랑이를 때려잡는 데 기운을 다 써 버린 탓인지 손발이 흐느적거려 힘을 모을 수가 없었다.

무송은 다시 바위 위로 올라가 쉬며 생각해 보았다.

'날은 점점 어두워 오는데, 만약 호랑이라도 한 마리 더 나오는 날이면 정말로 큰일이다. 무슨 수로 다시 그놈과 싸울 수 있겠는가. 안 되겠다. 오늘은 이만 내려갔다가 내일 아침에 다시 생각해 봐야겠다.'

이윽고 그렇게 마음을 정한 무송은 바위 위에 있던 전립을 찾아 쓰고 천천히 고갯길을 내려가기 시작했다. 한 반 리도 가기 전에 갈래 진 길이 나왔는데, 그 길가 마른 풀숲에서 갑자기 두 마리의 호랑이가 나타났다.

'이크, 이젠 나도 끝장이구나!'

무송은 갑자기 맥이 쭉 빠져 속으로 중얼거렸다. 그런데 이게 어찌 된 일인가. 호랑이 두 마리가 모두 뒷발로 꼿꼿이 서서 걸어오는 것이었다. 무송이 다시 정신을 차려 살피니 다가오는 것은 호랑이가 아니라 호랑이 가죽을 덮어쓴 두 사람이었다.

각기 손에 몰이를 할 때 쓰는 창을 들고 다가오던 두 사람도 무송을 보고 놀란 모양이었다.

"아아니, 당신…… 당신 정말로 호랑이 간에 사자의 다리라도 가졌단 말이오? 온몸이 간덩이로만 된 사람이구려. 어떻게 이 밤에 무기도 없이 이 고개를 혼자 넘는단 말이오? 당신…… 당신 정말로 사람이오, 귀신이오?"

두 사람의 그 같은 물음에 대답은 않고 무송이 되물었다.

"당신들은 뭣하는 사람들이오?"

"우리는 이곳 사냥꾼들이오."

두 사람이 그렇게 대답했다. 무송이 다시 물었다.

"당신들 이 고개에는 뭣 때문에 올라왔소?"

무송이 도리어 그렇게 따지듯 묻자 두 사람은 어이가 없다는 듯 서로 마주 보다 물음을 받았다.

"댁은 모르시오? 이 경양강에 한 마리 큰 호랑이가 나타나 밤마다 사람을 해친다는 걸. 우리 같은 사냥꾼도 벌써 일고여덟 명이나 당했고, 지나가던 나그네는 이루 다 셀 수도 없소. 모두 그 호랑이가 잡아먹어 버렸단 말이오! 우리 현의 원님께서는 우리 사냥꾼들에게 그 호랑이를 잡아들이라 호령호령이시지만 감히 누가 나서겠소? 불려가 얻어맞기 싫어 나서기는 해도 그놈을 잡지 못하고 있다가 오늘 밤 우리 두 사람이 나선 거요. 수십 명 마을 사람들과 함께 강한 활과 독 바른 화살을 고개 아래위에 감추고 그 호랑이를 기다리는데 당신이 고갯길에서 태연히 내려오니 우리가 어찌 놀라지 않겠소? 당신 도대체 어떤 사람이오? 그리고 호랑이는 보지 못했소?"

"나는 청하현 사람으로 무송이라 하오. 오다가 언덕 위 숲가에서 호랑이 한 마리를 만났는데 내가 주먹으로 때려죽였소."

무송이 그렇게 말해 주었으나 두 사람은 아무래도 믿기지 않는 모양이었다. 한동안을 멍하니 있다가 입을 모아 물었다.

"그게 정말이오?"

"못 믿겠거든 내 몸에 묻은 이 피를 보시오."

무송이 다시 그렇게 받자 두 사람도 조금은 믿기는 눈치였다.

"그게 도대체 어찌 된 거요? 어디 말이나 들어 봅시다."

그 같은 두 사람의 청에 무송은 고개 위에서 있었던 일을 자세히 일러 주었다.

다 듣고 난 두 사냥꾼은 한편으로는 기뻐하면서도 한편으로는 놀라 마지않았다.

어서 확인하고 싶은지 숨어 있던 몰이꾼을 소리쳐 불러냈다.

두 사람의 부름에 근처에 있던 동네 몰이꾼 여남은 명이 손에 활과 창칼을 들고 몰려왔다. 무송이 이상해 먼저 온 두 사냥꾼에게 물었다.

"저 사람들은 어째서 당신들을 따라 올라오지 않았소?"

"그 짐승이 워낙 모질어 사람을 마구 해친 까닭이죠. 저 사람들이 어찌 감히 우리를 따라올 수 있겠습니까?"

두 사냥꾼이 그런 대답을 하고 여러 몰이꾼을 향해 무송이 호랑이를 때려죽인 일을 큰 소리로 말해 주었다. 하지만 사람들은 도무지 그 말을 믿으려 하지 않았다. 무송이 그들에게 말했다.

"여러분이 믿기지 않으시거든 나와 함께 가서 봅시다."

그러자 사람들은 즉시 불을 일으켜 횃불을 만들고 무송과 함께 고개 위로 올라갔다. 고개 위에 올라가 보니 정말로 큰 호랑이 한 마리가 널브러져 있었다.

사람들은 그걸 보자 기뻐 어찌할 줄 모르며 지현에게 알린다, 이정에게 알린다, 법석을 떨었다. 그중에 예닐곱이 호랑이를 묶어 함께 메고 무송과 함께 고개 아래로 내려오니 거기에는 빌써 소문이 돌고 모여든 사람이 칠팔십 명이나 되었다.

　사람들은 죽은 호랑이를 둘러멘 몰이꾼을 앞세우고, 다시 가마에 무송을 태워 그 뒤를 따르며 그 마을 이정 집으로 갔다.

　이정 집에도 이미 소문이 들어갔던지 사람들이 집 밖까지 나와 그들을 맞아들였다. 죽은 호랑이를 마루에 올려놓자 그 마을 유지와 사냥꾼 이삼십 명이 몰려와 무송을 보았다.

　"장사의 높으신 이름은 무엇이며 고향은 어디십니까?"

　그 같은 그들의 물음에 무송이 대답했다.

　"저는 청하현 사람이며, 이름은 무송이라 합니다. 어젯밤 창주에서 고향으로 돌아오는 길에 술에 취해 고개를 넘다가 저 짐승을 만났지요."

　그러고는 맨주먹으로 호랑이를 때려죽이게 된 경위를 자세히 일러 주었다. 듣고 난 사람들은 하나같이 감탄으로 입을 다물지 못했다.

　"장사는 정말로 영웅호걸이오!"

　그러면서 떠들썩하게 술상을 차렸다. 하지만 무송은 호랑이와 싸운 뒤라 피곤하기 그지없었다. 우선 잠부터 자고 싶어 쉴 방을 청했다. 사람들도 그 뜻을 알아듣고 얼른 방 하나를 비워 무송을 쉬게 했다.

　다음 날 날이 밝자 사람들은 먼저 지현에게 무송이 간다는 걸 알리고 잡은 범을 현청에 실어 보낼 들것을 마련했다. 날이 환히 밝은 뒤 무송이 일어나 세수를 마치자, 마을 사람들이 삶은 양 한 마리와 술 한 독을 대청에 내놓고 기다리고 있었다. 무송은 옷과 갓을 단정히 하고 대청으로 나가 사람들을 보았다.

"저 모진 짐승이 얼마나 많은 목숨을 해쳤는지 모릅니다. 사냥꾼들도 저 짐승 때문에 관청에 끌려가 곤장깨나 맞았습니다. 그런데 오늘 장사께서 오시어 그 모진 짐승을 잡으셨으니, 첫째로는 이 고을 사람들의 복이요, 둘째로는 이 고개를 지나는 나그네들에게 복입니다. 그 모두 장사께서 내려 주신 복이지요."

사람들이 무송에게 술잔을 올리며 그렇게 칭송을 보냈다. 무송이 겸손하게 술잔을 받으며 말했다.

"제가 잘나서가 아니라 여러 어르신네가 복이 많으신 덕분입니다."

여럿의 축하와 칭송 속에 무송이 술과 밥을 마시고 먹는 사이에 호랑이를 옮길 들것이 다 만들어졌다. 마을 사람들은 호랑이를 거기 담아 여럿이 메고, 무송과 함께 현청으로 향했다. 무송은 마을 사람들이 걸어 준 비단과 꽃에 묻혀 앞장서 걸었다.

얼마 안 가 양곡현에서 일 보는 아전이 달려 나와 무송을 맞았다. 네 명이 메는 가마까지 준비해 와 무송을 그 위에 태우고 죽은 호랑이와 함께 현청으로 데려갔다.

그때는 양곡현 사람들도 어떤 장사가 경양강 고갯길에서 호랑이를 때려죽였다는 소문을 들은 뒤였다. 그 엄청난 힘을 가진 장사를 보려고 다투어 몰려나와 거리를 메웠다. 무송은 서로 밀치고 밀리며 몰려선 사람들을 가마 위에서 내려다보며 현청으로 실려갔다.

무송이 현청에 이르니 지현은 벌써 대청에 와서 기다리고 있었다. 무송은 가마에서 내리고 호랑이도 들것에서 내려져 현청 마당 안으로 옮겨졌다.

지현은 무송의 늠름한 모습과 죽어 널브러진 누런 털의 호랑이를 번갈아 보며 홀로 생각했다.

'과연 늠름하구나. 저런 장사가 아니고서야 어떻게 저 호랑이를 때려잡을 수 있었겠는가.'

그러자 한층 무송이 마음에 들어 그를 대청 위로 불러 올리고 말했다.

"그대가 이 호랑이를 때려잡은 장사라던데, 어떻게 때려잡게 되었는지 말해 보라."

무송은 다시 한번 자신이 호랑이를 때려죽이게 된 경위를 상세히 말했다. 그걸 들은 현청 안의 모든 사람들이 놀라 마지않았다.

지현은 무송에게 술 몇 잔을 내림과 아울러 그 호랑이에 걸어 놓았던 상금 일천 관을 내다 주게 했다. 무송이 사양해 말했다.

"제가 어쩌다 운 좋게 저 호랑이를 때려잡게 된 것은 상공의 복 많으심 때문이지 제가 잘나서가 아닙니다. 제게 올 상이 아닌 듯하니 거두어 주십시오. 듣기로 저 호랑이 때문에 많은 사냥꾼들이 꾸지람과 벌을 받았다는데, 이제 그 호랑이가 잡혔으니 상금 일천 관은 그들에게 골고루 나누어 주시는 게 좋을 듯합니다."

그 시원스런 말에 지현은 더욱 무송이 마음에 들었다. 굳이 무송을 말리지 않고 뜻대로 하도록 허락했다.

"장사의 생각이 그렇다면 좋을 대로 하게나."

이에 무송은 자신에게 내려진 일천 관을 거기 있던 여러 사냥꾼들에게 나눠 주었다. 큰 걱정거리가 없어진 데다 상금까지 나눠 받게 된 사냥꾼들이 기뻐했음은 말할 나위도 없었다.

지현은 무송의 사람됨이 너그럽고 어진 걸 보고 그를 쓰고 싶은 생각이 들었다.

"자네가 비록 청하현 사람이라 하나 그곳은 이곳 양곡현에서 아주 가깝지 않은가. 내 자네를 도두로 삼을 테니 우리 양곡현에서 일해 보지 않겠나?"

목소리를 은근하게 해 무송에게 물었다. 무송도 고향으로 돌아간다고는 하나 그곳에서 따로이 할 일이 있는 것도 아니었다. 현청의 도두로 일해 보는 것도 괜찮다 싶어 털썩 무릎을 꿇으며 말했다.

"만약 상공께서 써 주신다면 평생의 은혜로 알고 힘을 다하겠습니다."

그러자 지현은 압사를 불러 문서를 만들게 하고 그날로 무송을 현청의 보병도두(步兵都頭)로 삼았다. 사람들은 술자리를 벌여 자기네 현에서 일하게 된 무송을 반기고 축하했다.

한 사나흘이 흥겨운 술잔치로 지나갔다. 어느 날 무송은 술에서 깨어 생각했다.

'나는 원래 청하현으로 가서 형님을 만나려고 했는데 일이 이상하게 되었구나. 양곡현에서 도두 노릇을 하게 될 줄을 누가 알

았겠는가?'

하지만 한번 맡은 일이라 무송은 도두 노릇에 정성을 다했다. 윗사람들도 그런 무송을 좋게 봐 차츰 무송의 이름이 그 고을에 널리 퍼져 갔다.

다시 사나흘이 지난 어느 날이었다. 그날 좀 한가해진 무송이 현청 앞을 천천히 거닐고 있는데 누군가 등 뒤에서 큰 소리로 말했다.

"어이 무 도두, 요즈음 여기 와 있다면서 어찌해 나를 보러 오지는 않나?"

양곡현에는 아는 사람이 없어 무송이 놀란 눈으로 돌아보다가 소리부터 먼저 질렀다.

"아이구, 형님이 여기 웬일이십니까?"

그리고 얼른 땅바닥에 엎드려 절을 올렸다. 무송을 부른 사람은 바로 그가 찾아가려던 친형 무대랑(武大郎)이었다.

"형님을 못 뵈온 지 벌써 일 년이 넘었군요. 그런데 여기는 웬일이십니까?"

절을 마친 무송이 다시 물었다. 그도 그럴 것이, 청하현에 있다고 믿은 사람을 양곡현에서 만난 까닭이었다. 무대는 그 대답은 않고 오랜만에 만난 소회부터 풀었다.

"애야, 너 간 지가 그토록 오랜데 어찌 글 한 통 안 보냈느냐? 원망도 많이 했고 그리워하기도 많이 했다……."

(3권에서 계속)

수호지 2
사해(四海)는 모두 형제

개정 신판 1쇄 인쇄 2021년 6월 1일
개정 신판 1쇄 발행 2021년 6월 15일

지은이 이문열

발행인 양원석 **편집장** 최두은 **책임편집** 정효진
디자인 김유진, 김미선 **표지 일러스트** 김미정
영업마케팅 양정길, 강효경, 정다은

펴낸 곳 ㈜알에이치코리아
주소 서울시 금천구 가산디지털2로 53, 20층 (가산동, 한라시그마밸리)
편집문의 02-6443-8847 **도서문의** 02-6443-8800
홈페이지 http://rhk.co.kr
등록 2004년 1월 15일 제2-3726호

copyright ⓒ 이문열

ISBN 978-89-255-8854-4 (04820)
        978-89-255-8856-8 (세트)